Malika
Mokeddem

Die blauen Menschen

Zu diesem Buch

Die Geschichte von Leila, die am Rande der alles beherrschenden Wüste aufwächst, ist die Geschichte einer Emanzipation: Unterstützt von ihrer Großmutter Zohra, einer seßhaft gewordenen Nomadin, widersetzt sich Leila erfolgreich der Verheiratung und besucht als erste Frau ihres Clans die Schule, später die Universität.Doch die erste Euphorie und Liberalisierung nach der Unabhängigkeit Algeriens müssen bald einem rigiden Fundamentalismus weichen, der die Frauen wieder unter den Schleier und ins Haus zurückdrängen will. Sittenpolizei und selbsternannte Tugendwächter ziehen durch die Straßen, um im Namen der Religion die erkämpften Freiheiten wieder zu beschneiden. Verleumdung, Verachtung und Angriffe auf Leib und Leben können die junge Frau jedoch nicht von ihrem Weg abbringen. Die Tradition ihrer Vorfahren, der »blauen Menschen«, interpretiert sie auf ihre Weise: als Auftrag, nicht aufzugeben, sondern weiterzugehen und immer wieder neu aufzubrechen.

Die Autorin

Malika Mokeddem wurde 1949 in Kenadsa in Algerien am Rande der Wüste geboren. Als erstes Mädchen ihres Clans besuchte sie gegen den Widerstand des Vaters, aber mit Unterstützung der Großmutter das Gymnasium. Das in Oran begonnene Medizinstudium schloß sie 1977 im Exil in Paris ab. Sie lebt als Schriftstellerin und Ärztin für Immigranten in Montpellier.

Im Unionsverlag ist außerdem lieferbar: »Die Zeit der Heuschrecken«.

Die Übersetzerin

Barbara Rösner-Brauch, geboren 1960 in Hagen, studierte Übersetzungswissenschaften in Heidelberg. Nach mehreren Auslandsaufenthalten lebt sie heute bei Trier. Sie übersetzte unter anderem Mohammed Dib, Albert Memmi und Rachid Boujedra.

Malika
Mokeddem

Die blauen Menschen

Aus dem Französischen von
Barbara Rösner-Brauch

Unionsverlag
Zürich

Die Originalausgabe erschien 1990
unter dem Titel *Les hommes qui marchent*
bei Editions Ramsay, Paris.
Die deutsche Erstausgabe erschien 1993 im
eFeF-Verlag, Zürich-Dortmund.

Im Internet
Aktuelle Informationen,
Dokumente, Materialien
www.unionsverlag.com

Unionsverlag Taschenbuch 249
Diese Ausgabe erscheint mit freundlicher Genehmigung
des eFeF-Verlags, Wettingen.

Rieterstrasse 18, CH-8027 Zürich
Telefon 0041-1-281 14 00, Fax 0041-1-281 14 40
mail@unionsverlag.ch

Umschlaggestaltung: Heinz Unternährer, Zürich
Umschlagfoto: Frans Lemmens / The Image Bank
Druck und Bindung: Clausen & Bosse, Leck
ISBN 3-293-20249-7

Die äußeren Zahlen geben die aktuelle Auflage
und deren Erscheinungsjahr an:
2 3 4 5 - 06 05 04

INHALT

Zohra und Bouhaloufa	7
Saadia	38
Vom Ksar El Djedid zur Barga	65
Aus schwelender Angst erwacht der Wille	84
Die Augen des Hasses	119
Wenn auf Feuer und Blut das Leben beruht	145
Bangen und Zittern vor Hoffnung	175
Eine Freude, die vom Leid lebt	203
Die Unabhängigkeit trifft die Ernüchterung	226
Zwischen Liebe und Haß: die Einsamkeit	252
Erzähle mir vom Land der Menschen	280
Glossar	304

Zohra und Bouhaloufa

Sie war ein kleines Persönchen mit tätowierter brauner Haut. Mit dunkelgrünen Tätowierungen an allen denkbaren Stellen: Kreuze auf den Backenknochen, einen Zweig auf der Stirn zwischen ihren langen Augenbrauen, geschwungen und schmal wie zwei Halbmonde, zwei Striche auf dem Kinn. Sogar auf den Handgelenken und Knöcheln hatte sie welche, zu Armbändern und *Kholkhal* ziseliert.

»Schmuck, der nicht viel kostet und den mir niemand nehmen kann«, pflegte sie zu sagen, während sie ihre Hände betrachtete.

Geschmeidig und hager, ohne ein Gramm Fett, hatte sie einen flinken Gang voll lebhafter Anmut. Lockere Arme, tanzender *Magroun*, schweifender Blick, ein Schritt, zwei Schritte, Fußabdrücke auf dem glitzernden Lauf der langen Stunden, die tagaus, tagein verrannen. Wie alt war sie, die Beduinin?

»Ich bin im Jahr der ganz großen Dürre geboren. Ein Jahr ohne einen Tropfen Wasser!« sagte sie kategorisch.

Im Jahr der ganz großen Dürre? Gab es in der Wüste eines, für das dies nicht galt? Aber nicht ein Funken Ironie schimmerte in den Augen der Großmutter. Nein. Ein Schleier aus Unmut verdüsterte sie. Sie gehörte nicht zu diesen unbeweglichen Menschen, die versuchten, die Stunden zu zähmen und zu zählen. Nein, sie war in dem Treiben, das mit den Stunden vorbeiglitt und wie sie dahinfloß, gleich einer *Feluke* auf einem ruhigen *Wadi*. Sie spürte die Stunden nicht. Sie zählte sie nicht! Bestürmte man sie aus unsinniger Neugier mit Fragen, zuckte sie mißmutig die Achseln. Warum wollte man sie immerzu an die Zeit fesseln? Die Zeit war doch nur das Joch der Seßhaften. Sie machte dann eine ungefähre Angabe, mit der sie auf ihre Weise dieses leidige Kapitel abschloß:

»Ich dürfte jetzt fünfundsiebzig sein … Das heißt … ungefähr.«

Sie war jahrelang fünfundsiebzig. War sie zehn, zwölf oder fünfzehn Jahre älter? Es hatte wirklich keinerlei Bedeutung. Was ihr etwas bedeutete, war ihr Leben der Wanderschaft durch die Wüste: Selbsterforschung oder Flucht vor sich selbst? Eine Suche, die sich keinen Regeln beugte, am Saum der Träume, in der Unvergänglichkeit der Sahara, dort, wo jede Buchführung über die Schritte nur beweist, daß das Vergehen nah und das Leben nur eine lange Reihe von Zufällen ist. Jedes Jahr, das heimtückisch in die Stille hineintropfte, fügte der Leere eine Spanne hinzu. Dahinter das Nichts. Davor das Nichts. Und in dieser Welt voller Hohn war man höchstens ein Traum, der sich emporschwang und dahinschwand auf dem Spinngewebe der Horizontalen, die sich ihre Sandwüste woben und ihn für immer einfingen ...

Doch die Umstände hatten die Frau mit den dunklen Tätowierungen zum seßhaften Leben gezwungen. Sie hatte die Wanderung vor der Ankunft abgebrochen, war vor ihrem Tod aus dem normalen Lauf ihres Lebens ausgeschert wie eine Emigrantin. Ihre Wüste erlebte sie nicht mehr. Die war ein Stachel in ihrem Fleisch, setzte ihr quälende Bilderkarawanen in den Kopf, die zu einer Suche aufgebrochen waren, an der sie keinen Anteil mehr hatte. Aber in Augenblicken des Glücks oder der Wut war sie in ihr, die Wüste, ganz und gar, mit ihren Trommeln und ihrer Fülle von Sand, mit der Hülle ihrer versiegelten Stille.

Sie war die Wüste.

Oft setzte sie sich im Schneidersitz vor die Haustür: die Ellbogen auf ihre Knie gestützt, schaute sie die Wüste unverwandt an. Der Schatten der Versuchung tanzte wie ein Palmzweig in ihren düstergelassenen Augen. Dieses ständige Locken verzehrte sie mit seinem Feuer. Ein trauriges Lächeln hing an ihren Lippen. Der Horizont füllte sich in ihrem Kopf mit Bildern. Eine große Zeit wurde in ihr noch einmal lebendig. Ihre Stirn zog sich um ihre Tätowierung herum in höchster Konzentration in Falten. Sie schien angespannt, ganz versunken in eine Erinnerung, bemüht, sie vollständig wiederzufinden oder ein wenig mehr zu verklären.

Der Sitz ihres *Chèche* war ein hervorragendes Stimmungsbarometer. War sie wütend, stieß sie ihn auf ihren Scheitel hoch: entblößte tätowierte Stirn, feurige Augen und scharfe Worte. Saß er gerade und war genau über den Augenbrauen mehrmals ordentlich um ihren Kopf geschlungen, so verriet dies Nachdenklichkeit,

Würde. Der sittsame *Chèche*, langsame Bewegungen und der tiefsinnige Blick unterstrichen die Besonnenheit ihrer Äußerungen. Wenn sie guter Laune war, hellte sich ihr Gesicht auf, und der Turban rutschte ihr tief über das linke Auge. Der schelmische *Chèche* und temperamentvolle Blick begleiteten eine schmeichelnde Rede. War er zu einem Drittel gelöst und hing in wohldosierter Lässigkeit fächerförmig auf ihren Nacken herunter, so verhieß dies Vergnügen, Freude oder Koketterie. Der *Chèche* wippte, streichelte sanft ihre schmalen Schultern. Nahm sie ihn ab, wobei ein Schal in leuchtendroten Farben zum Vorschein kam, und schwenkte ihn mit ausgestreckten Armen, so waren Gesang und *Bendire* nicht weit. Der ausgelassene *Chèche* als Reif um einen biegsamen Körper in glückstrunkenem Taumel.

Die Frau mit den dunklen Tätowierungen hieß Zohra. Die Emigrantin der Zeit besaß ein unvergleichliches Erzähltalent. Ihre tiefe Stimme hauchte den Worten ihr Leben ein. Wie echte Schauspieler wetteiferten Zohras Worte in ihrem Mund, schlugen die Zuhörer in ihren Bann und gewährten ihnen eine Begegnung mit ihren Nomadenvorfahren. Auf ihrer Bühne entdeckte man eine Welt, auf der die Armut stets ein Kleid aus Größe und Würde trug. Eine Welt, deren Unmaß nur zum Ziel hatte, Demut einzuflößen. Eine Demut, die der Wüste ihren Stempel aufdrückte: ihre Kargheit, ihre Trokkenheit. Während sie mit dem Oberkörper leicht vor- und zurückschaukelte, als wollte sie ihre Erinnerungen wiegen, erzählte sie:

»Nun setzt euch. Entspannt euch. Genießt ein Glas Minzetee. Und macht es euch vor allem richtig bequem. Ich nehme euch mit auf die Reise. Ich fühle mich im Moment so alt wie meine Geschichten. Mein Kopf ist mit Worten beladen, von Bildern schwer. Die Worte mitsamt den Erinnerungen, die sie tragen, haben nicht alle dieselbe Größe und dasselbe Gewicht. Einige dörren aus, verschrumpeln, werden welk und fallen schnell in die Schale des Vergessens. Sie machen der Vergangenheit den Aufbruch leichter. Gedächtnis und Vergessen sind die zwei Schalen einer Waage. Sie leben und gedeihen jeweils auf Kosten des anderen. Die Worte … können herb und ranzig sein, ein Taumel und ein Tanz oder Triller in unseren Köpfen wie das Aufsteigen eines Schwarms seraphischer *Youyou*-Rufe. Sie tragen bisweilen geliebte Stimmen und hätscheln die Erinnerung im Flaum ihres Klagelieds. Die Worte … Manche wirbeln und funkeln wie Myriaden von Sternen. Einige sind Sonnenstäubchen. Sie bezaubern unser Denken, dann hüpfen unsere Herzen aus den eintönigen Pfaden heraus. Andere sind heftig, als würden sie ständig von einem furchtbaren Sandsturm mitgerissen. Sie schwirren in uns und peitschen unsere Erinnerungen. Oder aber sie sind eine erdrückende Last. Der Tod am Hebel einer Presse, die das Leben erstickt, zerquetscht. Ich will euch vom Gewicht der Worte berichten. Ich will mich vor dem großen Schlaf erleichtern. Erzählen ist eine vornehme Aufgabe, und ich muß sie ehrenvoll erfüllen. Unsere Kinder und Kindeskinder müssen wissen, wo ihre Wurzeln sind. Sie sollen sie in ihrem Kopf tragen, um sie ihrerseits weiterzugeben. Mit Macht muß das Bewußtsein ihrer Identität von ihnen ausstrahlen. Nur so lebt das Wandern der Menschen von Generation zu Generation fort. Aber der Erzähler ist auch Künstler. Wenn das Alltägliche trocken und ohne Reiz ist, dann mischt er seinen Geschichten eine Prise Fabel und Zauberei bei. Mit dem Glas Tee bietet er einen Traum an. Darin ein paar Minzeblättchen, darüber eine Lichtgirlande, obendrein ein Hauch lieblichen Parfüms: Wohlgeruch, Gaumenfreuden und der Himmel. Ein Zauberer, der auf die ausgebreiteten Flügel der Entspannung bläst.

Als unsere Vorfahren im 11. Jahrhundert aus Arabien kamen, um Nordafrika zu erobern, stießen sie auf eine andere Wüste, die der ihren ähnelte. Sie wurden dort ansässig. Viele verfielen den Spielen mit der Waffe. Sie überquerten das Meer mit Kurs auf das Land Spanien … Andere flohen die Küstengebiete, seit Anbeginn der Zeiten das bevorzugte Ziel fortwährender Invasionen, und drangen mehr und mehr ins Landesinnere vor. Von ihnen stammen wir ab, von den ›Menschen, die wandern‹. Sie lebten genügsam, durchstreiften die Wüste … Teekarawanen, Salzkarawanen, Baumwollkarawanen! Ein Leben aus Wanderschaft, Schweiß, Durst und Erschöpfung … Zuweilen die Rast an einer Oase. Zuweilen eine *Sebkha*, ein Sonnensplitter, der von weitem Jagd auf den Blick machte und in das vom weißen Licht blinde Auge stach … Die Salzkarawanen bleiben für mich ein Märchen aus Stille und silbernem Licht! Eines Tages werde ich euch von ihnen erzählen … Seit damals hatten unsere Vorfahren an derselben Lebensweise festgehalten. Sie wanderten. Das Brennen des Lichts in der Tiefe des Blicks, die Haut gegerbt vom Schrothagel der Sandstürme und Staub bis in die Seele ... Sie wanderten, während eine Höllenglut den Himmel verbrannte, bis sie seine blaue Seide zerfraß. Der Orgasmus der Stille, von ohrenbetäubender Stärke, konnte sie in den Wahnsinn treiben und den Kopf mit schreienden Hirngespinsten, mit Trommeln der Sandwüste erfüllen! Von ihnen, von den ›Menschen, die wandern‹, stammen wir ab. Sie besaßen ein paar Schafe, Ziegen und Kamele und trieben Handel. Der Handel bestand vor allem aus Tauschgeschäften. Teppiche, Burnusse, *Djellabas*, *Khaidous*, *Kheimas* ... Eingetauscht gegen Weizen, Tee, Zucker, Öl oder Salz ... Das Salz war ein Zahlungsmittel. Sie holten es von den *Sebkhas* und brachten es dorthin, wo es fehlte. Keim des Geschmacks, Essenz des Lichts, Licht meiner Wüste, Reichtum meiner Träume ...«

Aber das bemerkenswerteste Abenteuer, das Zohra mit Vorliebe erzählte, war das von Djelloul, genannt »Bouhaloufa«, der Mann mit dem Schwein. Eine wahre Geschichte. Niemand wagte je, Zohra zu fragen, ob sie selbst Bouhaloufa wirklich gekannt hatte. Das wäre höchst unnötig und ungeschickt gewesen. Wer im ganzen Clan konnte sich schon rühmen, ihn so sehr zu lieben wie sie? Einen solchen Feuereifer daranzusetzen, seine Lebensgeschichte den Nachkommen der Ajalli nahezubringen, ausgerechnet jenen, deren Ahnen ihn mit Schmach überhäuft und aus ihrem Clan verstoßen hatten? Mit glänzenden Augen erzählte die Frau mit den dunklen Tätowierungen sie tausendmal mit ihrer rauhen und eindringlichen Stimme, die sich bei ihren Worten mit Stolz erfüllte. Und so groß waren die Heldentaten und die Magie ihres Erzählens, daß ihre Zuhörer allein schon beim Namen Bouhaloufa jauchzten und sich verzaubern ließen wie beim ersten Mal.

Djelloul Ajalli war der Bruder von Zohras Schwiegervater, der Onkel ihres Mannes Ahmed des Weisen. Von klein auf grenzte sich Djelloul von den anderen Jungen ab, die alle hervorragende Reiter und Krieger zu werden versprachen. Er war ein Einzelgänger, ein Träumer ... Doch in dieser Wüste, wo jede orangefarbene Düne, jede Oase wie lichtgebadete goldene Inseln vor dem Blick auftauchten und die Phantasie anregten, hatte man eine panische Angst vor der Phantasie. Fanden die von der Leere verdorrten und von den kargen Linien erschöpften Augen endlich etwas, worauf ihr Blick ruhen konnte, erfüllte der Schatten dieses so sehr erwarteten Rastplatzes sie mit Zweifel. Sie schlossen sich. Mißtrauisch forschten die Reisenden in ihrem Sinn, fürchteten, es wäre wieder einmal nur eine Frucht des Verlangens, die aus dem Stoff der Träume bei den langen Wanderungen erwachsen war. Denn in dieser Sahara, wo die Linien und die Horizontalen ein gleichförmiges Raster woben, in das sich die quälendsten Phantastereien, die tiefsten Betrachtungen hineinspinnen ließen, war der Traum ein Verstoß wider die Männlichkeit, eine Fessel für den Mut, eine Gefahr für das Überleben!

Eines Tages schloß sich ein *Taleb* der Karawane an, die unter einem weißglühenden, die rote Erde versengenden Himmel die Salzstraße entlangzog. Er wollte nach Mauretanien. Djelloul war sofort von diesem Mann fasziniert, der Talismane herstellte und bei jeder Rast ein dickes Buch hervorholte, dessen Seiten von der Zeit und vom Gebrauch verblaßt und zerfleddert waren. Niemand hatte Djelloul je etwas von der Schrift gesagt! Er bat den Mann, ihm zu erzählen, was er las. Oh köstliches Meisterwerk, es waren die *Geschichten aus tausendundeiner Nacht*. Wie konnten so viele Erzählungen, so viele Intrigen, so viele Kämpfe und so viel Schönes in diesen vergilbten Seiten enthalten sein? Durch welches Wunder strömte aus diesen reglosen Buchstaben dieses ungeheure Leben auf das augenblicklich unerträgliche Nichts seines Lebens? Djellouls Tage wurden unter dem Hauch der geschriebenen Worte reich, farbig und dicht. Die langen Märsche schreckten ihn nicht mehr ab, denn am Ende erwartete ihn die Oase der Worte. Mit schelmischem Blick und den Kopf voll von deren sprühendem Witz, hüpfte er an der Spitze der Karawane. Ab und zu kehrte er um und vergewisserte sich, daß der *Taleb* immer noch in der Gruppe der Männer war. Der Weise war da, mit dem Schnurrbart eines Gelehrten, wachem Blick und feinem Gaumen. Das Kind konnte es kaum erwarten, daß der vorderste Mann sein Kamel zum Ende der Karawane hin wendete und als Zeichen zum Halt den Sattel auf die Erde legte. Djelloul zündete dann eine Öllampe an und gesellte sich flink zu dem gebildeten Mann. In der Geborgenheit des schwachen, flackernden Lichts hielt der alte Mann gleich Scheherazade den gebannten kleinen Jungen in Atem. In der armseligen *Kheima,* die man in aller Eile für ein paar Ruhestunden aufgebaut hatte, in der Kälte und Stille, entdeckte Djelloul, während sich die Männer wie versteinert von der einbrechenden Nacht starr um die *Braseros* kauerten, eine Welt der Paläste. Eine ihm bislang unbekannte Welt. Er war verzaubert von der Raffiniertheit Scheherazades, entzückt, die Macht der Worte entdeckt zu haben. Die tapferen kleinen Kobolde entrissen dem Tod Nacht für Nacht einige Stunden des Lebens! Ihn rissen sie aus seiner Langeweile. Eine einmalige Reise, eine Zauberkarawane, wundervolle, von der Magie der Worte erfüllte Abende. Aber eines furchtbaren Morgens verließ der *Taleb* die Karawane. Er ging allein Richtung El-Aiun, nahm sein märchenhaftes Buch mit und, vor allem, das Ende der Geschichte! Oh weh! Wie lange hatte Scheherazade noch standgehalten? Wer konnte es ihm in dieser Wüste sagen? Niemand! Djelloul verspürte eine unerträgliche Leere, einen tiefen Trübsinn. So begann er, am Ende der Karawane zu trödeln und nachzudenken. Er betrachtete diese schwarz- oder blaugekleideten Menschen, die gingen, als zöge sie unablässig der Ruf der Ferne an:

»Was suchen sie? Sie halten Ausschau nach etwas«, er wußte nicht recht, wonach. »Sie wissen es vielleicht selbst nicht, aber sie suchen. So wandern sie vom Sonnenaufgang bis zum Sonnenuntergang, in Schweigen gehüllt und in Licht getaucht. Wenn sie müde sind, schlagen sie eilig ein Lager auf und beginnen zu warten. Was erhoffen sie? Worauf warten sie so zusammengekauert und bewegungslos? Auf etwas, das wahrscheinlich nie kommen wird!« dachte das Kind verzweifelt. »Aber sie stellen sich keine unnützen Fragen. Sie sind enthaltsam bis in den Gebrauch ihrer Worte. Schweigend wandern sie oder warten. So fließt ihr Leben wie eine lange Suche, ein endloses Warten dahin. Und wenn der Tod sie dann überrascht, wie sie sitzen oder auf Wegen aus Sand wandern, ihr düsterer Blick magnetisiert vom Ruf der Wüste, und wenn ihr armseliger, schnell vertrockneter Körper zu Staub wird, werden andere immer noch warten, vergeblich, ein ganzes Leben lang. Hier ist das Warten endlos!«

Das Kind hatte Angst. Es spürte, wie der Wirbelwind der Leere aus seinem tiefsten Inneren emporstieg und in seinem Kopf das Tosen eines Sturms auslöste. Es wollte den Trugbildern der Wüste, dem Reich der Hitze, des Sandes, des Schweigens und der Einsamkeit entfliehen, etwas anderes erleben als Warten, in andere Taumel geraten. Die geschriebenen Worte hatten ihm ihre Arabesken eingeprägt. Male, die der überraschende Aufbruch des *Talebs* zum Glühen brachte. Die Schrift, die gerade erst vor seinen Augen zum Leben erwacht war, war bereits ein sechster Sinn, der seinen Hunger hinausschrie und dessen stummes Gellen in seinem trunkenen Geist ertönte. Djelloul wurde das mit schmerzlicher Freude bewußt. Worte und Träume, ebenso unabdingbare Nahrung wie die Kamel- oder Schafmilch, Brot und Datteln. Er wurde noch schweigsamer und wich allen Jungenspielen aus. Stundenlang lag er bäuchlings im Sand und zeichnete, versuchte, die märchenerzählenden Zeichen wiederzugeben.

Eines Morgens in aller Frühe, als die noch fern am Himmel stehende Sonne um die *Kheimas* ein zinnfarbenes Licht ausgoß, wurde Djelloul durch die furchtbare frühmorgendliche Kälte der Wüste geweckt. Eine beißende Kälte. Ihre zahllosen eisigen Stacheln bohrten sich durch die Decken in die Haut, fraßen sich in den Körper hinein und rissen sogar den Schlaf auseinander. Djelloul fröstelte, drehte sich auf seinem Lager und wickelte sich in die Decke. Plötzlich durchflutete ihn ein glänzender Gedanke mit einem Glücksgefühl. Ein strahlendes Geschenk, ein Gedankenjuwel, den das kalte Morgengrauen in das Schatzkästlein seines vom Schlaf ganz leeren Kopfes legte. Warum hatte er nicht früher daran gedacht? Was war er doch dumm! Er würde bis zu den Ursprüngen der Schrift zurückgehen! Er würde sich bilden! So könnte er die schönsten Geschichten der Welt lesen. So könnte er in einer Gedankenwelt schwelgen und seine trübe Einsamkeit aufhellen. Aber um 1840 in dieser Wüste, in der die mündliche Tradition zu Hause war, lesen lernen zu wollen, war ein Luxus, eine Extravaganz, ein Sandkorn im Hirn. Seit Jahrhunderten hatte sich niemand im Clan je der Schrift bedient. Den Koran kannten sie Vers für Vers und bis zum *Hadith* auswendig. Ihre Geschichte sprudelte von selbst hervor und rann in stetigem Fluß von Mund zu Mund, von Generation zu Generation. Und selbstverständlich fügte jede Nachkommenschaft ihre *Wadis* hinzu, mit ihrem gemächlichen Verlauf in sonnigen und beschaulichen Windungen, mit dem Rasen ihrer Hochwasser … Aber der sonderbare Djelloul mit den wunderlichen Wünschen ließ sich nicht davon abbringen. Seine Dickköpfigkeit und sein mehr und mehr aufsässiges Wesen gaben Anlaß zur Sorge …

Zahlreiche *Djemaas*, verschiedene Meinungen, die in der Reglosigkeit um die *Braseros* peinlich genau abgewogen wurden, ließen jedoch schließlich die Überlegungen reifen. Der unter Druck gesetzte Familienclan entschloß sich endlich, seiner Bitte zu entsprechen. Alles in allem war es vielleicht keine so schlechte Idee, einen *Taleb* in der Familie zu haben, trösteten sie sich. Wenn man es recht bedachte, mochte ein Mann, der den Koran lesen und schreiben konnte – was sonst sollte man lesen? –, sogar von einigem Nutzen sein. Zumindest wären sie auf diese Weise alle in gebührender Form vor dem bösen Blick und dem Teufelswerk der *Djinns* geschützt. Das würde gewiß auch den Handel der ehrbaren Leute erleichtern. Außerdem durfte man die lukrative Seite der Angelegenheit nicht außer acht lassen. Eines schönen Tages, nachdem ihre Entscheidung gefallen war, legten sie ihre *Kheimas* zusammen, um nach Norden zu ziehen …

Der Stamm schlug sein Lager im Hochland oberhalb von Méchéria auf. Nur einige Männer sollten das eigenartige Kind weiter nach Norden bringen. Der übrige Clan sollte sich weit vom immer noch verderblichen *Tell* fernhalten! Nach den Türken war dieser *Tell* von den *Roumis* heimgesucht worden. Sie eigneten sich das Land an und verjagten die Menschen von ihrem Besitz! Es gab Aufstände und Massaker, hatte man ihnen erzählt. Was für Zeiten! Die Männer sollten sich nur so lange in der Stadt aufhalten, bis sie Djelloul einem *Taleb* anvertraut hatten.

Nach mehreren Tagesmärschen kamen sie nach Tlemcen. Eine Gruppe schweigsamer Männer, in ihre Burnusse gehüllt und steif vor Würde. Vom *Chèche* verborgene Gesichter, wilde, pechschwarze Augen, beunruhigt durch die Nähe des Städters, dieser gelähmten, merkwürdigen Gestalt! Das Wort Stadt war für sie gleichbedeutend mit leichtem und lasterhaftem Leben. Wie ihre Kamele ließen sie einen hochmütigen Blick über die Vorübergehenden schweifen. Wie konnte man so erstarrt hinter diesen Mauern leben? Warum so viele Schranken? Sicher, um unsittliches Tun zu verbergen ... Tlemcen war die Stadt der *Medersas*, das kulturelle Zentrum Westalgeriens. Sie erkundigten sich nach dem Ruf der verschiedenen Schulen. Ihre Wahl fiel auf eine, deren Ansehen, wie man ihnen versicherte, jeder Prüfung standhielt.

Djelloul wurde an der *Medersa* eingeschrieben und einem der *Talebs* anvertraut. Dieser mußte ihn gegen einige Zuwendungen der Familie beherbergen und seine Ausbildung vervollkommnen. Nachdem der seltsame Wunsch des nicht weniger seltsamen Jungen erfüllt war, schlossen sich die Männer wieder dem Rest des Familienclans an, der wieder zu einem normalen Leben aufbrach, welches nur kurze Zeit gestört worden war ...

Von Zeit zu Zeit, wenn ihre Wanderungen die Ajalli in den Norden des Hochlands führten, wurden einige Männer des Clans ausgeschickt, um Djelloul zu holen und seinem *Taleb* eine neue Spende zu machen. Der junge Knabe verbrachte dann einige Tage im Kreis seiner Familie.

Das Kind brachte seinem Lehrer, einem liebenswürdigen, hochgebildeten Mann, eine grenzenlose Verehrung entgegen. Das städtische Leben kostete er mit Genuß aus. Die rosafarbenen, zinnenbewehrten Mauern, die die Gärten umschlossen, weckten seine Neugier. Aus ihnen strömten Wohlgerüche, die seine Sinne quälten. Djelloul schlenderte oft durch die Gassen der *Medina* und den *Souk*. Überall, so schien ihm, war der betäubende Duft einer unbekannten Frau! Bei ihm zu Hause waren alle Frauen Schwestern, Cousinen, Tanten ... Er kannte sie alle und sah bis auf wenige Gelegenheiten nur sie. Welch köstliches Gefühl, Fremder in einer unbekannten Stadt zu sein! Jede hinter ihrem Schleier verborgene Spaziergängerin, die an den Mauern entlangstrich, wurde zu einem erregenden Rätsel! Die *Medina* war ein Bienenstock, in dem es von raschelnden *Haiks* und weiblichen Gerüchen wimmelte. Ihr verlockender Schatten zog ihn magisch an. Ein seltsames Pulsieren in seinem jungen Körper, lief er durch den *Ksar*. Der Geruch einer Frau! Geruch eines frischen, vom Staub des Schweigens befreiten Schattens, wo mit perlendem Lachen besetzte *Khassas* plätscherten! Lieblicher Geruch von Moschus und Ambra, in kleinen, durchbrochenen Phiolen bewahrt und zwischen schweren Brüsten getragen. Geruch von Leben und Lust. Aber der Platz, der seine Phantasien am meisten anregte, war der *Hammam*, das maurische Bad! Der einzige Zeuge der Nacktheit und der Vertraulichkeiten der Frau. Sammelbecken des Imaginären! Sein blühender, heißblütiger Geist peinigte Djelloul. Pein und Ekstase. Ekstase an der Grenze zum Schmerz! Er setzte sich vor den *Hammam*, lauerte auf das Herauskommen der Frauen, atmete sie ein mit den ganzen Wonnen des Blicks, dem ganzen bebenden Körper, dem ganzen erwachenden Verlangen!

Djelloul sah seine Familie nur durchschnittlich einmal im Jahr. Jedes Jahr schien ihm, er hätte sich etwas weiter von ihnen entfernt. Auch die Ajalli waren sich dessen bewußt. Was sollten sie später mit ihm machen? Könnten sie ihn erneut an ihr Nomadenleben in der Wüste gewöhnen? Ihre Besorgnis war so groß, daß sie sie zu verdrängen suchten, indem sie ihre Fragen nicht aussprachen.

Als sie wieder einmal in Tlemcen vorbeikamen und Djelloul bereits seit zehn Jahren bei seinem Lehrer lebte und ein schöner Jüngling geworden war, waren die Männer entsetzt über seine Lebensweise und die »Lasterhaftigkeit«, der er immer mehr verfiel. Sie hatten gewünscht, er möge, wenn nicht asketisch, so doch wenigstens maßvoll sein, im Koran bewandert und Verehrer des islamischen *Hadith*. Nun aber sog er sich voll mit den teuflischsten Genüssen und begeisterte sich sogar für die Poesie des *Jahili*, der vorislamischen Zeit, einer Zeit des Fetischismus und vieler Glaubenslehren. »Die Zeit der Unwissenheit« nannten die Muslime sie später. Aber mochte man ihr auch lange abgeschworen haben, so war die arabische Poesie doch niemals so reich, stark und unbändig gewesen, gerade weil sie freizügig, außer Reichweite für den kastrierenden Dogmatismus der monotheistischen Religion war. Djelloul tauchte mit Freude in diese Freiheit ein. Er genoß in ihr die langen Ritte, den Wein und die trunkenen Nächte, das Preisen aller Vergnügen, des ganzen Lebens ohne Beschränkung.

Wehe! Das also war nun das Ergebnis dieser geschlossenen Städte, wo die Menschen verkamen, wo die schwachen Gemüter verdarben und wo der Nährboden für alle Torheiten war. Es wurde beschlossen, Djelloul unverzüglich wegzubringen, diesen Träumer dem Einfluß seines zügellosen Lehrers zu entziehen, seine in Wollust gefangene Seele zu retten, indem man ihn auf die Bahn des läuternden Marschs der Nomaden trieb. So nahmen sie ihn trotz seiner heftigen Proteste mit sich.

Unterwegs jammerte Djelloul unter Schluchzern und langen Weinkrämpfen über die schmerzliche Trennung, die sein Herz bluten ließ. Und das Verschwinden der schönen Stadt, der Wiege seiner Träume, machte seine Augen lange Zeit blind für alles andere. Sollte er für immer des Nektars der Poesie beraubt sein?

Lang und eintönig war sein Weg, scharf und den Füßen feindlich die Steine des *Reg*, die sie absteckten. Bald trottete der Jüngling weinend neben seinem Esel, bald bestieg er ihn, und mit jedem Rütteln seines Trotts stieß er einen Schluchzer aus. Voll Bitterkeit fiel sein Blick auf den Rücken der Männer, die vor ihm auf ihren Kamelen schaukelten. Er verwandelte sie zu Stein, dort, auf der roten Erde zwischen den spärlichen ausgedörrten Gräsern, und kehrte um, machte sich wieder auf zu der rosafarbenen Stadt, zu ihren Frauendüften. Aber die Menschen, die wandern, waren unüberwindlich und unempfindlich wie ihre Wüste. Sie dachten nicht einmal an den Kummer, den sie ihm bereiteten, sie wanderten. Und der Schweiß rann über ihre zerfurchten Gesichter, durchnäßte ihren *Chèche* und ihr Gewand, das der bereits dunklen Haut eine Indigofarbe gab. Sie waren nur eine blaue Fata Morgana, die im intensiven Licht über einer kupfernen, von Sandstürmen geschliffenen Erde zitterte.

Einmal, bei der Durchquerung eines Buschwalds, stießen sie auf einen Frischling. Die Wildform des Schweins, das nach Auffassung des Islam für den Verzehr nicht geeignet, ja sogar ein nach Nutzlosigkeit stinkendes Tier ist, wurde von den Menschen verachtet. Wenn es auf ihrem Wege auftauchte, töteten sie es und ließen es als Futter für die Schakale zurück oder gaben es ihren Hunden. Aber an jenem Tage stellte sich Djelloul zwischen sie und das junge Wildschwein. Sie waren keine Menschen, die Sinnloses taten. Warum also dieses Blutbad? Er nahm das Tierchen in seine Arme und bot den Männern herausfordernd die Stirn. Also verzichteten sie darauf, sich noch einmal gegen ihn zu stellen. Es war nicht der Mühe wert. Sie machten kehrt und nahmen ihren Marsch wieder auf.

Djelloul streichelte den Frischling lange, bevor er ihn zurück auf die Erde setzte. Dann stieg er wieder auf seinen Esel und folgte den Männern. Als er sich nach einer Weile umdrehte, sah er, wie ihm das Tierchen mit der Schnauze am Boden folgte. »Es muß seine Mutter verloren haben, man muß ihm helfen, andernfalls wird es sterben«, dachte er gerührt. So kehrte er um, stieg ab und nahm es wieder auf. Die Packtaschen aus *Alfa*, mit denen sein Esel gesattelt war, enthielten seine wenigen persönlichen Sachen und seine paar Bücher. In einer von ihnen fand er Platz, um seinen Schützling hineinzuzwängen. Die Männer versuchten zu protestieren, aber der Jüngling beachtete sie nicht. So kehrte er mit seinen Büchern, seinem Schwein und den Kopf schwirrend von der verbotenen Poesie zu seiner Familie zurück.

Es gab sehr schnell viele Meinungsverschiedenheiten zwischen ihm und den anderen Männern des Clans. Das Leben der Menschen, die über eine Erde in Flammen wanderten, war ihm unerträglich. Er wollte dieses Licht nicht mehr, das so intensiv war, daß die Augen selbst nachts, geschlossen, noch unter dem Mal seines Brennens schmerzten. Er wollte über seinem Kopf den raschelnden Sonnenschirm der Bäume, auf der Haut den Segen ihres Schattens, in der Nase berauschende Düfte, vor den Augen Jungfrauen mit sinnlichem Hüftschwung, die die Gassen mit weißen *Haiks* säumten, und Huren, die die Gärten mit dem Lachen aller Sünden verdammten ... Er wollte köstliche Worte in seinem Mund, um all diese Freuden zu preisen. Nein, nicht mehr diese Kälte ohnegleichen. Nicht mehr diese Kälte unter einer zu schweren und zu steifen Decke, die, statt zu schützen, den Lebensfunken in einem klammen Körper erstickte. Nicht mehr diese beißende Kälte, die sich wie ein Raubvogel auf das Beste des Schlafs stürzte. Nicht mehr diese Leere in sich und um sich in einer steinernen Welt. Einer riesigen Welt, halb metallblau, halb kupfern, die durch die Einförmigkeit ihrer unendlichen Weiten einschloß und bedrängte. Nicht mehr diese Stille ... Warum sollte er dieses karge Leben erdulden? Warum klammerten sich die Menschen weiter an eine Erde, auf der ein Fluch lastete, eine Erde ohne Leben seit Anbeginn des Lebens? Ihre dunklen *Kheimas* mit kleinen schwarzen Öffnungen waren wie verkohlte Schädel, aus denen leere Augenhöhlen gähnten. Die spärlichen Dornensträucher, die sie auf ihrem Weg antrafen, waren wie verbrannte Stümpfe und schienen für alle dasselbe Schicksal vorauszusagen. Und die vom Wind oder von einem Schakal entblößten Menschen- und Tiergerippe, die aus dem Sand herausragten, verhießen dasselbe. Das versengte Fleisch wurde, kaum daß es seine letzten Zuckungen getan hatte, zu Staub, ohne auch nur die geringste Verwesung zu erfahren. Die nackten Knochen, in den Sand gespießt wie Finger, die auf die Lebenden zeigten, sahen aus wie Kreide. Bei der geringsten Berührung zerfielen sie knirschend, so als stießen sie einen letzten Klagelaut aus, bevor sie völlig in das steinerne Reich eintraten.

Djelloul nahm sich vor, diese Welt in ständiger Bewegung, im Schmerz und Wind, der ihn auf das Nichts zutrieb, zu fliehen. Sein Traum, den zu verraten er sich hütete, war, nach Tlemcen zurückzukehren oder sogar noch weiter fortzugehen ... Sein Wildschwein wuchs heran und folgte ihm überallhin. Jeder, der es zu ärgern wagte, setzte sich seinem gerechten Zorn aus. Im übrigen teilte er mit den anderen Männern nur noch Streitigkeiten. Man sah ihn überall mit seinem *Halouf*, wie er Gedichte vortrug und jede weitere Gesellschaft mied. Er war der Irre, der Verrückte, der Unverschämte, den sie verachteten und dem sie den Beinamen Bouhaloufa, »der Mann mit dem Schwein«, gaben, in der Hoffnung, ihm mit diesem schmutzigen Schimpfwort die größte Schmach zuzufügen.

Ein »schlimmer« Vorfall brachte die andauernde Spannung zur Explosion. Was geschah eigentlich? Zohra wich dieser Frage stets geschickt aus. Sie sagte nur:

»Es war schlimm, sehr schlimm.«

Aber vielleicht kannte Frau Zohra den wahren Sachverhalt selbst nicht, vielleicht hatte sie auch dieselben Ausflüchte auf ihre Fragen erhalten. Doch um nichts in der Welt hätte die Frau mit den dunklen Tätowierungen zugegeben, daß ihr Repertoire an Geschichten gewisse Lücken hatte. Also gab sie sich so, als sei sie plötzlich wie erdrückt von der schweren Bürde des Geheimnisses. Einen Augenblick fehlten ihr die Worte. Sie ließ einen gequälten Blick über ihre Zuhörer schweifen. Geheimnisse wurden ängstlich gehütet, sobald sie die Würde des Clans auf irgendeine Art beschmutzen konnten. Sie unterließ es nicht, mit Nachdruck daran zu erinnern.

Wie dem auch sei, als Ergebnis dieses noch immer unter dem Siegel der Verschwiegenheit stehenden Vorfalls wurde Bouhaloufa aus dem Stamm ausgeschlossen. Er sattelte sein nun ausgewachsenes *Halouf* mit *Alfa*körben, packte seine *Djellaba*, seine Bücher, eine *Gerba* voll Wasser hinein und zog in Richtung Nordwesten, mit dem entschlossenen Schritt eines endlich freien Mannes. Seine Familie sollte ihn niemals wiedersehen.

Mehrere Jahre später erfuhren die Ajalli von Karawanen, die häufig die Verbindungsroute zwischen Algerien und Marokko nahmen, daß Djelloul lange dieses Nachbarland durchstreift hatte. Er ging von Stadt zu Stadt, ein Nomade der Siedlungen, auf der Jagd nach neuen Frauendüften, auf den Spuren weiterer Freuden. Abends las er Gedichte oder Geschichten bei reichen Marokkanern vor, die ihn sich empfehlen ließen. Dann ließ er sich in der Stadt treiben, auf der Suche nach neuem Sinnentaumel. Tagsüber saß er im *Souk*, vor sich eine *Meida*, und arbeitete als öffentlicher Schreiber, sog alle Wohlgerüche der *Medina* mit Wonne ein. Tag und Nacht kostete er das Vergnügen aus und gab damit seiner Poesie neue Nahrung.

Und was wurde aus dem *Halouf* von Bouhaloufa? Es folgte ihm überallhin mit »verständigem« Schritt und trug die *Meida* und die Bücher. Und zu den Menschen, die stehenblieben, wenn die beiden vorbeigingen, und die seltsame Aufmachung des nicht weniger seltsamen Tieres neugierig zur Kenntnis nahmen, sagte Djelloul:

»Bei Allah, dieses Tier, das ihr da seht, war ein edler Nomadenscheich vom Stamme der Ajalli. Er hieß Djelloul. Der Fluch der Seinen verwandelte ihn eines Abends bei Vollmond in ein *Halouf*. Ich war dabei. Ich war bei der Verwandlung zugegen. Also führe ich ihn seitdem mit mir. Und an den Vollmondabenden findet er seine Sprache wieder und erzählt mir seine Geschichte!«

Manche Menschen waren eingeschüchtert und rannten fort. Andere liefen, beeindruckt von der Sage, hinter dem *Halouf* her und streichelten es. Das Tier wurde berühmt in den Städten, durch die sie kamen. Man nannte es *Si* Halouf Ajalli! Sein Tod versetzte Bouhaloufa in Trauer. Da es sich weder für einen Dichter geziemte noch zu seiner Empfindsamkeit paßte, die sterblichen Überreste eines so wertvollen Gefährten der Bohème im Stich zu lassen – so gewöhnlich das Tier für die Ajalli auch sein mochte –, beschloß Bouhaloufa, ihm eine würdigere Bestattung auszurichten, als sie je einer von ihnen erhalten würde. Er hüllte den Körper in ein seidenes Leichentuch. Durch einen Kunstgriff verlängerte er seine Form derart, daß es von außen wie ein menschlicher Körper aussah. Er grub ein Grab auf dem Friedhof der Stadt. Früh am nächsten Morgen mietete er einen Träger, damit er ihm half, sein *Halouf* zum Friedhof zu schaffen. Und um an dem Tier das Unrecht zu vergelten, das der Koran seit seiner Entstehung seiner Rasse zufügte, ließ er in derselben Nacht in der Moschee von einer Schar *Talebs* Verse rezitieren. Niemand in der Stadt erfuhr jemals, daß auf dem Friedhof zwischen den menschlichen Körpern oder dem, was von ihrer Verwesung übrigblieb, der eines Schweins ruhte: »*Si* Halouf Ajalli!«, sogar mit dem Segen der *Talebs*.

Djellouls Schmerz wurde durch diesen letzten Streich gelindert, den er dank seines *Haloufs* den Menschen noch spielen konnte, und als Huldigung widmete er ihm ein langes Gedicht.

»Nun bist du also allein. Möge Allah dich vor den Menschen im Jenseits schützen, sollten sie nicht viel anders sein als die hienieden«, sagte er, als er das Grab verließ.

Nachdem er jetzt allein dastand, schlug Djelloul sofort die Richtung nach Bagdad, der Hauptstadt der Abbasiden, ein. War es eine Wallfahrt an die Ufer des Tigris als Zeichen seiner Bewunderung für Harun-al-Raschid, diesen berühmten Kalifen, Philosophen, Dichter und Helden zahlreicher *Geschichten aus tausendundeiner Nacht?* Wurde er vom Wirbel eines Duftes mitgerissen, der schwindelerregender war als die anderen? Ein Geheimnis mehr um den Mann mit dem Schwein. Mehr als zwanzig Jahre zog er durch den Mittleren Osten. Als er nach Marokko zurückkehrte, war er ein wohlhabender Mann, und wenn er nun auch ein schneeweißes Haupt hatte, so war sein Körper noch in vollem Saft, und seine Gesichtszüge blieben schelmisch: wache Augen, in denen ein beißender Witz glomm. Da er sich gern mit Geheimnissen umgab, blieb die Herkunft seines Vermögens ein Rätsel. Er ließ sich in Oujda nieder, einer marokkanischen Stadt nahe der algerischen Grenze, und kaufte dort einen Bauernhof direkt am Ausgang der Stadt, an der kleinen Straße, die wenige Kilometer weiter nach Algerien führte. Er nahm sie niemals, diese Straße zu seiner Vergangenheit. Aber sie war da, in unmittelbarer Nähe des Hofs. Sie schlängelte sich vergnügt im Schatten der großen Johannisbrotbäume. Eine Möglichkeit, die sich mit so viel Nachdruck darbot, schläferte seine Sehnsüchte ein, und sein Verlangen wurde nebenbei gestillt. Hätte in diesem Mann voller Widersprüche das Verschwinden dieser Möglichkeit nicht sofort eine unersättliche Lust entfacht, sein Verlangen geweckt? Als er schließlich eine Frau nahm, war es ein heiratsfähiges Mädchen, das man ihm, dem wohlhabenden Mann in den Sechzigern, anbot. Aber dennoch bekam er nur drei Kinder: ein Mädchen und zwei Jungen. Seine Söhne, Mohamed und Hamza, besuchten ihrerseits die *Medersa*. Er erzählte ihnen oft von seiner Familie dort in der Wüste.

»Harte, stolze, aufrechte und edle Leute. Das sind die Menschen, die wandern. Sie laufen, solange das Leben zu schnell in ihnen läuft. Sie suchen wahrscheinlich irgend etwas. Sie wissen nicht was und ahnen sogar, daß sie es niemals finden werden, daher schweigen sie und gehen still voran. Der Himmel mag noch so sehr eine einzige Flamme sein, die Erde ein Schmelzofen und ihr armer Körper zerschlagen, ausgedörrt und rissig wie ihr *Reg*, nichts, nein nichts stoppt das langsame Vorrücken der Menschen, die wandern. Sie sind das bißchen konzentrierte Blut, das noch eine verbrannte Erde bewässert. Sie verkörpern die Verstandeskraft der ersten Menschen, die begriffen, daß man in Bewegung sein mußte, um zu leben. Sie werden die der letzten Menschen verkörpern, die die Grauen der Unbeweglichkeit fliehen und versuchen werden, wenn nicht die Reinheit, so doch zumindest die Ruhe wiederzufinden in ihrem Marsch über eine Erde, die offen ist für die dahineilenden Gedanken. Sie sind daher Menschen ohne Ketten … Freiheit, eine gewisse Freiheit«, sagte er mit nachdenklicher Miene.

Die Brüder und Schwestern Bouhaloufas, die im Stamm geblieben waren, dort, auf der roten Erde, im Licht, im Wind und im Elend, heirateten und setzten ihren Marsch durch *Regs* und *Hamadas* fort.

Abdelkader, Bouhaloufas Bruder, genannt der Jähzornige, denn er war von einer Wut erfüllt, die oft den dichten Schleier des Schweigens zerriß und seine Urteilskraft beeinträchtigte, hatte das Pech, sehr jung zu sterben. Unter seinen sechs Kindern war nur ein Sohn: Ahmed, der Mann Zohras, der Geschichtenerzählerin mit den dunklen Tätowierungen. Nach Auffassung aller war Ahmed ein großer Mann, ein Weiser. Er hatte von seinem Vater und seinem Onkel deren jeweilige Vorzüge geerbt, doch nicht ihre Fehler übernommen, die sie auseinandergebracht hatten. Er war berühmt für seinen Mut, seine Kraft und männliche Schönheit, genau wie sein Vater. Aber er hatte von ihm nicht die entsetzlichen Wutausbrüche voller Ungerechtigkeit geerbt. Von Bouhaloufa, dem ausgewanderten Onkel, hatte er die Sanftmut, die geistige Aufgeschlossenheit und die Gewandtheit, aber nicht dessen maßloses und eigenwilliges Wesen, das seine Umgebung vor den Kopf stieß. Also gab man ihm den Beinamen »der Weise«. Und all die Jahre hindurch befragte ihn der Stamm um seine Meinung und befolgte seine Ratschläge. Ahmed der Weise hatte seinem Vater Abdelkader dem Jähzornigen auf dessen Totenbett, auf dem alle Wutausbrüche des Lebens bereits erloschen waren, das Versprechen gegeben, nach seinen Vettern in Marokko zu suchen. Die Ächtung von Bouhaloufas Kindern war nicht gerechtfertigt. Die Blutsbande konnten sich weder unter den furchtbarsten Haßtiraden noch unter der nagenden Belastungsprobe der Zeit lockern. Der Schleifstein der Jahre hatte dabei lediglich die Unebenheiten geglättet. Es war an der Zeit, die Familienbande wieder zu festigen, die durch die Ablehnung und die Entfernung sehr mitgenommen waren. Es war nun der Augenblick gekommen, die Vorwürfe dem Sandsturm zu überlassen. Er würde sie auslöschen, wie er es mit jeder Unreinheit, jeder Spur macht, welche die Oberfläche der ewigen Erde beschmutzt, und ihr so ihre unveränderliche Jungfräulichkeit zurückgibt.

Ahmed hatte drei Jungen: Nacer, Tayeb und Khellil, und zwei Mädchen: Fatna und Nedjma. Als sein ältester Sohn Nacer etwa zehn Jahre alt war, besuchte Ahmed seine Vettern in Oujda. Er traf die beiden Söhne Bouhaloufas, Hamza und Mohamed, in Luxus und Überfluß an. Sie bewohnten zwei große Gebäude in einem

Winkel ihres Besitzes. Sie besaßen einen Pferdestall, einen Koben und eine Schafherde. Sklaven und Pächter in großer Zahl gingen ihrer Arbeit nach. Ahmed war begeistert. So stellte er sich das Paradies vor, eines frommen Mannes einziger Traum.

Ahmed hielt Einkehr am Grabe seines Onkels, der bereits seit einigen Jahren tot war ... Dort, unter wenigen Zentimetern Erde, ruhte also dieser sonderbare Onkel, von dem er so viel gehört hatte und den er nie kennenlernen würde. Allein in seinem Leben wie in seinem Tode, ruhte er für alle Zeiten fern von den Seinen, in fremder Erde. Wenn er in Tlemcen hätte weiterstudieren können, wenn die anderen weniger unnachgiebig gewesen wären, wenn ... Aber da könnte man ebensogut versuchen, die Wüste auf einen Sandhaufen zusammenschrumpfen zu lassen, und glauben, sie mit einem Schritt durchqueren zu können.

»Möge Allah euch allen verzeihen. Ich verspreche dir, Onkel Djelloul Bouhaloufa, unverzüglich nach Mekka zu gehen. Am Grab unseres Propheten werde ich flehen, daß er dich ins Paradies aufnimmt und mir erlaubt, bald zu dir nachzukommen, um dich endlich kennenzulernen. Ich werde ihn auch bitten, über unsere Kinder zu wachen: daß sie niemals das furchtbarste aller Übel erfahren, die Intoleranz, dieses Leben, das sich selbst um die Vielfalt an Perspektiven bringt und das sich nur noch einen einzigen Weg unter tausenden zugesteht.«

Bevor Ahmed zu den Seinen zurückkehrte, schworen sich seine Vettern und er, ihre Kinder miteinander zu verheiraten. Wieder bei seinem Stamm, erzählte Ahmed allen von seiner Reise, berichtete von seinem Versprechen gegenüber dem Toten und dessen Kindern. Dann bereitete er sich auf seine lange Reise nach Mekka vor. Eine aufreibende Reise, schwierig und so lang. So viele Länder galt es zu durchqueren, bevor man nach Arabien kam. Diese lange Fahrt machte man seinem Vermögen entsprechend zu Fuß, auf einem Eselsrücken, auf einem Kamel oder zu Pferd. Wenige *Hadjs* kehrten in ihre Familie zurück, nach mehreren Monaten oder Jahren der Abwesenheit. Der Tod lauerte vielen von ihnen auf den langen Wegen auf.

So brachte Ahmed, bevor er ging, Ordnung in seine Angelegenheiten. Die Pilger, gesegnete Menschen vor dem Herrn, standen mit einem Fuß im Paradies, sobald sie ihr Vorhaben verkündet hatten. Sie waren die einzigen Lebenden, die das ungewöhnliche Privileg genossen, ihre eigene *Aacha*, die Totenwache, auszurichten und ihr beizuwohnen. Wenn Verwandte und Freunde sie mit neidischem Blick und nach vielen Empfehlungen und Segnungen verließen, konnten sie gelassen, mit reiner Seele fortgehen. Der Tod konnte sie dann irgendwo überraschen. Wurden diese erschöpften, schweiß- und staubbedeckten Männer, mit blutüberströmten Füßen und völlig allein auf den holprigen Wegen, von ihm, dem stürmisch-entschlossenen Gevatter, überwältigt, bevor sie ihr Ziel erreicht hatten, so geschah es, um ihre Leiden zu verkürzen, um sie vor allen Fallen zu bewahren, sie zu schützen vor der Verlockung aufzugeben und sie so schnell wie möglich in das Haus Allahs zu bringen.

Ahmed der Weise machte sich also eines schönen Morgens auf. Er verließ mit Mahmoud, einem seiner Onkel, seine *Kheima*, seine Frau und seine Kinder. Die ganze Familie hatte zusammengelegt und ihnen zwei Pferde geschenkt.

»Zwei schöne Hengste, von einem Schwarz, das im Licht schillerte«, sagte Zohra, die Frau mit den dunklen Tätowierungen. Dann fügte sie mit Entzücken hinzu: »Mein Mann Ahmed, Sohn von Abdelkader dem Jähzornigen, den man wegen seiner Tugenden auch den Weisen nannte, war ein so schöner Mann ... Seine Haltung auf seinem prächtigen Roß brachte alle Frauen des Clans aus der Fassung. Wieviele Männer und Frauen des Stammes wären überglücklich gewesen, ihre Tochter als Nebenfrau an ihn zu verheiraten! Er lachte und gab ihnen zur Antwort, während er seinen spitzen Schnurrbart zwirbelte:

›Ich bin nicht verrückt, ihr kennt Zohra, die Frau, die über die sagenhafte Macht der Worte verfügt. In ihrem Munde sind sie köstlich oder schneidend, sie sind so, wie es ihr beliebt! Welch andere Frau könnte es mit ihr aufnehmen? Unter dem Schock von Zohras Worten würde die Ärmste sich bei Allah ausweinen, ehe sie überhaupt in den Stand der Ehe träte. Und man darf sich weder sprachliche Freiheiten noch Beschwerden herausnehmen, wenn man eine anerkannte Geschichtenerzählerin zur Frau hat. Hütet euch vor der Art, mit der sie euch unsterblich machen kann! So ist es mit den

Seelen, die seit ewigen Zeiten verehrt oder verspottet werden! Ich für mein Teil strebe nur danach, des erholsamen Vergessens wert zu sein, das die Mehrheit der Toten genießt. Zohra, sorge für deine Kinder und erzähl ihnen von mir. Gott möge dich schützen, Bent Slimane. Und ihr zwei‹, sagte er, wobei er sich an seine zwei ältesten Söhne Nacer und Tayeb wandte, ›sorgt für Khellil, eure Mutter und eure Schwestern. Wenn ich nicht zurückkomme, möchte ich, daß Khellil die Sprache der *Roumis* lernt. So hättet ihr dann wenigstens jemanden, der euch führen könnte, sollte sich deren Gier auf die Landstriche eurer Wanderungen ausweiten. Tayeb, ich zähle dabei auf dich. Vergeßt auch nicht, daß ihr Cousinen aus Oujda zur Frau nehmen sollt.‹

Dann ging er fort.

Ich blieb unbeweglich vor meiner *Kheima* und schaute ihm nach, bis er am Horizont verschwand. Ich ahnte, daß ich ihn nicht mehr wiedersehen würde, Gott ruft seine guten Diener recht schnell zu sich.

Nach etwas mehr als zwei Jahren ist Mahmoud zurückgekommen. Mein Ahmed ist auf dem Rückweg gestorben, dahingerafft von einem Fieber auf libyscher Erde. Von einer Alleinstehenden mit fünf Kindern wurde ich zur Witwe mit fünf Kindern. Ich begrub die Hoffnung, und trauernd trug ich mein Leid von den Oasen zu den *Mechtas* mit mir herum. Die schon verheirateten Männer aus der Gruppe wollten mich zur Frau nehmen. Das kam nicht in Frage. Verglichen mit meinem Ahmed schienen mir die würdigsten unter ihnen unscheinbar und engstirnig. Sie hatten weder seine Größe noch seine Sanftmut. In Wahrheit triumphierte in mir das Dunkel. Es ließ mir nicht eine Spanne Zukunft, und auf dem Unheil der Gegenwart lasteten bedrohlich alle möglichen Unsicherheiten. Um zu überleben, verarbeitete ich Wolle. Meine nun halbwüchsigen Söhne Nacer und Tayeb halfen mir sehr. Das Leben floß mühevoll und langsam dahin. Ein leeres Leben, wo man nur atmete und wanderte, um nicht zu sterben. Doch Sterben bedeutete zumindest Ruhe, für immer die Bürde der Knochen ablegen, der Erde einen großen Teil der Drangsale überlassen und als Gegenleistung ihre staubige Lossprechung erhalten.

Dort in Frankreich war der große Krieg. Das war 1940, glaube ich. Ein *Kaid* eines Nachbarstammes setzte uns davon in Kenntnis, und er erfaßte alle jungen Männer in wehrfähigem Alter. Nacer wurde einberufen und ging an die Front. Ich konnte die Überlegungen der Männer nicht begreifen! Ich begriff nicht, warum mein Sohn für dieses Land am andern Ufer des Meeres kämpfen sollte. Diese Erde war nicht die unsrige, seine Bewohner sprachen nicht unsere Sprache, glaubten weder an Mohammed noch an den Islam. Nichts verband uns mit diesem Volk, das unser Land schon seit hundert Jahren besetzt hielt. Oh, ich konnte mich nicht über sie beklagen! Bis dahin hatte ich niemals einen *Roumi* oder ein ›Tomobil‹ gesehen. Es war eines der letzten Privilegien unseres Nomadenlebens. Hundert Jahre nach ihrer Ankunft im Lande entzogen wir uns ihnen noch immer. Das war leider im *Tell* und den *Aurès* nicht der Fall. Ich hörte immer, wie man sich entsetzliche Dinge erzählte. Es hatte Aufstände, Demonstrationen und Massaker gegeben. Es hieß, in den Städten sei der Algerier der Sklave des *Roumi*. Ich betete zu Gott, uns so lange wie möglich von diesen verhängnisvollen Zuständen fernzuhalten. Nach meinem Mann verließ mich nun mein Sohn. Ich hoffte, daß zumindest er wohlbehalten zu mir zurückkäme.

Das folgende Jahr war ein Jahr der Epidemien: Blattern, Cholera und Typhus fielen über den Clan her wie ein Wirbelsturm von Heuschrecken über ein Weizenfeld. Die Krankheit verpestete alle *Douars*. Ihr fader und ekelhafter Geruch wohnte Tag und Nacht in meiner Nase, ein Gestank aus Erbrochenem, altem Urin und Elend. Der Tod trat in Erscheinung und begann, unermüdlich umherzuschleichen. Von allen *Kheimas* hob er eine Wand hoch, und heimtückisch, während der schlimmsten Schmerzen, bemächtigte er sich der Schwächsten. Ich spürte ihn wie einen Wachposten dort vor meiner *Kheima*. Er raubte mir meinen Vater und mein jüngstes Kind, meine hübsche Nedjma. Das schien ihm nicht zu genügen. Ich hatte ihn immer noch um mich, in meiner Nase und in meinem Kopf! Also ging ich hinaus vor die *Kheima* und herrschte ihn an. Ich schrie, ich beschimpfte ihn ... Aber als alle Erniedrigungen, mit denen ich ihn überschüttete, unzureichend schienen, wurden mir meine Ohnmacht und mein Elend bewußt. Da hatte ich keine Worte mehr, für nichts.

Die Gruppe ging stark geschrumpft daraus hervor. Die Hungersnöte vergrößerten die Horden von Räubern und Bettlern. Das Unglück breitete sich aus. Durch Elend und menschliches Leid gestärkt, gebar es diese Brut. Ein Klima der Unsicherheit herrschte auf unseren Wanderungen, ihr Umkreis wurde mehr und mehr eingeengt und unsere Weideflächen zunehmend verkleinert. Es gab mehrere Jahre völliger Dürre. Wie die Menschen fiel auch das Vieh. Die überlebenden Tiere waren so zum Skelett abgemagert, daß man nicht einmal daran dachte, sie zu opfern.

1945. Nacer, der in Deutschland gefangengenommen worden war, einem Land, das noch ferner als Frankreich ist, glaube ich, wurde befreit und aus der Armee entlassen. Er ging geradewegs nach Marokko zu seinen Onkeln. Er machte sich nicht einmal die Mühe, uns aufzusuchen und zu begrüßen. Er hatte sicher recht, das Elend zu fliehen. Aber trotzdem, uns so im Stich zu lassen, er, der Älteste!«

Mai 1945 grub sich in das Gedächtnis aller ein, leider auf sehr unterschiedliche Weise: Sieg und Freude für die Franzosen, *Sétif* und Trauer in Algerien. Fünfundvierzigtausend Algerier, die getötet wurden, weil sie gewagt hatten, auch für sich zu fordern, wofür viele der Ihren an der Seite der Franzosen ihr Leben gegeben hatten … Seitdem haben die Frauen Ostalgeriens den weißen *Haik* gegen den schwarzen dieser Tragödie eingetauscht. Ein schwarzer Flügel der Erinnerung, der immer vor dem Auge des *Roumi* schlagen wird. Er wird dafür sorgen, daß die Gnade der Zeit ihm nicht so leicht das Vergessen dieser Freveltaten schenkt.

»Es hieß, im Norden gehe einiges vor sich. Wir aber lebten außerhalb der Zeit. Wir erhielten nur hin und wieder Neuigkeiten durch die vom *Tell* kommenden Karawanen, die wir auf unseren Wanderungen trafen. Von den Ereignissen in *Sétif* wußten wir zum Beispiel mehrere Monate lang überhaupt nichts.

In unserer Gegend, im Süd-*Oranais,* herrschte noch Ruhe. Aber ich fühlte mich nirgends mehr in Sicherheit. Durch die militärischen Vergeltungsmaßnahmen und Enteignungen war auch im Norden die Hungersnot auf ihrem Höhepunkt. So kam die größte

Epidemie über die Nomaden. Eine lähmende, schwere Epidemie. Eine, welche die Freiheit aufzehrt, welche den Horizont auf das Ausmaß einer Schachtel einengt, die verschlossen ist wie ein Grab. Eine, welche das Dunkel vor die Augen und in den Kopf legt: die Unbeweglichkeit! Mein jüngster Sohn, Khellil, war bereits sieben Jahre alt, er mußte nach dem Willen seines Vaters eingeschult werden. Ich wollte mich nicht mehr von meinen Kindern trennen. Die mir blieben, wollte ich in meiner Nähe haben. Ich hatte zu große Angst, sie zu verlieren. Mit meinem Sohn Tayeb faßte ich den Entschluß, mich in *El-Bayad* niederzulassen. Mit dem Nomadenleben war es vorbei. Ich hatte den Eindruck, so das Beste von mir zu begraben. Das seßhafte Leben hatte etwas Starres, Eintöniges, Endgültiges, das mich verzweifeln ließ. Es war wie ein kleiner Tod, der bereits am Leben schmarotzte. Nie mehr würden wir diese langen Tage erleben, wo man geschwächt und innerlich leer mit mechanischem Schritt bis ans Ende seiner Kräfte geht. Am Ende der Mühsal tauchten die Oase und ihre Versprechen auf; die majestätischen Palmen, die die Herzen jauchzen ließen, die Dünen, deren goldbrauner Sand ein Segen für die vor Erschöpfung steifen Körper war, und manchmal sogar ein schmales Rinnsal, in das sich die Kinder mit Jubel stürzten. Das Glück! Eines Morgens legten wir unsere *Kheimas* ein letztes Mal zusammen und machten uns noch einmal auf. Als sei das Leben nur durch das Gewicht seiner Schritte etwas wert. Als sei es unerläßlich, den Körper zugrundezurichten, um den Luftspiegelungen bei der Ankunft Größe zu verleihen und sie wie einen Rausch dem taumelnden Geist zu schenken. Als bräuchte es unsere Fußabdrücke, um die glänzenden Glieder des Lichts abzurollen, welche die schwarze Kette der Nächte zusammenhielt ... Ein Licht, so stark, daß es wie eine Quintessenz von Blicken war. Die Blicke all dieser Nomadengenerationen, die seit Jahrhunderten in der Wüste wandern und vorüberziehen, ohne jemals eine Spur zu hinterlassen. Nur ihre Blicke wohnen im Licht wie eine Erinnerung. Deshalb ist es so glühend. Deshalb haben jene, die noch wandern, das seltsame Gefühl von der Anwesenheit einer Seele, die achtgibt und beobachtet, eines Blicks. Das Licht dieser Blicke hält die Einsamkeit fern, und wenn der Körper vor Müdigkeit schwankt, spannt es den Bogen des Willens ein wenig weiter. Also richtet man sich auf, der Fuß, der strauchelte, eilt weiter in der Hoffnung, die Erhabenheit eines Todes zu erlangen, der nicht nur Staub, sondern auch ein Strahl am Firmament ist.

Aber mein Mann, mein ältester Sohn, mein Vater und viele der Meinen waren nicht mehr da. In meinen Augen war nichts mehr gleich. Außerdem fiel die Gruppe allmählich auseinander. Einige Familien ließen sich in *Labiod-Sid-Cheïkh* nieder. Andere, wie wir, in *El-Bayad*. Wir lernten die *Roumis* und die ›Tomobile‹ kennen. Sie beeindruckten mich überhaupt nicht. Tayeb fand eine Anstellung als Gärtner bei Kolonisten. Hm, mein Sohn und Gärtner! Dennoch waren sie freundlich zu uns. Als wir versuchten, Khellil einzuschulen, hielt man uns entgegen, er sei zu alt: ›Es ist zu spät!‹ sagten sie. Zu spät für ein Kind, welches das Leben vor sich hatte? Was sollte dieses Gerede? Aber die unbeweglichen Menschen langweilten sich derart, daß sie die Zeit mit kleinen Tagesbruchstücken bezifferten, so wie ich die Ebenholzperlen meiner Gebetsschnur abzähle, um zu beten! Sie setzten der Zeit Schranken, so wie sie Mauern errichteten, um ihre Schritte zu begrenzen. Ging man darüber hinaus, fiel man aus ihrer gefangenen Zeit heraus, sagten sie: ›Es ist zu spät!‹

Madame Perez, die Frau des Kolonisten, sprach fließend Arabisch. Ich ging zu ihr, um sie um Hilfe zu bitten. ›Vielleicht hat sie ja einen Schlüssel, der über die Türen der Seßhaftenzeit herrscht, wo sie doch so vieles besitzt?‹ hatte ich mir gesagt. Meine Überlegungen zur unbeweglichen Zeit der Städter brachten sie zum Lachen. Sie erklärte mir gut gelaunt:

›Sei unbesorgt, Zohra, ich werde dir deinen Sohn schon einschulen.‹

Sie suchte den Direktor auf, und Khellil wurde eingeschrieben. Es gab sehr wenig Algerier in der Schule. Ich war nicht wenig stolz, daß mein Jüngster dazugehörte. Aber ich entdeckte, daß es zwei Gesetze gab: ein Sklavengesetz, das die Tayebs und Fatmas beherrschen sollte, und ein anderes, das einer Elite vorbehalten war, die bereits auf ihre unumschränkte Macht bauen konnte. Dennoch schenkte ich Madame Perez, um ihr für ihre wohlwollende Vermittlung zu danken, einen *Couscous*. Sie versicherte, es sei der beste, den sie jemals gegessen habe, und bat mich noch oft um einen.

Ich langweilte mich, und da ich nichts Besseres zu tun hatte, kochte ich jedesmal, wenn sie es wünschte, einen für sie. Das Leben in einem Haus, selbst mit einer stets offenen Tür, war für mich sehr schlimm. Allein das Vorhandensein von Mauern bedrückte mich. In einer *Kheima* ist eine Wand so schnell hochgehoben, und gleich darauf begegnen die Augen freundlichen Gesichtern. Im übrigen brauchten wir gar nicht die *Kheima* den Insekten zu öffnen, um von Zelt zu Zelt zu schwatzen und zu lachen.

In *El-Bayad* lernte ich zum ersten Mal die Einsamkeit kennen. Und so begann mich die Sehnsucht zu quälen. Ich versuchte jedoch, vernünftig zu sein. Ich fuhr sie an, die Sehnsucht. Ich konnte mir noch so sehr einreden, sie sei aus demselben Holz wie die unbewegliche Zeit der Seßhaften: ein Auf-der-Stelle-Treten, ein Wiederkäuen, ein gestohlener, umgelenkter Lebensabschnitt. Es war nichts zu machen, das Dunkel war da, in mir. Auch die Zeit stieß in mir so etwas wie einen langen, stummen Klagelaut aus. Heimtükkisch stachen ihre Schmerzen in die Worte, brachten meine Geschichten und Erzählungen durcheinander. Sie nistete sich wie eine unheilbare Krankheit in uns ein, die unbewegliche Zeit der Seßhaften.

Khedidja, meine Nachbarin, eine Frau, hochgewachsen, schlank und geschmeidig wie eine Palme, lieblich und edel wie die Früchte des stolzen Baumes, traf mich an jenem Tage an, als mein Auge und Herz unter dem Joch düsterer Gedanken waren.

›Zohra, leg deine Sorgen in ein Sieb mit großen Löchern und schüttle es kräftig. Diejenigen, die du nicht loswerden kannst, werden darinbleiben. Das sind wirklich genug! Die anderen gib dem Dunkel, das dir zusetzt. Soll es davon satt werden und dich von weiteren Grausamkeiten verschonen! Komm, laß uns zum Mrabet Sidi Lakhdar gehen und die blutsaugenden Sorgen etwas müde machen. Nach der Rückkehr mache ich dir dann einen guten *Bercoukès*. Ich lade dich und deine Kinder heute abend zum Essen ein, ja?‹

Ich sagte zu. Ihre Zärtlichkeit war Balsam für mich, ihre Fröhlichkeit lenkte mich ab. Ich war gerade dabei, mich zum Aufbruch fertigzumachen, als Madame Perez kam.

›Zohra, ich bräuchte einen *Couscous* für etwa zwölf Personen.‹

›Für wann?‹

›Für heute abend.‹

›Heute abend kann ich nicht. Ich gehe zu meiner Nachbarin. Ich bin zum Essen eingeladen.‹

›Wie, du kannst nicht? Du weigerst dich, es zu tun?‹

›Wenn du mich früher benachrichtigt hättest ... Morgen, wenn du willst, aber nicht heute abend‹, erwiderte ich.

Sie wurde rot wie eine Peperoni im Juli, und ihre Wut war ebenso brennend scharf.

›Du kommst jetzt sofort mit!‹

›Ich bin weder dein Dienstmädchen noch deine Sklavin, Madame Perez. Ich habe dir einen *Couscous* gemacht, weil ich es gern tun wollte und du mich freundlich darum gebeten hast. Heute fühle ich mich nicht sehr gut. Ich werde einen Spaziergang machen.‹

›Ha, du Nichtstuerin!‹

›Madame Perez, ich arbeite nicht bei dir! Warum behandelst du mich so?‹

›Du schmutzige Araberin, du schmutziges Nomadenweib, du solltest dich mir etwas dankbarer zeigen! Du glaubst wohl, du bist etwas Besseres als die anderen!‹

Ihr Mund verzerrte sich vor Wut. Schaum trat aus ihren Mundwinkeln. Sie sprang mit erhobener Hand auf mich zu. Bei Allah, nie hatte jemand Hand an mich gelegt. ›Zohra, du wirst dich doch wohl nicht schlagen lassen! Von seinem Grab in Libyen aus würde dich dein toter Mann verleugnen!‹ sagte ich mir. Mein Herz setzte den Galopp einer *Fantasia* in meinen Kopf. Ich ergriff flink einen Besen, den mir die Vorsehung reichte. Sie wurde aschfahl, begann zu schreien, und mit den Armen in der Luft fuchtelnd, rannte sie davon. Als ich sah, wie sie schrie und gestikulierte, als hätte ich sie verprügelt, legte sich mein Zorn, und ich bekam einen Lachkrampf. Auf der Straße brachen die Männer in lautes Gelächter aus, als sie mich sahen. Aber noch am selben Abend wurde mein Sohn Tayeb von den Perez entlassen. Er war schon bald ein Jahr dort. Für einen Hungerlohn, ganz abgesehen von der gestohlenen Zeit, glaubte man uns sogar unseres Stolzes, unserer Würde berauben zu können.

Mit der Auflösung und Zerstreuung des Clans verschwand die segensreiche Hilfe innerhalb der Familie. Tayeb versuchte, eine andere Arbeit zu finden. Wir waren bereit, nötigenfalls *El-Bayad* zu verlassen. Eines Tages hörte er, es würden in den Kohlebergwerken von Kénadsa, einem kleinen Dorf achthundert Kilometer südlich von Oran, Arbeiter eingestellt. Die Endstation der Bahnlinie zwischen Oran und Colomb-Béchar, das Tor zur Wüste. Wir wußten von diesem Ort, denn Bellal und Meryème, die Kinder meiner verstorbenen Schwester, hatten sich bereits vor mehreren Jahren dort niedergelassen. Tayeb begab sich auf Erkundungsfahrt. Es war während der großen Ferien von Khellil. Wenn wir umziehen mußten, hatte es im Sommer zu geschehen, damit sein Schulbesuch nicht darunter litt und wir nicht erneut mit der Zeit in Konflikt gerieten.

Als ich das erste Mal Männer aus dem Bauch der Erde kommen sah, ganz schwarz vom Kohlenstaub, glaubte ich, mich quäle ein seltsamer Alptraum. Selbst nach gründlichem Waschen behielten sie immer noch einen pechschwarzen Rand auf den Lidern, als hätten sie ihre Augen mit Khol bemalt. Der Gedanke, auch mein Sohn könnte unter die Erde hinuntersteigen, war mir unerträglich. Wenn das seßhafte Leben uns so sehr erdrücken sollte, so sehr, daß es selbst das Licht unserer Tage im Dunkel eines täglichen Todes begraben würde, mit ... Nein! Eher noch würde ich meinen Körper den Schakalen vorwerfen! Weil er sich so sehr gegen das Bergwerk sträubte, wurde Tayeb schließlich als Gärtner eingestellt. Mein armer Tayeb. Er konnte nichts anderes als wandern! Ein guter Wanderer, jawohl, und unermüdlich! Aber das Wandern ließ sich nicht verkaufen, also arbeitete er als Gärtner. Er wurde besser bezahlt als bei Madame Perez. Einige Tage später kam er uns holen, Khellil, Fatna und mich. Es war im August 1946.

Im September schrieben wir Khellil in der Schule ein. Ich war glücklich, Meryème und Bellal, meine Nichte und meinen Neffen, wiederzusehen. Seit dem Tod meiner Schwester hatte ich meine ganze Zuneigung für sie auf ihre Kinder übertragen. Ich war sehr stolz auf sie. Meryème hatte so schöne Kinder, und Bellal war ein kluger und gebildeter Mann.

Im folgenden Jahr bat ich Bellal, mir einen Brief für meinen Sohn Nacer dort in Oujda zu schreiben. Er hatte seine Cousine Zina, die zweite Tochter Mohamed Bouhaloufas geheiratet. Ich wollte meinen Sohn Tayeb verheiraten. Er war jetzt ein Mann. Ich war verbraucht, litt an der Krankheit Zeit und wurde alt. Jemand mußte den Haushalt führen. Und vor allem beglückte mich die Aussicht, Enkel um mich zu haben! Ich bat daher Nacer, unter seinen Cousinen eine Frau für seinen Bruder zu suchen.«

Djelloul Bouhaloufa, der Mann mit dem Schwein, hatte also drei Kinder bekommen. Ein Mädchen, das sehr jung starb, und zwei Jungen: Hamza und Mohamed. Beide heirateten Mädchen aus grenznahen algerischen Dörfern. Hamza, der Jüngere, lehnte es als besonnener Mann ab, diesen häßlichen und beleidigenden Namen Bouhaloufa an seine Kinder weiterzugeben. Wie kann man sich nur weiter »der Mann mit dem Schwein« nennen! Er wollte auch unseren Namen Ajalli nicht wiederaufnehmen. Die Ajalli hatten seinen Vater verstoßen. Dieser hatte zwar ein bequemes und ausgefülltes Leben gehabt, aber er hatte unverstanden, einsam und ohne Familie gelebt. Der Ältere, Mohamed, hatte ein streitbares Wesen, hatte etwas von diesem Onkel Abdelkader dem Jähzornigen. Es war für ihn eine Ehrensache, den Spitznamen zu behalten, mit dem die Seinen seinen Vater geschmückt hatten. Er nahm ihn aus Trotz, aus Wut, zum Spott, aus einer Laune heraus oder einfach aus Gewohnheit als Familiennamen an. Die zwei Brüder stritten sich deswegen lange. Keiner von ihnen setzte sich durch. Jeder beharrte eifersüchtig auf seinem anfänglichen Standpunkt. Die Kinder von Hamza hießen Bent oder Ben Hamza. Die von Mohamed nannten sich Bouhaloufa. Aus Groll gegen seinen Bruder ging Mohamed in seinem Eifer noch weiter. Er verlangte von seiner Familie, ihn nur noch Bouhaloufa zu nennen. Sagte jemand aus Versehen noch Mohamed, so stellte er sich taub. So wurde er für alle Bouhaloufa der Zweite. Es war sein Nachname und Vorname zugleich. Noch Jahrzehnte später gerieten die beiden Männer aneinander, wenn sie dieses Problem ansprachen. Der jähzornige Bouhaloufa wies seinen Bruder zurecht, donnerte so laut, daß die Ställe widerhallten, die Pferde wieherten … Auf dem Höhepunkt seiner Wut drehte er sich um und ging, um sich nicht auf seinen sanftmütigen Bruder zu stürzen. Sie verbrachten so eine lange Zeit, ohne das Wort aneinander zu richten, und verständigten sich, sofern es der Bauernhof verlangte, nur über Mittelspersonen. Diese vorübergehenden Auseinandersetzungen der zwei Familienoberhäupter entzweiten in keiner Weise ihre Frauen und Kinder, die in völliger Harmonie lebten. Dem Ärger wurde durch das Schweigen die Spitze gebrochen, er wurde in die Einsamkeit verbannt, und so verrauchte er allmählich. Die zwei Brüder nahmen daraufhin wieder normale Beziehungen auf, bis zum nächsten Zerwürfnis.

Ihre Kinder, die verschiedene Namen trugen, von denen keiner der richtige Familienname war, sollten später gewaltige Erbschaftsprobleme bekommen.

Hamza hatte fünf Kinder, drei Mädchen und zwei Jungen. Die älteste von ihnen, Yamina, war ein Kind aus erster Ehe. Ihre Mutter, die unmittelbar nach ihrer Entbindung verstoßen worden war, starb wenige Monate später aus Kummer.

Hamza gab aufgrund des Schwurs, den er seinem Onkel Ahmed dem Weisen geleistet hatte, seine Tochter diesem ihm völlig unbekannten Neffen zur Frau. So heiratete im Sommer 1948 Tayeb, Sohn von Zohra Bent Slimane, der Geschichtenerzählerin mit den dunklen Tätowierungen, und von Ahmed dem Weisen, Yamina, Tochter von Hamza und Enkelin von Djelloul Bouhaloufa, dem Mann mit dem Schwein. Yamina war damals knapp fünfzehn Jahre alt.

Selbstverständlich fragte niemand Yamina um ihre Meinung. Sie mußte ein leichtes Leben in angenehmem Klima für ein erbärmliches Dasein in unwirtlicher Gegend aufgeben. Als ganze Mitgift hatte sie nur Anrecht auf einige Kleider und Schmuckstücke. Die Vermögenswerte – Grundbesitz und Vieh – waren Eigentum der Männer.

»Wäre meine Mutter dagewesen, hätte sie dieser Heirat niemals zugestimmt. Sie hätte mich in eine wohlhabende Familie nach Oujda verheiratet«, sagte sich Yamina weinend.

Wenn der Kummer aus ihr hervorbrach, fand sie keinen Trost und genoß nur Zohras Verachtung. Für diese war Yamina eine Städterin, weiß und fett, zimperlich und affektiert. Sie hatte immer ein leichtes Leben gehabt und konnte keine Wolle bearbeiten! Wie war es möglich, daß eine Frau in diesem Alter nicht alles über den Webstuhl und die Wolle wußte? Mit fünfzehn Jahren ... Schon eine alte Jungfer.

»Mich«, sagte Zohra, »nahm meine Schwiegermutter mit acht Jahren zu sich, um mich an das Leben in ihrem Clan zu gewöhnen. Mit elf Jahren verheiratete man mich, und mit zwölf Jahren bekam ich Nacer. Aus einer Frau, die weint, wird nichts Rechtes. Keine Wut, keine Tränen. Eine Frau muß ihr *Mektoub* würdig ertragen. Das war das Los unserer Mütter und Großmütter. Es wird das unserer Töchter und Enkeltöchter sein ...«

Sie, die Frau mit den dunklen Tätowierungen, würde dafür sorgen. Und sie dachte an die Geschichte der kleinen Saadia, der ältesten Tochter Bouhaloufas des Zweiten. Eine sehr traurige Geschichte! Manche Lästerzungen sagten, der Fluch, der auf Bouhaloufa lastete, träfe seine Nachkommenschaft von neuem, so wie eine Krankheit, welche die Wurzeln eines Baumes befällt, immer darauf hinausläuft, daß seine Blätter abfallen. Zohra schauderte bei dem Gedanken, daß Saadia doch »die Glückliche« bedeutet!

Saadia

Saadia war also die älteste Tochter Bouhaloufas des Zweiten. Wie ihre Cousine Yamina hatte sie keine Mutter mehr. Die Mutter starb bei ihrer Geburt, sie bezahlte wie damals viele Frauen das Leben, das sie zur Welt brachte mit dem ihren. Die Männer trauerten nicht lange um ihre Frauen. Das Trauern war eine reine Frauensache. Aber da die Männer, die Witwer geworden waren, zu sehr auf eben diese Frauen angewiesen waren, heirateten sie sofort wieder: die Bedürfnisse des Haushalts, von denen sie nichts verstanden, die Bedürfnisse des Lebens, die sehr schnell ihr Alleinsein beschwerlich werden ließen und von denen sie nicht loskommen konnten, die Bedürfnisse des Mannes, die zu hartnäckig waren, um lange ungestillt zu bleiben ... Bedürfnisse, die nicht darauf warten konnten, daß der Kummer verging, sofern es einen Kummer gab. So war es mit Bouhaloufa dem Zweiten ... Seine zweite Frau hieß Aicha. Sie hatten zusammen ein Mädchen, Zina, und einen Jungen, Ali.

Nach der Auffassung aller war Saadia ein bildhübsches, melancholisches, schweigsames und einzelgängerisches kleines Mädchen. »Die Liebe einer Mutter bedeutet viel Licht, welches das Kind mit der Milch einsaugt, während es sein Gesicht an die Mutterbrust drückt. Und dieses Licht beschert den Augen Freude und Lachen, dem Körper Gesundheit. Es macht das vom Hauch des Glücks getragene Herz leicht, versüßt die Kindheit mit Honig und hüllt den Schlaf und sein Lager in Samt und Seide. Und all das fehlt der armen Saadia«, sagten ihre Angehörigen. So hatte Saadia diese dunklen und traurigen großen Augen, die durch eine Art Begehrlichkeit im Blick auffielen. Eine Unersättlichkeit, die nur zwei Arten nie endender Entbehrungen den Augen verleihen: großes Hungern nach Nahrung und nach Gefühlen, welches das Fehlen der Mutter bedeutet. Aber ein weiteres Unglück traf Saadia: sie mußte täglich die feindlichen Attacken ihrer Stiefmutter Aicha aushalten. Niemand in ihrer Umgebung verstand, warum Aicha, eine sonst ganz reizende Frau, ein ebenso braves wie hübsches kleines Mädchen so haßte. Sie wies ihr denselben Rang zu wie ihren Sklaven und gab ihr nur zu essen, was von den Mahlzeiten ihrer Kinder übrigblieb.

»Es kam oft vor, daß ich gestohlen habe, um mich sattzuessen, während es auf dem Hof doch so reiche Nahrung gab!« sagte Saadia später.

Zum Glück hielt Messaouda, die Frau Hamzas, ihres Onkels, immer ein paar Lebensmittel und etwas Zärtlichkeit für sie zurück. Ein oder zwei Mal schalt sie sogar ihre Schwägerin wegen Saadia:

»Aicha, warum quälst du dieses Kind? Sein Vater ist reich, gib ihm wenigstens genug zu essen!«

Solche Vorhaltungen konnten sich für das Kind nicht günstig auswirken. Ganz im Gegenteil, um zu verhindern, daß Saadia sich in Zukunft wieder bei ihrer Tante beschwerte, schikanierte ihre Stiefmutter sie grausam. Messaouda bemerkte es. Fortan hütete sie sich, Aicha Vorwürfe zu machen, fuhr aber dennoch fort, das Mädchen zu beköstigen und insgeheim zu lieben. Saadias Vater stand der lärmenden und turbulenten Welt der Frauen fern und hatte nicht die geringste Ahnung. Saadia ihrerseits wagte nicht, ihm etwas anzuvertrauen, aus Angst vor Aichas Repressalien. Und die geringe Beachtung, die die Väter in ihrer männlichen Zurückhaltung ihren kleinen Töchtern schenkten, tat ein übriges, daß Bouhaloufa, so edelmütig er auch war, nicht einen Augenblick etwas von der Verzweiflung seines Kindes vermutete.

Aicha sagte Saadia so oft, sie sei ein verfluchtes Kind, sie hätte ihre Mutter getötet, als sie zur Welt kam, daß das Mädchen selbst davon überzeugt war. Oft ging sie nachmittags zum nahen Friedhof und weinte aus Verzweiflung am Grab ihrer Mutter, bat sie um Verzeihung. Je älter Saadia wurde, desto mehr wurde sie ein ängstliches Kind, gequält von den grausamsten Zwangsvorstellungen. Sie begann, das Haus zu meiden. Sie verbrachte lange Tage damit, auf dem Lande umherzustreifen, weit weg von der Angst, weit weg von diesem Gefängnis, dem Hof, weit weg von Aicha. Zuweilen nahm sie die kleine Straße, die wie sie die Felder durchstreifte. Sie ging bis zur Schwelle der undurchdringlichen schattigen Laube, die das dichte Blattwerk der Johannisbrotbäume von beiden Seiten der Straße aus flocht. Sie nahm dort Platz, wo die Bäume aufhörten. Vor ihr hatte die kleine Straße nun ihr langes, belaubtes Versteck verlassen und setzte ihre Bahn fort. Sie kletterte träge nach oben, schmiegte sich dabei an die Rundung der Hügel. Munter schlängelte sie sich durch die dunkle Frische der Täler. Sie war für das kleine Mädchen das Sinnbild schlechthin für Müßiggang und Freiheit. Gehüllt in einen Lichtkreis und ein Gespinst aus Insekten, die in der Glut des Tages wie eine Fülle fahlgelber und brauner Splitter glitzerten, führte sie geradewegs auf Saadias Träume zu. So wurde der Horizont zu einem riesigen rosa Tuch, auf dem Bilder tanzten. Das Bild eines wandernden Stammes, unter dessen Schritten sich die Wüste ausbreitete. Und die Sättel der Kamele waren mit zusammengefalteten braunen und fahlgelben *Kheimas* beladen. Ihr Vorrücken auf dem kupfernen Sandmeer war von derselben ausgreifenden und langsamen Bewegung wie das der *Feluken*, die bei hohem Seegang auf dem blauen Wasser schaukelten. Plötzlich fühlte Saadia sich leicht, fühlte, wie ihr Körper aus der unerbittlichen Schere von Aichas Augen befreit war. In ihrem Kopf läuteten Glöckchen aus Gelächter. Der Sand war ein weicher, warmer Teppich. Er kitzelte die Füße, und man bekam Lust zu laufen! Sie lief vor die Karawane und drehte sich von Zeit zu Zeit um, um sie zu bewundern. Aber ein Wespenstich oder ein Geräusch vom angrenzenden Feld zerriß immer sehr schnell ihre Phantastereien und zeigte ihr die Unerreichbarkeit, die Unmöglichkeit dieses Traums. So bekam der Blick des kleinen Mädchens durch den Kontakt mit der Wirklichkeit wieder seinen schmerzlichen Ausdruck. Dort drüben hatte sich der Horizont hinter großen Eukalyptusbäumen verborgen. Aber sie wußte, daß sich jenseits dieser Bäume mit den karmesinroten Blüten Algerien, die Wüste, ein Stamm befand: die Familie ihres Großvaters Bouhaloufa, des Manns mit dem Schwein. Die Nomadenwelt kannte sie nur aus Erzählungen. Die von Bouhaloufa löste stets die Fesseln ihrer Angst, brachte sie fort von Aichas gellendem Geschrei, legte in ihren von allen möglichen Phantasiegestalten heimgesuchten Kopf einen Keim besänftigenden Lichts, eine unbekannte Saat. Die Nomadenwelt faszinierte sie. Ihr Ruf schlug in ihr wie eine dumpfe und quälende Trommel. Ihr Atem war wie das Lied eines betörenden Windes. Ein Wind, der den Körper mit dem Wunsch erfüllte fortzugehen. Ein Wind, der wie ein Blick im Licht zitterte. Ein Blick, der die Wüste durchquerte und dann auf ihr ruhen blieb, weil er sie wiedererkannte ... Später vielleicht, wenn sie größer wäre, würde sie ihm folgen. Er würde sie zur kupfernen Erde führen, zu den Ihren, den Menschen, die in der Stille wandern.

Einmal wachte Aicha früh am Morgen mit einer schlechten Laune auf. Wieder einmal diente Saadia als Ventil für ihren Groll. Das Kind saß mit angstgeweiteten Augen auf seinem Lager und starrte die keifende Frau an. Ihre Zunge schien ihm riesig und gespalten wie die der großen Schlangen aus den Sagen. Ihr Wüten entfachte in ihren Augen eine weiße Glut. Saadias Körper war vor Entsetzen wie gelähmt. Grob erteilte Aicha ihr den Befehl, Wasser zu schöpfen, um das Frühstück zu bereiten. Mit einem großen Krug auf dem Kopf verließ Saadia das Haus und ging zum Brunnen im Hof. Da sie steif vor Angst war, bewegte sie sich ungeschickt. Der schöne große Krug, den Aicha so gern hatte, fiel ihr aus den Händen und zersprang in kleine Stücke. Eine Welle rachsüchtiger Freude durchfuhr das Kind, die von der Angst vor der Bestrafung schnell hinweggefegt wurde. Das weit offene Hoftor war daher eine unwiderstehliche Verlockung für ihre bestürzten Augen. Mit einem Satz sprang sie über die Schwelle und rannte weit, sehr weit fort. Sie war damals etwa zwölf Jahre alt. Einer kleinen Gazelle gleich riß sie an diesem unbewegten frühen Morgen vor dem Haß aus und stieß bei ihrer Flucht auf Niedertracht und Gewalt. Ein harter Schlag, der ihr Leben entstellen sollte. Wenn sie die traurige Episode schilderte, hatte sie immer die Splitter des Grauens und ein Tremolo von Bitterkeit in der Stimme.

»Ich hatte im Schatten eines Eukalyptuswäldchens gerastet, am Ufer des *Wadi* Sidi Yahia. Ich mochte diesen Ort gern. Dort fühlte ich mich vor Aicha sicher. Auf dem Weg dorthin pflückte ich auf den Feldern etwas Obst. So saß ich ungestört, das *Wadi* sang zu meinen Füßen, und ich genoß in Ruhe meine Früchte. Plötzlich sah ich diesen Mann auftauchen. Er mochte so alt wie mein Vater sein. Er blieb etwa zwanzig Meter von mir entfernt stehen und beobachtete mich. Er lächelte nicht, sprach nicht. An ihm war etwas Dämonisches und Angst Einflößendes. Ich stand auf, um fortzurennen, aber meine Beine wollten mir nicht gehorchen. Sein strenger Blick lähmte mich. Ich zitterte am ganzen Körper. Als er dann auf mich zuging, fand ich dennoch die Kraft, ein paar Schritte zurückzuweichen. Aber er schoß mit einer für einen derart feisten und dicken Körper erstaunlichen Schnelligkeit durch die Luft. Seine kräftigen und behaarten Hände griffen mich, warfen mich zu Boden. Ich wehrte mich. Ich schrie vergebens. Ich war zu weit weg. Ich war immer zu weit weg von allem. Er vergewaltigte mich ... Doch unerträglicher noch als der Schmerz, der mir den Bauch zerriß, war für mich das Gefühl der Wut, gemischt mit Scham. Einige Sekunden lang habe ich leidenschaftlich den Tod ersehnt. Nachdem er seine Freveltat beendet hatte, stand er auf. Fieberhaft brachte er seine Kleidung wieder in Ordnung. Ich lag auf dem Boden. Benommen starrte ich auf den purpurroten Rand, der mein Kleid befleckte. Der Mann beobachtete mich. Ich versuchte aufzustehen. ›Bleib, wo du bist!‹ befahl er mir kurzatmig. Seine dumpfe Stimme ähnelte einem tierischen Gebrumm. Dann sah ich seine Augen. Nie habe ich diesen Blick vergessen können. Ein Blick, aus dem so etwas wie rasender und zerstörerischer Wahn sprach. Da schoß es mir wie ein Blitz durch den Kopf. Ich wußte in genau diesem Augenblick, daß er sich anschickte, mich zu töten. Um sein Mitleid zu betteln, wäre sinnlos gewesen. Entsetzen und ein erneutes Auflodern der Lebenskraft in mir ließen meinen Körper wie die zwei Riemen einer Schleuder voranschnellen. Ich floh blindlings, Hals über Kopf. Nachdem der Überraschungsmoment vorüber war, begann er, mich zu verfolgen. Ich hörte seinen heiseren, abgehackten Atem hinter mir. Ich weiß nicht, wie lang ich gelaufen bin. Lange. Lange. Ein Buschwald folgte auf das Gehölz. Gestrüpp zerkratzte mir Arme und Beine. Scharfe Steine zerschnitten meine nackten Füße. Lange. Lange. Dann stieß ich in meinem kopflosen Lauf gegen einen niedrigen Ast und stürzte. Ein stechender Schmerz durchbohrte meinen Knöchel. Ich war so sehr darauf gefaßt, daß der Mann mich wieder packte, daß ich in verzweifeltes Schluchzen ausbrach! Aber zu meiner großen Überraschung widerfuhr mir nichts dergleichen. Ich verstummte und schaute mich um. Oh Wunder, es war niemand da. Wie lange verfolgte er mich schon nicht mehr? Ich hatte keine Ahnung. Die Sommerglut war auf ihrem Höhepunkt. Der Himmel war heiß und weiß, und die Erde lag in der sengenden

Mittagshitze danieder. Sein glühender Hauch trocknete mir die Kehle und Nase aus. Meine Zunge war rauh, wie mit Sand bestreut und klebte am Gaumen. Ein scharfer Geruch von Staub und Schweiß reizte meine Bronchien. Mein Herz floß über und setzte meinen Kopf und meine Ohren unter tosende Hochwasser. Nachdem dieser Aufruhr in meiner zugeschnürten Brust etwas nachgelassen hatte, stand ich wieder auf. Humpelnd und mit jedem Schritt vor Schmerz das Gesicht verziehend, lief ich geradeaus. Lange. Ich wußte überhaupt nicht, wo ich war und wohin ich ging. Ich wollte nur weiterfliehen! Fliehen vor der Angst und dem Entsetzen, der Gewalt und dem Schmerz. Fliehen auch vor dem Zugriff der Alpträume. Der Schlaf all meiner Nächte war von ihnen zersetzt. Sie klagten mich der schlimmsten Missetaten an, und jedesmal starb meine Mutter in ihnen. Und jedesmal hatte meine Mutter in ihnen ein anderes Gesicht. Meine Mutter? Ein nicht greifbares, tausendfältiges Gesicht, das die Zahl meiner Verbrechen und Zwangsvorstellungen um das Tausendfache erhöhte. Ja, vor all dem fliehen, vor mir selbst fliehen und weiter als all das, bis zum Nichts laufen. Ich ging lange, lange, mein Verstand war in seinem Stumpfsinn wie ausgelöscht.

Am Ende des Tages kam ich erschöpft, mit geschwollenem Knöchel, einem Hungerknoten in den Gedärmen und mit glühender, wie versandeter Kehle an die Böschung eines kleinen Bachs. Ich trank lange, dann ließ ich mich mit den Kleidern ins Wasser fallen. Seine Frische belebte mich wieder. So stieg langsam wieder die Flut der Wirklichkeit in mir hoch, durchströmte die Leere in meinem Kopf. Ich wusch die befleckten Stellen meines Kleids, dann setzte ich mich auf einen großen Stein. Ich fühlte keinerlei Kraft in mir. Ich war auf diesem Stein am Ufer des *Wadis* gestrandet. Nach Hause zurückkehren? Das kam nicht in Frage. Also, wohin gehen? …

Ein leises Geräusch ließ mich zusammenfahren. Als ich den Kopf hob, sah ich einen Mann in Begleitung von zwei Maultieren kommen. Ich dachte einen kurzen Augenblick daran fortzulaufen. Ich stand auf. Aber ich war zerschlagen, und mein Knöchel war durch den Schmerz wie am Boden festgenagelt, so konnte ich unter dem verdutzten Blick des Mannes nur erstarren. Er blieb stehen, betrachtete mich ein paar Sekunden lang und sagte mit unterdrücktem Erstaunen:

›Wo kommst du denn her, Kleine? Wir sind doch hier so weit von jeder Siedlung entfernt!‹

Er trug einen dunklen *Seroual*, ein weites, weißes Hemd und einen roten Fes. Er hatte sehr kurze Haare, schwarz wie Ebenholz. Seine verbrannte Haut verriet, daß er häufig der Sonne ausgesetzt war. Seine Augen waren riesig, von einem schönen Niello, über dem die Schatten seiner dichten, langen Wimpern schweiften. Auch diese Augen werde ich niemals vergessen. Sehr jung schon konnte ich in den Blicken lesen. Ich kannte ihr Relief: Gräben aus heimtückisch dunklen Schluchten mit ihren Fallen und ihren zähnefletschenden, reißenden und giftigen Tieren, heitere Wiesen, von lustigen Spielen schelmischer Winde gewellte Felder ... Ich fand darin meinen Weg. Die Macht der Augen ist außerordentlich. Sie legen die geheimen Abgründe, unerforschliche Bereiche trocken und bringen zuweilen wieder ans Licht, was der Geist begraben, was der Mund verheimlicht hatte ... Sein Blick war für mich ein kühler Schatten unter freiem Himmel. Als ob ich auf einer grünen Kuppel säße und alles von sehr weit weg kommen sah. Und es stieg aus den blauen Tälern nur Gutes zu mir hoch, nur die durchsichtigen Kapriolen des Windes.

›Bist du krank?‹ fragte er mich.

Ich hob meinen rechten Fuß und zeigte ihn ihm. Er kniete sich vor mich, nahm ihn in seine Hände und untersuchte ihn.

›Oje! Ich hoffe, es ist nur eine Verstauchung, und du hast dir nichts gebrochen! Bist du gefallen? Woher kommst du denn? Deine Eltern müssen sich Sorgen machen.‹

Ich versuchte zu sprechen, aber kein Ton kam aus meinem Mund. Eine Schlange aus Sand verknäuelte sich in meiner Kehle. Er mußte meine Verzweiflung spüren. Mit beschwichtigender Hand streichelte er meinen Kopf.

›Beruhige dich, Kleines, beruhige dich. Ich werde zunächst deinen Knöchel versorgen und dir etwas zu essen geben. Das übrige sehen wir dann später.‹

Er lud die Maultiere ab und band sie an einem Baum fest. Mit Hilfe eines Messers schnitt er einen Zweig von der nächsten Dattelpalme. Er entfernte ihre Blätter und schnitzte aus dem Stiel drei

Stöcke. Er ging wieder zu seinen Sachen zurück. Aus einem großen Stoffsack zog er einen *Chèche*. Er wickelte den langen Turban einmal um meinen Knöchel, legte dann die drei Stöcke als Schienen an und band sie mit dem *Chèche* fest.

›Es muß den Fuß gut stützen, darf aber nicht zu eng sein.‹

Da ich noch immer nicht antwortete, sagte er lachend:

›Hast du dir auch die Zunge verstaucht? Du bist doch nicht etwa stumm?‹

Ich schüttelte den Kopf.

›*El hamdoulillah*! Also was hast du?‹ fragte er mit einem Lächeln voller Güte.

Da er keine Antwort erhielt, fügte er hinzu:

›Ich bin Algerier. Ich treibe Handel zwischen Oujda und den grenznahen algerischen Dörfern.‹

Er sprach weiter. Er erzählte mir von seinen Reisen, daß er zwischen den beiden Ländern pendelte. Nach und nach löste sich der Knoten in meiner Kehle. Die restlichen Schluchzer, die weit in mein Inneres gefallen und in stummen Tiefen gefangen waren, kamen wieder hoch, brachen los wie eine Brandung in meiner Brust. Ich konnte endlich weinen, welche Befreiung! Ich weinte voll Wohlbehagen. Jeder Schluchzer machte meinen Schmerz etwas leichter. Ratlos schaute mich der Mann an. Dann nahm er mich, überwältigt von einem unwiderstehlichen Drang, in seine Arme und wiegte mich sanft, wie man einen Säugling wiegt. Das tat mir wohl. Eine intensive und zugleich schmerzliche Wohltat, denn diese unerwartete Zärtlichkeit öffnete mir die Augen über die trockenen und stummen Abgründe meiner Kindheit. Lange Zeit habe ich geweint, in seine Arme geschmiegt. Als ich mich endlich beruhigte, wischte er mir das Gesicht ab und setzte mich auf die Erde. Er ging zu seinem Gepäck und kam mit Brot, *Khlii,* Trauben und einer Melone zurück. Beim Anblick der Lebensmittel erwachte mein Hunger, und ich aß mit gutem Appetit. Kinder haben diese Eigenart: wenn der Hunger sie quält, wird der Kummer, und sei er auch noch so groß, schnell beiseite geschoben, sobald das Essen auftaucht. Meine furchtbaren Erlebnisse an diesem Tage hatten mir den Appetit nicht verdorben. Er betrachtete mich lächelnd, wie ich Brot und *Khlii* verschlang. Dann begann auch er zu essen.

Bald waren wir beide satt.

›Sag mir Kleines, was hat man dir getan?‹

Eine Hitzewallung ließ mich bis zu den Fingerspitzen erröten. Ich erzählte ihm alles ...«

Während sie ihm ihre Geschichte erzählte, fing Saadia wieder an zu weinen. Aber es waren nicht mehr die heftigen und stoßartigen Schluchzer, die den Mann einen Augenblick zuvor aus der Fassung gebracht hatten. Stille, vom Abend perlmuttern schimmernde Tränen, kleine Schauer auf purpurnen Wangen, ließen ihre Kinderstimme kaum zittern.

»*Ya Allah, ya Rabbi*«, sagte der Mann mit dem samtweichen Blick und knirschte mit den Zähnen. »Dieser Schuft, dieses Scheusal, dieses Ungeheuer!« meinte er noch.

Mit der rechten Faust schlug er kraftvoll in die linke Handfläche, als würde er den niederträchtigen Kerl züchtigen.

»Hör zu, wir werden ihn finden! Er wird dafür bezahlen, das verspreche ich dir.«

Hinter dem Hügel gegenüber breitete der Himmel einen roten Teppich aus, um seine schöne Besucherin, die Nacht, zu empfangen, die auf der anderen Seite sacht von der Erde hochstieg. Sie entfaltete einen dunklen und watteweichen großen Flügel und überzog in langsamem Gleitflug das Becken. Im Schatten ihres Flügels verdichtete sich das Netz der Stille. Selbst die Zikaden verstummten.

Kaum hatte sie ihren Bericht beendet, sank Saadia in tiefen Schlaf. Der Mann schaute sie an: sie hatte die Augen geschlossen, das Gesicht war noch in Tränen gebadet, und ihr kleiner Körper lehnte an einem Stein. Ergreifend war sie, von tragischer Schönheit. Ein seltsames Gefühl rührte sich in ihm. Er hatte plötzlich ein unwiderstehliches Verlangen, sie wieder in seine Arme zu nehmen und zu wiegen im Rhythmus der Regungen, die seine Brust erfüllten. Aber er wagte nicht, sie zu berühren, aus Angst, ihren Kummer wieder zu wecken. »Ein so hübsches Mädchen und schon vom Leben gezeichnet«, dachte er. Er holte seinen Burnus, breitete ihn auf dem Sand aus, faltete seine *Djellaba* zu einem Kopfkissen, bedeckte alles mit einem Laken, und vorsichtig nahm er die schlafende Saadia und legte sie auf dieses improvisierte Bett. Dann machte er seine Waschungen am Ufer des Bachs, um zu beten. Er betete lange, es war die *Aacha*, das siebte und letzte Gebet des Tages. Er hatte sich seinen Glauben bewahrt, trotz all der Schicksalsschläge, die sein Leben geprägt hatten. Eine Cholera-Epidemie hatte ihm bereits in seiner Kindheit die Eltern geraubt. Und vor etwas mehr als zwei Jahren dann hatte er ein fröhliches und sanftes Mädchen geheiratet, das kaum älter war als Saadia. Ihre erste Schwangerschaft raffte sie und ihr Kind dahin … In seinen Gebeten vergaß er niemals, um den Frieden ihrer Seelen zu bitten. An jenem Abend nahm Saadia in seiner ehrerbietigen, Allah gewidmeten Andacht einen breiten Raum ein.

Saadia erwachte sehr früh am nächsten Morgen von der aufgehenden Sonne. Sie öffnete die Augen und bewunderte zum ersten Mal die Schönheit der Landschaft. Der goldene und silberne Himmel schillerte auf dem lustig plätschernden Bach, der zwischen den Steinen hin und her sprang. Sie stand auf und ging sich waschen. Dann setzte sie sich auf die Böschung, in Gedanken ganz bei ihrer Geschichte vom Vortag. Der Mann schlief noch.

»Hast du gut geschlafen?« fragte er nach einer Weile hinter ihrem Rücken. »Ich habe so tief geschlafen wie die Ruhe nach dem Sturm! Wie ist eigentlich dein Name?«

»Saadia.«

»Ich heiße Mahfoud.«

Er stand auf, verrichtete seine Waschungen und sein Gebet. Dann sammelte er trockenes Holz und machte Feuer. Aus seinem Gepäck nahm er einen kleinen Teekessel, füllte ihn mit Wasser und setzte ihn auf die Feuerstelle. Saadia war immer noch ganz in Gedanken versunken. Als der Kessel pfiff, machte der Mann Tee, holte einen Topf Honig und Brot heraus. Schweigend aßen sie und tranken ihren Tee. Sie bemühte sich, langsam und gründlich zu kauen. Ihr Verstand hingegen arbeitete lebhaft.

»Wenn ich nach Hause zurückginge, was soll ich dann meinen Eltern sagen? Ich habe den Tag und die Nacht draußen verbracht. Sie müssen mich gesucht haben.«

Oumi Aicha würde unweigerlich eine Matrone aus der Nachbarschaft rufen, um zu prüfen, ob sie noch Jungfrau war. Ihr Blick richtete sich auf den Mann. Am Abend zuvor hatte sie in seinen Armen geweint, fast so wie in denen eines Vaters. Im hellen Morgenlicht stellte sie fest, daß er jung war. Er mochte knapp fünfundzwanzig Jahre alt sein. Nähme sie ihn mit nach Hause, würde ihr Vater, Mohamed Bouhaloufa, der Sohn des Mannes mit dem Schwein und der echteste Bouhaloufa des Geschlechts, mit Sicherheit ihm die Schuld zuschreiben. Er würde ihn barsch anfahren und der schlimmsten Greueltaten anklagen. Wie ihn entlasten? Wie die Unschuld eines Mannes beweisen, dessen Anwesenheit an ihrer Seite in den Augen aller allein schon ein Eingeständnis der Schuld wäre? Ein Rechtsfall, der vor einem parteiischen Familiengericht nicht zu verteidigen wäre. Es würde einen Mann, auf dem die schwersten Verdächtigungen lasten, nicht freisprechen und dafür einen abwesenden Mann verurteilen, der angeblich im Schutze der Anonymität und aus sicherer Entfernung heraus ihre Ehre verächtlich mit Füßen getreten hatte. Selbst wenn der unerbittliche Bouhaloufa Milde walten ließe, würde man alle beide dennoch lange Zeit schikanieren. Dann würde er sie zur Heirat zwingen. Und für den Rest ihrer Tage würde er sie mit Schande überhäufen und mit Hochmut daran erinnern, daß sie nur den Tod verdienten. Aber ebensogut könnte Bouhaloufa sie in einem seiner furchtbaren Wutanfälle töten.

Mädchen, die am Vorabend ihrer Hochzeit keine Jungfrauen mehr waren, wurden nicht nur – wie heute noch – am selben Tag verstoßen. Um die Schmach zu tilgen, wurden sie häufig vom »mutigsten« Mann ihrer Familie hingerichtet. Eine Unzahl solcher Geschichten wurde von den Frauen selbst verbreitet, um die kleinen Mädchen in Furcht und Schrecken zu versetzen. Wehe denen, die einen Fehltritt begingen. Während Saadia dasaß und in kleinen Schlucken ihren heißen Tee trank, dachte sie über all das nach. Dann begann sie zu sprechen, laut zu denken, ohne den Mann, der ihr gegenübersaß, anzuschauen. Sprachlos begriff dieser sehr wohl, daß das Problem unlösbar war. Er analysierte sehr schnell die unvermeidlichen Folgen ihres Treffens. Hätte er sie auf der Stelle wieder nach Hause bringen sollen? Es war keineswegs sicher, daß dies etwas an der Lage geändert hätte.

»Willst du trotz allem nach Hause zurückkehren?« fragte er unerschütterlich.

»Nein, sie werden mich töten«, antwortete sie leise. »Was ich auch sage, was ich auch tue, es ist alles mein Fehler.«

Er sah wieder das Entsetzen in ihren Augen aufsteigen. Er kannte die starren Anschauungen mit ihren ehernen Gesetzen über die despotische und hochmütige »Würde« genau. Seine Entscheidung war gefallen. Er würde dieses Kind nicht im Stich lassen.

»Laß uns schnell aufbrechen«, sagte er. »Man wird dich sicher immer noch suchen.«

Er lud seine Sachen wieder auf eines der zwei Maultiere. Beide bestiegen sie das zweite und machten sich eilends auf. Indem sie Dörfer und Weiler auf ihrem Weg mieden, überschritten sie die algerische Grenze. Nach einigen Tagesritten erreichten sie sein Dorf, ein kleines Dörfchen zwischen Oran und Tlemcen. Einige Bewohner sahen sie neugierig kommen. Schnell lief so die Nachricht von Mund zu Mund und verbreitete die Neuigkeit in alle Häuser. Unter dem Vorwand, einen *Chèche*, eine *Fouta* oder ein Stück Stoff kaufen zu wollen, kamen die Bewohner des *Douars* nacheinander und rollten mißbilligend und forschend ihre Augen. Mahfoud erzählte ihnen, Saadia sei seine Cousine, die er heiraten wolle. Ein Mädchen heiraten, das so zügellos und lasterhaft war, den Mann vor dem heiligen Band des *Hallal* zu spüren? Demonstrativ verzogen sie ungläubig ihr Gesicht. Mahfoud stammte nicht aus ihrem *Douar*, nicht einmal aus der angrenzenden Gegend. Er war eines Abends, allein und schweigsam, vor nun fast zwei Jahren gekommen. Er hatte ihnen gesagt, er hätte keine Familie, als ob so etwas möglich wäre ... Aber er hatte sich als ruhig und beherzt erwiesen, und so hatten sie ihn geduldet.

Am Abend besprach Mahfoud nach einem einfachen Mahl mit Saadia seine Pläne: er müsse Ware ins Nachbardorf liefern und gleich am nächsten Morgen aufbrechen. Aber er sei nur einen Tag, höchstens zwei, weg. Während seiner Abwesenheit dürfe sie auf keinen Fall hinausgehen und niemandem öffnen. Im Brunnen, der im Hof ausgehoben war, fände sie klares und frisches Wasser und in der Wohnung Lebensmittel für mehrere Tage. Bei seiner Rückkehr müßten sie unbedingt heiraten, um den Angriffen der Moral zuvorzukommen ... Splitter der Sorge bohrten sich sogleich in Saadias Blick. Mahfoud lächelte sie beruhigend an: eine »Scheinehe«, die dazu dienen sollte, die klatschsüchtigen Megären mundtot zu machen. Aber ... wenn Saadia ihn später wirklich zum Gatten nehmen wolle, wäre er der glücklichste aller Männer. Bis dahin würden sie sich die täglichen Arbeiten teilen.

»Bist du einverstanden?« fragte er und bot ihr seine offene Hand dar.

Sie besiegelten es mit Handschlag, bereits als Komplizen. Am nächsten Morgen nach dem Tee nahm er sie mit zu einer Schneiderin in der Nachbarschaft. Er übergab der Frau Stoff, um ein paar Kleider für Saadia zu nähen. Während sie ihre Maße nahm, taxierte die Frau sie unverschämt. Mahfoud versprach, vor dem Wochenende vorbeizukommen, um die Kleider abzuholen, dann kehrten sie nach Hause zurück.

»Versprich noch einmal, niemandem zu öffnen!« sagte er, bevor er sie verließ.

»Ich verspreche es dir«, antwortete Saadia.

»*Fi amen Allah*«, sagte er, als er ging.

Am nächsten Abend wartete Saadia lange. Bei jedem sich nahenden Geräusch auf der Straße pochte ihr Herz an ihre Brust, ihre ungeduldigen Augen weiteten sich, hefteten sich auf die Wand und wollten hindurchschauen. Vergebens. Sie schlief erst sehr spät ein. »Morgen wird er kommen!« redete sie sich an der Schwelle zum Schlaf nachdrücklich ein. Sie wiederholte sich diesen Satz in den vier folgenden Nächten mit immer verzehrenderer und flehentlicherer Hoffnung. Doch ihr Schlaf verlor sein Vertrauen. Geizig und zerrissen, nahm er die Alpträume wieder auf. Saadias Warten glich der Hektik und Kopflosigkeit eines Vogels in seinem Käfig: zitternd schlug sie mit den Flügeln, flatterte blitzartig auf, als ob man ihr den Himmel öffnete, zerschellte an der feindseligen Mauer und fiel reglos wie ein Stein auf den Boden ihres Kerkers. Sie aß nicht mehr, schlief nicht mehr. Sie wartete. Mit einem Starrsinn, der immer blinder wurde, je mehr die Angst wuchs, durchlief sie immer wieder die ausweglosen Kreisläufe der Hoffnung. Sie verausgabte sich, weil sie das Unmögliche wollte. Sie wartete.

Am Morgen des fünften Tages klopfte es energisch an der Tür. Ohne überhaupt zu fragen, wer da sei, beeilte sich Saadia zu öffnen. Es war – leider! – nur die Schneiderin. Sie hielt die bestellten Kleider in den Händen.

»Mahfoud wollte sie abholen ... Da er nicht gekommen ist ... Und dann wollte ich mich vergewissern, daß sie dir richtig passen.«

Bevor Saadia sich versah, stieß die Frau die Tür auf und trat ein. Ihre stöbernden Augen inspizierten die Räumlichkeiten. Ihr anklagender Blick bedeckte das bereits zutiefst verlegene Mädchen mit Schmach.

»Mahfoud ist nicht da«, stotterte Saadia. »Nun warte ich schon vier Tage auf ihn. Ich weiß nicht, was ihm zugestoßen ist.«

Die Frau bestürmte sie mit einem Schwall Fragen. War sie wirklich seine Cousine? Wie war es möglich, daß ihre Eltern sie mit einem Mann weggehen ließen, mit dem sie nicht verheiratet war? Die Folter dieser fünf Tage in qualvoller totaler Einsamkeit hatte Saadias Vorsicht zermürbt. Sie gab dem Bedürfnis nach, sich an einen Erwachsenen zu klammern, sich ihm anzuvertrauen. Weinend erzählte sie der Unbekannten ihre ganze Geschichte.

»*Ya Allah! Ya Allah!*« sagte die Schneiderin unaufhörlich, ohne sich zu einem Wort des Trostes für das verängstigte Kind herabzulassen.

Dann brach sie überstürzt auf.

Die Geschichte fegte bald durch das ganze Dorf. Die im Schatten gestrandeten, in der Schwüle festsitzenden Körper überboten sich hemmungslos in ihrem Klatsch. Als ob die Zungen, flink wie alle Vipern, die lange der Sonne ausgesetzt sind, notgedrungen den Mangel an Bewegung durch schwatzhafte Gerüchte wettmachen müßten, um den Fluß des Lebens aufrechtzuerhalten.

Saadia begriff schnell, was für einen schweren Fehler sie gemacht hatte. Sie hätte niemals mit dieser Frau sprechen, ihr nicht einmal öffnen dürfen. Aber es war zu spät. Doch gewiß würde Mahfoud zurückkommen, und alles würde sich einrenken. Spät am Abend hörte sie, wie Männer an der Tür vorbeistrichen und an sie pochten. Gelächter erschallte in der Stille der Nacht. Panik drückte sie an die Wand. Am nächsten Morgen klopfte es wieder an der Tür. Mehrere Männerstimmen waren zu hören. Das Hämmern an der Tür wurde immer stärker. Saadia antwortete nicht. Voll Entsetzen sah sie, wie die Tür erzitterte. Man versuchte, sie einzuschlagen. Eine laute Stimme erteilte ihr den Befehl zu öffnen. Ihr schwankender Wille folgte den Aufforderungen. Wie eine Schlafwandlerin stand sie auf und schob den Türriegel zurück. Eine Horde von Männern rempelte sie unter wildem Geschrei und Gestikulieren an und brach in das Haus ein.

Sie durchstöberten jeden Winkel. Sie wußte nicht, was sie suchten. Ein Mann beteiligte sich nicht an diesem Treiben. Er war eine stattliche Erscheinung, trug eine sehr schöne *Gandura* aus bestickter Seide und einen gelben *Chèche*. Er strotzte nur so vor Wohlstand und Gesundheit, aufgeblasen vor Selbstgefälligkeit und Verachtung. Aufrecht, die Hände hinter dem Rücken, musterte er sie von oben herab. Die anderen sprachen ihn ehrerbietig an und nannten ihn *Kaid*. Ihr fiel ein, daß sie bereits von den *Kaids* gehört hatte. Allmächtige Männer ... Doch jetzt hatte sie keine Angst mehr. Sie betrachtete die aufgeregten Männer aus der Distanz ihrer Erschöpfung, einer Ohnmacht nahe. Nach einer Weile setzten sich alle auf den Boden und diskutierten hitzig. Worte stiegen aus dem Lärm auf und drangen durch ihre Benommenheit zu ihr: »*Cahba*«, »Bordell«. Sie verliehen der Diskussion bedrohliche Schwingungen. Die Männer warfen ihr verstohlene Blicke zu. Schmierig oder gemein, finster oder schleimig, schneidend oder schmutzig, mochten sie auch über ihren Körper streichen, so konnten sie ihre Seele nicht einmal berühren, denn ihrem Warten waren die Flügel nun gebrochen.

Was war eigentlich geschehen? Saadia sollte niemals die ganze Wahrheit erfahren. Mahfouds Leichnam wurde am Wegrand liegend gefunden, nicht weit von dem Dorf, das er hatte aufsuchen wollen. Man hatte ihm den Schädel eingeschlagen. Weder seine Maultiere noch seine Ware wurden aufgefunden. Handelte es sich um ein schändliches Verbrechen oder eine Abrechnung? Die Frage blieb ohne Antwort.

Töchter wurden von ihren Familien ängstlich überwacht. Ehemänner, Brüder oder Vettern bildeten, vom milchbärtigen Bübchen bis zum weißhaarigen Greis, ein Bollwerk gegen alle Verlockungen ... Welches Los also diesem Mädchen bestimmen, das unter Mißachtung aller Gesetze der *Scharia* ein Beispiel für Auflehnung und Unkeuschheit abgab? Ja, wie gegen eine Dirne vorgehen, die unter einem treuherzigen Anstrich aus dem Nichts aufgetaucht war und die Stirn hatte, in einem friedlich auf seine Ehrbarkeit bedachten *Douar* ihren Makel zu vertuschen? Verstöße gegen die Regeln der Tradition durfte man nicht auf die leichte Schulter nehmen!

Saadia war eine Hure. Also sperrte man sie ins Bordell. Sie war noch nicht einmal dreizehn Jahre alt. So begann für sie ein anderes Leben; wesentlich leidvollere, vor allem erniedrigendere Tage als die, welche die zänkische Aicha ihr beschert hatte. Von Algerien, diesem so erträumten Land, dem Land der Menschen, die frei wie ein Blick im Licht wandern, sollte sie lange Jahre hindurch nur die Bordelle kennenlernen. Verfluchtes und archaisches Männerwerk – blinder und schändlicher als der Wahnsinn –, wo sie die Lust und »das Objekt« ihrer Begierde einkerkerten! Diese Orte, Särge, die sich hinter den Frauen schlossen, hatten nicht die Menschen erfunden, die über die Grenzen hinaus wandern, um mit jedem Schritt die Freiheit zu feiern. Nein. Es waren Leute, die in die Unbeweglichkeit eingeschlossen, im Dunkel ihrer selbst gefangen waren und deren Geist derart in überlebten und beschränkten Vorstellungen verhaftet war, daß sie sich der Lust schämten wie eines Augenblicks der Schwäche, der Sünde, den sie schleunigst vergessen wollten. Und um das besser zu erreichen, sperrten sie die Lust zusammen mit den Frauen, die sie schenkten, in Kerker ein. Die glücklichsten unter ihnen rehabilitierten sich in den Augen der Männer durch die Tätigkeit ihrer Gebärmutter und das Verbergen ihrer Sinnlichkeit. Ihnen kam die Milde der Männer »zu Recht« zugute, und sie wurden nur in *Kheimas* oder Häuser eingeschlossen. Oft wurden ihnen zum Herbst des Lebens sogar »Würden« verliehen. Doch die Frauen, die die Lust zu sehr genossen, denen war sie von den Augen abzulesen, die trugen ihr Siegel auf der Haut, und ihr Anblick allein ließ die Männer schon erzittern; diese Frauen mauerten sie lebendig in den Bannfluch der Bordelle ein. Teufelswesen fern von der Stadt, die vor den Augen der Männer die Attribute der Versuchung spazierentrugen und die Hölle speisten! Aber es gelang den Männern nie, der Lust vollends abzuschwören. So schlichen sie mit gehetztem Blick, dem gesenkten Haupt der Verdammten und im Körper den Makel der Begierde an den Mauern entlang und besuchten diese Orte in der Angst, von Frommen und »Mutigeren« dabei überrascht zu werden.

Mehr als zehn Jahre hindurch hatte Saadia keine Nachricht von ihrer Familie. Sie hütete sich davor, sich selbst zu melden. Jeder Brief, jeder Bote hätte die Schritte der Strafe zu ihr gelenkt. Schon in Oujda war ihr Fehltritt nicht zu sühnen. Und wüßte die Familie sie an einem solchen Ort, konnte sie dies nicht anders abbüßen als durch einen sofortigen Tod. Daß man sie gegen ihren Willen einsperrte, war keineswegs ein mildernder Umstand. Sie hatte es sicher verdient. Ihre Flucht aus dem Elternhaus war dafür, wenn nötig, ein Beweis. Ihr tägliches Martyrium, das sie erduldete, war also unwiderruflich. Daher versuchte Saadia, die Außenwelt aus ihrer Erinnerung auszumerzen. Sie gehörte fortan zur Hölle. Im Lauf der Jahre veränderte sie sich, wurde stärker. Alle Wunden ihrer Seele gaben ihrem jungen Körper nur Kraft, und er triumphierte über das schlechteste Klima, die scheußlichste Umwelt. Sie wuchs, die Früchte der Überheblichkeit und des Hohns, die auf dem Nährboden jeder Verachtung gediehen, machten sie nur noch stärker. In zehn Jahren war sie zu einer langen, dunklen Frau mit erblühtem Körper geworden. Ihre übergroßen Augen mit einem flüssigen Schimmer reichten bis zur Mitte der Schläfen, wo sie sich verjüngten. Große, dunkle Wimpernbüschel stäubten lebhafte Schatten über ihre Augen von einem bernsteinfarbenen Zimt. Ein Grübchen fügte sich so hübsch in ihr Kinn ein, daß es beim leisesten Lächeln von kleinen Furchen umstrahlt war und den Blick wie einen Diamant durch sein schillerndes Licht fesselte. Zwei schwarze Zöpfe umrahmten ihr Gesicht. Sie schlängelten sich wie etwas Lebendiges und tanzten im Rhythmus ihrer Bewegungen.

Die Melancholie des Kindes Saadia? Sie hatte sich in Bitterkeit verwandelt und steigerte in ihr den Widerstand und die Willenskraft. In einem »Freudenhaus« ebnete wie in jeder geschlossenen Anstalt das Zusammengepferchtsein den Weg für die Eifersucht, den Haß, den Diebstahl, die Lüge und die Gewalt, das übliche Gefolge verfluchter Orte. Die ständige Furcht wappnete die stärksten Charaktere mit Kampfgeist und Mut und ließ die schwächsten zu ängstlichen oder willensschwachen Wesen werden. So hatte Saadia

Körper und Seele mit allen Gegenmitteln gepanzert, und sie bäumte sich auf und sträubte sich, um den Tritten auszuweichen. Ihre Persönlichkeit behauptete sich mit einer solchen Stärke, daß sie ihr bald nicht nur Ruhe, sondern auch die Achtung aller Frauen in ihrer Gemeinschaft einbrachte. Manches Mal wurde sie am Anfang mit Männern, die pervers waren oder sie zu mißhandeln versuchten, handgemein. Zweimal erregte sie sogar Aufsehen, als sie Grobiane verprügelte. Sie jagte sie aus ihrem Zimmer und peitschte ihre Männlichkeit mit schneidenden Schmähtiraden bis zur schweren Eingangstür. So wurde sie die Königin des verfluchten Bienenstocks der Lüste.

Mit einem ihrer Kunden, Kaddour mit Namen, verband sie eine feste Freundschaft. Der Mann trieb Handel zwischen Algerien und Marokko. »Wie Mahfoud!« erinnerte sie sich tief gerührt. Mahfoud, der Gefährte und Komplize einer kurzen Begegnung, einer schnell zerstörten Hoffnung. Zehn Jahre später wühlte sie der Gedanke an ihn noch immer auf. Er, der fromme Mann, der im Grunde unverwundbar war, denn sein Vorname bedeutete »der Schützling Gottes«, war durch Menschengewalt umgekommen und hatte Saadia der Verachtung und der Ächtung eines grausamen Pöbels mit engstirnigen Ansichten überlassen.

Kaddour war ein guter Mann von hoher Moral. Sie hatte vollstes Vertrauen in ihn, daher erzählte sie ihm eines Tages ihre Geschichte. Einige Zeit später teilte er ihr mit, er ginge nach Oujda. Oujda! Dieser Name weckte in ihr viele Erinnerungen. In der Sonne zitternde Weizenfelder. Eine kleine Straße, über der wie ein Papierdrachen das Trugbild der Träume einer Kindheit schwebte, die sie so wenig erlebt hatte. Zwei kleine Mädchen: Zina, ihre Schwester, und Yamina, ihre Cousine. Yamina, ein rundliches und braves Baby, das sie gern in die Arme nahm. Sie drückte es an ihr Herz, und ein seltsames, bittersüßes Gefühl ergriff sie. Wie sie hatte Yamina keine Mutter. Dadurch fühlte sie sich ihr noch näher, hing noch mehr an ihr … Eine große Leere grub sich plötzlich in sie. Verschüttete Bedürfnisse, unterdrückte Echos stiegen aus der Tiefe hoch. Plötzlich fühlte sie sich verloren und wieder einmal zu fern von allem im schmerzlichen und zugleich wohligen Strudel der verdrängten Einsamkeit. Sie beauftragte Kaddour, ihre Schwester Zina unter Zuhilfenahme einer List allein zu treffen und ihr Nachrichten zu überbringen. Aber um keinen Preis durften es die Männer erfahren ... Nach so manchen ängstlichen Ermahnungen brach Kaddour auf und ließ Saadia fiebernd vor Befürchtungen und Hoffnungen zurück.

Den Hof am Eingang von Oujda machte Kaddour leicht ausfindig. Doch er setzte seinen Weg bis ins Herz der *Medina* fort. Dort begab er sich auf die Suche nach einem Gassenjungen, der, sobald ein paar Münzen in der Tasche seines *Serouals* klingelten, hurtig die Straße zum Hof einschlug. Nicht so sehr die Botschaften an sich als die Schliche, die sie sich einfallen lassen, und die Wagnisse, die sie eingehen mußten, um diese Botschaften ihren Empfängern übermitteln zu können, ließen sich die Gassenjungen der Stadt unerbittlich in klingende Münze umsetzen. Ihre Jugend war der wichtigste Trumpf in dieser Situation. Nachdem der Junge eine Weile mit Zinas Söhnen gespielt hatte, schlich er sich bei ihr ein und vergewisserte sich, daß sie die Gesuchte war, bevor er ihr zuflüsterte: »Ein Herr erwartet dich morgen früh im Geschäft von Boualem, dem Schuhmacher des *Souks*. Er hat Nachrichten von deiner Schwester Saadia.«

Zina schloß die Augen. War es ein *Melek*, dieses Lockenköpfchen, das ihr zuwisperte, worauf ihr Herz seit jeher wartete? Das Kind wiederholte seine Botschaft, zweimal, dreimal: »*Ya Allah!* Saadia lebt, sie lebt!«

So sehr hatten sie sie gesucht, monatelang, lange Monate hindurch, bevor sie es aufgaben. Von einem Sklavenhändler geraubt? Sie wagten nicht, die anderen Möglichkeiten auch nur auszusprechen, die die Ehre aller Bouhaloufa und Hamza schänden würden. Doch selbst wenn man sie totschwieg, waren diese Vorstellungen so entsetzlich, daß sie hofften, sie sei gestorben. So würde ihr zumindest das Leid erspart, und vor allem sähen sie niemals am Horizont das Gespenst von Schmach und Schande auftauchen. So starb Saadia völlig für sie. Sie versammelten Verwandte und Freunde zu einer prächtigen *Aacha*. Nach dem traditionellen *Couscous* hatten etwa fünfzig *Talebs* mehrere Stunden lang Verse gesungen. Zeitlebens sollte Zina sich an diese Totenwache erinnern. Nicht einen Augenblick hatte sie an den Tod ihrer Schwester geglaubt. Ja, sie war so davon überzeugt, daß Saadia einfach vor der Grausamkeit ihrer Mutter geflohen war, daß diese *Aacha* sie empörte. Das Geschrei der *Talebs* hallte in ihren Ohren wie ein Todesurteil des Familiengerichts gegen Saadia. Auf diese Weise wurde die Gemeinschaft davon unterrichtet. Zinas anklagender Blick heftete sich daraufhin an den ihrer Mutter. Sie stellte niemals eine Frage, sagte niemals etwas zu Aicha über diese Schwester, die sie in ihrer Kindheit und ihrer Jugend so vermißte. Aber gerade ihr Schweigen lastete auf ihrer Mutter schwer wie eine Verurteilung und peinigte sie in ihrem Leid. Zuweilen, wenn die Erinnerung an Saadia heftig in Zina hochkam, waren ihre Augen so vielsagend, daß ihre Mutter erzitterte.

»Meine Tochter, deine Augen sind zuweilen wie ein Blitz, was sie treffen, das verbrennen sie!«

So fand Aicha niemals Ruhe, Saadia zu vergessen. Schleichend schied das Schuldgefühl seine Galle aus und trübte die Freuden ihrer Tage bis zum letzten Atemzug. Acht Jahre später hauchte sie ihre Seele aus. Bevor sie starb, vertraute sie ihrer Tochter an:

»Eine Sorge nagt an meinem Gewissen. Ich war zu Saadia hart und ohne Mitleid. Solltest du sie eines Tages sehen, erzähl ihr, daß ich es bereue. Erzähl ihr auch, daß ich meine Strafe im Diesseits verbüßt habe. Erzähl ihr, wie deine Augen, die Messaoudas und anderer diese langen Jahre hindurch auf mich gerichtet waren. Erzähl ihr von meiner täglichen Buße. Könnte sie in Andacht vor meinem Grab verharren und mir mit lauter Stimme vergeben, dann würde meine Seele endlich Frieden in ihrem ewigen Leben finden.«

An der Schwelle zum Tode erteilten Zinas Augen dem flehentlichen Blick ihrer Mutter endlich die Absolution:

»Ich werde sie wiedersehen, Mutter. Ich werde es ihr erzählen. Aber sie hat dir bereits vergeben, ich weiß es.«

Zina verbrachte den Tag mit Aufruhr im Herzen, rang ihrer Angst vor den Männern echte Freude, ihrer Furcht vor Enthüllung des Geheimnisses den ungetrübten Glanz einer Tatsache ab: »Saadia lebt, sie lebt!« Sie konnte den folgenden Tag kaum erwarten, brannte vor Ungeduld, diesen Unbekannten zu sehen und die Wahrheit zu erfahren … Eine furchtbare Wahrheit, ohne jeden Zweifel! Aufgelöst ging sie zu Messaouda, der Frau ihres Onkels

Hamza, und zog sie ins Vertrauen. Es war zuviel Aufregung für sie allein. Außerdem hatte Messaouda immer eine große Zuneigung für Saadia gehegt. Ihre fröhliche Komplizenschaft begeisterte die zwei Frauen. Sie brauchten nicht lang nach einer List zu suchen. Aber pst ... Um keinen Preis durfte das Geheimnis herauskommen und an strenge männliche Ohren gelangen.

Ausnahmsweise wollten sich die beiden Frauen allein, ohne die übliche Kinderschar, zum *Hammam* begeben. Außer Reichweite der Blicke, auf dem Weg, würden sie sich trennen. Messaouda würde direkt zum Bad gehen. Zina hingegen könnte dank der Unterstützung der alten Frau unbesorgt einen schnellen Umweg durch den *Souk* machen, bevor sie sie im *Hammam* wieder träfe. Die Flügel der Ungeduld flatterten mit ihrem Schleier, als sich Nacers Frau zu den Neuigkeiten aufmachte. Auf einem Quersack im Hinterraum des Schuhmachers sitzend, erfuhr sie die Wahrheit, die ihre Fröhlichkeit wie ein Spieß durchbohrte. Mit einer Stimme voll schmerzlicher, tränenerstickter Tremolos gab sie Kaddour ihrerseits eine Botschaft für Saadia, ohne die Bitte zu vergessen, die Aicha auf ihrem Totenbett geäußert hatte. Dann trennte sie sich von dem Boten, nicht ohne ihm zu sagen, wie sehr sie ihm verbunden war, und ihm gequält zu danken. Das entehrende Los ihrer Schwester zerriß ihr die Brust mit untröstlichem Schmerz. Diesmal beweinte sie sie, und eiligen Schrittes machte sie sich auf, um ihre Schluchzer an der Schulter der sanften Messaouda auszuweinen. Die beiden Frauen sollten das Geheimnis über Jahre hinweg bewahren.

Saadia erhielt also Nachricht von den Ihren. Während sie außerhalb des üblichen Laufs der Tage ihr Leben fristete, hatte der Faden der Zeit die Schicksale weitergesponnen, manche verknüpft, andere ausgenommen. So war Aicha also tot. So war ihre Cousine, die kleine Yamina, also verheiratet und Mutter. So gab es also Verbindungen zwischen den Bouhaloufa-Hamza-Ajalli! Yamina und ihre Familie wohnten sehr weit von ihnen in einem Dorf namens Kénadsa. Kénadsa, welch komischer Name. Wo lag das bloß? »Es ist in Algerien, in der Wüste«, teilten ihr die wenigen Männer mit, die sich darauf verstanden, die Darstellung des Landes auf dem Papier zu lesen.

Als sie Yamina in Algerien wußte, entbrannte in Saadia der

Wunsch, ihr näherzukommen. Und über die Verwandten, die Ajalli, hatte sie oft sinniert, als sie in Oujda war ... Sie wußte, daß sie sie jetzt nicht treffen konnte. Die Träume ihrer Kindheit waren unerreichbarer denn je. Sie gehörte zu einer verabscheuten, aus allen Clans, von allen Kulturen ausgeschlossenen Welt! Aber da die Ajalli in der Wüste wohnten ... Vielleicht gab es da eine Chance. Nach den Worten Bouhaloufas des Ersten waren die Menschen dort so anders, maßen mit der Elle ihrer Gegend. Eine so grandiose Landschaft mußte ihren Bewohnern ihren Stempel aufdrücken. So begann Saadia allen Hindernissen zum Trotz zu hoffen. Eine Hoffnung, die ihre Lage so vollkommen verkannte, daß es schon Vermessenheit war. Aber sie war da und quälte ihren Geist. Wie konnte sie den kühnen und feurigen Streitrossen der Hoffnung entgehen? Saadia bat darum, nach Béchar versetzt zu werden. Da sie nicht denselben Namen wie ihre Verwandten trug, konnte sie ihnen in keiner Weise schaden. Warum also sollte sie auf das Vergnügen verzichten, ihnen näherzukommen? Aber das Bordell? Eine lebenslängliche Freiheitsstrafe! Wie sich dessen entledigen? Hatte sie auch noch keine Ahnung, wie sie dort herauskommen könnte, so keimte trotz allem in ihr der Wille dazu. Er reifte auf dem Nährboden der verfluchten Orte heran, saugte sich voll mit Saft und Kraft und gönnte ihren Gedanken keine Rast.

Eines Morgens geleitete eine Matrone sie nach Béchar. Sie nahm diesen kleinen schwarzen Zug, der sie, während er seinen asthmatischen Atem in einen rußigen Lichtkreis aus schwarzem Rauch ausstieß, unter Geratter in die Wüste brachte. Sie hatte nicht gedacht, daß es so weit wäre! Es war sicher noch weiter als Marokko! Ihre gierigen Augen berauschten sich an den Landschaften. Seit mehr als zehn Jahren hatten sie nur das Rechteck des blauen Himmels gesehen, das über dem Hof des »großen Hauses« hing. Die endlose Aneinanderreihung der ebenen und kahlen Weiten, die ferne Himmelskuppel, die von überallher ihre blaue Seide ausbreitete, um die verwirrten Blicke wie verängstigte Vögel nach einem zu langen Flug aufzunehmen, waren noch eindrucksvoller als in ihren Kinderträumen!

Aber in Béchar würde ihr wie überall sonst nur ein kleines Rechteck Himmel zustehen. Sie hatte lediglich eine Zelle mit zumindest erträglichen Temperaturen gegen eine identische, aber glühendheiße eingetauscht. So kam die Verzweiflung. Eine Verzweiflung, die sich, bei so viel Kraft und Willen, sehr schnell in Auflehnung verwandelte. Die Wut entfesselte ihre ganze Heftigkeit, die sie bislang im Zaum gehalten hatte. Sie spürte eine ungeheure Kraft in sich, fühlte sich unbesiegbar, weil zu allem bereit, sogar zum Tode: dem ihren und sogar dem der anderen, jener, die in einem Panzer aus verknöcherter Moral und krankhafter Gleichgültigkeit auf der anderen Seite der Mauern standen. Sie würde alles vernichten, bis sie sich einen Weg nach draußen gebahnt oder sich selbst dabei völlig vernichtet hätte.

Sie weigerte sich zu »arbeiten«, zu essen, zu reden. Sie wurde zu einer Klippe, an der alle Befehle, alle Erpressungen, alle Drohungen zerschellten. Im »Haus« konnte man sich nicht erinnern, jemals eine solche Gehorsamsverweigerung erlebt zu haben. Die Angst vor dem schlechten Beispiel ließ jene erzittern, denen der Handel mit dem Sex etwas einbrachte. Da sich alle Waffen als nutzlos erwiesen, setzten sie das Gerücht in Umlauf, sie würde den Verstand verlieren, um damit jeglicher Ansteckung vorzubeugen. Und unter dem Vorwand, die Hitze sei für dieses Mädchen vom *Tell* nicht verträglich und habe diese verhängnisvolle Auswirkung auf ihr Verhalten, wollten sie sie wieder in den Norden überstellen. Es half nichts. Lieber sterben als nachgeben. Der Tod war zwar die am wenigsten verlockende Freiheit, aber immerhin Freiheit.

Da ihnen die Vermutungen und Argumente ausgingen, holte man den Doktor, einen Arzt der französischen Armee, der »die Mädchen« regelmäßig untersuchte.

Dieser Doktor war ein großer, barscher Mann. Seine sehr hellen Augen gaben ihm ein kühles Aussehen. Saadia hatte ihn schon manchmal bei den ärztlichen Untersuchungen gesehen. Ohne sich aus der Ruhe bringen zu lassen, pflegte er unerschütterlich die zwei oder drei gleichen Befehle auf Arabisch herunterzuleiern: »einmal husten«, »sag dreiunddreißig«, »mach den Mund auf«, mit einem Akzent, der die Mädchen losprusten ließ. Er pflanzte sich nun mit abwesendem Gesichtsausdruck wortlos vor ihr auf. Da brach Saadias Zorn erneut hervor. Hatten »sie« nicht begriffen, daß sie vor nichts und niemandem weichen würde? Warum starrte dieser Fremde sie so an, herablassend wie ein Kamel? Sie war nicht krank. Und was konnte dieser eiskalte Kerl von der Vielschichtigkeit der arabischen Sitten verstehen? Sie knallte die Tür vor seinem unbewegten Blick zu und ging. Aber er holte sie ein. Verblüfft stellte sie fest, daß er perfekt Arabisch sprach. Sanft redete er auf sie ein. Sein komischer Akzent milderte die kehligen Laute. Seine Stimme war nur ein Flüstern, seine Augen verloren ihre Teilnahmslosigkeit, füllten sich mit aufmerksamer, überzeugender Sanftheit. Er entschuldigte sich. Er hatte letzte Nacht nicht geschlafen: viel Arbeit, Notfälle, sein Kollege krank ... Sie bewahrte Stillschweigen. Er setzte seine Rede mit dieser kaum hörbaren Stimme fort, als spräche er zu sich selbst. Dann ging er, ohne ein Wort von ihr erhalten zu haben. Aber Dr. Vergne, so hieß er, kam am nächsten Tag, am übernächsten und jeden Tag wieder. Beim zweiten oder dritten Treffen erzählte sie ihm von ihren Problemen und wie sie sich eines traurigen Morgens in einem »großen Haus« wiederfand; daß sie hier zu ersticken drohe; daß sie, wenn sie nicht hinauskönne, lieber einem unerträglichen Dahinsiechen ein schnelles Ende machen wolle. Er hörte ihr mit einem seltsamen Ausdruck im Blick zu ... Einer Art schmerzerfüllter Güte, doch bereits warm und schillernd vor Zuneigung; ein Schimmer, der die Horizonte an den Wänden ihres Gefängnisses entflammte; der in ihrem Körper bis zum Wahnsinn vibrierte und sie zu den verrücktesten Hoffnungen antrieb. Kein Mann seit Mahfoud hatte sie so angeschaut und ihr so zugehört. Sie hatte ganz einfach vergessen, daß so etwas vorkommen konnte. Bis jetzt hatten die anderen einen Abstand der Gleichgültigkeit gehalten, waren die anderen geblieben. Letzten Endes war sie nur eine Hure, eine *Cahba*, ein Gegenstand, der nach Gebrauch zum alten Eisen geworfen wurde. Die anderen hatten in ihrer Brust niemals diese langsame Regung geweckt, die den Atem überraschte und sich wie ein schleichendes Reptil um die Stimme schlang, unbekannte Tremolos in sie eingrub. Körperlich hatte sie nie etwas empfunden. Sie war hart wie das Gebirge. Saadia hatte nie die samtige Weichheit der Zärtlichkeit und der Liebe erfahren. Sie hatte sie nicht erhalten, und sie hatte sie nie gegeben. Die Wunden, die ihr das Leben schlug, hatten ihre Seele mit Hornhaut überzogen und ihr nur Fangzähne und Krallen verliehen. Sie war verhärtet, verdorrt wie das Gebirge, wenn es seine Vegetation verloren hatte und der nackte Fels zurückblieb. Dürre um sie und in ihr. Eine so große Dürre, daß sie Feuer fing und die Wüste ihres Lebens in ihr verbrannte. Plötzlich, angesichts dieser schlicht menschlichen Augen, brach sie in Schluchzen aus. Der Blick dieses Mannes glitt über sie wie ein heilsamer Regenguß nach Jahren der Trockenheit. Ähnlich wie vor Mahfoud schluchzte sie ohne Scham. Als ob ihr flüssig gewordenes Leid endlich eine Empfindsamkeit freilegte, die bislang unter ihrer steifen Masse erstarrt war. Und das ganz in Schmerz und Schauder gekleidete wiedererwachende Gefühl kostete von der süßen Bitterkeit ihrer Tränen, bis es von ihnen satt war.

Vergne schaute sie lange an. Dann stand er auf, ohne etwas zu sagen. Mit den Händen hinter dem Rücken durchmaß er lange Zeit das Zimmer. Dann stellte er sich vor sie hin und sagte:

»Saadia, hab Vertrauen. Ich werde dich hier herausbringen, ich verspreche es dir.«

Er setzte seinen ganzen militärischen Einfluß, seine ganzen Verbindungen ein, um Saadia aus ihrem Gefängnis zu befreien. Die Tatsache, daß sie lästig geworden war und im »großen Haus« Sorgen bereitete, erleichterte sein Gesuch. Und so stimmte man einer Ausnahme zu.

So erlangte Saadia also nach vierzehn Jahren Haft in dem Haus, wo die Lust eingesperrt und entehrt wurde, die Freiheit wieder. Das war 1953. Ein strahlender Tag, an dem all das blendende Licht nur für sie schien. Das Licht war ein Fest. Das Land war so weit, daß es die riesige, türkisfarbene Schwinge des Himmels auf ihrem Rundflug erreichte. Das langgezogene Wogen der Dünen, massig und reglos, schien eine gewaltige, unterdrückte Bewegung zu sein. Der Schaukeltritt der Kamele, der sich wie ein Traum auf dem glitzernden Lauf der Tage wiegte ... Ein Rausch, den Saadia gierig, mit all ihren ausgehungerten Sinnen aufsog. Jegliche Vorsicht vergessend, entfernte sie sich von der Stadt. Sie wanderte lange, lange. Sie wanderte, um körperlich, mit jedem Schritt ihre Freiheit zu erproben. Und als ihre von der Anstrengung verkrampften Muskeln zu schmerzen begannen und sich weigerten zu gehorchen, ließ sie sich auf den Sand fallen und betrachtete verzückt die Flucht des Horizonts. Aber es brauchte wahrscheinlich mehrere Monate, vielleicht Jahre, bevor sie dieses Gefühl empfinden würde, von dem Djelloul Bouhaloufa so oft sprach. Dieser Blick im Licht, der über die Wüste zu wachen schien!

Fühlte sie sich auch zu Beginn ihres neuen Daseins ängstlich, so gaben ihr zwei oder drei Jahre selbständigen Lebens ihre Sicherheit zurück. So schickte sie einen Brief an ihren Vater und enthüllte ihm die ganze Wahrheit. Doch nur Zina antwortete ihr hinter dem Rükken der anderen. Die Männer wollten nichts von ihr wissen. Ihre Auferstehung in Oujda forderte von ihnen einen unbezahlbaren Preis. Von ehrbaren und stolzen Männern würden sie zu Schwächlingen herabgewürdigt. Saadias häßliches Leben war einen solchen Tribut nicht wert. Sollte sie sich doch von ihnen fernhalten, in dem bequemen und sauberen alten Tod, den sie ihr so geschickt geschneidert und sogar feierlich begangen hatten. Saadias große Entrüstung weckte erneut ihren Kampfgeist. Sie schickte ihnen eine letzte Mitteilung: sie habe sie im Schatzkästlein ihrer Erinnerung untadelig bewahrt und verehrt, doch jetzt, in ihrem neuen Leben, seien sie, ihre Leute, eines unwürdigen Todes gestorben. Sie würde sich an dieser Trauer weiden, die ihre Freiheit vollkommen machte! Diese Antwort brachte ihr, so scharf sie auch war, nur einen schwachen Trost. Sie hatte es gewagt, sich an das ferne Oujda zu wenden, denn die Entfernung selbst gewährleistete Schutz und Sicherheit. Sie hütete sich, sich bei den ganz nahen Verwandten, dort, etwa dreißig Kilometer entfernt, zu melden. Diese Nähe, die sie so gewollt hatte, schreckte sie jetzt ab. Außerdem ertrüge sie es nicht, erneut abgewiesen, verspottet zu werden. Nein, das ließe sie nicht mehr zu!

Wieder war es Zina, die sich für ihre Schwester einsetzte. Sie ließ an ihren Vetter und Schwager Tayeb schreiben, um ihn zu unterrichten. Yamina erinnerte sich kaum an Saadia. Sie war zu jung gewesen, als diese verschwunden war. Aber Messaouda, ihre Stiefmutter, hatte ihr oft von Saadia erzählt. Zu wissen, daß sie lebte und so nah war, brachte ihre Einsamkeit ins Wanken und fügte Risse in die Mauern, die sie umschlossen. Aber Tayeb war unerbittlich. Mochte auch das Schicksal erbarmungslos gegen dieses Mädchen gewesen sein ... doch nein, das nun wirklich nicht, einer Frau, die mit einer solchen Vergangenheit befleckt war, erlauben, seine

Schwelle zu überschreiten! Niemals würde das geschehen! Und man sollte bloß nicht darauf zählen, daß er sie besuchen würde! Yamina sollte die Scham und Vernunft haben, sich nicht auf solche verwandtschaftlichen Bande zu berufen und dabei die ihrer Ehe aufs Spiel zu setzen! Zohra, die Frau mit den dunklen Tätowierungen, blieb still und unschlüssig. Sie beteiligte sich nicht an dem Streit, weigerte sich, Partei zu ergreifen, sich zu äußern. Aber das Dasein und Schicksal dieser Frau knirschte in ihren Gedanken.

Vom Ksar El Djedid zur Barga

Zohra war also in Kénadsa, dem Dorf, wo der kleine schwarze Zug hielt und auf die Wüste traf. Sie lebte dort im *Ksar* El Djedid, einem neuen *Ksar*, mit ihrer Schwiegertochter Yamina und ihren zwei Söhnen Tayeb und Khellil. Von einem *Ksar* hatte dieses Viertel – leider! – nur den Namen, es ähnelte in nichts dem alten *Ksar*. Jener war ein Gewirr schattiger Gäßchen, von sonnigen Tupfern durchsetzt, den lichtdurchfluteten Höfen und Terrassen. Seine Häuser aus *Toub* von einem bräunlichen Rosa boten dem Himmelsblau ihre zinnenbewehrten Mauern dar. Ein Palmenhain umschloß ihn zur Hälfte und breitete seine stolzen Bäume bis in das Geheimnis seines kühlen und dunklen Herzens aus. Der hartnäckige Lebenswille der Menschen, ihre List gegen alle Schicksalsschläge hatten mit den altertümlichsten Baustoffen Kunstwerke geschaffen, die so sehr den Geist der Jahrhunderte atmeten, daß selbst die Armut dort noch prachtvoll in ihrer gewollten Schlichtheit prangte. Im Gegensatz zu diesem *Ksar* war der *Ksar* El Djedid massiv gebaut. Aber massiv waren auch die Verachtung und Achtlosigkeit, mit denen er zusammen mit den Kohlenbergwerken angelegt worden war. Seine Erbauer hatten bei ihm auf alles verzichtet, worauf der Blick ruhen, wo der Körper rasten und der Geist von einem Anderswo ohne Schranken träumen kann. Sie lieferten ihn dem höllischen Himmel ohne das Erbarmen des geringsten Schattens aus. Der *Ksar* des Elends und der Verzweiflung reihte Häuserblocks aneinander, die blind wie Maulwurfshügel waren und durch breite Straßen getrennt, auf denen die Hitze über das Leben triumphierte und selbst die bescheidensten Träume verdorren ließ. Und während die Erde ihre Gold- und Kupfertöne bis ins Unendliche ausbreitete, errichteten sie den *Ksar* ausgerechnet hinter den zwei größten Halden. Wahrscheinlich geschah es, um ihn vor dem übrigen Dorf zu verbergen, so wie man versucht, die Schande in den dunklen und selten befragten Winkeln des Gedächtnisses zu verstecken. Oder geschah es, damit der Bergarbeiter, der natürlich dort wohnte, schnell in der Finsternis verschwand, ohne die Zeit zu haben, das Licht zu bewundern, nachzudenken? Und wenn er abends aus den Schlünden auftauchte, begleitete ihn das Dunkel noch bis zu seiner Wohnung. Denn die Rußstäubchen erhöhten noch die Trostlosigkeit, indem sie der Erde ein verbranntes Aussehen gaben und ihre Eintönigkeit bis in die Köpfe ausbreiteten. Es gab keine Geschäfte, keinen *Hammam*, keinen Brunnen in diesem *Ksar*, den der *Roumi* für seinen dreckigen Araber geschaffen hatte.

Zohra haßte diesen Ort. So ging sie jeden Morgen ins Dorf, allein schon, um ihre Augen vom Ruß zu befreien und etwas Menschlichkeit zu atmen. Ein Schritt, zwei Schritte. Freudig trat der Fuß wieder auf den schmiegsamen Sand. Der Körper vergaß, was er sich gefallen lassen mußte, gewann seine Biegsamkeit zurück, und das Auge sprühte Funken. Ein Schritt, zwei Schritte. Ohne Schleier, der Kragen ihres duftigen und schneeweißen *Magroun* wallte auf dem Rascheln ihrer schillernden, durch große Volants aufgebauschten Kleider, so ging sie, die Hände hinter ihrem Rücken verschränkt, und konnte ihrer Träumerei endlich freien Lauf lassen. Ein Schritt, zwei Schritte. Mit hocherhobenem Kopf und schnuppernder Nase beobachtete Zohra verstohlen die Städter: Wenn kein klares Ziel sie in Bewegung setzte, hielten sich die Frauen in den Häusern auf, die Männer standen draußen in Gruppen zusammen und warteten träge darauf, daß die Zeit verging. Zeit der Stille. Ein Schritt, zwei Schritte. In dem Labyrinth aus Gäßchen ließen der gute Geruch der von den Frauen besprengten und gefegten Erde und das Plappern der Kinder in ihrem Kopf den Frühling erblühen. Der bewegende und schmerzerfüllte Ruf des Muezzin rührte in ihren Eingeweiden wie der tiefsitzende Hunger. Ein Schritt, zwei Schritte. Die Kramläden verspritzten Duftwolken: Zimt, Cumin, Ingwer, Koriander, Minze, Kümmel … Sie besprühten ihre Nasenflügel wie Gischt. Die Frauen, verborgen, in ihren schwarzen Schleier gehüllt, strichen eilig wie die Abendschatten an den Mauern entlang. Dann wandte sich die Frau mit den dunklen Tätowierungen in Richtung Palmenhain. Es war Oktober, die Datteln hatten eine rötlich-gelbe Farbe und zergingen im Mund mit einem Honiggeschmack! Zohra liebte den Palmenhain um diese Jahreszeit. Der berauschende Wohlgeruch der reifen Früchte stieg zu Kopfe. Die dicken zimt- und safranfarbenen Trauben, gekrönt von ihren grünglänzenden Palmwedeln, waren riesige Sträuße, die vom Himmel hingen. Zohra lächelte den Palmen, aber auch einem Gedanken zu: sie würde diesen Monat Großmutter werden, vielleicht schon heute! Es wird ein Junge sein. Sie wird ihn Ahmed nennen wie ihren Mann, den Weisen. Und vielleicht wird er ebenso schön, ebenso stark sein wie sein Großvater. Sie wird ihn in ihren Armen wiegen, während sie ihm von den Salzkarawanen erzählt. Jetzt war sie vollkommen glücklich. Und das intensive Licht gewann noch an Klarheit. Bevor sie nach Hause ging, kaufte sie eine große Traube Datteln, die ebenso prall und glänzend waren wie ihre Lust.

Es war im *Ksar* El Djedid, diesem verdorrten und seelenlosen Ort, diesem schäbigen Viertel, wo in einer schönen Vollmondnacht das erste Kind der Familie geboren wurde.

Ein Mädchen, verflucht!

Frau Zohra verzog ihr Gesicht. Ihre Tätowierungen wurden noch dunkler, und der Pfeil ihres Blicks spießte die Städterin auf, die sie zur Schwiegertochter hatte. Dennoch zerriß ein Crescendo von *Youyou*-Rufen die Stille und trug die Neuigkeit dem lächelnden Mond zu. Aber weder Großmutter Zohra noch die Nachbarinnen verkündeten es dem *Douar* und freuten sich auf diese Weise. Nein. Man schrie sich nicht heiser an *Youyou*-Rufen wegen der Geburt eines Mädchens! »Als meine Mutter jung war«, sagte Zohra oft, »gab es noch Familien, die die Mädchen bei ihrer Geburt begruben. Es war in ihrem Leben kein Platz für unnütze Esser.« Jetzt tötete man die kleinen Mädchen nicht mehr, aber sie blieben unerwünscht. Eine Art Fluch, den man hinnahm, während man die unglückliche Mutter mit wütenden Blicken geißelte und ohnmächtig die Arme zum Himmel erhob. Wer an diesem Abend bei strahlendem Mond wagte, einen Triller silberheller *Youyous* auszustoßen, war die Hebamme des Dorfes, die gekommen war, um Yamina zu entbinden. Eine *Roumia* namens Bernard, die alle »die Bernard« nannten.

»Zohra, mach nicht so ein Gesicht!« sagte sie und hielt das Kind seiner Großmutter hin. »Ich stoße *Youyous* aus, gerade weil es ein Mädchen ist und weil ich heute Geburtstag habe! Wie wirst du es nennen?«

»Ich weiß nicht … Khedidja, wie meine Nachbarin in *El-Bayad*, die ich gern mochte, oder … vielleicht Leila, weil sie des Nachts zu uns gekommen ist? Ich hatte mir vor allem einen Jungennamen überlegt«, entgegnete sie mit einer Spitze gegen Yamina.

»Na schön, gut, dieser kleine Spaßvogel wird Leila heißen. Zunächst einmal ist es hübsch, Leila bedeutet Nacht, nicht wahr? Und es ist eine wirklich schöne Nacht! Und dann ist es mal etwas anderes als die Khedidjas, Fatihas oder Zohras …«, antwortete die Bernard lachend.

Dann fügte sie hinzu:

»Sobald sie das Alter hat, zu wissen, was sich gehört, sollte sie mich tunlichst an unserem Geburtstag besuchen und mir gratulieren. Sonst wehe ihr vor meinem Zorn. Heute abend mußte ich meine Gäste und mein Fest verlassen, um ihr zu helfen, das Licht der Welt zu erblicken.«

Man schmollte mit Yamina, aber nur kurz. Denn die Enttäuschung des ersten Augenblicks hielt dem Anblick des strampelnden kleinen Körpers nicht stand. Die mürrischen Gesichter waren plötzlich entwaffnet und konnten sich eines Lächelns nicht erwehren. Im Grunde genommen waren sie sehr glücklich über dieses erste Kind, ob Mädchen oder Junge. Seine Ankunft überdeckte die Häßlichkeit der Halden, ließ den Hunger vergessen. Und wenn sie das Kind anschaute und sich darum kümmerte, hatte Zohra weniger Zeit, an die Vergangenheit zu denken. Also schenkte sie ihrer Schwiegertochter einen erlösenden Blick und sagte: »Eine ältere Tochter wird schnell eine Frau. Sie kann dir dann helfen, du wirst sehen. Sie wird sich um ihre Brüderchen kümmern.«

Yamina empfing diese Absolution dankbar. Ein recht trauriges Jahr hatte sie verlebt. Eingesperrt und einsam in erstickender Hitze. Von Zeit zu Zeit öffnete sie die Haustür und betrachtete hilflos diese trostlose Landschaft. Im Norden der düstere Kohlenberg. Im Süden, im Osten wie im Westen, nichts weiter. Nur hie und da konnte man das braune, runde und struppige Häuflein einer kurzlebigen Pflanze erkennen, die aus der falschen Hoffnung auf Regen hervorgegangen war und sofort von den Flammen des Himmels verbrannt wurde. Man hätte sie für tote kleine Igel halten können. Es gab herrliche Dünen und einen schönen Palmenhain und einen menschlichen *Ksar* ... Aber das war auf der anderen Seite des Dunkels, auf der anderen Seite des Elends! So weinte Yamina still ... Sie selbst war entzückt, daß es ein Mädchen war.

»Wenn meine Tochter fünfzehn Jahre alt ist, werde ich erst einunddreißig sein. Sie wird die Freundin, die wahre Schwester und Mutter sein, die ich nie gehabt habe«, sprach sie sich Mut zu, um die heißen Tage zu ertragen.

Am siebten Tag strichen die alten Frauen des Viertels Henna auf die Stirn des Babys.

»Möge sie eine *Merbouha* sein und den Weg bahnen für das Kommen von Jungen und Geld«, sagten ihre Beschwörungen.

Was das Geld betraf, spürten die Ajalli allmählich schmerzlich seinen Mangel. Dabei war es doch so einfach, vom Tauschhandel zu leben wie in ihrem Nomadendasein. Aber nein, jetzt mußte man selbst um zu essen die zerknüllten und verschmutzten Papierfetzen besitzen, die das Bild des Elends schlechthin trugen. Frau Zohra fand das höchst absurd. Salz gegen andere Nahrungsmittel tauschen, das ja. Salz war der Keim des Lebens, ein Zauber, Lichtkarawanen und tausend Legenden! Aber dieses Papier, »schmutziger als das Gesicht eines Waisenkindes, angenagter und trauriger als das Antlitz der Verfluchung!« Sie waren ein Abbild der unbeweglichen Zeit der Seßhaften, farblos und zerknittert. Und ihr armer Sohn Tayeb, der sich mit der Hacke in der Hand trotz der Glut der Tage abrackerte. Zum Glück war da Bellal, ihr Neffe. Ein gelehrter Mann, der einigermaßen gut verdiente. Er half ihnen, so gut es ging, denn er hatte bereits eine große Familie. Vor allem tat er eine großartige Sache, ja wirklich. Eines Tages traf er Yamina an, wie sie mit bewegten Schluchzern in das Weinen ihres Babys einstimmte.

»Was ist los? Sag's mir.«

Yamina gelang es, schluchzend ein paar Worte herauszubringen. Bellal mußte sich niederhocken und sie bitten, es noch einmal zu sagen, um den Grund ihres Kummers zu erfahren: Sie hatte nicht einen Tropfen Milch mehr. Seit zwei oder drei Tagen gab sie ihrem Baby nur noch Zuckerwasser.

»Das wundert mich nicht, daß du keine Milch mehr hast, bei dem, was du ißt!« wandte der Mann ein, bevor er sie verließ.

Ein oder zwei Stunden später kam er zurück, eine schöne Ziege an der Leine.

»Hier hast du Leilas Amme«, sagte er lachend. »Du mußt die Milch unbedingt abkochen, bevor du sie ihr gibst. Ich werde dir täglich Luzerne für das Tier bringen.«

So verstummte das Weinen des Säuglings, der mit vier Monaten zusehends verkümmerte, verstummte die Melodie des Hungers.

Khellil war in der Schule. Er lernte sehr fleißig. Tayeb war als Gärtner angestellt, um nicht ins Bergwerk hinunter zu müssen. Man hatte gerade eine bedeutende Wasserstelle entdeckt, sehr weit entfernt, auf der anderen Seite des Dorfes, dort, wo der *Erg* begann. Ein fruchtbarer Keim an der Vorhölle zur Dürre. Dort sollte bald einer der wichtigsten Wassertürme des Dorfes entstehen. Die Bergwerksverwaltung plante, in der Nähe eine Werkstatt für die Grubengeräte, Schmieden und Sporthallen zu bauen. Tayeb wurde beauftragt, die Umgebung mit einem kleinen Palmenhain zu begrünen. Er pflanzte dort noch andere Palmenarten an, Tamarisken, Schilfrohr ... Zum Werkstattleiter beförderte man selbstverständlich einen *Roumi*, einen Mann namens Portalès. Aber der Mann hatte nichts von der üblichen Arroganz und Geringschätzung der Chefs. War es nur der wenige Monate zuvor erlittene Verlust seiner Frau, der in seinen Augen dieses kleine Licht der Menschlichkeit leuchten ließ? Wenn am Ende des Tages alle wieder ins Dorf zurückgingen, las man in seinen Augen auch etwas anderes: das schmerzliche Dasein der Leere. Daher schob er den Zeitpunkt, nach Hause zu gehen, möglichst weit hinaus. Und Tayeb, dem sein trauriger Blick naheging, bot ihm Tee an. So geschah es oft, daß sie nach dem Aufbruch der Arbeiter zusammenblieben. Sie setzten sich und sprachen in der Dämmerung über alles und nichts. Zuweilen sprachen sie nicht einmal. Sie saßen da und bewunderten einfach die herrliche Düne und dieses um sie erwachende Grün, das für den Blick wie ein erfrischender Lufthauch war. Und mit jedem Glas Tee wuchs ihre Freundschaft, wurde aus Schweigen Vertrauen. Der *Roumi*-Chef und sein Arabergärtner, das war schon ein Märchen ... Eines Tages konnte Tayeb dem Verlangen nicht widerstehen, Portalès zu einem *Couscous*-Essen zu sich nach Hause einzuladen. Für den Anlaß stürzte er sich in Unkosten und kaufte ein Kilo Fleisch, das in seinem Alltag so selten auf den Tisch kam. Die Ankündigung des Ereignisses versetzte seine Familie in Aufregung. Denn abgesehen von der Bernard, die von Zeit zu Zeit vorbeischaute, um die Kleine zu untersuchen und ein Glas Tee zu trinken, hatten Yamina und Zohra keinen Kontakt mit dieser Welt auf der anderen Seite des Dunkels und des Elends. Mit einem *Roumi* ein Essen teilen? Das war vielleicht eine Sache! Aber als Portalès kam, grüßte er und setzte sich wie sie im Schneidersitz auf die *Alfa*matte. Seine Worte waren freundlich und sein Lächeln zuvorkommend. Zohra vergaß darüber ihre Befürchtungen. Mit einschmeichelndem Blick erzählte sie ihm so bildhaft und lebendig von den Nomaden, daß es ihr gelang, den Trübsinn ihres Gastes zu vertreiben. Yamina machte sich mit Eifer daran, den besten *Couscous* zu kochen. Sie trennten sich erst sehr spät in der Nacht. Portalès wartete nicht erst auf eine zweite Einladung, um wiederzukommen. Einige Tage später stellte er einen Korb mit etwas Fleisch und Gemüse für den *Couscous* vor die zwei Frauen. Ihr Lächeln sagte ihm, daß er willkommen sei. Er verbrachte den Abend mit der kleinen Leila auf seinen Knien und lauschte der alten Frau, wie sie ihm ihre Legenden erzählte. Und als Yamina die *Guessaa* vor ihn hinstellte, funkelten seine Augen vor Freude.

Eines Tages kam Tayeb sehr früh von der Arbeit, sein Gesicht strahlte. »Ich habe eine neue, besser bezahlte Arbeit. Wir werden von diesem verfluchten Ort wegziehen!«

Dort, am Fuß der Düne, begann der Bau des Wasserturms. Portalès ließ Tayeb als Hausmeister der Anlage einstellen.

»Da gibt es Wasser. Du kannst also Gemüse für deine Familie anbauen, und die Landschaft ist so schön! Ich wäre sehr traurig, wenn Zohra mit ihrem warmen Blick und ihrer reichen Erinnerung noch länger in dieser schwarzen Hölle leben müßte.«

Hundert Meter von der Werkstatt entfernt baute man also das Heim des Hausmeisters. Oh, nichts Besonderes natürlich, aber gekalkte Wände, Zement auf dem Boden und Fenster in allen Zimmern. Die Fensterläden und Türen? Ein paar Bretter und drei Nägel, doch wenn man sie öffnete, welch ein Blick! Genau an dieser Stelle überfluteten und bedeckten die goldbraunen Wellen des *Erg* einen ganzen Hügel. Daher war die gegenüberliegende Düne hie und da von ockerfarbenen und weißen Felsen durchsetzt, die wie Emaille in der Sonne schimmerten. Auf ihrem Gipfel ragte der Hügelkamm ganz aus weißem Fels und von Höhlen durchlöchert hervor. Ein prächtiges, licht- und schattenbesetztes Diadem, das sich den sinnlichen Rundungen der Sandwüste darbot. Ein glühendes und grelles Meer, das vom Wind aufgewühlt wurde und sich in großen, den Himmel löschenden Wellen mit roter Gischt aufrichtete. Lange Palmen bohrten zitternd ihre Jadewipfel in den Azur. Der Himmel ohne den Flugstaub der Kohlen? Er war so blau, daß man innehielt und Lust hatte, ihn zu trinken, so blau, daß er den Blick in seinen Bann zog. Welche Veränderung! Sie hatten das Elend weit hinter sich gelassen, waren dem *Ksar* El Djedid, dieser schwarzen Insel der Verachtung, entronnen. Man konnte zwar im Süden eine Halde erkennen, doch sehr weit weg und durch die Entfernung etwas aufgehellt. Sie bildete nur noch einen Hintergrund, dessen unauffällige dunkle Färbung den leuchtenden Glanz ihrer Landschaft noch unterstrich.

Im *Ksar* El Djedid gab es keinen Brunnen. Das Wasser wurde sparsam durch einen Tankwagen verteilt. Hier brauchten sie nur an einem Zauberschlüssel mit Namen »*Robini*« zu drehen, und die Quelle schoß direkt aus dem Metall hervor. Frisches Süßwasser, ein Wunder im Land des Durstes. In den häufig gespeisten Bewässerungsgräben wuchs Schilfrohr, das grüne Alleen bildete und den großen Garten begrenzte. Sein nie endendes Rauschen befreite den Kopf von der bedrückenden Stille. Im Garten wuchsen bald Möhren, Rüben, dicke Bohnen, Zucchini, Zwiebeln und Paprika, Safran, Minze, Petersilie und Koriander ..., mehr als die Familie, Portalès und sogar Bellals Sippe benötigte. Die Dorfbewohner kamen, um bei ihnen dieses taufrische schöne Gemüse zu erstehen. So konnten die Ajalli öfter Fleisch kaufen.

Aber daß Tayeb, dieser Arbeiter, sich so breitmachte und nach Belieben das Wasser der Gemeinde verwendete, mißfiel der Mehrheit der Algerienfranzosen in der Werkstatt. Dieser Segen sollte eher einem von ihnen zugute kommen, statt daß sich »ein Araber daran gesundstieß«. Sie würden es nicht dulden, daß dieser Affront zu einem Dauerzustand würde. Doch Portalès war da. Er gebot dem bereits knisternden Feuer der Habgier schnell Einhalt.

Das Glück herrschte in der Familie, ein fast vollkommenes Glück. Um es vollkommen zu machen, fehlte nur noch ein männlicher Nachkomme. Leila erwies sich trotz der strengen Vorschriften im Ritual der alten Frauen – leider! – keineswegs als *Merbouha*. Das zweite Kind war wieder ein Mädchen. Die Geburt von Bahia bedeckte ihre Mutter mit Schmach. Selbst die Bernard wagte nicht, fröhliche *Youyous* in die beklemmende Stimmung voll Andeutungen und Drohungen auszustoßen. Man schmollte lange mit Yamina. Pfui! Diese Städterin ließ sich von einer *Roumia* entbinden und gebar nur Mädchen! In ihrem Bauch keimte sie, die Verstoßung. Dieser Bauch, der so heimtückisch war, der zu nachsichtigen Geduld der Ihren nur die Schmach eines Mädchens anzubieten. Doch die Frau nach Hause zu schicken oder ihr eine *Darra* vorzusetzen, hätte die zwei kaum versöhnten Familiengruppen abermals entzweit. Noch eine Chance, die letzte. Die dritte Schwangerschaft sollte ihr letzter Ausweg, das dritte Kind ihr Urteil sein. Frau Zohra beobachtete bereits mit unverhohlenem Interesse die heiratsfähigen Mädchen der Familien, die sich einer reichen Ausbeute an Jungen erfreuten. Sie, die eine *Darra*, eine andere Frau, die zu Recht »Schmerz« genannt wurde und mit der sie ihren Mann hätte teilen müssen, niemals ertragen hätte, wäre vielleicht gezwungen, ihren Sohn zum zweiten Mal zu verheiraten! Aber Yamina wurde nicht verstoßen und bekam niemals eine *Darra*. Das dritte Kind lieferte sie nicht dem Bannfluch aus, es war ein Junge. Mochten noch viele weitere folgen! So erfüllte eine unsagbare Freude die Erwachsenen.

»Du bist eine große *Merbouha*, meine Tochter. Nach dir sind meine Söhne gekommen. Das Glück wird dich in deinem Leben begleiten«, gurrte die Mutter Bahia oft ins Ohr.

Die Geburt des ersten Jungen! Leila war kaum älter als vier, aber sie sollte sie unauslöschlich in Erinnerung behalten. Zunächst, weil durch diese Geburt der erste Wermutstropfen eines dunklen Gefühls von Ungerechtigkeit in ihren wachen Geist fiel, aber vor allem, weil sie von einem anderen, größeren Ereignis begleitet war. Wesentlich bedeutsamer als die Ankunft dieses Brüderchens: eine Larve, die die ganze Familie in Aufregung versetzte, nur weil unten an seinem Bauch ein winziger Fleischzipfel baumelte, der, so zerknittert wie er war, nur Mitleid erregen konnte. Mit einer von Eifersucht durchsetzten Verachtung betrachtete sie den lächerlichen Anhang, der ihr die Aufmerksamkeit ihrer Großmutter stahl. Was war an ihm so Besonderes, daß er solch eine Aufregung verursachte? Das Aufsteigen glühender *Youyous* betäubte das Ohr und verkündete die Freude den Dünen, den Palmen und den Nachbarn. Leila mied das Fest und seine *Youyou*-Girlanden, und mit ihren ersten Eifersuchts- und Enttäuschungsgefühlen im Bauch flüchtete sie in die Hitze der Düne.

Von ihrem Beobachtungsstand aus beherrschte Leila die Umgebung. Sie bewunderte Eidechsen, Skarabäen, lauschte den fernen Geräuschen des Dorfes. Viel später an diesem Morgen sah sie ihren Vater auf seinem Fahrrad vom *Ksar* zurückkommen. Im Gegensatz zu seiner gewohnten Bedächtigkeit trat er kräftig und beherzt in die Pedale. Sie schaute ihm gern zu, wie er so auf den zwei Rädern saß. Sie fand ihn herrlich und komisch mit seinem ocker- und strohfarbenen, mit buntem Stoff gefütterten großen Rif-Hut. Wäscheklammern hielten seine Hose über seinen Waden hoch. Niemand hatte dieses Aussehen, diese ungewöhnliche Mischung aus ungeschliffenem Berber und lässigem Algerienfranzosen. Seine Eile machte sie neugierig. Sie lief daher die Düne hinunter, um ihm entgegenzugehen. Auf seinem Gepäckträger thronte ein großes, sorgfältig verschnürtes Paket. Dessen Umfang und noch dazu die strahlende und wichtige Miene des Vaters brachten die Aufregung des Kindes auf den Höhepunkt.

»Oh, du wirst sehen, du wirst sehen! Es ist ein Zauberding. Es atmet nicht, aber es lebt. Es hat keinen Mund, aber es spricht und singt in allen Sprachen. Es hat nur ein Glasauge, ein einziges, aber so stark, gefährlich und klug, daß es über das Land, die Berge und Meere hinaus sieht, etwa so wie Allah!« rief er aus.

Was hatte diese Geschichte zu bedeuten? *Baba* hatte doch keinerlei Erzähltalent. War das die Nachwirkung der so ausgiebig gefeierten Geburt des Brüderchens? Eine Hälfte von Vaters Gesicht war im Schatten seines Huts verborgen, nur seine Augen kamen zum Vorschein, die wie bei einer Katze, die aus der Nacht auftaucht, vor Vergnügen leuchteten, und mit der Selbstgefälligkeit eines Paschas schnürte er sein Paket auf. Er nahm einen wunderschönen Kasten heraus. Die eine Seite war mit einem gewebten Stoff bespannt, der mit einem hübschen, glänzenden Holz eingefaßt war. Tayeb schloß eine Art Schnur an der einzigen elektrischen Steckdose des Hauses an. Sogleich leuchtete ein einzelnes vorstehendes Auge in phosphoreszierendem Grün auf. Es begann zu blinken und durchbohrte sie mit versteinertem Gesicht.

»Das durchdringende Zyklopenauge, das alles in der ganzen Welt sieht!« rief der Vater hochtrabend aus.

Dann drehte er an einem Knopf, ließ Worte und Musik erschallen. Stolz nahm er die Verblüffung der Seinen zur Kenntnis, setzte schließlich seinen Hut ab und streichelte mit Genuß seine beginnende Glatze.

»Es ist ein Radio, es ist die *T.S.F.*!«

Er stellte den Knopf auf eine Männerstimme. Seine Mutter, Zohra, die Frau mit den dunklen Tätowierungen, schaute ihn erschreckt an. Dann wandte sie sich zu ihrer Schwiegertochter und bedeckte ihr das Gesicht mit ihrem *Magroun*. Tayeb lachte laut auf:

»*Oumi*, sei unbesorgt. Der Mann, der spricht, sieht uns nicht. Er hört uns auch nicht.«

»Bist du sicher, mein Sohn?« erkundigte sie sich zweifelnd.

»*Ou Allah, Oumi*!«

»Gut … gut …«, sagte sie zögernd.

Sie beobachtete argwöhnisch das »Ding«, dann fragte sie ihren Sohn:

»Dann zeige mir, wo ich *El-Bayad* hören kann. Ich möchte gern Khedidja, meine Nachbarin, hören.«

Wieder lachte Tayeb laut auf.

»*Oumi*, man kann nur einige Sender bekommen, das ist alles. Mit der *T.S.F.* kannst du keine Worte verschicken oder von deinen Freundinnen empfangen. Aber es heißt, das sei eines Tages möglich.«

Ein paar Sekunden lang konnte seine Mutter ihre Enttäuschung nicht verbergen.

»Dann sag mir, was muß man tun, um Lieder aus unserer Heimat zu bekommen?«

Er zeigte ihr die arabischen Sender: Kairo, Tunis, Tetuan. Er wurde wieder ernst und fragte in geheimnisvollem Ton:

»*Ya Oumi,* weißt du, daß in Tunesien und Marokko Krieg herrscht?«

Mit trauriger Miene nickte sie bestätigend mit dem Kopf. Dann erkundigte sie sich mit vibrierender Stimme:

»*Oualadi*! Du willst doch wohl keine *Boulitique* machen?«

Wieder fing er an zu lachen und verschwand, ohne zu antworten. Sie blieb da und starrte das Gerät lange mißtrauisch an.

Jeden Abend hörte Tayeb zusammen mit Meryèmes ältestem Sohn, Khellil und Bellal andächtig Radio. Sie stellten den Ton so leise wie möglich und drückten ihre Ohren ganz nah an das grüne und glasige Auge von Herrn *T.S.F.* Wenn Leila ausgelassen an ihnen vorbeilief, machten sie leise: »Pssst!« mit einem Finger auf den Lippen. Sie verstand: »Houna El Cahira« (Hier Kairo) oder »Houna London« (Hier London). Dieses Treiben machte Leila sehr neugierig. Aber den übrigen Tag lang dröhnte der Zauberkasten vor so viel Musik, daß er alle lästigen Fragen aus ihrem Kopf vertrieb.

September 1954. In El-Asnam (Orléansville) bebte die Erde. Das grüne Auge ließ die Familie erstarren, als sie aus dem Schlaf kam. Es gab die Neuigkeit wie irgendeine beliebige Auskunft von sich, mit demselben versteinerten Gesichtsausdruck! ... Ein Zucken der Erde, das wie mit einem einzigen Keulenschlag, ohne Donner und Blitz, unter einem gleichgültigen Himmel Tausende von Menschen in ein Massengrab in ihren stillen Seelenfrieden stürzte. Und die unverzeihlichen Worte von Herrn *T.S.F.* mit dem unerschütterlichen grünen Auge durchbohrten sie mit ihren kalten Blinklichtern. Bis das Leid unerträglich wurde. El-Asnam, beim Hören deines Namens werden noch künftige Zeiten ihre Schauder nicht unterdrücken können, so als ob du in dir selbst einen immerwährenden Todeskampf trügst.

»Tisf«, so nannte Zohra den *T.S.F.,* verschaffte sich, bald verflucht, bald verehrt, dennoch mit Macht ihren Respekt. Manchmal versuchte sie, sich seiner zu erwehren, ihm zu entgehen. Es gelang ihr lediglich, um ihn zu kreisen, wobei sie ihm verstohlene und mürrische Blicke zuwarf. Dann wieder hatte er Recht auf einen Anflug von Zärtlichkeit. Versonnen streichelte sie ihn mit der Hand, als bemühte sie sich, ihn zu beschwichtigen, damit er ihr nicht wirr alle Leiden der Welt lieferte, oder als versuchte sie, eines ihrer launischen Enkelkinder zu beruhigen.

»Dieser leblose kleine Körper ist das Herz der Welt. Es schlägt im Rhythmus der Freuden und Nöte der Erde«, sagte sie fasziniert.

An all die Zeit zu denken, die Karawanen benötigt hätten, um ihr die Unmenge an Informationen zu bringen, welche »Tisf« mit einem Blinken seines nervösen Auges in ihr aufmerksames Ohr ergoß, ließ die Großmutter ganz schwindlig werden. In ihrem Kopf waren die Neuigkeiten so erschütternd wie das Beben von El-Asnam.

Einen Monat später, welch glücklicher Entschluß, meldete Tayeb seine Älteste in der Schule an. Was ging im Kopf dieses Analphabeten vor, daß er seine Tochter einschulte, er, der ihre Geburt mit Verdruß aufgenommen hatte? Welch glücklicher Umstand brachte ihn dazu, sie in dem Augenblick in die Volksschule zu geben, als der Anstoß für den Algerienkrieg gegeben wurde? Zu einer Zeit, da die Zahl der Algerier, die eine Schule besuchten, lächerlich gering war? Der maßgebliche Einfluß von Portalès und seinem Bruder Khellil, der gerade seinen Volksschulabschluß gemacht hatte? Eine Huldigung für diesen sonderbaren Onkel Djelloul Bouhaloufa, den Mann mit dem Schwein, der zum Teil wegen der Schrift aus seinem Stamm verstoßen wurde? Eine Ehrung seiner »Laune«, durch die er drei Generationen später vollständig rehabilitiert wurde?

Khellil war wie die übrigen wenigen Algerier seines Alters, nachdem er seinen Volksschulabschluß erreicht hatte, von weiterer Bildung ausgeschlossen. Dabei konnten sie sich in ihrem Zustand der Knechtschaft, in dem die Kolonisten sie halten wollten, wahrlich nicht allein mit der Entdeckung der französischen Revolution und des Zeitalters der Aufklärung zufriedengeben … »Dreckiger kleiner Araber, arbeite lieber mit den Händen, nicht mit dem Kopf. Köpfe, die zu rege sind, werden immer schwerer zu tragen, immer dicker und fallen auf. Also schlägt man sie ab … Ein kleiner Posten, auf kleine Leute zugeschnitten, zum Leben zu wenig, zum Sterben zu viel, um nicht den Respekt vor den Großen zu vergessen …« Doch der Wissensdurst war groß in Khellil. Um ihn ein wenig mehr zu stillen, ging er zu den *Weißen Vätern*. Khellil war darüber verbittert, daher sagte er zu seiner Nichte:

»Weißt du, es gibt nicht viele Algerier in der Schule. Und noch weniger Algerierinnen. Wir müssen den anderen zeigen, daß wir brillant sein können.«

Leila verstand nicht alles, hörte nicht den Vergeltungston heraus, der in seiner Stimme mitschwang, aber sie stimmte bereitwillig zu, weil er es war. Man kaufte ihr einen Schulranzen. Ihre Mutter nähte ihr von Hand ein hübsches Kleid. Und als der große Tag kam, begleitete ihre Großmutter sie zur Schule, und ihr *Magroun* flatterte dabei im Wind.

Die Arkaden der weißen Schule summten wie ein Bienenstock. Lachen vermischt mit Weinen, kleine Mädchen mit hübsch tanzenden bauschigen Unterröcken. Braune Köpfe, blonde Köpfe, wippende Zöpfe oder fließendes Haar, das um die Puppengesichter eine schillernde Wolke stäubte. All dieses Treiben machte Leila, die die Ruhe und Einsamkeit der Dünen gewöhnt war, etwas benommen. Sie drückte sich gegen einen Pfeiler und rollte ängstlich die großen Augen. Jenseits der wieder geschlossenen Gitter stand noch ihre Großmutter mit einem aufmunternden Lächeln auf den Lippen. Weiter weg, hinter ihr, unterhielt sich ihr Vater, rittlings auf seinem Fahrrad, die Augen in den Schatten seines Rif-Hutes getaucht, mit anderen Männern. Das Gedächtnis ist schon ein Rätsel. Auf die genaue Erinnerung an diesen ersten Schultag sollte ein Gefühl des Unbehagens folgen, das dieses erste Schuljahr in völliger Verschwommenheit auflöste! War es, weil sich die wichtigen Ereignisse, die sich damals in ihr Gedächtnis eingruben, anderswo abspielten? Abends, zu Hause, schienen die Treffen der Männer, ihr Geflüster, die hie und da aufgeschnappten Gesprächsfetzen eine seltsame Geschichte zu erzählen ...

Alle interessierten sich noch mehr für das Radio. Sie versammelten sich am Abend und lauschten ihm in fast ehrfürchtiger Stille. Die gespannte kollektive Andacht dieser Augenblicke übertraf noch die, in welcher die feierlichsten Gebete gesprochen wurden. Nach den Nachrichten von Radio Kairo brachte Yamina das Teetablett. Reden und Diskussionen, manchmal scharf und hitzig, brachen los und setzten sich dann bis tief in die Nacht fort. An diesem

Winteranfang spürte Leila vage, daß, wenn nicht schlimme, so doch zumindest sehr bedeutende Dinge irgendwo geschahen. Sie wußte nicht, wo. Aber sie mochte dieses von Geheimnis und Geflüster umwitterte abendliche Beisammensein um die *Canouns*, wo das Funkeln der Glut die Blicke erhitzte, sehr. Der kalte Novemberwind beteiligte sich an den Debatten. Er toste und pfiff durch die klaffenden Zwischenräume der Bretter, aus denen die Türen und Fenster gemacht waren. Er heulte, wenn er um das Haus strich. Welche für Leila noch unverständliche Geschichte hielt die Erwachsenen in Atem, beutelte den Wind, dessen Klagen von allen Grauen der Welt zu leben schien? Um die Glut wurden Leidenschaften geboren, gepflegt und angefacht. Das Mädchen sollte später, viel später, erfahren, daß der Befreiungskrieg an diesem 1. November 1954 begonnen hatte, einen Monat nach ihrer Einschulung, einer Revolution für sich, denn sie war das erste Mädchen des ganzen Familienclans, das eine Schule besuchte!

Zohra, die Frau mit den dunklen Tätowierungen, dachte unablässig an ihre Nichte wenige Kilometer von ihnen entfernt. Vor drei Jahren hatte Saadia jenen unaussprechlichen Ort verlassen, seit einem Jahr wußten sie sie in der Nähe, seit einem Jahr versuchten die Männer diese Existenz, die ihr Leben zu beschmutzen drohte, aus ihrem Kopf auszumerzen. Sie sprachen nie über sie und verbannten sie in die dunklen Ecken ihres Gedächtnisses, dort, wo in aller Stille die verletzenden Wahrheiten lagerten, die ersten Güter, die dem Vergessen feilgeboten wurden, einem schlechtbezahlten und routinierten – vielleicht eher raffinierten? – Händler, der sich weigerte, sein leichtes Gespann mit solch schwerer Last zu überladen. Das Gewissen, eine zänkische und gequälte Dame ohne jede Hemmung, verlangte von ihm stets das Unmögliche. Warum vertraute sie ihre Bürde nicht der gewaltigen und holpernden Karawane der Erinnerung an? Jene konnte sich keineswegs rühmen, nur Juwelen als Fracht zu transportieren. Zohra aber verlangte nichts vom Vergessen. Doch sie, Zohra, mußte sich mit der Starrheit der Männer herumschlagen. Ihr Sohn Tayeb zitterte jedesmal bleich vor Wut, wenn Yamina versuchte, ihn zu erweichen. Bei Allah, niemals würde er der Sünde erlauben, über seine Schwelle zu treten!

Aber die Frau mit den Erzählgaben wußte auch, wie sie die Wut und die Verbote beiseite räumen konnte. Ihre Überlegung war jetzt gereift. Sie mußte handeln. Sie brachte mehrere Tage damit zu, vor dem Haus zu sitzen und auf ihre Wüste zu starren. Mit strengem und geradem *Chèche*, düsterem Blick. Nicht ein Lächeln, nicht die Spur einer Bewegung, nicht das Licht einer kleinen Geschichte entspannte die Tätowierungen ihrer in Konzentration gerunzelten Stirn. War sie im Geiste fortgegangen mit den Menschen, die wandern, um noch einmal zu meditieren und die Stimme der Weisheit zu finden? Der besorgte Tayeb strich um sie herum. Sie ignorierte ihn. Am Morgen des dritten Tages wachte sie mit der weisen und abgeklärten Miene der Menschen auf, die große Entscheidungen zu treffen hatten. Tayeb fragte sie in größter Sorge:

»*Ya Oumi laziza*, ich hoffe, du bist nicht krank?«

Er erhielt keine Antwort. Sie würdigte ihn nicht einmal eines Blicks. Sie kauerte sich nieder, trank ihren Tee mit geräuschvollen kleinen Schlucken und blickte ins Leere. Nach dem zweiten oder dritten Glas entschloß sie sich endlich zu sprechen:

»Ich habe diese Nacht meinen Mann im Traum gesehen«, sagte sie mit Emphase.

Sie wartete ein paar Augenblicke, um ihrer Erklärung eine größere Wirkung zu verleihen, entzündete zur Unterstützung ihren feurigen und ernsten Blick. Alle waren feierlich, aufmerksam. Zohra fuhr fort:

»Er hat mich gebeten, diese Nichte aufzusuchen, die niemand will; es ihm gleichzutun, als er den Treibsand der Intoleranz umging, die Beile der Verachtung von sich wies und sich nach Oujda begab. Es wird nicht ein ganzes Leben lang eine ›Frau aus dem großen Haus‹ geben, so wie es ›den Mann mit dem Schwein‹ gegeben hat. Wie mein Mann muß ich die Weisheit besitzen, jetzt dieser Ächtung ein Ende zu machen. Vielleicht werde ich ja sterben. Vielleicht ist es ja auch für mich meine letzte Aufgabe. Ich hatte den Eindruck, daß Ahmed mich bei sich haben wollte. Und bei Gott, ich will gerne gehen, nachdem ich dieses Luder, die Ächtung, zur Strecke gebracht habe.«

Traum oder reines Szenario, um ihren Sohn mundtot zu machen? Das war nicht von Belang, sie konnte dabei auf dieselbe Wirkung zählen. Wenn der *Chibania* ein Vorfall so am Herzen lag, daß sie davon träumte und von den Toten in diesem Ernst sprach, konnte Tayeb sie nicht abhalten, ohne ihren Fluch auf sich zu ziehen. Eine schmerzliche Aussicht, der Hölle im Jenseits nur durch die Folter der Schmach im Diesseits zu entgehen. Der Sohn senkte den Kopf, war besiegt. Zohra sollte Saadia besuchen. Yamina und sie machten bei diesem liebevollen und fröhlichen Schwindel gemeinsame Sache und bereiteten den Aufbruch vor: Kuchen, Henna, Ambra und Lächeln hinter dem Rücken des Mannes, der sich in der Falle seiner ohnmächtigen Grübeleien im Kreis drehte. Die Frauen berichteten Leila von der plötzlichen Existenz dieser Tante. Aber ihr Vater verbot ihr zum ersten Mal, Zohras Schritten zu folgen. All diese schrägen Blicke, das Schweigen, von unausgesprochenen Worten schwer, entfachten in Leila eine Neugier, die bereits durch Liebe verklärt war.

Yamina trippelte vor Ungeduld. Sie wollte alles über diese Cousine wissen, diese Schwester, die ihr die Vorsehung in ihrer Einsamkeit schenkte.

»Erzähl mir alles, meine Tante, vom Anfang eures Treffens an!«

»Ich habe sie einfach gefragt: ›Bist du Saadia Bouhaloufa?‹ Sie hat es bejaht. Also habe ich ihr mitgeteilt: ›Ich bin deine Tante Zohra Bent Slimane und die Frau Ahmed Ajallis, des Weisen, der deine Familie, die Bouhaloufa, in Marokko besuchte. Seinem Willen gehorchend – er ist mir in meinen Träumen erschienen –, komme ich heute zu dir. Sei gesegnet, meine Tochter.‹«

Während sie sich Tayeb zuwandte, fuhr sie fort:

»Ich habe deiner Cousine gesagt, du kämst sie bald besuchen. Du bist der Mann, das Familienoberhaupt. Es ist an dir, sie zu uns einzuladen.«

Der Sohn versuchte, diesem Beschluß auszuweichen, indem er sich taub stellte. Aber Zohras Attacken gönnten ihm keine Ruhe. Schließlich gab er nach. So kam Saadia zum Fuß der Barga, der gewaltigen Düne, und traf endlich die Ajalli. Die Schönheit ihres Gesichts, die Unwiderstehlichkeit ihres geschmeidigen und sinnlichen Körpers ließen die Erwachsenen vergessen, daß sie sich eben erst aus einer Welt des Schmutzes befreit hatte. Für Leila aber hatten die Dünen an jenem Tag einen Mythos geboren, dessen Zauber und Größe den Helden aus Großmutters Geschichten in nichts nachstanden.

Auf Vergnes Rat hin eröffnete Saadia eine Wäscherei, die erste der Stadt. Sie mietete ein großes Haus, von dem sie einen Teil bewohnte. Im anderen Teil richtete sie ihre Arbeitsstätte ein. Vergne lieh ihr nicht nur das Geld, um ihr Unternehmen in Gang zu bringen, sondern lieferte ihr auch die Kundschaft: die französische Armee, vom Landser bis zum höchsten Dienstgrad der Besucher des Offizierskasinos. Geld floß in Saadias Hände. Sie verdiente mehr, als sie jemals erhofft hätte. Mehr als jeder Algerier mit gutem Gehalt. Sehr schnell stellte sie Angestellte ein. Sehr schnell auch schaffte sie sich Neider. In ihrer Gegenwart schluckten Feiglinge und Habgierige ihre Galle hinunter und beugten sich vor Ehrfurcht, verneigten sich vor der Macht des Geldes. Doch kaum hatte sie ihnen den Rücken gekehrt, fiel alle Zurückhaltung von ihnen ab, und sie brachen über sie den Stab:

»Das Laster läßt sich selbst vom Elend nicht unterkriegen. Es hat Anfängerglück, vor allem wenn es sich auf Anhieb unter den Schutz eines *Roumi* stellt ... Die Geliebte eines *Roumi*! Das sind wirklich Verfluchte. Sie ziehen ihre Seele lediglich aus dem Dreck, um sie, immer noch schmutzig, noch viel schlimmer zu besudeln.«

Doch Saadia, im goldenen Schiff der Freiheit, war unbezwingbar. Angesichts dieses ungeheuren Glücks waren alle Verleumdungen für sie nur Belanglosigkeiten. Außerdem öffnete das Geld nach und nach die am dichtesten verschlossenen Türen und ließ ihre Unabhängigkeit immer größer werden. Sie gewann durch den Kontakt mit ihrer Familie die Spur von Lebensfreude, die ihre Einsamkeit auflöste, das Leben der Familie aber wurde durch sie radikal verändert. Saadia machte es sich zur Gewohnheit, sie jeden Samstag abend zu besuchen. Ihr jäher Einbruch in Leilas Leben war ein wunderbares Ereignis. Wie ein starkes Licht, das plötzlich ihre Düne am Ende der Welt und ihren kleinen, entlegenen Palmenhain erhellte. Ein Licht, das sie auch innerlich erhellte. Es zeigte dem Kind, daß eine Frau ihres Clans auch anders leben konnte. Es ließ unversehens die Grenzen, welche die Algerierinnen einschlossen, zurücktreten und fallen. Es schlug Leila in seinen Bann und entfachte außer dem Funken einer erschütternden Entdeckung verrückte, unbändige Hoffnungen in ihrem Herzen. Leila liebte sie vor allem deswegen, wegen der Ungebundenheit, die sich durch viele engstirnige Vorstellungen Bahn brach und ihr Herz eigenartig klopfen ließ. Von ihrer lang ersehnten und teuer bezahlten Freiheit war Saadia ganz erfüllt. Sie strahlte sie aus. Sie tat nichts wie die anderen Frauen. Ihren *Haik* trug sie nur wie eine Pelerine, die das Gesicht entblößte und die Arme frei ließ. Ihr stolzer, etwas arroganter und herausfordernder Blick gab niemals nach, und manchmal zwang sein Feuer die Männer sogar dazu, die Augen zu senken. Großzügig machte sie jeden Besuch zu einem Fest. So war jede Woche Fest. Dank Vergne und anderen Offizieren, die ihr die Wäsche brachten, konnte sie Lebensmittel von der Verkaufsstelle des Offizierskasinos bekommen. Neben Kleidung brachte sie denen in Kénadsa Dinge, von deren Existenz sie nicht einmal eine Ahnung hatten oder die sie niemals gegessen hatten: verschiedene Käse, rote, glänzende Äpfel, Bananen, Fisch, Butter … Also luden sie Portalès ein, und alle schlemmten sie freudig!

Jeden Samstag nachmittag warteten Leila und Bahia zweihundert Meter vom Haus entfernt auf sie, trugen oder zogen den kleinen Faouad hinter sich her. Sobald sie in der Ferne das gelbe Taxi ausmachten, liefen sie ihm entgegen. Das Taxi hielt. Sie stieg aus mit ihren Körben, beladen mit Wunderdingen. Alle, groß und klein, umringten sie. Sie verteilte ihre Geschenke, dann schob sie die Lebensmittel zu Yamina. Wenn sie dann auf der bloßen Erde saß und ihr herrlicher Körper sich ungezwungen in Ruhe niederkauerte, steckte sie eine Hand zwischen ihre Brüste und zog eine Packung Zigaretten hervor. Ohne Scham oder Wichtigtuerei begann sie dann zu rauchen, und die silbrigen Spiralen schienen sie mit sanften Strahlen zu umgeben. Dabei versteckten sich damals oft selbst die Männer zum Rauchen, um nicht respektlos zu erscheinen. Doch Saadia hatte sogar das Bordell ertragen. Und sie war nur so tief gesunken, um allen Schmutz loszuwerden, selbst den der Konventionen. Jetzt, so majestätisch und rein, hatte sie die Haltung einer wahren Königin.

Aus schwelender Angst erwacht der Wille

Anfang 1955 übte das Radio auf die Bewohner des abgelegenen Häuschens am Fuß der Düne zwar noch immer die gleiche Faszination aus, doch seine Neuigkeiten oder vielmehr das Ausbleiben der Nachrichten, die sie von ihm erwarteten, bedrückte sie. Der Krieg, der am 1. November 1954 ausgebrochen war und sie in Atem hielt, weitete sich nicht auf das *Oranais* aus. Der algerische Westen blieb in seiner Lethargie erstarrt. Die Sendung »Saout el Arab« (Stimme der Araber) aus Kairo, die den Algeriern eine halbe Stunde Nachrichten und Propaganda widmete, war verstummt. Es war nur noch von Marokko und Tunesien die Rede. Durch die Isolierung, die Enttäuschung und Härte des Wartens nistete sich nach der Hoffnung der Zweifel ein. Die Männer suchten fieberhaft die Ätherwellen ab. Khellil und Bellal entschlüsselten den anderen die örtliche Presse. Die Zeitungen weigerten sich, die Zusammenstöße in den *Aurès* und der *Kabylei* als Ausdruck einer organisierten Bewegung, eines Krieges, zu betrachten, doch sie konnten ihnen in dieser Hinsicht nichts vormachen. Diejenigen, welche sie geflissentlich als »ein paar Räuberbanden in den Aurès und der Kabylei« bezeichneten, waren sehr wohl Freiheitskämpfer. Dort brannte die entzündete Flamme noch. Man kämpfte weiter.

Die Ajalli waren mit Leib und Seele Messalisten, so wie die wenigen verständigen Algerier ihres Umfelds. »Und der *Cheikh*? Und der *Cheikh*?« fragte Zohra unablässig. Sie fürchtete, die kleine Gruppe könnte sich in ihrer Unbeherrschtheit zu Taten hinreißen lassen, die den Weisungen des *Hadj* zuwiderliefen. Aber der große *Cheikh* Messali Hadj, der so gut sprach, dessen Stimme die Gabe hatte, die Menge mitzureißen und zu entflammen, schritt nicht zur Tat. Seine Reden waren wohltuender Balsam für den Geist; doch das Warten war zu lang und vergebens. Sieben Jahre seßhaften Lebens waren verstrichen und hatten ihre Würde untergraben. Heimtückisch hatten sie ihnen unentwegt einen bitteren Geschmack in den Mund geträufelt. Sie hatten sie, die niemals zählten, dazu gebracht, alle Abstufungen der verschiedenen Gesellschaftsschichten zu messen. Es wurde ihnen davon schwindlig. Denn die unbeweglichen *Roumis* zählten alles. Mit ihrer Elle gemessen war »der Eingeborene« dumm, gerade noch gut genug, ihnen als Sklave zu dienen. Sie zählten ihre Habe, aber das Anhäufen von Reichtümern machte sie nur noch gieriger und geiziger. Und zwang der Zufall sie zu einigen spärlichen »guten Taten«, gaben sie es lautstark kund, warfen sich in die Brust und spähten bereits nach dem Ehrenlorbeer. Und sie räumten alles, was sie störte, aus dem Weg. Eine andere Art zu zählen! Weil sie so viel zählten, so egoistisch, ungerecht und rassistisch waren, sonderten sie, die *Roumis*, sich in ihren Oasen des Reichtums ab und machten sich ihre Arabersklaven nach und nach zu den schlimmsten Feinden. Statt das Unverständnis zwischen den beiden Gemeinschaften abzuschleifen, verliehen die Jahre den *Roumis* Fangzähne der Vermessenheit, den *Arbis* Klauen der Unversöhnlichkeit. Tayeb, Bellal und die anderen setzten große Hoffnung auf die Regierung Mendès. Das Gesetz von 1947 und das Rahmengesetz wurden verabschiedet. »Sie« konnten gar nicht anders. Die *Arbis* erlangten etwas Würde. Es machte sich an ihren Hungerlöhnen bemerkbar. Doch am 6. Februar 1955 wurde Mendès durch die Bemühungen einiger mächtiger Siedler gestürzt. Die einflußreichen Franzosen Algeriens wollten der französischen Regierung ihre Gesetze diktieren. Keine Gleichstellung, keine Reform. Dem Regierungskarussell, Soustelle, Lacoste, später Delouvrier und Debré, gelang es trotz einiger halbherziger Versuche nicht, das Los der Algerier zu verbessern. Jene wandten sich enttäuscht und verbittert dem Aufstand zu. Und schon wenn sein Freund Portalès im Hause war, sah Tayeb sich vor. Wenn er noch Radio hörte, dann unbeteiligt, wobei er den Knopf wahllos auf den erstbesten Sender stellte. So begann die Gruppe wie gebannt nach Osten zu schauen. Ein zweites Mekka, von wo mit Sicherheit der Wind des Aufstands herüberwehen würde! Schon seit sieben Jahren, als der Anstoß für den Algerienkrieg gegeben wurde, beherbergten die *Aurès* Widerstandskämpfer und unterstützten sie. Mit Vorwürfen, immer präsent, mittellos und isoliert, forschten die Ajalli im undurchdringlichen grünen Auge von Herrn *T.S.F.* und warteten darauf, daß er ihnen etwas Hoffnung gab. Bellal ermutigte sie. Man mußte sie vorbereiten, ständig energiegeladen bleiben und sich bereithalten. Er war unbestritten ihr Führer. Zohras Neffe war ein Koloß, von einer erstaunlichen Kraft, die aber durch einen eisernen Willen gebändigt war. Plötzlich konnte sie aufblitzen, und man fühlte, wie sie unterschwellig immer vorhanden war. Selbst die katzenartige Trägheit, wenn er sich ausruhte, schien nur vorgetäuscht. Seine großen Augen, deren genauen Farbton man nicht ausmachen konnte, so viele verschiedene flackernde Feuer brannten in ihnen, erweckten das seltsame Gefühl, daß sie in ihrem Blickfeld die gesamte Welt umfaßten: Licht und Schatten, Täler und Höhen, Reichtum und Elend, schmerzliche Gegenpole der Zeit, die seinen Blick untröstlich ließen. Als gebildeter und politisierter Mann hatte er an der frühen politischen Bewußtseinswerdung der beiden Brüder Tayeb und Khellil entscheidenden Anteil. Spät in der Nacht, wenn alle anderen Männer wieder in ihre Wohnungen zurückgekehrt waren, blieb er noch, saß da im Schneidersitz und sprach mit gedämpfter Stimme. Hielt leise Reden. Ein von felsenfesten Argumenten unterstrichenes glühendes Gebet, das wie eine Beschwörung in der Nacht vibrierte. Sein Eifer ließ seine Stimme brüchig werden. Er wollte Taten. Er wollte das Unrecht bekämpfen. Und mochte Zohra ihm auch zuweilen liebevoll seinen Mangel an Religiosität vorwerfen, so war er doch in jedem Fall ein Freiheitsfanatiker.

»Soll ich etwa zulassen, daß der *Roumi* mich ein ganzes Leben lang unterdrückt, bis zur letzten Niederlage durch den Tod? Ganz bestimmt nicht! Lieber ein kurzes, aber dafür edles Leben. Es soll wie eine Bombe sein, die im Gesicht des *Roumi* explodiert«, pflegte er zu sagen.

Ein verhängnisvolles Ereignis sollte jedoch der kleinen Gruppe wieder Mut geben. Am 20. August 1955, dem Jahrestag der Absetzung des Königs von Marokko, Mohamed Ben Youssef, entflammten die Bewohner Constantines. Zehn Jahre nach *Sétif* gab es eine Neuauflage des Mai 1945. Ein dunkler und blutiger Jahrestag. Der Kampf war also nicht erloschen. Er flammte auf und gab den Anstoß für das Räderwerk von Unterdrückung-Gewalt-Unterdrükkung. Das Unwiderrufliche hatte bereits begonnen.

Bellal tobte:

»Sie betrachten uns nur als Schakale, die über ein Land herfallen, das sie entwickeln wollen. Sie brauchen hundertsiebzig Araber, um den Tod von einem der Ihren zu rächen! Aber was zählen schon die Toten, die Revolution ist nicht erstickt. Sie haben sie mit diesem gewaltigen Blutzoll sogar wieder entfacht!«

Die Farbe des Blutes rüttelte jene auf, die bisher noch schwankten. Daher freuten sich die Menschen am Fuß der Düne trotz der Greuel ...

Leila saß auf Zohras Knien und erlebte diese ganze Aufruhrstimmung, die jeden Abend bei den Männern Wut und Leidenschaften auslöste. Manchmal ließen Bellals Augen sie erschaudern. Sie spürte in ihnen eine dunkle Gefahr, eine wilde Entschlossenheit, zu was? Sie drückte sich an Zohra, die ihr die Haare streichelte. Als alle fortgingen und endlich wieder Stille einzog, kam in ihr eine große Angst auf. Sie erfüllte die Dunkelheit der Nacht mit so viel Grauen, daß selbst die Stille nur noch ein Atemzug war, den eine drohende, dumpfe Gefahr abschnürte. Die Zähne der Kälte waren durch die Furcht geschärft und bissen noch fester zu. Leila schmiegte sich ganz nah an ihre Großmutter und zitterte. Zohra nahm die eisigen Füße des Mädchens und legte sie zwischen ihre Schenkel, um sie zu wärmen. Dann umschlang sie den zarten Körper mit ihrem Arm.

»Warum fürchtest du dich, *Kebdi*? Du brauchst keine Angst zu haben. Ich bin da. Hör zu, hör zu, ich werde dir von den Salzkarawanen erzählen.«

Ein Blick im Licht, Menschen, die wandern, gleichförmige und nackte Erde ... Keine Verwirrung, keine Ängste mehr. Das gleißende Licht zerstreute die Furcht, indem es die Nacht durchdrang. Das silberglänzende Licht der Salzseen, das gleich opalener Morgenröten die Schatten mit ihren verschwommenen und bedrohlichen Umrissen verjagte und jedem Ding seine genaue und beruhigende Form, Klarheit gab. Das Kind thronte auf dem Sattel eines Kamels und wurde von seinem schaukelnden Gang gewiegt. Auf der Salzstraße senkte sich der Schlaf wie ein Sonnenstrahl auf das Kind. Seine Träume schwebten wie flockige und schillernde Sternennebel. Die Stimme der Großmutter verwandelte sich in eine Trommel der Dünen. Dieses dumpfe Tamtam, das die Einsamkeit der absoluten Stille in den brennenden, von Sandstürmen gegerbten *Regs* zu Halluzinationen trieb.

Dezember 1955, während der Weihnachtsferien, fuhr Leila mit ihrer Großmutter nach Oujda. Fatna, Zohras einzige Tochter, sollte ihr erstes Kind bekommen. Sie war mit einem Marokkaner verheiratet und wohnte in einem kleinen Gebirgsdorf in der Nähe von Oujda. Das Mädchen sah mit Entzücken zum ersten Mal den Bauernhof, die Felder, die Kühe ... Doch dort, vor den Männern von Saadia zu sprechen, war strengstens verboten. Die Frauen erwähnten sie mit gesenkten Blicken, reuigem Getuschel und schuldbewußten Mienen, die Leila empörten. Diese Schmach, die ihr Idol noch immer befleckte, war ein Stachel, der in ihrem Fleisch stak. Sein unablässiges Stechen schürte ihren Groll. Die alte Dame hatte Zina ein Photo von Saadia mitgebracht. Sie gab es ihr heimlich. Zina bewunderte das Bild ihrer Schwester lange, dann küßte sie es gerührt. Zina, ihre andere Tante, lernte Leila nun kennen. Eine willensstarke, dynamische und impulsive, aber unterdrückte Frau. Der Onkel väterlicherseits, Nacer, ihr trunksüchtiger Mann, führte eine Spelunke, die nach Fusel stank und in der Schwärme dicker grüner Fliegen den trägen Kunden mit ihrem schmierigen Blick unter ständigem mürrischem Gebrumm die Gläser und den Platz streitig machten. Das saure Gebräu, das Nacer den ganzen Tag lang durchspülte, ließ den Zorn in seinem Kopf und seinen Worten ausbrechen. So spielte er sich als Wachhund auf und entlud seine Wutanfälle, indem er seine Frau schlug. Saadias Ächtung, Zinas Tränen nahmen in Leilas Augen der schönen Natur in der Umgebung den Glanz. Das Kind haßte Nacer ebensosehr, wie es Zina liebte. Doch die zuweilen paradoxe Haltung der Erwachsenen machte das Mädchen ratlos. Warum blieb Zina noch bei ihm? Warum lebte sie nicht allein wie Saadia?

»Eines Tages werde ich mich rächen. Er wird seinen Lohn schon noch bekommen!« murmelte Zina manchmal vor sich hin.

Sidi Boubékeur, das Dorf, in dem Tante Fatna wohnte, war herrlich gelegen. Ganz weiß schmiegte es sich an einen steilen Berghang und lag mitten in den Wäldern. Man konnte es von weitem erkennen, wie es in seinem Schatzkästlein aus dunklen Zedern glitzerte. Und wie um das Kind noch mehr zu bezaubern, fiel mehrere Tage lang Schnee. Dieses vollkommene, jungfräuliche Weiß erfüllte Leilas Kopf wie ein süßer und flaumiger Traum, der mit seiner Verschwommenheit die schlimmsten Ängste überdeckte. Als die Sonne wieder schien, entdeckte sie entzückt, daß alle Bäume des Waldes sich in leuchtende *Haiks* gehüllt hatten. Hie und da spritzte das Spiel von Sonne und Reif auf den Zweigen in ihre verwirrten Augen glitzernde Splitter, die als Sonnenspäne an dem vielen Weiß abprallten. Die strahlendweißen Abgründe und Schluchten gruben sich mit demselben sanften Taumel in ihr Ohr wie das ätherische Aufsteigen durch den Himmel schießender *Youyous*! Der Blick des Kindes, gierig nach Farben und verschiedenen Eindrücken, saugte sich voll mit diesen Köstlichkeiten, um sie nach dort, an den Fuß der Düne mitzunehmen und langsam zu genießen.

Aber dieser grüne und schillernde Aufenthalt voll Ruhe, abgeschirmt durch das Flockenpolster, wurde leider durch ein Telegramm aus Oujda gestört: »Ali ist tot.« Der Sohn Mohammed Bouhaloufas des Zweiten, Saadias und Zinas einziger Bruder. Er war sechsundzwanzig Jahre alt und hatte drei Söhne. Wie war das möglich? Noch fünf Tage zuvor strotzte er vor Gesundheit! Die alte Frau und das Mädchen nahmen den Bus zurück nach Oujda. Dort erfuhren sie die Wahrheit. Eine Kugel mitten ins Herz hatte den furchtlosen Mitstreiter der Kommunistischen Partei niedergestreckt. Ali war in Casablanca von der »Roten Hand«, einer antinationalistischen Organisation, getötet worden. Bouhaloufa, der seinen Leichnam holte, kam spät in der Nacht zurück. Sein bereits faltenzerfurchtes Gesicht alterte in wenigen Stunden um zehn Jahre. Sein Blick war verstört und gezeichnet. Ein endgültig gebrochener Blick.

Leila klang noch das laute Lachen dieses Onkels in den Ohren, als er sie eine Woche zuvor auf seinen Fuchs gesetzt hatte. Sie sah ihn an diesem Tage wieder, steif, fahl und kalt, die Augen wie vor einem hartnäckigen Schmerz geschlossen. Er hatte ein großes, rotes Loch in der Brust. Niemand machte in dieser düsteren Nacht ein Auge zu. Draußen heulte der Wind. Er ließ die Bäume zucken wie drohende Peitschen. Er scharrte am Himmel, auf der Erde und an den Häusern. Er erfüllte den Brunnenschacht mit unheimlichem Eulengeschrei und das Dunkel draußen mit beunruhigendem Knirschen. Drinnen, in dem Zimmer, das an jenes angrenzte, in dem der Leichnam aufgebahrt war, nahm die Stimme von Großmutter Zohra es mit dem Tod auf:

»Ich spüre ihn, den Tod. Er ist von neuem da, in meinen Augen, meinem Kopf und meiner Nase. Aber noch stärker als zuvor, noch verdorbener, noch abscheulicher. Einst begnügte er sich mit den Schwachen. Mit jenen, denen sein Helfershelfer, das Leiden, heimtückisch das Siechtum brachte und die er hinschlachtete. Jetzt braucht er keinen Komplizen mehr. Er hat seine eigenen Werkzeuge! Kanonen, riesige Flöten aus einem Stahlkörper, die nur eine Musik machen, den ohrenbetäubenden Lärm der Zerstörung, den sie schlagen. Er hat Metallvögel, die kein Nest brauchen. Sie tragen keinen Keim von Leben in sich. Sie brüten am Himmel, mitten im Flug, den Tod aus. Auf Erden prahlt er auf Eisenmonstren, die den härtesten Boden zu Staub zermalmen. Er berauscht sich am Pulvergeruch, schwelgt in frischem Blut und ernährt sich von zartem Fleisch. Er umschleicht, umschmeichelt und streichelt begehrlich die Jugend mit seiner Verräterhand. Und er bemächtigt sich der Kühnsten, der Leidenschaftlichsten, der Mutigsten und der Stärksten ... Doch er, der Unersättliche, soll wissen, daß er, wenn er die Körper vernichtet, eine grenzenlose Willenskraft schmiedet! Daß wir es uns nicht gefallen lassen! Daß die Frauen weit mehr Kinder gebären werden, als er in seinem Hunger je fressen wird! Daß das Leben den Tod besiegen wird! Daß die Hoffnung wiedererwachen wird!«

Dort, in Kénadsa, lag Yamina in derselben Nacht in den Wehen. Während die Familie in Oujda bei ihrem Toten wachte, brachte sie zwei Jungen zur Welt. Einer von ihnen sollte Ali genannt werden. Es war im Januar 1956. Leila und ihre Großmutter erfuhren am nächsten Tag von dieser Zwillingsgeburt. Ein weiteres Telegramm, bei der Rückkehr vom Friedhof, eine Antwort auf den abscheulichen Gevatter Tod. So sang Zohra wieder: Ali war nicht tot. Er war soeben wiedergeboren. Er lebte!

Reglos bewunderte das Mädchen die Felder. Etwas Eisiges umklammerte ihre Glieder. Als hätte sich in dieser kalten und schlaflosen Nacht eine Reifschicht im Dunkel ihrer Seele gebildet. Nur ihre Augen bewegten sich. Sie folgten oben am Himmel den langsamen Schwüngen eines Sperbers. Er spannte den Raubtierkörper wie einen Pfeil und kreiste mit weit ausgebreiteten Flügeln. Dann ließ er sich mit angewinkelten Schwingen plötzlich vom Himmel fallen. Ehe das Mädchen sich versah, hatte er wieder die Lüfte erreicht, mit einem goldgelben kleinen Küken in seinen Klauen. Da fielen dem Kind wieder die Worte der Großmutter über den Tod ein. Es schauderte: selbst der Sperber, dieser Vogel, dessen Gleitflug es fesselte, den es um seine himmlische Freiheit beneidete, hatte an diesem Morgen das Auge und die Fänge des Todes.

Saadia besuchte Zohra, sobald diese aus Marokko zurückgekehrt war. Der Tod ihres Bruders sei ihr »keine Träne wert gewesen«, denn er sei für sie seit langer Zeit schon gestorben, sagte sie. Doch jeden Samstag, wenn sie zum Fuß der Düne kam, drückte sie Ali, der den Vornamen des Verstorbenen geerbt hatte, an ihr Herz, wobei sie mit wehmutsvollen Augen langsam den Oberkörper wiegte.

Der Winter war kaum vorüber, da entzündete schon der Sommer seinen Schmelztiegel. Und als die so gefürchteten Sommerferien kamen, waren die Tage schon so lange wie gelähmt von der Hitze, daß die vergangene Januarkälte keine Erinnerung mehr hinterließ. Diese ganze endlose Zeit hindurch hielt Khellil seine Nichte zur Arbeit an. Das Mädchen liebte die jeden Spätnachmittag mit ihm verbrachten Stunden. Die große Zuneigung und Seelenverwandtschaft, die sie verband, milderte etwas die Lethargie, die von Leilas Geist Besitz nahm. Wenn die Sonne sank und die Hitze weniger glühte, bestiegen die beiden die Barga. Sie saßen auf den weißen Felsen, die die Düne überragten, und bewunderten die Landschaft. Vor allem den *Erg*, den versteinerten Ozean mit seinem Fluten, das in einer langen Sandwoge erstarrt war, betrachteten sie gebannt. Wenn der Wind blies, befreite sich dieses Meer aus dem harten Panzer der Reglosigkeit, sprühte Gischt und richtete sich in großen, roten, wütend brandenden Wellen auf. Hatte sich der Wind zu anderen Horizonten aufgemacht, behielten seine stummen, verlassenen Geliebten, die Dünen, auf der Oberfläche ein feines Kräuseln zurück, das zur Ruhe gekommene Zittern eines gewaltigen Orgasmus, von dem alle Zeugen waren, bis hinauf zum Himmel, den dies taubstumm, wie in tiefer Benommenheit ließ. Das laue Atmen der Düne erfüllte die Luft mit einer für den Geist ebenso greifbaren wie unsichtbaren und nicht faßbaren Präsenz, dank derer auch die größte Einsamkeit geteilt werden konnte. Der gewölbte *Erg*, die Horizontalen des *Reg*, die den Faden der Stille ins Unendliche abspulten, setzten die Phantasie in Gang. Die Trockenheit war ein fruchtbarer Keim. Sie regte die Schöpferkraft empfänglicher Charaktere an und verführte sie bis zur Ketzerei. Leila träumte zunächst von Weiten jenseits des *Reg*, jenseits des *Erg*. Dann wurde ihre Träumerei vom Strudel eines konzentrischen Kreisens erfaßt und kehrte zur Wüste, zum Mittelpunkt des Imaginären zurück. Das Leben ihrer Großmutter Zohra, die Salzkarawanen, die Menschen, die wandern, waren in Leila lauter sanfte Schwingungen. Sie legte sich flach auf den Bauch. Die Wärme der Düne überwältigte sie. Sie gab sich ihr wie streichelnden, besänftigenden Armen hin. Die Schwingung in ihr kam stärker zurück, machte sie schwindlig. Da schien ihr, als sie ein Ohr in den Sand drückte, als hörte sie die fernen Schritte der »Menschen, die wandern«, die Trommeln und das Stöhnen der Sandwüste. Dort, auf der kupfernen Woge, trieb blaue Gischt. Das Indigoblau ihrer Trugbilder brandete in quälenden Rufen an das wilde Flirren des Horizonts.

Endlich fing die Schule wieder an. Nach diesem langen, glühenden Sommer war Leila wieder in ihrer weißen Schule mit den schönen Arkaden, die die Klassen säumten, und dem überdachten Hof mit hoher und gewölbter Decke, ganz wie in den Moscheen. Die Schule überragte den Palmenhain und das *Wadi*. Dieses Jahr hatte Leila die schönste und netteste Lehrerin der Schule!

Abends kamen noch immer die Männer zusammen. Sie konnten wieder »Saout El Djezair« (die Stimme Algeriens) aus Kairo empfangen. Die Leute rangen ihrem bereits hungrigen Bauch die Münzen für ein paar Bissen Brot ab, um sich ein Radio kaufen zu können. Das Aufkommen des Kofferradios brachte eine umwälzende Veränderung mit sich, konnten doch nun die Nachrichten ohne

Strom in die entlegensten *Dechras* verbreitet werden. Die Kofferradios schlugen in der Einsamkeit der Berge und *Regs* wie lauter Bomben ein. Sie thronten selbst auf den Sätteln der Nomadenkamele oder eröffneten den Marsch der Karawanen, wenn sie an der Hand ihres Chefs und Führers baumelten. Die Wirkung des Kofferradios war beträchtlich. Allen, die völlig abgeschnitten lebten und die übrige Welt vergessen hatten, wurde plötzlich bewußt, daß sie zu einem Land, zu einem sich wandelnden, von edlen und erhabenen Zielen beseelten Ganzen gehörten. So erfaßte das Feuer, das die unbeweglichen Menschen in Gang gesetzt hatte, auch sie. Sie schlossen sich ihrerseits der Karawane auf dem Weg zur *Houria* an.

Die Stimme, die aus Kairo zu ihnen drang, hämmerte ihnen ihre feurigen Worte mit so viel Leidenschaft und Macht ein, daß Leila beeindruckt das grüne Auge anschaute. Würde es durch diese Gewalt nicht herausfallen? Die Worte von »Tisf« prasselten mit einem so quälenden Lärm auf sie ein, daß ihr Körper außer Atem kam und ihr Geist trunken vor Erregung war. Der ganze »Körper« Nordafrikas, Algerien, bebte. Eines Abends kam Bellal mit einem Stempel des *FLN* in seiner Tasche. Er war nicht wenig stolz, ihn auf die unter seinen Leuten kursierenden Listen und verschiedenen Papiere zu setzen. Algier entbrannte, Bomben explodierten an öffentlichen Plätzen und töteten Unschuldige. Als Antwort mußte die Stadt eine grausame Unterdrückung erleiden. Die Folter war an der Tagesordnung, verfeinerte ihre Mittel. Der Terror verstärkte die Haßgefühle, bescherte dem Aufstand neuen Zulauf. Die Schlacht um Algier tobte. Die Algerier, ärmlich, des Schreibens und Lesens unkundig, verfolgt und gefoltert, lebten mit der Angst im Bauch, die sie in ihren Klauen hatte. Sie erwachten aus ihrer Lethargie und handelten.

Während des Sommers wurde die *Athos*, ein Schiff, das Waffen für den *FLN* transportierte, von der französischen Armee vor der Küste Orans durchsucht. Im Oktober desselben Jahres 1956 wurden auch die Unerschütterlichsten von der Nachricht niedergeschmettert, daß Ben Bella und mehrere *FLN*-Männer »über den Wolken« festgenommen worden waren, was durch die Zauberei der Ätherwellen in die *Douars* verbreitet wurde.

»Es ist eine Katastrophe«, sagte Tayeb immer wieder mit betrübtem Blick.

»Niemand ist unersetzlich. Alle Kinder Algeriens sind potentielle Ben Bellas. Seine Festnahme wird unweigerlich die Geburt von Dutzenden ... was sage ich ... von Hunderten, von Tausenden von Helden zur Folge haben!« antwortete ihm Bellal mit fiebrigen Augen.

»Wir haben aber keine Waffen mehr!«

»Wir werden mit blanker Waffe kämpfen. Wir werden mit unseren Händen, mit unseren Zähnen töten! Wir werden siegen, wir werden siegen! Wer für seine Freiheit, für die Gerechtigkeit kämpft, besitzt von Anfang an die gefährlichste Waffe, die es gibt: den Siegeswillen. Wir werden siegen!«

Der Zustrom der Armee machte sich mehr und mehr bemerkbar. Kénadsa war nunmehr nur eine große Kaserne und ein Gefängnis von traurigem Ruf. Alle Armeekorps waren da. Ein wahrer Ameisenhaufen aus Uniformen und Maschinen jeder Art, der mitten in der Wüste entstanden war. Oft kamen große, sandfarbene Tankwagen zu den Ajalli, um sich mit Süßwasser zu versorgen. Tayeb betätigte stolz seine Pumpen und ließ frisches, glitzerndes Wasser hervorsprudeln. Das Bild des Wassers riß aus der Benommenheit und fesselte die Blicke, als wäre es aus Diamant. Leila beobachtete die Soldaten neugierig. In ihrem Kopf schwirrten die Warnungen der Familie: »Du darfst nicht erzählen, was hier abends vorgeht.« »Du darfst nicht sagen, daß wir ›Saout El Djezair‹ hören.« »Du darfst nicht *Kassamen* oder *Min jiballina* in ihrer Anwesenheit singen. Sie sind fähig und sperren deinen Vater ins Gefängnis, töten ihn vielleicht sogar.« Bis jetzt hatten die Soldaten ihnen jedoch nie Schaden zugefügt. So bewunderte sie gern ihre großen Lastwagen, die wie riesige Skarabäen auf dem Sand vorwärtstorkelten. Immer hatte sie Lust, hinterherzulaufen und sich wie die Jungen hinten festzuhalten. Sie wagte es nicht. Außerdem mußte sie vor Lachen losprusten über die von der Hitze erschlagene Miene mancher Männer in Khaki, ihre hochroten, schweißglänzenden Gesichter, die unter den Helmen zu kochen schienen. Andere trugen starre und glasige Blicke zur Schau, die besser als alles Reden ihren Überdruß am Bild der gleichförmigen und unermeßlichen Wüste verrieten. Manchmal riefen sie Leila am Brunnen zu sich, nahmen sie in den Arm und gaben ihr Bonbons. Der Mißklang der Widersprüche, die in ihrem Kopf aufeinanderprallten, machte sie daher ratlos. Die Angst vor der Uniform erfaßte jedoch bald sie und alle, langsam, unerbittlich.

Da war zunächst die Errichtung eines Schießplatzes in der Nähe von Tayebs Heim, gegenüber der Düne. Jeden Tag sahen sie vor ihrer Tür merkwürdige und entsetzenerregende Maschinen vorbeifahren, die sich zum Schießstand begaben. Manchmal wurde ihr letzter Schlaf vom abgehackten Husten der Maschinengewehre zerstückelt. Sie wachten erschreckt auf. Die Wände ihrer armseligen Wohnung vibrierten gefährlich; die Bretter der Türen und Fenster gaben ein merkwürdiges Klappern von sich. Die Kinder setzten sich mit noch schläfrigen Augen nach draußen. Ihre faszinierten Blicke folgten dem blitzschnellen Flug der Geschosse, die krachend in die Düne eindrangen und große Sandfontänen aufspritzen ließen. Die Kinder fanden die Inszenierung großartig und applaudierten den größten Explosionen. Denen, die Sandgarben aufwirbelten und ihre Trommelfelle gefährdeten ... Waren die Soldaten fort, liefen sie trotz der elterlichen Verbote dorthin. Der Anblick war phantastisch und ihre Ernte fabelhaft. Das Kupfer der Patronen streute Sternenstaub über den Sand. Das der Granaten tröpfelte zahllose längliche, kleine Sonnen über die Düne. Flaschen verschiedener Formen blendeten die Augen mit dem Strahl ihrer Lichtprismen. Die leuchtenden Farben der hie und da fortgeworfenen leeren Zigarettenschachteln waren über und über glitzernde Blumen. Die Kinder sammelten überglücklich einen Schatz aus Licht und Kunstwerken, um darüber in ihren Spielen zu träumen. Aus Angst vor der Gefahr gingen die Eltern mit aller Strenge vor. Um die Wachsamkeit der Eltern zu überlisten, wandten die Kinder tausend Tricks an. Sie warteten zum Beispiel die Stunde ab, an der der einschläfernde Atem der Mittagshitze die Erwachsenen zur Ruhe legte. Dann erst, obendrein mit dem Reiz des Verbotenen und dem verlockenden Gefühl geheimen Einverständnisses, suchten die Kinder den Ort ihrer Phantasien auf ... Bis zu jenem furchtbaren Tag ... Bis zum unsäglichen Grauen. Wird Leila die Hölle dieses Augenblicks je vergessen können?

Eine Explosion durchbohrte die Stille. Direkt im Herzen der Explosion erschallte ein unmenschlicher Schrei. Der Schrei prallte von Höhle zu Höhle wie ein gewaltiger, hinausgebrüllter Todeskampf, der mit einemmal die qualvolle Stille beendete. Den Bauch wie von einer Zange zerquetscht, schrilles Stechen im Kopf, lief Leila und lief. Plötzlich war alles unwirklich. Ihre Hacken berührten den Boden nicht mehr. Sie flog, von einer dämonischen Angst angesogen. Plötzlich strauchelte sie über einen Arm. Der schwarze Knoten des Grauens schnürte sie bis ins Weiße der Seele ein. Ihr bestürztes Auge starrte auf diesen seltsamen Arm, der dort ruhte, allein, mit seiner geschlossenen Hand und seinem blutenden Stumpf. Eine kleine geballte Faust, die das Leben, das auf der anderen Seite ausgelöscht wurde, nicht festzuhalten vermochte. Das Auge befreite sich aus der Betäubung dieses Anblicks und floh. Doch sogleich stieß es erneut auf etwas, das den Überresten eines anderen Gliedes ähnelte. Gehetzt, in höchstem Entsetzen, riß das Auge sich los und eilte zu seiner Zuflucht, der Düne. Es erkannte sie nicht wieder, seine Düne. Sie war nur noch ein riesiges, tragisches Etwas, eine gewaltige Zuckung. Der Himmel entwich aus ihr, heftig und wild, ein trockener und langsamer Schluchzer. Die Stille war ein schwebendes Fallbeil mit der Schneide aus einem endlosen, stummen Schrei. Leila fiel, erstickt. Und die Düne, die ihre Augen nicht wiederfanden, war in ihrer Kehle und ihrer Brust …

Was war in jene Zeiten gefahren, daß sie die Menschen in Wesen verwandelten, die so ungeheuer grausam und niederträchtig waren, daß sie die entsetzlichsten Dämonen aus den Geschichten der Großmutter ausstachen? Was war dies für ein teuflischer Alptraum, in dem die Menschen schlimmer als jeder erfundene Menschenfresser waren? Wie war es möglich, daß eine Hand, die einem Kind ein Bonbon reichte, dem stromernden kleinen Wicht gleichzeitig den Weg mit Bomben pflasterte? Pfiffig entzog er sich der Aufsicht und machte sich auf die Suche nach Müll, nach allem Fortgeworfenen, dem einzigen Spielzeug besitzloser Kinder. Und es war kein Zufall, daß ihm der verlockend geschmückte Tod auf dem Weg zu seiner Beute auflauerte. Er war direkt aus dem Schatz emporgeschossen und hatte ihn wie einen ungewollten Gegenstand vernichtet …

Bitte, lest schnell die armseligen Überreste des Kindes auf. Bitte, legt es schnell, sicher vor den Menschen, in ein Grab ... Bitte.

In diesem Winter zitterte man nicht nur vor Kälte, sondern auch vor Angst. Der Januar 1957 war ein Monat des Terrors. Die Führer des *FLN* verlangten vom Volk einen Generalstreik. Damit wurde ein zweifaches Ziel angestrebt: vor einer UNO-Sitzung einen aufsehenerregenden Schlag zu landen und andererseits die Unterstützung des Volkes auf die Probe zu stellen. Die Zivilisten sollten ihren einmütigen Beistand für den *FLN* teuer bezahlen.

Alle waren vom Fieber der Vorbereitungen zu diesem denkwürdigen 28. Januar 1957 ergriffen. Jede Familie hortete Lebensmittel, genug, um eine einmonatige Belagerung durchzustehen, und staute Ängste auf, genug, um an einem Herzanfall zu sterben, noch ehe die Kugeln bei ihnen einschlugen. Militärpatrouillen und Durchsuchungen wurden immer häufiger. Die Ausgangssperre wurde eingeführt. Die Befürchtungen waren wie die Vampire. Sie fraßen Löcher in den Schlaf, bohrten Stacheln in die Eingeweide, saugten alle Substanz aus den Gliedern. Sie verdünnten die Luft und verteilten sie nur spärlich und mit Drohungen verpestet an die bis zur Verbrennung ausgelaugten Lungen. Doch je mehr die Sorge die Lage zum Zerreißen spannte, desto mehr sträubte sich der empörte Wille, ließ dem Geist keine Ruhe und fand zu seinem Stolz, war bereit, allem zu trotzen. Schon bald triumphierte er in den Blicken, welche die ihrer Freunde bis in die Seele ausleuchteten auf der Suche nach irgendeinem Riß, irgendeiner Spur von Schwäche, irgendeiner Gefahr von Verrat ... An jenem kühlen Morgen standen alle früh auf. Die Stunde war ernst! Der Tod war bereits da, in eisernem Kleid, mit leeren und finsteren Blicken, mit seiner Feuersprache. Das Brummen der Wagen draußen war nichts weiter als ein Probelauf zum Töten. Nach dem hastig und schweigend eingenommenen Frühstück ging Zohra zur Tür. Sie öffnete sie, trat über die Schwelle, schaute nach rechts und links. Dann drehte sie sich jäh um, stürzte schnell zurück in den Hof und schloß die Tür wieder hinter sich. Mit weit aufgerissenen Augen eilte sie auf die anderen zu:

»Tayeb! Tayeb! *El Askars*, el Panzer!«

Die hohen Mauern des weißgekalkten Hofs verbargen die Außenwelt vor ihnen. In einer Ecke bot ihnen der Brotbackofen verlockend und entgegenkommend sein Dach als Beobachtungsstand. Tayeb, Khellil und Zohra, gefolgt von Leila, stürmten darauf zu. Dort drängten sie sich aneinander, die Augen konnten knapp über die Mauer schauen, und sahen das Schauspiel. Der Ausblick ließ ihnen das Blut erstarren. Sturmpanzer und Panzerfahrzeuge wühlten den Boden auf, kreisten das Haus ein. Ihre langsam schwenkenden Geschütze schienen auf der Suche nach einer ersten Beute. Drei Geschütze richteten sich auf sie. Ein Pfahl stemmte sich in Leilas Bauch. Sie kauerte sich nieder und umschlang mit beiden Händen ihre Taille. Ihr Vater stieg wieder hinunter, nahm sie in die Arme.

»Hab keine Angst. Sie werden nicht schießen«, sagte er ihr ohne große Überzeugung.

Auch er kauerte sich dann am Fuß der Mauer nieder. Einen Augenblick später zersplitterte die Eingangstür. Vier Soldaten mit Gewehr in der Faust kamen herein und richteten ihre Waffen auf den Vater. Mit Stiefelgetrampel voll Arroganz, grausam verzerrten Mündern, die hassen, die den Lippen nichts Menschliches lassen, donnerten sie unter dem Mündungsfeuer ihrer Blicke:

»Ein bißchen dalli, dreckiger Araber, an die Arbeit! Los, los!«

In diesem Augenblick kam ein Messias mit Namen Portalès angelaufen.

»Einen Augenblick, meine Herren, keine Aufregung. Dieser brave Mann hat auf mich gewartet. Wir wollen zusammen zur Arbeit gehen. Ich bin sein Chef.«

Portalès wußte, wo er die Werkstattschlüssel, die unter der Laube hingen, zu finden hatte. Er nahm sie vom Haken und sagte zu Yamina und Zohra gewandt:

»Habt keine Angst. Tayeb und ich gehen jetzt zur Arbeit. Komm, Tayeb!«

Er nahm ihn beim Arm, entriß ihn den Uniformierten und zog ihn nach draußen. Die Soldaten waren einen Moment ratlos, dann wandten sie sich an Bahia und Leila:

»Hopp, hopp, die Gören ab in die Schule!«

Einer von ihnen stieß sie mit dem Fuß zur Tür. Leila nahm Bahia bei der Hand. Käseweiß, die Augen auf die zwei Frauen gerichtet, gingen sie rückwärts hinaus. Vor dem Haus zeigten die weit aufgerissenen Mündungen der Kanonen, Augenhöhlen des Todes, auf sie. Sie drehten sich um und rannten außer sich vor Entsetzen los.

Eine Flut von Soldaten belagerte das Dorf. Auf den Straßen wimmelte es von Uniformen. Lastwagen voll Männer überholten sie. Sie liefen noch immer. Das rasende Schlagen ihrer Herzen setzte ihren Kopf einem ohrenbetäubenden Lärm aus. Ein Auto hielt auf ihrer Höhe an. Sie schreckten zusammen. Aber es war nur die Bernard:

»Wohin geht ihr beide denn? Es ist gefährlich, heute morgen unterwegs zu sein!«

»›Sie‹ haben uns gesagt, wir sollen in die Schule gehen«, antwortete ihr Leila.

»Ohne Schulranzen? Ohne alles? Los, steigt ein!« erwiderte sie und öffnete die Tür ihres 2 CV.

»Wie läuft es zu Hause?«

Außer Atem, einem Schwächeanfall nahe, erzählten sie es ihr.

»Ich hoffe, Yamina wird keine Fehlgeburt haben! Ich werde euch zu mir nach Hause bringen, dann fahre ich zu ihr, um sie zu beruhigen.«

Sie gab ihnen den eindringlichen Rat, niemandem zu öffnen, setzte sie bei sich zu Hause ab und machte sich wieder auf.

Mit Hilfe eines Schemels kletterten Bahia und Leila auf die Küchenfensterbank. Verborgen hinter dem dunklen Moskitonetz, welches das Licht dämpfte, konnten sie in Ruhe die Hauptstraße des Dorfs beobachten. Gruppen von Algeriern mit verschlossenen Gesichtern kamen in Militärlastwagen oder zu Fuß, unter Geleit, vorbei. Sie strömten in Scharen von allen Seiten auf den Hof der Gendarmerie zu, von wo bereits undeutlicher Lärm erschallte. Hunderte von Männern standen zusammengepfercht und boten einen erschütternden Anblick. Die beiden Mädchen rollten die Augen und warfen sich vielsagende Blicke zu. Ohne Kommentar. Sie wußten sehr wohl um die Bedeutung des Augenblicks. Etwas Unwiderrufliches hatte im Dorf begonnen.

Die Bernard kam ein Stündchen später. Sie lachte laut auf, als sie entdeckte, wie sie ausspähten, sich in die tiefste Stille verdrückt und im Halbdunkel des Fensters verkrochen hatten.

»Also, zu Hause sieht es nicht allzu schlecht aus. Es hätte schlimmer sein können. In der Schule ist nicht viel los. Alles geht ein wenig drunter und drüber. Eure Mutter braucht euch, und sei es nur, um die Zwillinge zu hüten. Die Soldaten haben alles kaputtgemacht, auseinandergenommen, die Schweinehunde! Wäre Portalès nicht im rechten Moment gekommen, wäre Tayeb jetzt im Gefängnis, wie viele Männer seit heute morgen. Habt ihr Hunger? Ich glaube nicht, daß Yamina in der Lage ist, sich heute mittag ums Kochen zu kümmern.«

Wie kann man Hunger verspüren mit einem so dicken Knoten in der Kehle?

»Na, antwortet nur nicht alle auf einmal! Habt ihr keinen Hunger?« fragte sie in einem Ton nach, der unbeschwert klingen sollte.

Die Mädchen schüttelten verneinend den Kopf. Die Bernard ließ sich auf einen Stuhl fallen.

»Die Schweinehunde!« wiederholte sie in einem halb empörten, halb bitteren Ton.

Sie zog die Mädchen zu sich heran und drückte sie eng an sich, als bräuchte sie selbst Zuspruch. Dabei hatte es »der Bernard« doch so selten in ihrem Leben an Mut gefehlt … Dann lachte sie wieder, während sie den Kopf nach hinten warf und die Flut ihrer Haare über ihre hellen Schultern fließen ließ. Und wie die Mädchen sie so lachen sahen, lachten sie auch. Ihr Mann, ein Arzt, war 1940 im Krieg gefallen. Als sie nach Algerien kam, verliebte sie sich in Land und Leute. Sie blieb, arbeitete und wurde von den »Eingeborenen« akzeptiert. Ihr Leben als alleinstehende, junge und schöne Frau, die überdies Vergnügungen nicht abgeneigt war, ihre von Zärtlichkeit und Verständnis geprägten Beziehungen zu den *Moukères* brachten ihr die Feindschaft und Verleumdungen der Algerienfranzosen ein. Aber sie war das Idol der *Arbis*. Doch wenn sie vorbeiging, üppig und stolz, leuchteten die Augen der fanatischsten Algerienfranzosen vor Verlangen auf …

Leila barg ihr Gesicht in dem dicken, braunen Haar, das durch häufiges Färben mit Henna in einem warmen Rot schillerte. Sie roch diesen Duft in den Haaren der Frau gern. Ein Duft beruhigender Seelenverwandtschaft … Damals, angesichts dieser fremdländischen, in die Gerüche ihrer Kultur getauchten Zuneigung, entdeckte sie, daß die guten Herzen den einengenden Rassen-, Konfessionen- und Nationalitätenschranken zum Trotz ihre Bande der Zuneigung nach allen Seiten hin knüpfen und so ihren Wunsch nach der höchsten aller Freiheiten zum Ausdruck bringen. Denn über die Familie, den Clan, das Land hinaus fühlen sie sich der großen Gemeinschaft der Menschen zugehörig, die alle Fesseln abgelegt hat.

»Eure Mutter ist schwanger«, sagte sie, um das Schweigen zu brechen.

Die Mädchen antworteten nicht.

»Na, das scheint euch ja nicht sonderlich zu beeindrucken«, schimpfte die Bernard.

»Meine Mutter ist dauernd schwanger gewesen. Wenn sie irgendwann einmal weiße Haare hat, wird ihr Bauch immer noch anschwellen. Sie hat viele Mädchen in die Welt gesetzt. Sie hat zahlreiche Jungen bekommen. Manchmal sehe ich in meinen Alpträumen, wie sie alle möglichen Ungeheuer gebiert«, antwortete die Ältere mit einem seltsamen Zittern in der Stimme.

Zu jener Zeit verschwand Bellal im Untergrund. Zohra war darüber so traurig und besorgt, daß sie mehrere Tage lang nicht aß. Würde sie diesen Neffen, diesen kühnen Sohn, je wiedersehen? Sie saß vor dem Haus in der Sonne, den Blick auf die Flucht des Horizonts, und dichtete ein Klagelied. Bellal, der Held, dem sie den Beinamen *S'Baa*, der Löwe, gab, brüllte in den Bergen, und seine Schreie und Schläge ließen die Mauern des Hasses erzittern, verjagten das Dunkel der Angst. Das Gebirge fuhr zusammen, bäumte sich auf. Die lauten Echos trugen diese mächtige Stimme weit, sehr weit, von Gipfel zu Gipfel, von Berg zu Berg. So antworteten andere *S'Baas* auf den Ruf. Und bald waren alle Berge nur noch ein gewaltiger Aufschrei der Wut.

Am nächsten Tag ging die alte Frau aus dem Haus und sagte zu Yamina:

»Ich werde mich in die Sonne setzen und versuchen, meine alten Knochen aufzuwärmen. Sie sind steif von der Kälte, die in meiner Seele wohnt.«

Leila folgte ihr. Auch das Mädchen verehrte Bellal. Seit seinem

Fortgang wuchs etwas Bedrückendes in ihrer Kehle, und ihre Großmutter mit dieser düsteren Miene zu sehen, war nicht dazu angetan, ihr dieses schmerzhafte Gefühl zu nehmen.

»Bitte, *Hanna*, sing mir das Lied vom *S'Baa*«, bat sie, damit dieses Gewicht in ihrer Brust leichter wurde.

Mit einem leichten Wiegen des Oberkörpers hatte Zohra ihr Klagelied begonnen, als sie plötzlich abrupt innehielt und aufsprang. Auch das Mädchen richtete sich neugierig auf. Als sie den Punkt am Horizont genauer anschaute, den ihre Großmutter fixierte, erkannte sie eine rote Wolke.

»Ist es ein Sandsturm, *Hanna*?«

Die alte Frau brauchte einen Augenblick, um zu antworten:

»Nein, es sind Kamele, wahrscheinlich Nomaden. Aber was machen sie hier? Wir liegen außerhalb der üblichen Routen!«

Und auf einmal konnte sie sich aus den Klauen ihres Schmerzes befreien, sie stürmte ihnen entgegen, als sie noch nicht mehr als ein dunkles Pünktchen waren, das in einem Kranz aus Staub tanzte. Es waren blaue Menschen. Sie hatten von der Existenz dieses Brunnens ganz im Grünen und vor allem weit weg vom Dorf im äußersten Norden ihrer Strecke erfahren. Unter Umgehung der großen Siedlungen kamen sie, um hier zur großen Freude von Zohra ihre Wasservorräte zu holen. Die Frau mit den dunklen Tätowierungen vergaß darüber ihre Niedergeschlagenheit, bekam wieder ihre Geschmeidigkeit und außergewöhnliche Kraft. Der majestätische Schaukeltritt der Kamele brachte ihr, die sich in ihren alten Tagen an den Fuß des *Erg* zurückgezogen hatte und dem Sturm der *Roumis* ausgeliefert war, wieder Momente ihrer Nomadenjugend zurück. Zohra lief, schlug die hölzernen Zeltpflöcke ein, rollte die *Kheimas* auf … Körper und Geist wie im Rausch, machte sie wieder die Handgriffe von einst, erkannte die Gerüche wieder. Das Geschrei der hockenden Kamele, die Geräusche der Kalebassen ließen ihre Augen feucht werden … Sie erfuhr Neuigkeiten von den Wanderwegen, den Wasserstellen. Dann schaffte sie alle Lebensmittel aus dem Haus, derer sie habhaft werden konnte, und stopfte Yamina, die schwach zu protestieren versuchte, ungestüm den Mund:

»Ist dir klar, Unselige, daß sie nur von Grieß, ein paar Datteln und etwas Tee leben? Der Geruch einer gebratenen Zwiebel oder

Tomate ist für sie der Duft eines königlichen Festmahls. Um diese große Freude bringe ich sie nicht. Ihr Vergnügen lasse ich mir nicht nehmen.«

Sodann begab sie sich in den Garten, der dasselbe Schicksal erlitt wie die Vorräte des Hauses. Die Frauen gingen zum Brunnen. Indigoblaue Kleider, schwarze *Chèches*, kupferne, bronzene oder ebenholzfarbene Gesichter, in denen das Lächeln den Glanz von Steinsalz hatte und der Blick ein dunkles Feuer war. Und als der Abend kam, lebte Leila für einige Stunden die Kindheit ihrer Großmutter. Doch früh am nächsten Morgen falteten sie eilig ihre Zelte wieder zusammen, dankten der *Cheikha*, indem sie sie auf den Kopf küßten, und zogen wieder fort. Sie hatten keine Instrumente zur Orientierung. Nein. Aber ihr Gehirn war ein Kompaß. Und ihr Blick eine Magnetnadel, die den flachen, überall gleichen Horizont absuchte, bevor sie dort drüben ruhte und die einzuschlagende Richtung angab. Einer sich im Staub wiegenden blauen Wolke gleich verschwanden sie schnell, wurden verschluckt vom Horizont und vom Licht, die mit ihnen wanderten. Gab es sie wirklich, »die Menschen, die wandern«? Waren sie nicht bloß ein kurzer und intensiver Traum, der in Leilas Kopf dank der Zaubermacht von Großmutters Worten entstanden war? Waren sie nicht ein Trugbild ihres wachsenden Verlangens, die Horizonte zu überschreiten?

In Algier war die Schlacht auf ihrem Höhepunkt. Einige Namen gewannen hohes Ansehen: Larbi Ben M'Hidi, Youcef Saadi, Ali la Pointe … Khellil erzählte Leila oft von den Frauen der Schlacht um Algier, diesen »Schwestern« der Revolution. Ihre Namen übten auf die Gedanken des Kindes eine magische Kraft aus. Zohra Drif, Djemila Bouhered, Hassiba Ben Bouali, Danièle Minne, Neffissa Hamoud, Raymonde Peschard. Und all diese S'Baas, all diese geheimnisumwitterten und ruhmvollen Namen, die man nur leise aussprach, sollten Leilas Tagträume erfüllen und beseelen. Sie stellte sie sich als Übermenschen, eine Art unbesiegbarer Halbgötter vor, die über dem Himmelsgewölbe wanderten. Und wenn sie aufmerksam hinhörte, vernahm sie zuweilen ihre Schritte. Sie hängte verschwommene, aber lichtumflutete Hoffnungen daran.

Während dieser Zeit setzte Leilas Mutter Kinder in die Welt. Sie empfing eins oder zwei im Rhythmus von vierzehn oder fünfzehn Monaten. So weit die Erinnerung des Mädchens zurückreichte, war ihre Mutter immer schwanger gewesen. Das ließ sie bis zum Taumel der Angst, bis zur Übelkeit verzweifeln. Leila hatte nie Ruhe. Sie wußte nicht, was Spielen hieß. Die zahlreiche Geschwisterschar zappelte den ganzen Tag lang vor Ungeduld. Zu manchen Zeiten übertönte das Gekreische der Hausbewohner das des Hühnerstalls, in dem doch ein ganzes geflügeltes Volk aufgeregt durcheinanderlief. Fläschchen, Wiegen, Wickeln, Breichen, zahllose Bächlein, Häufchen, selbst Katzenwäsche ... Eine Fließbandarbeit, die sie festband ... Ihr Groll machte die Mutter für alle Übel verantwortlich.

»Du bist nur eine Gebärmaschine!« schrie Leila manchmal in höchstem Zorn.

Aufgeblüht, ausgestreckt und rund legte Yamina ihre Hände auf ihren gewölbten Bauch. Der Ausdruck kränkte sie nicht im entferntesten, er schien ihr zur Verzweiflung ihrer Tochter zu schmeicheln.

Als Brüderchen war da zunächst Faouad, danach kamen Noureddine, der mit sechs Monaten starb, dann Ali und Bachir, die Zwillinge. Zwei Jungen auf einmal, eine tolle Leistung. Der Vater war stolz und verrückt vor Freude gewesen. Er kümmerte sich nie um sie, schaute sie nur von weitem an, aber es waren seine Söhne. Yamina gewann gewaltig an Ansehen. Sie wurde endlich ein gutes Eheweib, eine achtbare Frau.

Die Zwillinge: Bachir war kräftig, rundlich und ein Schreihals. Ali schmächtig, kränklich. Und doch hatte man ihm den Vornamen Onkel Alis gegeben, der in der Blüte des Lebens gestorben war. Das sollte ihm Glück bringen und ein langes Leben verheißen.

»Eines Tages ging es Bachir nicht sehr gut. Es war nichts Besonderes, ich wußte es. Er hatte sich übergeben, und er kam mir etwas fiebrig vor. Ich machte mir keine übermäßigen Sorgen. Als sein Vater kam, habe ich ihn informiert. Du weißt, wie er ist, sobald es sich um seine Söhne handelt! Er wollte unbedingt, daß wir den Doktor um Rat fragen. Wir sind am frühen Nachmittag zu ihm gegangen. Der Arzt war nicht da. Der Krankenpfleger, der, über den so viele Gerüchte kursierten, hat uns Bachir aus den Armen genommen. Er hat ihn auf einen Untersuchungstisch gelegt.

›Es ist nichts Ernstes. Ich weiß, was er hat. Ich werde ihm eine Spritze geben, dann wird es schnell vorbeigehen‹, sagte er uns.

Er hat ihm eine Ampulle injiziert. Sofort ist mein Sohn steif geworden. Er ist auf der Stelle gestorben. Der Krankenpfleger hat sich eilig davongemacht, verfolgt von Tayeb, der aufgesprungen war. Aber dem *Roumi* gelang es, sich in einem Büro einzuschließen.«

Wie oft erzählte Yamina von diesem Tod? Hunderte von Malen. Eine verbrecherische Tat oder ein tödlicher Schock auf irgendein Mittel? Man sollte es nie erfahren.

Tayeb wollte den Krankenpfleger töten. Er hatte den *FLN* davon benachrichtigt, der es ihm ausredete. Sie wollten warten, bis sie Beweise hatten. Sie machten es zu ihrer Angelegenheit. Einen oder zwei Monate später packte »Tonio« seine Koffer und ging fort, ohne daß jemand davon erfuhr.

Doch man erzählte so viele furchtbare Dinge. Vor mehr als einem Jahr war eine zweite Hebamme, Frau Rodriguez, gekommen. Es hieß in allen *Douars*, sie und dieser Krankenpfleger Tonio seien ein gutes Team. Bei jeder Geburt eines Jungen riefen sie verächtlich aus: »Noch ein kleiner *Fellaga*!« Das Gerücht ging um, sie legten es darauf an, eine große Anzahl von Jungen bei der Geburt »aus dem Weg zu räumen« und sie als Totgeburten auszugeben. Die Erwachsenen erzählten so viele entsetzliche Dinge, wahre, falsche oder nur ein wenig verbogene! Sie verschonten kaum ihre Kinder, die bereits durch die täglichen Gewalttätigkeiten verängstigt waren.

Eines Tages traf Leila, als sie aus der Schule kam, vor dem Krankenhaus die Bernard. Die Frau beugte sich hinunter, um sie zu küssen, und teilte ihr mit:

»Ich habe deine Mutter heute morgen gesehen. Du wirst bald ein weiteres Brüderchen oder Schwesterchen haben. Was möchtest du lieber?«

Statt einer Antwort brach das kleine Mädchen in Schluchzen aus.

»Was ist denn mit dir los? Warum weinst du?«

»Ich will nicht, daß Frau Rodriguez meine Mama anrührt. Sie tötet dann sie oder das Baby. Schwöre, daß du sie wieder entbindest!«

»Tu mir bitte den Gefallen und höre nicht mehr auf den Tratsch der Erwachsenen!«

Doch angesichts Leilas kleinlauter Miene brach sie in Gelächter aus. Wie gewöhnlich war sie es, die Yamina half, einen Jungen zur Welt zu bringen.

1957. De Gaulle machte eine Rundreise durch den Süden. Er kam bis nach Kénadsa. Bis an dieses Ende der Welt, wo Bahnlinien und Straßen am Saum der Wüste endeten. Drif, der Mann von Bellals Schwester Meryème, war *Spahi* gewesen. Er holte seine tadellose Uniform hervor und putzte seine Medaillen. Dann ging er stolz und feierlich und ordengeschmückt den General begrüßen. In der Schule brachte man den Kindern die *Marseillaise* bei. Mit einem großen, blauweißroten Blatt, das als Fahne an ihr großes Lineal geklebt wurde, gingen sie alle auf den Platz des alten *Ksar*, um dem großen Mann zuzujubeln. Die Schüler bekamen die Anweisung, ihre Fahnen zu schwenken und »Algérie française!« zu rufen.

Der General stand vor ihnen auf einem Podium, das mit leuchtenden Teppichen ausgelegt war. Würdig, den Kopf über dem Gedränge, nahm er den Jubel der zwei Volksgemeinschaften wie ein rechtmäßiges Verdienst entgegen. Er verkörperte ihre Hoffnungen. Er hatte sie »verstanden«. Die tobende Menge brachte ihm auf diesem riesigen Platz aus festgestampfter Erde eine *Fantasia* und eine Ovation dar, die von der Berühmtheit seiner Person ein beredtes Zeugnis abgab. Lange nachdem er mit Lacoste und anderen Vertretern des Staates über Colomb-Béchar zurückgekehrt war, wagte die vornehmlich algerische Menge immer noch nicht, diesen gesegneten Ort zu verlassen, den der Messias betreten hatte. Und die flinken Mundwerke überboten sich gegenseitig an hochtrabenden Reden. Wetten und Vermutungen über die künftigen Entscheidungen des »*Genenars*« rief man sich von beiden Seiten des Platzes zu. Der General würde mit Sicherheit die Zügel der Macht in die Hand nehmen. Er hatte sie nicht umsonst hier, an diesem Ende der Welt, besucht. Jetzt wußte er, daß die Algerienfrage einen Mann seiner Größe und seines Durchsetzungsvermögens brauchte. Als die Menge sich endlich zerstreute, kehrte Leila wieder zu ihrer Düne zurück, ein wenig trunken von all dem Lärm, und wie alle Schülerinnen noch mit ihrem Fähnchen in der Hand. Ihr Vater und ihr Onkel, die bereits dort waren, unterhielten sich vergnügt. Tayeb sah sie als erster. Mit einem Satz stürzte er sich auf sie, riß ihr die Fahne aus den Händen und zerriß sie über ihrem Kopf. Khellil nahm Leila in die Arme, um sie vor seinem Zorn zu schützen. So übertrug der Vater seinen Ärger auf das Lineal, das er noch in den Händen hielt. Er zerbrach es in tausend Stücke.

»Sag nie wieder: Algérie française! … Nie wieder! Das hat noch gefehlt … meine eigene Tochter, und unter meinem Dach, mit der französischen Fahne!«

Nach Luft ringend, ging er hinaus und schlug die Tür hinter sich zu. Stille kehrte wieder ein.

»Dieser *Genenar* zeigt schon Haltung. Mit seinem Kopf, der stolz über die Menge ragte, und seinen zusammengekniffenen Augen, fand ich, hatte er die Würde und den Hochmut des Kamels, das weder Aufruhr noch Stille, das keine Entfernung abschreckt …«, sagte auf einmal die Großmutter, als spräche sie mit sich selbst.

Khellil und Leila hüteten sich zu lachen. Aus Zohras Mund waren diese Worte weder abschätzig noch spöttisch, sondern ehrfurchtsvoll, so sehr war das Kamel das Symbol für ihr Wandern, der Fetisch ihrer Mythen.

Sommeranfang 1957. Unerträglicher Himmel. Das flimmernde Licht, siedende Sonne peinigte den Blick, verbrannte die Haut. Die drückende Last der Hitze ermattete die Glieder. Die nach Luft ringende Brust atmete nur glühende Lava ein. Die großen Schulferien versprachen lang zu werden und sie in Langeweile und Einsamkeit auszudörren.

»Diesen Sommer können wir mit Sicherheit nicht nach Oujda fahren«, kündigte Tayeb an.

Die Grenze zwischen Marokko und Algerien wurde geschlossen. Von Oujda erreichten sie schlechte Nachrichten. Der alte Bouhaloufa war schwer krank. Der Tod seines Sohnes Ali hatte ihn endgültig gebrochen. Verbittert und verschlossen schleppte er seinen abgezehrten Körper und traurigen Blick über sein Land. Sein Land, gutes Land, braun, fett und fruchtbar, war der Stolz von seinem Vater Bouhaloufa, von ihm selbst und von Hamza, seinem Bruder, gewesen. Nun war es von ihren Nachkommen gänzlich aufgegeben, Pächtern anvertraut worden. Sein eigener Sohn, Ali, hatte nur wenige Monate vor der Unabhängigkeit Marokkos eine Kugel mitten ins Herz bekommen. Die von Hamza waren in den algerischen Untergrund gegangen. Sie griffen zu den Waffen, um das Land ihres Großvaters zu verteidigen. Ein Land, das sie bislang noch nicht kannten. Welch ein Fluch! Ali hinterließ jedoch drei Kinder, drei Jungen. *El hamdoulillah!* Der Name Bouhaloufa würde nicht mit ihm verlöschen. Aber diese Knaben waren so jung! Und er hatte weder die Zeit noch den Willen, sie ohne Vater heranwachsen zu sehen. Seine Tochter Zina war stets da, in seiner Nähe. Er liebte Zina sehr. Aber sie hatte den Übelsten der Ajalli geheiratet. Dieser Nacer ähnelte in nichts der übrigen Familie. Er war ein willensschwacher und heimtückischer Kerl, der obendrein nur daran dachte, sein trübes Leben im Alkohol zu ersäufen. Er stank nach der scharfen Säure schlechten Weins und nach Betrügerei. Oh! Hätte er den Charakter, die Würde seiner Brüder Tayeb und Khellil gehabt, dann hätte er sich um das Land kümmern können! Doch wie in das *Mektoub* eingreifen? Zum Glück gab es den Trost, hinter den ungerechten Schicksalsschlägen die Wege Allahs zu erhoffen. Bouhaloufa liebte alle seine Enkel gleichermaßen. Aber die Kinder Zinas hießen Ajalli …

Seine Gedanken schweiften frei von allen Wutausbrüchen, die ihn einst gepackt hatten, weiter umher. Sie führten ihn dorthin, an das Tor zur Wüste, in Algerien. Dieses Land, das er aus etwas schroffen Prinzipien niemals kennenlernen sollte. Er hatte dort eine Tochter, seine Älteste. Wie lange hatte er sie nicht mehr gesehen? Zwanzig Jahre … Vielleicht sogar länger. Ein ganzes Leben. Er hatte stets einen unbeugsamen und maßlosen Charakter besessen, in seinem Zorn und seiner Rachsucht wie in seiner Zuneigung und Großzügigkeit. Sie hatte sehr wohl versucht, wieder Kontakt mit ihm zu knüpfen, im Jahr der Verbannung des Königs. Er erinnerte sich sehr gut daran. Da sie ihr einen abschlägigen Bescheid erteilten, hatte sie sich von ihnen losgesagt … Sie war wahrlich eine Bouhaloufa! Hatte sie von Alis Tod erfahren? Doch sicher, Zohra, die Ajalli hatten es ihr gesagt. Aber ein Bouhaloufa, ein richtiger, kehrte seine wütenden Schritte nur um, wenn er gebeten und wie ein großer Herr erwartet wurde. Hätte sie zu Alis Tod geschrieben, hätte er die Gelegenheit genutzt und ihr erlaubt zurückzukommen. Doch nichts. Sie blieb stumm. Seitdem hoffte er vergebens auf ein Zeichen. An seinem Lebensabend gab er seine ganze Strenge auf. Alis Tod hatte den Stolz bereits in die Knie und ins Grab gezwungen. Ebensogut konnte er ihn völlig begraben. Allein die Hoffnung, der Wunsch, seine Tochter wiederzusehen, hielten ihn noch am Leben. Wenn er sie gesehen hatte, würde er die letzte Entsagung, den Tod, vollziehen und hätte endlich mit all diesen Zornesausbrüchen, all diesen Wunden des Lebens Schluß gemacht. Nur das war jetzt noch wichtig.

»Meine Tochter, mein Ende ist nah. Ich möchte gern deine Schwester Saadia sehen, bevor ich sterbe.«

Diese unerwarteten Worte brauchte er nicht zweimal zu sagen. Zina, deren Freude, vielleicht ihre Schwester wiederzusehen, vom Stachel des Todes durchbohrt war, ließ einen Brief zu Saadia schikken. Dank Vergne und seiner Beziehungen in der Armee erhielt sie ein Ausreisevisum. Eine ganz außergewöhnliche Vergünstigung, die allen anderen erwartungsgemäß versagt blieb. Vor ihrer Abreise stattete sie einen Blitzbesuch in Kénadsa ab. Mit ratlosem und angespanntem Gesichtsausdruck zog sie hektisch an ihrer Zigarette. In ihren schönen Augen war etwas Untröstliches, das sie in ihren Rauchspiralen zu ersticken versuchte. Leila fragte sich, was in diesem verzweifelten Blick so sehr ohne Tränen weinte: die Angst vor dem Abgrund ihrer Kindheit, der sich plötzlich unter ihren Füßen auftat und sie zu den schmerzlichsten Erinnerungen hinunterzog? Diesen Vater, der seit so langer Zeit gestorben war, nun wiederzufinden, um ihn diesmal für immer zu verlieren? Trauerfälle hatten sich während ihrer Abwesenheit ereignet, und die Flammen dieses noch lodernden Feuers verbrannten nun den Flügel der Hoffnung.

Yamina hingegen hörte nicht auf zu weinen. Ein stiller, um so erschütternderer Kummer ohne Schluchzer und schniefendes Weinen. Zohra servierte mit langsamen Bewegungen und wirrem *Chèche* Tee und versäumte nicht, Saadia in feierlichem Ton zu erinnern:

»Du mußt an Aichas Grab Einkehr halten. Das war ihr Wunsch, bevor sie starb. Nach so langer Zeit muß man verzeihen.«

Saadia nickte und murmelte:

»Mach dir keine Sorgen. Ich verspüre gegen niemanden mehr Haß. Ich werde an Aichas Grab Einkehr halten.«

Das Taxi kam zurück, um sie abzuholen. Mit immer noch trockenen und abwesenden Augen küßte sie alle und sagte:

»Paßt gut auf euch auf bis zu meiner Rückkehr. Ihr seid meine einzige Familie.«

Die Nachricht vom Tod Bouhaloufas erreichte Kénadsa etwa zehn Tage später. Die Entfernung ließ Yaminas Tränen erst recht nicht versiegen. Und der Gedanke, daß ihr Vater Hamza jetzt so allein dastand, brachte die Frau nur noch mehr zum Weinen. Tayeb stand ihrem Kummer hilflos gegenüber, er wußte nicht, wie er sie beruhigen konnte. Er ging hin und her, kreiste um sie herum, stumm vor Ohnmacht. Dann hockte er sich plötzlich vor sie auf den Boden und sagte ihr:

»An dem Tag, an dem Saadia aus Oujda zurückkommt, werden wir sie alle zusammen besuchen. Ich werde wieder arbeiten gehen, aber Mama, du und die Kinder, ihr könnt einige Tage bei ihr bleiben. Das wird euch allen guttun.«

Seit vier oder fünf Jahren hatte Tayeb Saadia zwar akzeptiert, aber noch nie seiner Frau und seinen Kindern erlaubt, sie zu besuchen. In der Tat ermunterte ihn der Wind der Gerüchte, den sie ständig aufwirbelte, nicht gerade dazu … Daher kam, was er an jenem Abend sagte, so unerwartet, daß Yamina aufhörte zu arbeiten und ihn ungläubig anschaute. Er lächelte, stand auf und ging hinaus. Yamina vergaß darüber das Weinen. Sie drehte sich zu ihrer Tochter um:

»Hast du gehört? Er hat mir gesagt, ich könnte Saadia besuchen!«

»Das sagt er dir, damit du aufhörst zu weinen«, folgerte das Kind.

Saadia kam zurück in Begleitung von Hafid, dem ältesten Sohn ihre Bruders. Alle besuchten sie. Sie sagte kein Wort über ihr großes Wiedersehen mit Oujda. Aber sie erzählte ihnen haarklein von dem Segen ihres Vaters, der sie gebeten hatte, sich der Kinder ihres Bruders anzunehmen.

»Wißt ihr, daß Onkel Hamza jetzt verlangt, daß man ihn auch Bouhaloufa nennt?«

Yamina brach in ein tränenbenetztes Gelächter aus.

Oktober 1957. Leila hatte dieselbe Lehrerin. Schlank, langbeinig auf ihren hohen Pfennigabsätzen, die ihre bauschigen Unterröcke schwingen ließen, konnte sie still und leise Leilas Liebe erlangen. Kleine Schritte, nettes Scherzen, bezaubernder Blick und ein Lächeln im Herzen. Das Leilas floß über vor Gefühlen. Und um ein solches Geschenk auch zu verdienen, bemühte sie sich, in der Schule fleißig zu lernen. Diese Zuneigung stärkte sie, und ermutigt wuchs sie über sich hinaus. Vielversprechende Leistungen gaben ihr den Schwung und ihre erste Schwärmerei die Ermunterung. So nahm sie im Sturmschritt, was sie durch ungeschriebenes Gesetz für andere reserviert hielt. Leila war bereits seit einem Jahr die Klassenbeste. Das entzückte Erstaunen in den Augen ihrer Lehrerin war ihr die schönste Belohnung. So interessierte sich das gesamte Schulpersonal für dieses kleine Mädchen mit den langen, braunen Zöpfen, die in Plastikschuhen jeden Morgen ihre Düne verließ, um zur Schule zu gehen. Daß eine kleine Araberin so begabt war, brachte die Leute aus der Fassung. Während der Pausen behielt Frau Bensoussan das Kind in ihrer Nähe und sprach mit ihr. Oft löste sie ihre braven langen Flechten und frisierte sie auf ihre Weise. Das erregte viel Neid. Manche Eltern, Algerienfranzosen, beschwerten sich:

»Daß Sie die kleine Araberin aus Mitleid zur Klassenbesten machen, ist ja die Höhe! Sie bringen da wohl einiges durcheinander!« tobten manche, mit bedrohlichen Gesten.

»Zunächst einmal ist es kein Mitleid, sondern Zuneigung, ja sogar Bewunderung. Und dann, wer, bitte sehr, von uns beiden verwechselt und vermischt denn Gefühl mit Arbeit?« gab die Lehrerin von ihren Absätzen herab zurück.

Dann drehte sie ihnen mit einem weiten Schwung ihres Rocks und einem Schulterzucken den Rücken zu und ging.

»Leila, hast du gesehen? Du hast bereits Neider! Ich wünsche dir das für dein ganzes Leben, es ist das Barometer, der Beweis für den Erfolg. Du bist sehr begabt, weißt du. Es wäre wunderbar, wenn du deine Ausbildung lange fortsetzen könntest. Es täte mir wirklich leid, wenn du eines Tages dasselbe Schicksal erleiden müßtest wie alle anderen Algerierinnen. Klammere dich fest an die Schule. Es ist dein einziger Rettungsanker!«

Das Kind schaute sie mit vor dankbarer Liebe glühenden Augen an. Was wäre in dieser feindlichen Welt der Schule ohne den Schutz dieser *Roumia* aus ihr geworden? Die Sticheleien der kleinen Mädchen waren nur das Echo ihrer Eltern, mit weniger Anstand oder Angst. Der treuherzige Ton machte die Verachtung nur noch schneidender. Daß die Schule »ihr einziger Rettungsanker« war, dessen war sich Leila zur Stunde kaum bewußt. Doch die Zuneigung dieser schönen und sanften *Roumia* öffnete in ihrem Kopf Tore zu ungeahnten Horizonten. Bei der Bernard oder bei Portalès empfand sie nicht dasselbe. Sie sprachen mit ihr arabisch und gehörten zu ihrem Leben, zu den Ihren. Sie hatten sich in die arabische Gesellschaft integriert. Frau Bensoussan aber lehrte sie Lesen und Schreiben des Französischen. Die Sprache der anderen. Behutsam, mit ihren Worten und Büchern, in umsichtigen, klugen und scherzhaften Schrittchen, mit viel Verständnis, enthüllte sie ihr diese Welt, die sie bislang nur durchquert hatte, um zur Schule zu gehen.

Jeden Tag wartete Zohra ungeduldig auf den Briefträger. Sobald er von weitem auftauchte, stürzte sie ihm entgegen. Hatte er einen Brief aus Marokko? Die Stunden schlichen langsam über die unglückliche Zeit. Alle Familien waren besorgt, aufgelöst und auseinandergerissen: die einen im Untergrund, die anderen im Gefängnis. Viele flohen vor der grausamen Unterdrückung, indem sie auswanderten. Aber so schmerzlich die Trennung auch war, sie ließ der Hoffnung dennoch einen Flügel … Doch die Inbrunst des Wartens, die mit der Zeit immer leidenschaftlicher wurde, erstarrte häufig unter dem furchtbaren Wind des Todes, der seine Opfer nicht mehr zählte. Die Familien aber zählten ihre Toten. Die Todesanzeigen kamen selten nur auf Papier, in der Posttasche des Briefträgers. Nein. Sie kamen von der Front, man raunte sie sich von *Djebel* zu *Hamada*, vom steinigen Buschwald bis zu den schlammigen *Mechtas* zu. Sie ließen die Frauen den Tod spüren. So kam er eines Tages über das an die Düne geschmiegte weiße Häuschen: »Bellal, der *S'Baa*, ist im Widerstand gefallen.« Zohra warf es zu Boden, der Schock schmetterte sie nieder. Mit ihrem verstörten Blick schien sie plötzlich noch hagerer, knorriger und schwärzer … »Der *S'Baa* ist tot!« Er war ihr Liebling. Sie liebte ihn für das, was er war: die Quintessenz ihrer Welt, der »Menschen, die wandern«. Bellal, dem Zohra, die Frau mit den dunklen Tätowierungen, den Beinamen *S'Baa*, der Löwe, gegeben hatte, war auch Leilas Idol. Ein Übermensch, Herr über die Halbgötter der brüllenden Berge. Sein Tod? Wie war das möglich? Sie ging hinaus, um unter dieser Kuppel fortzufliehen, die sie alle erdrückte; um zu weinen, allein, im Schoß der Düne, als gellende *Youyous* die Stille zerrissen. Sie hielt inne, ein Schauder sträubte ihr die Haare. Wieder erklangen die *Youyous*. Gaben dem Schmerz Ausdruck. *Youyous* – Locken, das das Weinen zerlegte, die Tremolos dehnte, daß der Himmel vor langen Schluchzern erbebte. Brüchig und leidenschaftlich, ihren wilden Blick auf Zohra gerichtet, stieß Yamina sie aus. Die Felsen, die die Düne überragten, schickten sie ihnen in phantastischen, quälenden Kaskaden zurück. Und begann da nicht im selben Fieber auch die Großmutter?

Welch düsterer Tag, an dem die tränenbenetzten *Youyous* die himmlischen Höhen zum Zeugen für den schweren Tribut nahmen, den die so ersehnte *Houria* noch einmal von ihnen forderte. Der Abend der *Aacha*: Essen und Koran für eine weitere Totenwache. Beim Klang der Verse verstummten jetzt Zohra, Yamina und Meryème mit heiseren Stimmen, tiefen, dramatischen Augenringen, die Knochen unter der Last des Tages gebrochen. Doch Leila wußte, daß ihr Schweigen damit beschäftigt war, Lobgesänge für Bellal, den *S'Baa*, zu verfassen. Morgen würden ihre Lippen von seinen Verdiensten und ihren Leiden berichten. Morgen würden ihre Klagen die ersten schwarzen Blumen der langen Trauer tragen. Und den Kopf voll vom Litaneigebrumm der *Talebs*, dachte Leila an diese *Youyous* zurück, die Risse in ihrem Ohr hinterließen. Künftig sollte sich ihr Gehör darin üben, alle Feinheiten zu unterscheiden. Sie sollte dabei eine so reiche Skala entdecken, daß sie im Geiste dieses Erschallen der Stimme als einen virtuosen Musiker, Poeten und Dramaturgen verehren wird. Denn das *Youyou* des Lachens klang wie ein Glöckchen. Das *Youyou* war eine Partitur, die den Azur auf der Suche nach Englein durchfuhr. *Youyou* – sinnlich sich windendes Weinen. *Youyou* – der Junge, der verführte oder provozierte, protzte oder polterte. *Youyou* – Liebkosung, Lebenslust, List, die über die Grenzen hinweg Jungfrauen und Dirnen zusammenschließt. *Youyou* – Triumph, der entflammte und die Herzen der Rivalinnen verbrannte. *Youyou* – Klagen, in der alte Elegien mitschwangen, die erst in fernem Dunst Ruhe fanden. Das *Youyou* war die blinde Wut, wenn alles Pulver verschossen war, der sichtbare Schmerz, wenn alles Leid ausgegossen war. *Youyou* – Geschenk des Lebens. *Youyou* – Zierde der Hochzeiten. Aber nun war das *Youyou* auch das auserlesene Lebewohl für die glorreichen Toten. *Youyou* – Flügel des Gefühls. *Youyou* – Schild gegen jeden Schlag. *Youyou* – wehendes Banner. *Youyou* – Stachel. *Youyou* – Standarte, die man in das Ohr des Feindes stieß, bis es ihm das Herz zerriß. Das *Youyou* wurde zu einem Instrument, das die Tränen eindämmt. Das *Youyou* war für die Frauen alles, was ihnen in ihrem Schicksal fehlte. Das *Youyou* war der Funken, das Glitzern, das in den Worten nicht wohnte. Das *Youyou* war ein Sonnenstrahl, ein Schatz des Himmels.

Am nächsten Tag wachte Zohra mit einem dringenden Verlangen auf.

»Komm mit mir zur *Hadra*«, sagte sie müde zu Leila.

Die Nacht hatte ihre Falten zerknittert, ihren Teint zerfurcht. Leila kannte die *Hadras* gut. Sie war mit ihr manchmal dorthin gegangen. Eine Zusammenkunft von Frauen, die es seit jeher gab.

Ein kleiner Kniff weiblicher List, die, jahrhundertelang niedergeknüppelt und gerade dadurch besonders ausgefeilt, über verschlungene Pfade den Unterdrückten ein Schlupfloch für die vordringlichsten Bedürfnisse bot … Das Preisen Gottes und seines Propheten? Welch rühmliches und unanfechtbares Alibi! Es zwang die Männer zu unwilliger und argwöhnischer Toleranz … Doch da ihre Anwesenheit das Haus Allahs beschmutzte, beteten die Frauen in ihrer Hütte. So ersparten sie sich zumindest die schändliche Ächtung der zu erhabenen und so sektiererischen Dame Moschee! Und auch dann hatten sehr oft nur diejenigen, welche das fortgeschrittene Alter von der Hausarbeit entband, die Muße, an diesen Treffen teilzunehmen.

Welch verfluchte Begegnung der Frauen, Sinnbild schlechthin des Profanen? Ihre Gebete sind nur Kantaten, die sehr schnell zu volkstümlichen Klageliedern geraten. Als Zerstreuung, als Erholung! Das Werk der Zeit half, die aufgestauten Gefühle zu entladen, und so dienten diese Zusammenkünfte mit jeder *Hadra* mehr und mehr der Linderung der Qualen über die Sprache des Körpers, den der lyrische Singsang und das kräftige und beschwörende Schlagen der *Bendire* enthemmten. Eröffneten die religiösen Gesänge auch immer die *Hadras*, so waren sie nur ein kurzer Auftakt zu den Liedern der Frauen.

Ein Liederbe, mit dem Leben von Mutter zu Tochter weitergegeben und von der Grausamkeit der Zeit gezeichnet ... Es pochten die dumpfen Herzen der *Bendire*, kochten die Emotionen. Es loderten die Kehlen im Gleichklang auf. Krater des Schweigens, deren Eruption die Haut mit ihrem Lavastrom aus Schaudern überflutete. Ihre Worte waren Honig und Aloe, das Warten und Weinen welk von Verzweiflung, der Last der Erschöpfung. Ihre Worte waren Fieber, Feuer und Blut. Die Wut der Stimmen machte die Körper trunken von einem stürmischen Rausch. Ein Sandsturm, dessen wütendes und trauriges Tosen sich in der Brust regte, die sich sanft von hinten nach vorn bewegte. Die Augen richteten sich auf das innere Leben, schlossen ihre Lider vor dem Gegenwärtigen. Es stiegen wieder die Tage auf, brach das Dunkel ein, strömte ein Hauch früherer Zeiten. Trunken machte das Ohr den Körper benommen. Erschüttert schwankten die Sinne, von einem Drang übermannt, der sich immer mehr offenbarte. Es hämmerten im Kopf die *Bendire* altüberlieferter Klagen. Im Fleisch vibrierten *Rais* aus den Fernen. *Rais* von gestern, *Rais* von morgen. *Rais* – Knoten in den Gedärmen, Splitter in den Stimmbändern. *Rais* ohne jede Hoffnung.

So waren die Frauen durchdrungen von der starken Empfindung gemeinsamen Singens, von seltsamem Brummen an der Grenze des Bewußtseins; und das Bewußtsein am schwindelerregenden Abgrund des Wartens, wiegten sie im Einklang ihre Oberkörper. Aus der Glut der Erregung wählte sich jede Empfindung ihr bevorzugtes Klagelied. Explodieren einer Entladung, Gipfelpunkt der Erregung, schmerzhafte Ekstase der Befreiung. Das Wiegen der Körper wandelte sich zu frenetischem Tanz, und dieser wurde schnell vom Wirbelsturm seiner eigenen Stärke und den sich überstürzenden *Bendiren* mitgerissen in die Trance, dem Geheimnis allen Wahns. So gebar mit der Schönheit einer – ach so flüchtigen! – wilden Gier die fügsame Frau eine eruptive Göttin.

Gesichter, die sich ganz dem Orgasmus ihrer Zuckungen hingaben. Lange Zöpfe, die wie Palmwedel im Sturm peitschten. Füße, die mit demselben Ungestüm auf den Boden klopften wie schwesterliche Hände auf die Tamburine. Das Klirren der aneinanderstoßenden *Kholkhal* ließ die wilden und dumpfen Umarmungen mit rauhem Atem von zahllosen silberhellen Glöckchen aufblitzen. Frauen wie Kreisel, Pendel, Wirbel. Sie zerrissen ihre Kleider. In stummer Leidenschaft lösten sie von Bauch oder Hüfte ihr Gewand, das sie seit so langer Zeit in Ketten band. Sie aßen mit vollen Händen Erde, die Frauen. Was kosteten sie davon? Einen Vorgeschmack auf den Tod? Die Küsse, die sie nie bekommen hatten? Einen neuen Funken Mut, um den Lebensfaden nicht loszulassen? Sie aßen Glut, die Frauen, bis ihr Unbewußtes verbrannte, bis zur Unwirklichkeit … Die Erde war etwas Lebendiges, das zu zerbrechen drohte. Das Dröhnen der Füße vibrierte in ihr wie Abertausende jagender Herzschläge. Ein Blutsturz brach aus ihrem Innersten hervor, ein Atmen, das aus alten, lautlosen Leiden, aus nie erklungenem Stöhnen, aus nie gezeigter Erschöpfung bestand. All diese Verletzungen, die das Leben zerstörten, die sich allein an frühen Falten und weißen Haaren verrieten. Und es war, als seien die Körper, die sich dort krümmten und verkrampften, ausersehen, in wenigen intensiven Minuten das Konzentrat aus den Leiden ihrer Schwestern von einst und derer, die noch wanderten, auszugraben, aufzuzehren und zu beenden.

Tamtam und Gesang trommelten ihren Groll hinaus, durchbohrten die Körper, bis sie vernichtet fielen. Dann erst wurden auch sie bedächtiger, beruhigender und klangen in einer langen, wehmütigen Klage aus. Keuchend, jeder Energie, jedes Willens, jedes Verlangens beraubt, ruhten die Frauen auf dem Boden. Manche, deren Angst sich endlich entladen konnte, brachen in Schluchzen aus.

Nach einer Weile reichten Schwestern ihnen die Hände und halfen ihnen, wieder aufzustehen. Sie nahmen wieder ihren Platz in der Versammlung ein. Man gab ihnen ein Glas brennend heißen Tee, den sie schweigend schlürften. Dann nahmen diesmal sie Gesang und *Bendire* wieder auf, damit andere sich im stürmischen und flüchtigen Gehenlassen des Körpers, wo jede Sprache schwieg, fern vom kastrierenden Blick des Mannes, aller Schmerzen, all der unterdrückten Verzweiflung entledigen konnten. All die anderswo verbotenen Bekundungen blieben dort. Die *Maalma* schlug sie mit den *Bendiren* in Tücher ein und holte sie erst zur nächsten *Hadra* wieder hervor. Sie, die Frauen, nahmen wieder ihren Schleier und ihr unscheinbares, gewöhnliches Äußeres an. Sie machten sich wieder in die sonnenverbrannte Einsamkeit der Arbeitstiere auf. Sie beugten sich freiwillig wieder unter das Joch, das die Männer ihnen aufbürdeten. Sie machten sich wieder auf zu einem unbedeutenden Leben. Sie hatten nur die heilsame Erschöpfung gesucht, damit ihr Gesicht den verzerrten Zug der Fatalität verlor.

Aber seit der Befreiungskrieg in vollem Gange war, entflammten die Herzen und Gemüter. Auch der Gesang der Frauen. Das Repertoire der *Hadras* verwandelte sich in ein mächtiges Werkzeug für Information und Propaganda: Schlachtberichte, Lobpreisung von Helden, Freiheitsgesänge und patriotische Lieder ließen die *Rais* der Hoffnungslosigkeit verstummen ... Die Frauen bewahrten sich ihre Treffen zur Freisetzung von Energie, zur Reinigung von Körper und Geist. Aber diese Treffen wurden kürzer. Die Frauen kehrten nicht mehr erlöst und, wenn nicht ausgeglichen, so doch zumindest angenehm erschöpft in ihre Wohnungen zurück. Wenn sie sich wieder aufmachten, hatten sie das Feuer der Hoffnung in den Augen und die Seele voller Willenskraft.

Sie saßen im Schneidersitz in kleinen Kreisen zu vieren oder fünfen, das *Bendir* hielten sie zum Zeichen der Trauer nicht mehr senkrecht, sondern waagerecht und jede mit beiden Händen, als wäre es ihre Fahne; eine von ihnen bestimmte den Rhythmus des Tamtams zum Gesang. Jedesmal, wenn der Name eines Helden oder Märtyrers erwähnt wurde, jedesmal, wenn die *Houria* genannt wurde, erschallten in der Versammlung *Youyous*. Sie sollten künftig ein Echo auf die Nachrichten geben, die zwar schmerzlich waren, sie aber mit jedem Tag der Freiheit näherbrachten. Die *Hadras* wurden zu einer gesungenen Wochenzeitung. So hatten einige der traditionsbewußtesten Frauen, die sich angeblich wegen der Religion versammelten, begonnen, zu frohlocken und Informationen, Aufrufe zur Unterstützung, Durchhalteparolen und Kampfansagen anderen »Schwestern« in der ganzen Region einzuflüstern, welche sie mit dem Refrain unterstrichen:

»Tötet man meinen Mann, meinen Bruder, meine Kinder, so stoße ich *Youyous* aus, die ihnen die Himmelspforten öffnen, und ich gehe zum *Djebel*, um selbst für die Freiheit zu kämpfen.«

An jenem Tag sang Zohra, die Frau mit den dunklen Tätowierungen, ihnen mit gramverzehrter Stimme das Klagelied vom *S'Baa*. Ihr brüllender *S'Baa*, der die Berge vor Angst erzittern ließ! Leila betrachtete all die Frauen mit ihren glühenden Augen. Sie merkte, daß es sich hier nicht um sinnentleerte Traditionen handelte. Diese Frauen, die sich bisher in den *Hadras* verzehrt und dann wieder die Fesseln des Gehorsams angelegt hatten, bevor sie gingen, hatten nun Blicke und Gesänge, die sich auf einen feurigen Horizont richteten. Die Gesänge hatten ihre Fatalität abgelegt. Aus ihnen funkelte das Licht, sprach eine neue Sprache: die Freiheit, die Revolution und all die Namen von Heldinnen, die man täglich hörte, es war wunderbar. Mit Sicherheit würde der Tag kommen, an dem alle Frauen in Algerien wie ihre Tante Saadia, wie Frau Bensoussan oder wie die Bernard lebten.

Die Augen des Hasses

Für alle hatte der Terror den Klang der Donnerstimmen von *Bigeards* Männern. Die »gefleckten Soldaten«, wie die Frau mit den dunklen Tätowierungen sie nannte, hatten etwas Unnatürliches, Unmenschliches. Denn »gefleckt« waren sie bis in den Ausdruck ihres Blicks. Brandspäne aus glühendem Haß, scharlachroter Blutdurst, der nie gestillt wurde, sondern die vielen Folterungen nur noch gewalttätiger machte. Der Schlamm der asiatischen Reisfelder hatte ihnen die Seelen verkrustet. Sie waren nur noch Dämonen, schon seit langem. Seit Indochina. Und durch ihre Missetaten war auch das Bild Frankreichs befleckt ... Mochte es dieser Meute, die unablässig auf der Jagd war, auch nicht immer gelingen, »den *Fell* aufzustöbern«, terrorisierten sie doch mit Sicherheit die Bevölkerung. Sie verfolgten sie unermüdlich ... bis in ihren Schlaf. Sie waren an allen Abscheulichkeiten beteiligt, fanden sich in allen Erzählungen, waren der Anlaß für alle Beschimpfungen, alle Verwünschungen.

Leila träumte nicht mehr von Karawanen, die auf dem Spiegel der Salzseen dahinglitten. Jetzt ergriffen Alpträume von ihren Nächten Besitz. Winde wehten darin als heftige Stürme. Winde, die kein Sandkorn ausstießen, nein. Sie erstickten in einem Wirbelsturm aus Uniformen, den Tarnanzügen der Fallschirmjäger. Von Grün und Ocker durchlöcherte, zerfressene Winde, die wie Todesröcheln aus unzähligen menschlichen Kehlen stöhnten. Beschmutzte Winde, vom Militärabzeichen angekettete Winde. Die Stoffe knatterten, zerrissen. Aus ihren Flecken regneten Schreie und große Blutstropfen. Dieser brennende Guß riß die Düne aus ihrer Reglosigkeit. Sie, die Düne, erschauderte, zuckte, rang, vor Empörung erstickend, schmerzhaft nach Atem. Dann richtete sie sich auf, in auftosenden Sandwirbeln. Sie, die Düne, stieg an, war gewaltig und zornig, und in einer roten Windhose nahm sie wieder Besitz vom gestohlenen Himmel. Wie ein riesiger Mühlstein vernichtete sie die Uniformen, zermalmte sie zu Staub, zu Nichts. Bald gab es nur noch sie und den Wind, sie im Wind, erfüllt von seiner Wut, voll von seiner Kraft, reines Blut seiner Trance. Der Wind berauschte sich an ihrem bernsteinfarbenen Sand, wurde wieder ihre *Hadra*, der Antreiber ihres entfesselnden Tanzes, der Herr ihres Gesangs, ihr einziger Geliebter ... Leila erwachte mit einem furchtbaren Lärm im Kopf. In ihrem Ohr: eine Explosion, der entstellte Schrei eines Kindes. Für einen Augenblick drängte die heimtückische Dunkelheit einen sonnenverbrannten kleinen Arm vor ihren verwirrten Blick. Er schwebte im Dunkeln wie eine Feder. Er hatte die Faust geschlossen, und an seiner Wurzel weinte eine Blume aus Blut ... Die *Hadra* der Dünen sollte ihren Schlaf noch viele Nächte mit Halluzinationen erfüllen.

Dieser Winter 1958 war furchtbar für die Bewohner des weißen Häuschens, das isoliert wie eine *Kheima* am Fuß seiner Düne stand ... Es war an sich schon ein neuralgischer Punkt, denn es besaß einen der wenigen Brunnen in der Region. Die *Fellagas*, denen hier kein Buschwald Schutz bot und die dem Schmelztiegel des Steinbodens in den kahlen *Djebels* ausgeliefert waren, holten sich hier bestimmt ihr Wasser. Daher wurden die Ajalli unablässig von den Soldaten schikaniert und bedrängt. Aber die Attacken riefen nur ihre Vorsicht auf den Plan, warnten sie vor jeder Nachlässigkeit. Sie waren die Bestätigung, daß es sich bei den Verdächtigungen der Armee, so begründet und logisch sie auch waren, lediglich um Vermutungen handelte. Ohne solide Beweisgrundlage würden sie es auch bleiben. Sie würden es bleiben, solange die Ajalli ihnen mit großer Wachsamkeit entgegenträten. Diese Gewißheit, die das Gespenst des Gefängnisses vorerst in die Ferne rückte, half den Ajalli, trotz aller Erniedrigungen immer wieder durchzuhalten.

Meistens tauchten die Soldaten mitten im Schlaf auf und rissen ihn in Stücke. Sie stöberten herum, spielten den Bewohnern übel mit, stellten das Haus auf den Kopf. Tayeb und die Seinen lebten so sehr in dieser Angst, daß sie sich angewöhnten, in den Kleidern zu schlafen. Die Eingangstür bot der Gnadenlosigkeit der khakibraunen Stiefel überhaupt keinen Widerstand. Ihre paar Bretter und Nägel fielen beim ersten Stoß auseinander und zerbarsten mit einem Krachen, das wie ein Entsetzensschrei die Angst durchzuckte.

Um keine Bretter, ein seltenes und teures Gut, mehr anschaffen zu müssen und sich eine ebenso wiederkehrende wie sinnlose Arbeit zu ersparen, wurde die Tür nur noch durch einen Stein verschlossen, der beim kleinsten Windstoß zur Seite rollte. So waren die Soldaten noch schneller am Ufer des Schlafs, wo die Brandung der Angst ihre trübe und eisige Gischt aufwühlte. Ein, zwei oder drei Uhr morgens, heiße Nacht oder kältestarre Dunkelheit ... Fast alle Nächte wurden von den fahlen Strahlen der Stablampen durchschnitten, die die ruhenden Lider quälten, wurden von gewaltverzerrten Fratzen heimgesucht, von brünstigen Stiefeln zertrampelt, von den gehässigen Stimmen der Fallschirmjäger niedergewalzt. Erschrecktes Erwachen. Von Fußtritten und Gewehrkolben angerempeltes, angetriebenes Erwachen. Verstörtes Erwachen, gegen eine Hofmauer gedrückt, selbst bei großer Kälte. Gepeitschtes Erwachen, wenn die Fallschirmjäger zynisch verkündeten:

»Wir nehmen Tayeb mit. Ihr anderen könnt wieder schlafen!«

Schmerz und Erschütterung. Ein Schmerz, der stumm auf seine Befragung blieb. Nur die bis zum Morgen aufgerissenen Augen zeigten der blinden Nacht ihr schreiendes Entsetzen.

Tayeb kam meistens am nächsten Tag im Laufe des Vormittags zurück. Schweigsam, mit zerfurchtem und verschlossenem Gesicht, mit erloschenen Augen, die von Schatten aus langen braunen und purpurvioletten Flügeln umrahmt waren, dunklen Schmetterlingen der schlaflosen Nächte und der Erschöpfung, versuchte er, vor seiner Familie die Flecke auf seiner Haut zu verbergen.

»Sie haben es nicht mit Strom versucht«, sagte er nur.

Um damit hatte er alles gesagt. Denn mochte er auch aus seiner Gottesfurcht, seiner Moral und Nomadenzähigkeit die Kraft und den Mut schöpfen, den Mißhandlungen und Schlägen zu widerstehen, so ergriff ihn doch eine blinde und unbezwingbare Panik, sobald die Vorstellung einer Folter mit Stromschlägen ihm auch nur in den Sinn kam.

Einmal war er von den Soldaten am Vortag mitgenommen worden und kam am nächsten Morgen nicht zurück. Am Fuß der Düne spähten alle vergebens nach seiner Rückkehr aus. Am frühen Nachmittag wollte Khellil Erkundigungen einholen. Zohra und Yamina waren dagegen.

»Nein, nicht du, sie sind fähig und halten dich auch fest«, sagten sie ihm.

»Ich hingegen gehe kein Risiko ein. Leila wird mich begleiten«, entschied Zohra.

Vor der Tür zur Gendarmerie trafen sie Berger, einen Offizier, den sie kannten, weil er sich gewöhnlich an ihrem Brunnen mit Wasser versorgte. Er kam mit einem beruhigenden Lächeln auf den Lippen auf sie zu:

»Sag deiner Großmutter, sie soll sich keine Sorgen machen. Tayeb geht es gut.«

»Wann wird er freigelassen?« erkundigte sich das Mädchen.

Der Offizier antwortete mit einer bedauernden und ohnmächtigen Geste. Niedergeschlagen trennten sich die Großmutter und ihre Enkelin. Zohra schlang die Falten ihres *Chèche* dicht über den Augen und machte sich mit düsterem Blick wieder nach Hause auf. Leila ging, sorgenvollen Gedanken nachhängend, mit langsamem Schritt zur Schule. Gewöhnlich lief sie Frau Bensoussan entgegen, sobald sie sie sah. So hatte sie sie für sich allein, bis die zweite Klingel ertönte. An jenem Tage rief ihr Blick zwar um Hilfe, doch ihr Körper war wie gelähmt und rührte sich nicht. Die Lehrerin blieb vor ihr stehen:

»Was ist los, Leila? Ich hoffe, es ist bei dir zu Hause nichts Schlimmes passiert?«

»Sie haben meinen Vater ins Gefängnis gebracht«, antwortete ihr das Mädchen und brach in Tränen aus.

Die Frau nahm ihre Hand und führte sie in die Klasse.

»Hör zu, der Krieg ist etwas Entsetzliches. Aber er kann nicht ewig dauern. Du darfst nicht weinen. Du darfst deinen Kummer nicht zeigen. Die Fallschirmjäger dürfen nicht in jeder Beziehung gewinnen.«

Tayeb kam erst nach einigen Tagen zurück: mit fahler Gesichtsfarbe, abgezehrtem Körper und übersät von blauen Flecken. Er erzählte von dem Verhör, den Schlägen, den Mißhandlungen. Seine Augen bekamen wieder etwas Glanz, als er von Bergers Haltung berichtete. Dieser hatte sich entschieden dagegen gesträubt, daß man es »mit *Gégène*« versuchte. Tayebs Dankbarkeit war da natürlich grenzenlos. Berger hatte bei der Überwachung seines Verhörs verhindert, daß es zu den schlimmsten Ausschreitungen kam. Als er sich einmal zur Tür wandte, bat Tayeb ihn um etwas zu trinken. Die anderen lachten schallend auf:

»Was willst du? *Gazouz*? Ein Bier? Hier gibt's nichts zu trinken!«

Berger antwortete ihnen wütend:

»Seit Jahren versorge ich mich bei ihm mit Wasser, Tayeb hat nie gezögert, seine Arbeit liegenzulassen, um es mir zu geben, ganz gleich wann. Also, ob es Ihnen paßt oder nicht ...«

Er verließ das Büro und kehrte sogleich mit einer großen Karaffe zurück. Er rief Tayeb zur Tür und reichte sie ihm. In dem Augenblick, als Tayeb sie zu seinen Lippen führte, flüsterte er ihm auf arabisch zu:

»Tayeb, beiß die Zähne zusammen, werde nicht schwach. Sie haben keinen Beweis gegen dich. Es ist nur Bluff. Halte durch, und es wird dir nichts geschehen. Wenn du sprichst, bist du tot!«

»Ich wußte nicht, daß er Arabisch spricht. Vor Überraschung hätte ich beinahe die Karaffe fallen lassen. Ich starrte ihn verblüfft an. Er drückte Daumen und Zeigefinger seiner rechten Hand wie eine Zange zusammen und gab mir so mehrmals das Zeichen, den Mund zu halten. Sein Blick war fest und aufmunternd. Plötzlich richteten mich diese Worte, der mir zugeworfene Blick in dieser Nacht voll Haß und Feindschaft, die kräftigen Schlucke frischen Wassers, die mir köstlich die brennende Kehle hinunterrannen, wieder auf und hauchten mir neuen Durchhaltewillen ein. Ein unvergeßliches Gefühl ... Als ich zu meinen überheblichen und brutalen Schergen zurückging, war ich ein anderer Mann. Mein Schweigen erfüllte mich mit Stolz.«

Tayeb sammelte die Beitragszahlungen für den *FLN*, er deckte den Bedarf an verschiedenem Material und Lebensmitteln, vor allem an Wasser. Doch das Wasser wurde nicht aus seinem Brunnen geliefert. Es wurde aus kleinen Wasserlöchern geschöpft, die sich verstreut in den Innenhöfen der Häuser des alten *Ksar* auf der gegenüberliegenden Seite des Dorfs befanden. Von dort aus wurde es bei Einbruch der Nacht in Wassersäcken zum jüdischen Friedhof außerhalb des Dorfes transportiert, dem Treffpunkt mit den *Djounoud* ... Selbst die teuflischen Männer *Bigeards* kamen nicht auf den Gedanken, die arabischen Partisanen auf einem jüdischen Friedhof und obendrein noch in der Nacht zu suchen!

Von Mai an, mit dem Beginn der heißen Tage, hielt sich die Familie abends draußen vor dem Haus auf und aß dort. Die Mauern des zementierten Hofes schlossen die heiße Luft ein und verwandelten ihn in einen wahren Backofen. Nach der mittäglichen Lethargie, wenn der Himmel die letzte Glut der Dämmerung anfachte, besprengten die Frauen lange mit kräftigem Wasserstrahl alles um das Haus. Der ausgetrocknete Boden saugte die Sturzbäche gierig auf. Doch sie befeuchteten kaum seine Risse und schürten damit seinen Durst, ohne ihn zu löschen. Die nassen Stellen dünsteten Hitzeschwaden aus und zischten dabei, als ob sie darum bettelten, daß man ihr dringendes Verlangen vollends stillen möge, welches die ersten Wassergaben lediglich aus seinem Schlaf gerissen hatten. Nachdem die Erde ihren brennenden Atem ausgehaucht hatte, war sie nur noch eine borkige und rissige Kruste. Und so nahmen die Frauen wieder den Wasserschlauch und begannen zweimal, dreimal wieder von vorn, bevor sie einen leichten Unterschied spürten. Freilich mußte man noch warten, bis die letzten Brandspäne des himmlischen Schmelzofens völlig von der Asche der Nacht bedeckt waren, damit die Erde endlich ihr letztes Sühneröcheln ausstoßen konnte.

Leila mochte diese langen Sommerabende sehr. Sie lag ausgestreckt, den Kopf auf den Knien ihrer Großmutter, und bewunderte den Himmel. Dort, rechts, wachte die imposante, düstere und verborgene Masse der Düne, die Hüterin des beschaulichen Ortes. Waren die Himmel anderswo ebenso schön, ebenso sternenübersät? Hier gab die trockene und klare Atmosphäre dem Himmel eine grenzenlose Tiefe, in der es von unzähligen sprühenden Funken nur so wimmelte. Selbst in den mondlosen Nächten war dieser Himmel niemals schwarz, sondern von einem prächtigen, samtigen Marineblau, schillernd von Goldpuder und Silberpailletten. Die ausgelassenen Sterne gaukelten, glitzerten, entschwanden, tändelten, dann rasten sie mit einem Augenzwinkern dahin. Stundenlang schaute Leila nach oben und bestaunte diesen Schwarm fernen Lebens. Diese Welt stellte sie sich als Kobold vor, lebhaft und hüpfend im seidenweichen Schoß der Mutter Nacht. Sein fesselnder Anblick milderte ihre Ängste und wiegte ihre Träume. Es gelang ihm sogar, daß sie fast völlig die Skorpione und Vipern vergaß, die es im Überfluß gab und die manchmal überraschend in einem Lichtkreis auftauchten.

An diesem Abend war Vollmond, und goldgelb und lang lag die Düne unter seinem runden Auge. Sie wiegte zahllose Schatten in ihrem Schoß. Die Palme streckte sich, an ihrem Stamm die Nacht, in ihrer Krone, watteweich wie eine Baumwollblüte, der Mond. Die leichten Schwingen des Abends schwebten, zeichneten dunkle, dann weiße Täler. Die Schilfrohre glichen silbernen Federn. Die Kinder drängten sich in den Lichtkokons. Von ihren Spielen stieg ein Hornissengebrumm auf. Die Luft war schwer und träge.

Khellil saß im Schneidersitz, vor sich eine *Meida*, und schrieb: die wöchentliche Post für Oujda. Diesen Sommer, wie im vorigen, würden die Ajalli wieder nicht nach Marokko fahren können. Die Grenze blieb hermetisch abgeriegelt. Sie würden daher Gefangene der Hitze bleiben. Leila fürchtete sich vor den vier Monaten Schulferien. Glühende Langeweile, schweißfeuchte Einsamkeit, verkrustet von der Benommenheit ... Doch vor allem verschwand das Alibi der Schulaufgaben, und sie mußte die Hausarbeitsattacken, die Zurechtweisungen ihrer Mutter und das erdrückende Gepiepse der Brüderchen hilflos ertragen.

Ihre Schulkameradinnen Claire und Gisèle waren fortgefahren, die eine nach Biarritz, die andere nach Nizza. Am letzten Schultag hatte Leila Frau Bensoussan gebeten, ihr die Lage der zwei Städte auf der Frankreichkarte zu zeigen. Jene beschrieb ihr das brodelnde Küstenleben zur Sommerzeit. Das Mädchen hatte das Meer immer nur auf dem Plakat gesehen, das die Lehrerin bei ihrer Ankunft an einer der Klassenzimmerwände aufgehängt hatte.

Am anderen Ende des Dorfs, im jüdischen Viertel, war ihre Freundin Sarah ebenfalls gezwungen, in der Agonie der verbrannten Tage zu leben. Beiden standen nur große Hüte zu, Plastikschuhe, in denen die Füße kochten, und das Verbot, sich zu besuchen. Aus all diesen bitteren Ungleichheiten keimte und reifte in der Vorstellung des Kindes mit der Zeit ein Gefühl der Ungerechtigkeit.

An jenem Abend also schrieb Khellil. Zohra sagte ihm, was er ihrer Tochter Fatna und ihrem Sohn Nacer von ihr übermitteln sollte. Yamina schluchzte unter Tränen und sandte schniefend eine Botschaft an ihren geliebten Vater. Nun hatte sie ihn schon seit drei

Jahren nicht mehr gesehen … Tobi, der Hund, war für die Nacht losgebunden worden und hatte sich auf den Boden gelegt. Er ließ den Kopf auf seinen Vorderpfoten ruhen und beobachtete die zwei Frauen mit trübsinniger Miene. Als ob ihr ständiges Jammern ihn langweilte. Auf einmal richtete er den Kopf auf, spielte mit den Ohren, stand auf und begann zu bellen. Fast im selben Moment hörten die Ajalli es auch. Sie erstarrten, spitzten die Ohren. Stiefelgedröhn zerstampfte die Beschaulichkeit der Nacht. Es kam näher. Die Fallschirmjäger! Sie tauchten aus der Dunkelheit auf und schlossen sie ein. Gebellte Befehle, gestörte Blicke und geladene Gewehre, die schwarze Mündung des Todes schmückte ihre Läufe! Einer von ihnen, ein Riese, der nur aus Muskeln, Sehnen und Unmut bestand, brüllte Khellil an:

»Bring deinen Hund zur Ruhe, oder ich knalle euch beide ab!«

»Wie soll ich das denn machen? Solange Sie hier sind, bellt er, das ist normal«, sagte Khellil in umgänglichem Ton.

Der andere schrie nur um so mehr:

»So, das ist normal, was? Du hast ihn darauf abgerichtet, daß er dir unser Kommen meldet. Herrgott nochmal, du bringst ihn zur Ruhe, oder ich schieße euch beide sofort über den Haufen!«

Die Wut drohte seine Augen aus den Höhlen treten zu lassen. Sein Gesicht zuckte. In seinen Händen bewegte sich das Gewehr wie ein Tier an der Leine, das darauf brannte loszustürzen. Khellil schloß mit bleichem, schweißbeperltem Gesicht Tobis Maul mit der einen Hand, während er ihn mit der anderen ins Hausinnere zog. Die ganze Familie folgte ihm schweigend. Er verbrachte seinen Abend, einen der heißesten, mit dem Hund in einem Zimmer eingeschlossen, drückte ihn eng an sich und streichelte ihn, um ihn am Bellen zu hindern.

Da die Ajalli weitab vom Dorf lebten, hatte Tobi eine wichtige Aufgabe: das ganze Material, das um die Werkstatt und die Schmieden lagerte, zu bewachen. Daher banden sie ihn nachts gewöhnlich los. Tagsüber waren sie wegen der Arbeiter in der Werkstatt gezwungen, ihn an seine Hütte zu binden. Aber diese war geräumig, aus *Toub* gebaut und duckte sich in den Schatten einer Tamariske … Zwei oder drei Nächte nach diesem Vorfall hörten sie ihn wütend bellen. Dann ratterte ein Feuerstoß aus einem Maschinengewehr. Der Hund stieß ein langes Todesstöhnen aus, das den Schrecken des nächtlichen Erwachens wie ein Speer traf. Khellil sprang auf. Sogleich war Zohra auf den Knien. Sie warf sich auf den Bauch und umschlang mit ihren Armen die Beine ihres Sohnes.

»Nein, nein, mein Sohn, geh nicht hinaus! Sonst töten sie dich!« flehte sie.

Ein zweiter Feuerstoß zerriß die Stille. Durch das wegen der nächtlichen Hitze weit offene Fenster hörten sie, wie sich Schritte näherten.

»Laßt uns ins Bett zurückgehen. Tun wir so, als ob wir schliefen. Das ist das beste, was wir machen können«, riet Zohra.

Leila zitterte. Sie klammerte sich an ihre Großmutter, die sie auf ihrem Lager an sich drückte. Einen Augenblick später zeichnete sich ein Schatten vor dem Fenster ab. Ein Lichtstrahl erhellte das Innere des Raumes, den sie alle drei teilten. Eine Gewehrmündung flackerte flüchtig in seinem Schein auf. Das Licht machte im Raum mehrmals die Runde, dann entfernte es sich. Sie blieben still, wie tot.

Am nächsten Morgen entdeckten sie Tobi, sein Körper war von Kugeln durchsiebt.

Der kleine Nassim, der fünfte aus der Jungenserie, der Yaminas Gesicht einen satten Ausdruck und einen Blick voll triumphierender Verachtung verlieh, mit dem sie in süßer Grausamkeit die armen Frauen durchbohrte, die »nur Töchter zustandebrachten«, war erst wenige Monate alt. Ein schönes Baby, darin war man sich einig. Doch Leila hatte eine Vorliebe für Ali, den vierten aus dieser Riege. Ein schmächtiges und kränkliches Kerlchen, dessen riesige Augen das kleine und zarte Gesicht mit einem ergreifenden Ernst erfüllten. Um ihn füttern zu können, mußte man zur großen Verzweiflung seiner Eltern immer Tricks anwenden. Leila nahm ihn gegen die streitlustigen anderen Kinder etwas unter ihren Schutz. Doch – leider! – war er nicht der einzige, der Aufmerksamkeit forderte. Nassim, dieser kräftige kleine Schreihals, konnte energisch brüllen. Zuweilen strömte das Blau auf dem Plakat ihrer Lehrerin in ihre Gedanken ein und brandete sogar vor ihren Augen. In seinen himmelblauen Fluten tummelten sich zwei Mädchen: Gisèle und Claire. War es das Wasser dieses unerreichbaren Meeres, das ihr auf einmal in den Augen brannte, ihre Wangen naß machte? War es gerecht, daß sie selbst ihre Ferien nur zwischen Fläschchen und Breichen, Schreien und Weinen verbringen konnte, in einem Land, das sich in einen Schmelztiegel verwandelte? Immer mehr erfaßte sie daher die Empörung, bis sie eines Tages schließlich die Fackel des Zorns in ihr entzündete:

»Deine Schwangerschaften befallen meine Augen wie Pusteln, sind der Schrecken meiner Zukunft! Deine Söhne machen sich über meine Kindheit her wie die Heuschrecken! Ich will nicht mehr deine Arbeiterin, deine Sklavin sein, du Königin eines Bienenstocks!« schrie sie ihrer Mutter ins Gesicht und verwendete dabei die blumigen Metaphern ihrer Großmutter.

Die Unverschämtheit dieser schmachvollen Bemerkung verschlug Yamina den Atem, und sie stürzte sich auf Leila. Aber der heilige und unantastbare Schutz ihrer Großmutter war da. Ihr durchscheinender *Magroun* war das beste Heiligtum gegen die schlimmsten Wutausbrüche. Und trotz Yaminas Drohungen und Tayebs Ermahnungen gewöhnte Leila, da sie auf diese Hilfe bauen konnte, sich an, aus dem Haus zu fliehen. Um stundenlang außer Reichweite, selbst für die Jungenspiele, zu bleiben, flüchtete sie in das dichte Schilfrohrdickicht. Der Boden dort war wie ein Bett aus lockerem Sand und fühlte sich auf der Haut feucht und frisch an. Leila legte sich dorthin, in Ruhe. Beim leisesten Windhauch mischte das Schilfrohr seine Rispen und sein Gewisper durcheinander, wiegte ihre Träume. Seine starke Aura machte das Unmögliche möglich, erhob sie in den Rang ihrer Heldinnen ... Wenn ihr Vater oder ihre Großmutter sie zum Mittagessen riefen und den Faden ihrer Träume zerschnitten, antwortete sie nicht. Sie hätschelte ihre Gedanken und ihre Einsamkeit, um sie vor jeder Schändung, vor jedem Einbruch zu bewahren. Sehr oft aß sie nicht zu Mittag, einfach, um die anderen und die Höllenmaschinerie der täglichen Plackerei nicht ertragen zu müssen. Ihr Vater versuchte es abwechselnd mit Wut, Erpressung, Drohungen. Sie gab nicht nach. Da Zohra versicherte, jeden mit ihrem ewigen Fluch zu verfolgen, der es wagen würde, die Hand gegen Leila zu erheben, wußte sie, daß man ihr nichts anhaben konnte! Wer konnte da noch so verrückt sein und sich gegen die Frau mit den dunklen Tätowierungen auflehnen, sich einem nicht weniger dunklen Leben und Jenseits aussetzen? Als nichts mehr fruchtete, versuchte es der Vater auf einem anderen Weg.

»Hör zu«, sagte er ihr eines Tages. »Ich schlage dir einen Handel vor: Wenn du dich um deinen Bruder Ali kümmerst, erhältst du dafür einen Lohn. Es ist dann keine ›Sklaverei‹ mehr, wie du sagst, sondern eine anständig bezahlte Arbeit. Machst du mit?«

Leilas freche Augen forschten einen Augenblick in seinen, versuchten, darin irgendein arglistiges Aufblitzen auszumachen, das den Wahrheitsgehalt seiner Aussagen untergraben hätte. Tayeb setzte eine gutmütige Miene auf.

»Nur Ali?« fragte sie vorsichtshalber nach.

»Nur Ali!« willigte ihr Vater trotz Yaminas verärgertem Gesicht ein.

»Also, in diesem Falle mache ich mit!« erklärte das Mädchen keck.

So wurde das Geschäft abgeschlossen. Tayeb fertigte für sie eine kleine, hölzerne Sparbüchse, die sie ihrer Großmutter anvertraute. An jedem Monatsende steckte er fünf Francs hinein! Auch Khellil ließ von Zeit zu Zeit einige Münzen hineinfallen. Ihr Geklimper klang in ihrem Ohr wie seraphische Glöckchen, an denen Girlanden aus Verheißungen hingen. So nahm sie sich Alis völlig an, überragte sie ihn der Größe nach auch kaum um einen Spann. Sie kochte sein Breichen, fütterte ihn, wusch seine Wäsche ... Im übrigen liebte sie Alis Gesellschaft, die in keiner Weise den Gang ihrer Träume behinderte. Mit ihm konnte sie ganz einfach hochfliegende Träume, Träume für zwei, hegen. Die großen Augen des Jungen mit dem melancholischen Blick schienen gebannt von ihren wunderlichen Geschichten. Das erfüllte sie mit Stolz, und sie versprach ihm, ihn, wenn er immer so brav bliebe, nach Indien mitzunehmen, dem augenblicklichen Lieblingsort ihrer umherschweifenden Gedanken ...

Bald würde Leila ein kleines Vermögen haben. Ihre erste Anschaffung sollte eine große Puppe sein. »Eine Puppe mit einem hübschen Lächeln, echten Wimpern, die die Augen schließt, ohne zu weinen«, vertraute sie ihrer Großmutter an, die zustimmte. Claire hatte eine so schöne, mit so vornehmer Kleidung, daß Leila niemals wagte, sie zu berühren. Sie begnügte sich damit, sie mit begehrlichen Augen anzuschauen. Es gab nicht eine Puppe im Haus der Barga ... Dann würde sie ihrer Tante Saadia ein Geschenk machen. Aber ein schönes, eines, das ihrer Bewunderung für sie angemessen war. Und sie würde sich ein Fahrrad kaufen. Alle französischen Mädchen hatten eines, und die wohnten ganz nah bei der Schule. Während sie von ihrer fernen Düne kam und das ganze Dorf durchqueren mußte ... Im Lauf der Monate wurde ihre Sparbüchse schwer. Von Zeit zu Zeit wog sie sie mit der Hand ab, schüttelte sie, damit die Münzen herausfielen, und ihr Vater oder ihr Onkel ersetzten sie durch Scheine. Eines Tages teilte sie Zohra mit:

»Bald öffnen wir meine Sparbüchse, und wir beide gehen zusammen nach Béchar, zu Tante Saadia. Dann nimmt sie uns mit zum Einkaufen. Das wird ein Fest.«

Wie groß war ihre Überraschung und ihr Kummer, als sie wenige Tage später aus der Schule kam und ihre Sparbüchse aufgebrochen und leer auf dem Tisch vorfand. Sie warf ihrer Großmutter einen wütenden und anklagenden Blick zu.

»Das war dein Vater, *Kebdi*! Du weißt doch, deine Mutter hat keine Milch mehr, um Nassim zu stillen. Auf dem Markt hat dein Vater eine schöne *Horra*-Ziege gesehen. Und um zu verhindern, daß du dieses Geld sinnlos vergeudest, hat er sie damit gekauft. Aber er hat mir versprochen«, sagte sie in sanftem Ton und versuchte, Leilas Schmerz zu lindern, »daß er dir doppelt soviel Geld gibt, wenn er sie oder eines ihrer Jungen weiterverkauft. Im Augenblick hast du zwar kein Geld, aber dafür eine prächtige Ziege. Schau sie dir an! Sie ist im Hühnerstall.«

Was sollte sie mit einer Ziege anfangen, selbst mit einer prächtigen, wenn ihre auf dem Fadenwerk des raschelnden Schilfrohres so lange gesponnenen Träume durch einen schändlichen Verrat hinweggefegt wurden? Sie, die gewöhnlich vor Wut kochte, wenn sie sich auch nur ein klein wenig benachteiligt fühlte, blieb stumm vor Empörung. Daß ihr Vater ihr einen solchen Schlag zufügte, war ein unerträgliches Gefühl. Sie trug ihren Ärger mit sich herum und wartete auf ihn. Als er kam, bäumte sie sich auf, und mit der ganzen Feindseligkeit, derer sie fähig war, schrie sie ihn an:

»Du bist nicht mehr mein Vater. Ich habe dir vertraut, und du hast mich verraten. Ich hasse dich! Ich hasse dich! Das hättest du einem deiner Söhne niemals zugefügt, und dafür hasse ich dich noch mehr!«

»Mein Gott, mein Gott, was habe ich getan, um einen solchen Teufel zu haben?« klagte Yamina fassungslos angesichts des überschäumenden Temperaments, der Heftigkeit und Schärfe in der Sprache ihrer Tochter.

Tayeb antwortete ein wenig verlegen:

»Meine Tochter, wir brauchten diese Ziege. Ich hatte kein Geld mehr!«

Dummes Geschwätz! Geld gab es jetzt. Seit einigen Monaten arbeitete auch Khellil. Beide legten sie Geldscheine auf die hohe Kante. Großmutter versteckte sie in ihrem Schrank, dessen Schlüssel sie heimlich in ihrem Gürtel aus gewebter Wolle bewahrte. Leila wußte das.

Die fragliche Ziege sollte fast zwei Jahre bei ihnen bleiben und viele Junge werfen. Sie war wirklich hübsch, Leila mußte es zugeben. Man hätte sie mit ihrem ganz hellbeigen, kurzen Haarkleid, ihren kleinen, dünnen Hörnern wie aus gedrehtem Kupfer und ihren großen Augen aus dunklem Wasser für eine Gazelle halten können. Aber die nachtragende Leila begann, ihren Vater zu beobachten. Kein Unterschied in der Behandlung, die er zwischen Bahia und ihr auf der einen Seite und seinen Söhnen auf der anderen machte, kein den Jungen vorbehaltenes Privileg entging ihr. Warum war sie sein Stolz nur in der Schule, nur ein Vorzeigekind in den Augen der *Roumis*? Warum schien er sie, je älter sie wurde, hinterhältig in die von ihr am meisten verhaßte Rolle drängen zu wollen, die ihrer Mutter? Allein der Gedanke daran verursachte ihr Übelkeit. Würde er wenigstens sein Versprechen an dem Tage halten, an dem die Ziege verkauft würde? Er hielt es nicht. Und das Gemüt des Kindes mit seiner übersteigerten Sensibilität, in dem bereits die Ungerechtigkeit und Ungleichheit ihre Spuren hinterlassen hatten, die es so stark in der Schule und auf der Straße spürte, konnte die, welche von seinem Vater kam, nicht auch noch ertragen. Dieser Kummer, den einige für harmlos, für die belanglose Laune eines Kindes gehalten hätten, war eine wirkliche Wunde. Sie hinterließ in Leila eine unauslöschliche Narbe, denn über die eigentliche, im Grunde banale Geschichte hinaus markierte sie den Beginn einer Bewußtwerdung, das Entstehen einer Revolte ... Ihrem Vater muß das wohl klar geworden sein. Mehrere Monate später versuchte er, sein Ansehen bei ihr wiederherzustellen, indem er ihr das Fahrrad kaufte, das sie sich so erträumte ... Aber ihr unversöhnliches Gedächtnis ließ sich nicht umstimmen. Es bewahrte sorgsam all seine Vorwürfe, fruchtbare Keime, die dank der vielen wechselvollen täglichen Erlebnisse und von ihrem zähen Willen getränkt, aufgehen und ihr die schwarze Blume mit dem bitteren Duft der Vergeltung schenken sollten.

Als Saadia aus Béchar kam, fand sie Leila in einem solchen Kummer vor, daß sie im Einvernehmen mit Zohra beschloß, sie für einige Tage nach Béchar mitzunehmen. Sie hatten gerade Winterferien, und fortzufahren, und sei es nur drei oder vier Tage mit Zohra und Saadia, linderte nicht nur Leilas Schmerz, sondern brachte außerdem einmal etwas Feststimmung in die traurigen Weihnachtsferien.

Am nächsten Morgen sagte Saadia nach dem Frühstück zu Hafid und Leila:

»Zieht eure Sandalen an, wir gehen auf den Markt!«

Es herrschte Gedränge auf dem überdachten Markt von Béchar. Die französische Volksgemeinschaft traf eifrig die letzten Vorbereitungen für die Weihnachtsfeiertage. Saadia und die zwei Kinder machten einen Gang über den offenen Teil: den Vieh-*Souk*. Die wärmende Sonne verlieh den Ausdünstungen von Jauche und Abfall aller Art einen herben und scharfen Geruch. Ein paar Ziegenböcke waren wie elektrisiert, mit drohenden Augen und aggressivem Kinnbart taten sie Sprünge, gebändigt von den Stricken, mit denen sie an Pflöcken festgebunden waren. Sie schlugen aus und meckerten störrisch zu einer angrenzenden Gruppe von Ziegen hinüber. Diese drängten sich dicht aneinander; die geräuschvollen Männlichkeitsbekundungen der brünstigen Ziegenböcke schienen sie gleichgültig zu lassen. Ein paar ausdruckslose Schafe belegten eine Ecke neben angebundenem Geflügel. Hähne in leuchtenden Farben wurden von der männlichen Unruhe um sie herum angesteckt. Mit starrem Blick, den glänzenden Pfeil ihres Halses zum Himmel gerichtet, stießen sie gellende und zornige »Kikerikis« aus. Majestätisch und in verächtlichem Schweigen thronten über diesem Seßhaftenspektakel die Kamele. Sie hatten sich niedergehockt und waren, den Kopf über dem Gewühl, eifrig mit Kauen beschäftigt. Männer lachten mit lauter Stimme, machten Scherze und priesen die Vorzüge ihrer Tiere.

Trat man durch das Südtor hinaus auf den überdachten Teil des Marktes, so drang einem der betäubende und berauschende Geruch der Gewürze in die Nase. Er wich in der Fleischerecke dem schalen und ekelhaften Geruch des Blutes. Diese Ecke beeindruckte Leila stark. Die Brutalität, die Roheit traten schonungslos vor ihren Augen zutage und jagten ihr Entsetzen ein. Den Hammeln wurde direkt in den Fleischereien die Kehle durchgeschnitten. Ihr dickes Blut lief vor den Theken in dafür vorgesehene Abflußrinnen und breitete sich in klebrigen Pfützen vor dem Osttor des Marktes aus. Diese Lachen zogen Schwärme dicker, grüner Fliegen an, die sich so schwerfällig und roh auf den Passanten setzten, daß sie an Vampire erinnerten. Die noch blutlackierten Lungen der Hammel waren von einem ungewöhnlichen, beunruhigenden Rosa. Ihre lange Luftröhre hing wie ein kraftloser Phallus herunter. Widderköpfe mit bleichen Augen und blutender Halswunde fesselten den entsetzten Blick. Und der Hochmut der Hörner war hier in höchstem Maße unangemessen, so sehr schienen sie Standarten des Todes zu sein. Die Fleischer mit ihren blutrot befleckten Schürzen, ihrer Gewandtheit in der Bedienung von Hackbeilen und -messern, ihren Händen, die mit Genuß die Rümpfe zerlegten, hatten in Leilas Augen Galgengesichter und finstere Blicke. Die großen Fleischstücke mit zermalmten Knochen wurden in dickes Papier eingewickelt, das von Saft durchtränkt wurde und große, braune Fleckränder bekam, wie seltsame Zeichen, die aus den Tiefen des Todes auftauchten.

Saadia ging vorbei, grüßte, ließ sich reichlich bedienen. Alle Händler kannten sie. Eine gute Kundin, die sie einander streitig machten. Und selbst wenn ihre Frauen niemals so ausgingen, mit unbedecktem Gesicht, bewunderten ihre Augen Saadia trotzdem. Sie war entspannt, lachte, scherzte. An jenem Tag machte sich ein Mann, wahrscheinlich ein Fremder in der Stadt, der durch ihr nicht alltägliches Verhalten aufmerksam geworden war, daran, ihr zu folgen. Sie versuchte zunächst freundlich, ihn davon abzubringen, doch er wurde hartnäckig und aggressiv. Also stellte sie ihren Korb ab, stemmte die Hände in die Hüften, durchbohrte ihn mit einem verächtlichen Blick und verhöhnte ihn mit scharfen Worten, wobei sie die Händler als Zeugen nahm. Jene unterbrachen amüsiert und in Erwartung eines burlesken Ausgangs ihre Arbeit. In seinem männlichen Stolz verletzt, ging der Mann wütend und bedrohlich auf sie zu. Als er auf gleicher Höhe mit ihr war, packte sie ihn, bevor er sich versah, wie ihm geschah, mit einer Hand am Kragen, während sie ihm mit der anderen eine kräftige Maulschelle gab. Dann stieß sie ihn mit Wucht zurück. Der Mann wurde mehrere Meter weit fortgeschleudert, fiel gegen Apfelsinenkisten, die samt Inhalt auf seinen Kopf kippten. Heiterkeit brach auf dem ganzen Markt los. Die Männer lachten und schlugen sich auf die Schenkel. Sie durften einem einzigartigen Schauspiel beiwohnen. Ein Mann, der von einer Frau eine Tracht Prügel erhielt! Seit Menschengedenken hatten sie so etwas nicht gesehen. Ein paar Männer halfen dem Unglücklichen wieder auf und führten ihn nach draußen. Betreten ging er unter den Drohungen, Sticheleien und Prahlereien der Händler von dannen. Manche riefen aus: »Oje! *Ou Allah*! Saadia ist unsere *Kaida*!« Von allen Seiten des Marktes strömten die Schaulustigen zusammen. Die Kommentare verstummten nicht. Leila war überglücklich. Sie hüpfte umher und klatschte in die Hände. Die Händler, die ihre Tante umringten, ließen sie nicht weitergehen. Boualem holte aus seinem riesigen Eisschrank eine Flasche *Gazouz*. Belcacem, der den Stand gegenüber führte, brachte einen Stuhl. Sie ließen Saadia Platz nehmen, die lächelte und ein strahlendes Gesicht machte. Sie reichten allen dreien Gläser voll Limonade. »Bei Allah«, ein solches Ereignis mußte gefeiert werden. Um Saadia herum erzählte man sich die bereits aufgebauschte, übertriebene und verzerrte Geschichte ihrer Heldentaten …

»*Allah khéir ya zinna*«, sagten die Händler zu ihr, als sie sie verließ.

Hafid und Leila paradierten rechts und links neben ihr.

Als der Weihnachtsabend kam, bereitete Saadia ein großes Mahl. Sie hatte ihre Freundin Estelle zu Gast. Die Äpfel des Desserts waren so wunderschön, mit ihrer purpurn glänzenden Schale und ihrem zarten, weißen Fleisch von säuerlichem Aroma, daß es ein feierlicher Augenblick wurde.

Nach den Weihnachtsferien ging Leila wieder zur Schule, wo sie Frau Bensoussan wiedersah. Einige Tage nach dem Beginn des Unterrichts wurde das Mädchen krank: Mumps, diagnostizierte der Arzt im Krankenhaus direkt gegenüber. Ihre Lehrerin, die sie dorthin gebracht hatte, begleitete sie zurück nach Hause. Leila, die sich keineswegs in Gefahr fühlte, verstand nicht, warum Frau Bensoussan, als sie sie zum Abschied küßte, dicke Tränen in den Augen hatte, die ihren Blick verschleierten und ihren Aufbruch beschleunigten. Sie flüchtete fast und sagte:

»Paß gut auf dich auf, meine kleine Gazelle, und vergiß nie all meine Ratschläge.«

Leila sollte die Erklärung für diesen Kummer erst einige Tage später bekommen. Als sie wieder zur Schule ging, erfuhr sie von anderen Schülerinnen, daß Frau Bensoussan wegen familiärer Probleme wieder nach Frankreich zurückgekehrt war. Sie würde sie niemals wiedersehen! An jenem Tage wurde die Schule plötzlich ein Ort der Qual. Zum ersten Mal blieb das Kind dem Unterricht fern. Es lief nach Hause. Kaum nahm es sich die Zeit, seinen Schulranzen in den Hof zu werfen, da stürmte es schon zur Barga, seiner Düne. Und nur der taube Sand und der stumme Himmel waren Zeugen seines unermeßlichen Schmerzes, seiner Bestürzung, lange Zeit.

Ein bis zwei Monate später sandte Frau Bensoussan Leila ein Photo, das in der Schule aufgenommen worden war. Sie hatte auf die Rückseite geschrieben:

»Vergiß nicht, daß du mir versprochen hast, immer fleißig zu lernen. In Liebe.«

Diese Aufmerksamkeit, die das Leid des Kindes wieder aufleben ließ und es tief berührte, beeindruckte seinen Vater stark. Ehrfürchtig bewahrte Leila dieses unschätzbare Andenken auf, das jedoch nicht das einzige war. An einer der Wände ihres Klassenzimmers hing immer noch dieses Plakat, das Meer. Es hatte das strahlende Blau von Frau Bensoussans Augen. Leila stellte sich daher vor, daß dieses Blau sie anschaute, so wie es ihre Lehrerin tat, selbst wenn Leila den Kopf gesenkt hielt, und daß sie es für sie dort gelassen hatte.

Auf ihrem Weg zur Schule durchquerte Leila mit baumelndem Schulranzen und wippenden langen braunen Zöpfen das vornehmste Viertel des Dorfes, das der *Roumis*. Die großen Villen in bräunlichem Rosa waren, verglichen mit ihrem gekalkten Häuschen, prächtig wie Paläste. Sie hatten vorne ein kleines Gärtchen und nach hinten einen weiteren Hof von größerem Ausmaß. Überall strömten dort verschiedene Blumen ihre Wohlgerüche aus, die sich miteinander vermischten und dem glühenden Licht ihre Buketts aus einer zarten Brise schenkten: ein Hauch von Granatapfelblüten, eine Wolke von Nelken, ein lieblicher Duft von Jasmin … Auch Küchenkräuter gab es unzählige: das Aroma von Minze betörte die Nasen und perlte in den Geist wie leichte, aber durchdringende, jadeschimmernde Blasen, bis in die Gedanken, die es prikkelnd wie ein köstliches sprudelndes Getränk anregte. Der Geruch des Korianders erfaßte Gaumen und Kehle, entfaltete sich dort und benetzte beide mit der Lust nach dem köstlichen Geschmack der *Tajines*. Die berauschenden Düfte des Wermuts stiegen zu Kopfe, durchdrangen den Körper sowohl mit heißer Mattigkeit wie mit einem sehnsüchtigen Verlangen, teetrinkend im Schatten der Palmen die Zeit zu vertun, und verdrängten alle anderen Gedanken aus dem Kopf.

Die Gassen dort waren phantasielos rechtwinklig angelegt. Im Februar und März schienen die Sandstürme ein Aufbegehren der Wüste gegen das Eindringen dieses unvorhergesehenen *Tells* in ihr unantastbares Reich zu sein. Mit Geheul, das einen verfolgte, mit blinder Raserei strömte sie in das Dorf und setzte die Gassen unter das Hochwasser ihres goldenen Sandes. Wenn ihr letzter Zornesausbruch sich gelegt hatte, wurde der Sand von einer Arbeiterkolonne auf Lastwagen geladen und kam zurück in den mütterlichen Schoß der Düne. Mitten in diesem Viertel befand sich die Hauptattraktion des Dorfes, das große und herrliche Schwimmbad, der Stolz der Gemeinde. Von Anfang März bis Ende Oktober trieb die drückende Hitze die gesamte Dorfjugend dort hinein, mit Ausnahme der Algerierinnen, selbst der kleinen Mädchen. Aus dem Radio der Bar erschallten immer dieselben Sommerhits. Die unermüdlichen Stimmen von Tino Rossi, Aznavour oder Dalida versuchten, den Lärm zu übertönen. Wenn der Abend kam, fanden sich die französischen Männer gern dort ein, zur köstlichen Stunde des Anisette. Zu sehen, wie sich die klatschnassen Körper dieser sorglosen Jugend schüttelten, war Balsam auf ihre Wunden, richtete sie etwas auf. Sie hatten es wahrlich nötig, aufgerichtet zu werden! Sie sprachen miteinander über die Heimat, ihre Heimat, Algerien. Anisette und *Kemia*, Zigaretten, auf die der Schweiß tropfte, der ihnen auf der Stirn perlte, verständnisinniges Lächeln, freundschaftliche Rippenstöße, ein nachsichtiges Ohr für alle Prahlereien, denn hier war man im tiefsten Süden. Und hier unten, ihr rosa und violetter Himmel ohnegleichen ... Lächeln. Von Zeit zu Zeit warfen sie einen flüchtigen und mißtrauischen Blick zu dem kleinen Araber, der dort mit ihren Kindern spielte. Eines Tages wird vielleicht auch er ein Feind sein. Eines Tages wird auch er es nur für sich haben wollen, ihr Algerien. Algerien, »die Heimat Papas«, die manche französische Führer im Mutterland »zu verschleudern versuchten«. Sie würden hier nicht noch einmal mit sich machen lassen, was bereits in Indochina geschehen war! Man würde »ihr Algerien« nicht verschleudern! Sie wachten eifersüchtig darüber. Sie waren es, die mit Unterstützung der Fallschirmjäger, *Massus* und *Salans* de Gaulle an die Macht gebracht hatten. Ja, dank ihnen paradierte er da. Und schrie er jetzt nicht »Algérie algérienne« und sprach sogar von Selbstbestimmung! Wenn er sich nicht in acht nahm, der Mann des 18. Junis, würden sie ihm einen zweiten Pétain vor die Nase setzen! Sie würden den 13. Mai wiederholen ...

Auf der anderen Seite des Dorfes erstreckte sich das französische Arbeiterviertel, »das Pourini«. Es war vom ersten durch eine ganze Front von Kasernen getrennt. Das war schon etwas anderes, eine andere Welt. Eine lärmende, lebendige und prickelnde Welt. Dort lebten Familien aus Spanien, Malta, Sizilien ... Der algerienfranzösische Akzent war hier von allen Klängen durchsetzt, die um das Mittelmeer herum zu hören sind. Die Frauen sahen aus wie kalabrische oder andalusische Mammas. Umringt von einer Kinderschar aus rundlichen, braunen, quirligen Körpern, strickten sie vor ihrer Haustür und sangen dabei für sich und die Nachbarinnen

Serenaden vom anderen Ufer des Meeres. Das Viertel duftete nicht nach Jasmin und Wermut. Weitoffene Fenster verströmten starke Gerüche von Knoblauch und gebratener Paprika, von Olivenöl und Melone. Die vollgesandeten Straßen wurden nicht so regelmäßig freigeschaufelt wie im vornehmen Viertel. Selbst der Sand hatte hier nicht dieselbe Farbe. Eine nahe Halde streute boshaft feinen Kohlenstaub über die Gegend. Aber nichts, nein, nichts konnte die gute Laune und die Lebenslust seiner Bewohner trüben oder erschüttern.

Die Verbindung zwischen dem französischen Wohnviertel und dem alten arabischen *Ksar* bildete das jüdische Viertel. Geographisch wie menschlich waren die Juden der Puffer zwischen der muslimischen und der christlichen Volksgemeinschaft. Die Hauptstraße war durch weißgekalkte und bunt verzierte Geschäfte freundlich gestaltet. Lebhafte Männer in ihren dunklen *Serouals*, rotem oder weißem Fes, mit schelmischen Augen, flinken Fingern und verführerischem Lächeln maßen bereits den Stoff ab, ließen Spann und Elle tanzen, war der staunende Kunde so unbedacht und zog ihn, wenn auch nur kurz, in Betracht. Und selbst wenn er ihren Laden nur aus Neugier betreten hatte, so kam er doch äußerst selten mit leeren Händen und immer mit dem Gefühl, das lange Feilschen zu seinem Vorteil zum Abschluß gebracht zu haben, wieder heraus.

Dann schloß sich der alte *Ksar* an. Von Kindern wimmelnd, vibrierend, lebhaft und arm. Ein besitzloser, aber nicht trostloser *Ksar* wie Hassi El Frid oder der *Ksar* El Djedid. Die *Zaouia* von Sidi M'Hamed Ben Bouziane war seit Hunderten von Jahren bekannt. Nomadenkarawanen kamen von überallher, durch die Wüste, um dem großen Heiligen zu huldigen. Die *Zaouia*, Überrest eines weitläufigen Palastes aus ungebrannten Ziegelsteinen, stellte das Herz des *Ksars* dar. Einige noch unbeschädigte Hauptgebäude zwischen den Ruinen zeugten von einer glorreichen und glanzvollen Vergangenheit.

Schließlich Hassi El Frid auf der einen Seite und der *Ksar* El Djedid auf der anderen. Erbärmlich, trostlos und traurig. Nichts zum Essen, nichts zum Träumen. Hier waren nicht nur die Straßen trübselig. Trübsinn herrschte überall, selbst im düsteren Blick der hungrigen Kinder. Kinder, deren Augen und Bauch nur von der Leere gefüllt, deren Gliedmaßen spröde und runzlig waren. Ihr Blick schien mit einem Anflug von Unausweichlichkeit und Überdruß das ganze Elend der Welt in sich aufzunehmen.

So war das Dorf abgegrenzt. Jeder an seinem Platz, zunächst nach seiner Rasse, dann nach seinem Geldbeutel. Jedem sein Bezirk, außerhalb dessen er zum Eindringling wurde. Man vermischte sich nicht, nein. Man beobachtete und überwachte sich.

»Sie haben riesige Netze gespannt, selbst durch die Wüste, die Männer *Bigeards*! Die Schlingen ihres Stacheldrahts sind mit giftigen Stacheln gespickt und mit Minen besetzt. Sie sperren die Männer ein und halten die Dörfer in stählernen Fallen gefangen, die von Blitzen berieselt, von Funkengarben überschüttet und von den Seelen all ihrer Opfer heimgesucht werden. Sie haben keine Seele, sie selbst sind aus Eisen, die Männer *Bigeards*. Sie stecken den Tod in eine Schachtel und lassen ihn, während sie unbeweglich verharren, nach und nach wieder heraus. Sie selbst haben keine Freiheit, sie sind gepanzert mit dem Tod. Sie sind wie ihre Tanks: Wenn sie nicht töten, rosten sie ein, die Männer *Bigeards*. Der Tod, den sie über den *Arbis* zerschmettern, ist widernatürlich. Nicht genug damit, daß er sich mit einem Triumphschrei, unter einem Lichtzukken, eine Seele aneignet, die noch das Siegel des Lebens trägt, zerfetzt er auch den Körper. Der Tod ein Licht? Am Himmel haben sie Spinnen und Schwärme von Metallgeiern, die Männer *Bigeards*. Sie sind überall – zu Luft, zu Lande und selbst auf dem Sandmeer. Sie behindern das Wandern der Karawanen. Wandern diese noch? Sie verbreiten Schrecken und Elend, und aller Haß ist für sie wie ein Jungbrunnen!«

»*Hanna*«, bat Leila, »erzähl mir die Geschichte vom *S'Baa*, von Onkel Bellal!«

»Nein, nein, später, *Kebdi*. Weißt du, daß Bellal sagte: ›Suche das Licht, selbst in der undurchdringlichsten Finsternis. Wenn du es nirgends siehst, dann, weil es in deinen Augen ist‹? Laß uns gemeinsam das Licht suchen. Das wahre, nicht das, welches tötet. Das Licht, um all diese abscheulichen Gespenster zu verjagen. Hör zu, hör zu, kennst du die Legende von *Jaha*? Eine erstaunliche Persönlichkeit, die Verschlagenheit und Verträumtheit in sich vereinte. Ein argloser und schelmischer Kobold, der seit Anbeginn der Zeiten in Kindermündern lacht. Ich werde sie dir erzählen ...«

Zohra, die Frau mit den dunklen Tätowierungen, besaß die Sprache, die anrührte, und ihre Geschichten arteten zuweilen in Tragödien aus. Bei ihrer Enkelin zum Beispiel wurde durch die Angst vor der Gegenwart die Zauberwelt vom Horizont der Träume verjagt. Sie mußte daher stets achtgeben, in Anwesenheit des Mädchens nicht ins Dramatische zu verfallen.

»Wart's nur ab, Leila, mit Frau Toledano wird sich für dich einiges ändern. Dann bist du nicht mehr der Liebling. Dann bist du nicht mehr dauernd die Beste!« hatten sich nach Frau Bensoussans Abreise einige Schülerinnen boshaft gefreut.

Leila war nicht Frau Toledanos »Liebling«. Aber sie blieb »eine Araberin, die nicht wie die anderen war«, denn sie war weiterhin Klassenbeste, zum großen Leidwesen ihrer Neiderinnen. Sie war stolz darauf. Eine Art rachsüchtige Freude, die sie all ihre Wut vergessen ließ. Aber es brachte ihr viele Schikanen ein. So sagte ihr eines Tages Juliette, ein etwas affektiertes und bläßliches Mädchen, das selbst die Wüstensonne nicht zu bräunen vermochte:

»Och, meine Mama sagt, einer Araberin nützt das gar nichts, wenn sie die Beste ist! Sie wird sowieso mit zwölf Jahren verheiratet und eingesperrt. Sie meint, das hieße Perlen vor die Säue werfen!«

Wutentbrannt warf Leila sich auf sie. Es brauchte Frau Toledanos ganze Autorität und Kraft, um sie aus ihren Klauen zu befreien.

Auf ihrem Weg zur Schule verließ Leila eine Welt und durchquerte eine andere. Die Barga, die Düne, die Palmen, ihre Großmutter und deren Geschichten, dieser Blick im Licht, alles blieb dort, am Rande des Dorfes. Ein Reich der Nomaden, das auf ihre Rückkehr wartete, um in ihren Träumen wieder aufzubrechen. Leila wechselte hinüber ins Dorf. Manchmal hatte sie den Eindruck, in dieser Welt der »Reichen« nur ein Eindringling zu sein. Voll bohrender Furcht ging sie schnell und stieß vor der Schule einen Seufzer der Erleichterung aus. Dann wieder siegte die Neugier über die Angst, und sie ging dort spazieren. Verstohlen beobachtete sie die

Mädchen. Mit weiten oder engen Röcken, hohen Absätzen, die auf dem Asphalt klapperten, sich aufbauschendem, offenem Haar, das rassig wie die Mähnen von Vollblütern tanzte, reckten sie den Passanten ihre arrogante Brust entgegen. Leila bewunderte die blitzenden Fahrräder der Kinder, die Autos, die durch die offenen Türen nur eben erhaschte »luxuriöse« Inneneinrichtung, die Blumen …

Leilas Weg führte an dem Haus vorbei, in dem Gisèle Fernandez, ihre beste Freundin, wohnte. Eine schmerzliche Freundschaft, denn Gisèles Mutter hegte einen Rassismus gegen die Araber, der dem Yaminas gegen die Juden in nichts nachstand. Ein engstirniger Rassismus, der die zwei Mädchen rasend machte. Daher betrat Leila das Haus der Fernandez nie. Die zwei Freundinnen warteten am Ende der Straße aufeinander und gingen den Rest des Weges gemeinsam. Sehr oft stellte Gisèle nach der Schule ihren Schulranzen ab und begleitete Leila bis zur Dorfgrenze. Jedem sein Revier! Gisèle half Leila, das ihre unbehindert zu durchqueren. Dadurch konnten sie in diesen Zeiten, wo alles sie trennte, noch etwas länger zusammenbleiben.

Einmal waren gerade ihre Klassenarbeitshefte abgezeichnet worden. Als Leila zum Haus ihrer Freundin kam, sah sie Frau Fernandez im Garten. Sie kam auf Leila zu und sagte:

»Leila, hast du dein Klassenarbeitsheft?«

»Guten Tag, Madame. Ja, hier ist es.«

»Zeigst du es mir?«

Sie reichte es ihr. Die Frau blätterte es aufmerksam durch und murmelte dabei vor sich hin. In diesem Augenblick kam Gisèle aus dem Haus. Kaum hatte ihre Mutter sie erblickt, rollte sie das Heft zusammen, stürzte auf sie zu und schlug dann auf sie ein, während sie schrie:

»Bist du dir darüber klar, daß die kleine Araberin fleißig lernt, während du stinkfaul bist? Weiß Gott, ist das eine verkehrte Welt! Außerdem habe ich dir doch schon einmal gesagt, daß ich dich nicht mehr mit eingeborenen Mädchen zusammen sehen will. Wenn du dir wenigstens ein Beispiel an der da nähmst!«

Gisèle sprang zur Seite, riß ihr das Heft aus der Hand und antwortete ungestüm:

»Die kleine Araberin heißt Leila! Sie sagt dir, scheiß drauf, und ich auch! Du zurückgebliebene alte Rassistin!«

Dann war sie mit einem Sprung weit fort. Leilas Heft war ganz zerknittert, verkrumpelt. Ihr Stolz auch. Es machte sie bleich und stumm vor Wut. Sie lief Gisèle hinterher. Die zwei Mädchen taten ein paar Schritte, ohne etwas zu sagen. Dann umarmte Gisèle Leila und sagte in betrübtem Ton:

»Du wußtest doch, daß meine Mutter so ist? Das macht mich sehr traurig ... Daß du auch noch eine gute Schülerin bist, macht die Sache nicht besser. Wenn du schlechtere Noten hättest als ich, würde sie dich vielleicht eher dulden ... Mach ihr diese Freude niemals! Mir ist die Schule völlig schnuppe. Was ich kann, ist singen!«

Mit ihrer schönen Stimme intonierte sie ihr augenblickliches Lieblingslied: »*Ya el kaouini, ya el jafini* – Erst entflammst du, dann verläßt du mich«, das sie in schallendem Gelächter abschloß:

»Oh je, oh je! Heute abend ...! Stell dir vor, wenn meine Mutter auch noch erfahren würde, daß ich in Khéfi verliebt bin!«

»Du bist in Khéfi verliebt?«

Sie brachen gemeinsam in Lachen aus.

Die zuweilen herablassende, zuweilen vor Zuneigung überströmende französische Volksgemeinschaft war ein Dilemma in Leilas Kindheit. Die jüdische Volksgemeinschaft hingegen stand ihr, wenn sie auch vermögender als ihre war, sehr nah. Leila hatte auch eine jüdische Freundin: Sarah. Doch leider war Yamina kaum weniger heftig als Frau Fernandez, wenn Leila von Sarah sprach. *Ihoudia* war ihr Lieblingsschimpfwort, wenn sie scharf und beleidigend sein wollte. Leila war darüber empört und verletzt. Trotzdem mochten sie und Sarah sich sehr. Doch vor allem liebte Leila die Mutter ihrer Freundin und beneidete Sarah um deren Herzlichkeit und Toleranz. Und ganz begeistert war Leila von der Atmosphäre süßen Müßiggangs in den Gassen des jüdischen Viertels. Wie munter war daher ihr Schritt, wenn sie dorthin ging. Dazu wählte sie vor allem das Wochenende: den Freitag, um bei der fast rituellen Zubereitung der Sardinenklößchen dabei zu sein, die für das kalte Mahl am nächsten Tag bestimmt waren, und den Samstag, um mit Sarah davon zu kosten. Ein Hochgenuß. Wenn freitags der Fisch von der Küste kam, kaufte Frau Isaac Sardinen. Sie filetierte, zerdrückte und vermischte sie mit Reis, Kräutern, Knoblauch und einem Ei. Daraus machte sie Klößchen, die sie zum Kochen in einen großen Topf mit einer sämigen und duftenden Tomatensauce legte. Da in den jüdischen Haushalten samstags kein Herd angemacht wurde, trafen Sarah und Leila, wenn sie aus der Schule kamen, Frau Isaac vor ihrem Haus sitzend an, auf einem kleinen Schemel, der unter ihren weiten Röcken verborgen war. Ihr schwarz-scharlachrot-goldener Schal, der ihr leicht über ein Auge rutschte, war das einzig Kokette an ihrer strengen Tracht. Ihren schweren und trägen Körper an die Wand gelehnt, unterhielt sie sich mit den Nachbarinnen, die ebenfalls vor der Haustür saßen. Die zwei Mädchen traten ein, um Sardinenklößchen aus dem riesigen Topf zu angeln. Dann kamen sie heraus, setzten sich nebeneinander in die Sonne, genossen das köstliche Mahl und leckten sich die Finger ab. Frau Isaac verfolgte sie mit entzücktem Lächeln und gerührten Augen. Bevor sie nach Hause ging, grub Leila stets ihren Kopf in die üppige Brust der Frau, da, wo sie am wärmsten war. Sie atmete dort einen Duft ein, in dem sich Moschus, Gewürznelke und Olivenöl vermischten, während die Frau sie mit zarten Küssen bepickte und ihr ins Ohr zwitscherte:

»Meine kleine *Kahloucha*, meine geliebte *Kahloucha*!«

Diese Aufwallung von Zärtlichkeit, diese duftenden Umarmungen waren heilender Balsam auf die offenen Wunden des Rassismus, der alle Bevölkerungsschichten vergiftete.

Die Isaac sprachen wie die Mehrzahl der Juden im Dorf vor allem Arabisch. Manche Alten konnten noch ein paar Brocken Jiddisch. Viele verstanden kein Französisch. Sie waren schon so lange in Algerien, seit mehreren Generationen, lange vor der Ankunft der Franzosen. Ihre Häuser und ihre Tracht sahen genauso aus wie die der Muslime. Umgänglich, gewandt und intelligent, gelang es ihnen oft, aus dem Konflikt der zwei anderen Volksgemeinschaften ihren Vorteil zu ziehen. Sie gehörten zu den Vermögenden, also zu denen, die die Macht besaßen. Die Algerier betrachteten sie mit Mißtrauen und Argwohn. Die Franzosen warfen ihnen vor, nicht entschlossen für ein französisches Algerien einzustehen. Doch über das aktuelle Geschehen hinaus versuchte Leila manchmal zu verstehen, wie dieser uralte Haß, der die Araber und Juden schon immer getrennt hatte, entstanden war. »Sie haben den Propheten *Aissa* getötet«, argumentierten die Araber. Aber wenn doch der Koran die von diesem Propheten gepredigte christliche Religion nicht anerkannte? Welch nie versiegende Feindschaft sorgte seit mehreren Jahrhunderten für den Fortbestand dieser Haßgefühle? ... Seit jeher hat die Unwissenheit geglaubt, Lücken ausfüllen zu können, indem sie in Fanatismus und Intoleranz schwelgt. Das führt jedoch immer nur dazu, daß sie ein wenig tiefer im Schlamm des Verdummungseifers versinkt ... Aber mochten Araber und Juden sich auch nicht vermischen, so lebten sie doch seit so langer Zeit friedlich nebeneinander, daß es an ein Wunder grenzte.

Ein mißliches Ereignis, das sich 1958 abspielte, verschärfte die Lage jedoch. Ein Jude, der von seinem internationalen Komitee beauftragt war, Untersuchungen über die Lebensbedingungen seiner Gemeinschaft im Südwesten durchzuführen, wurde bei einem Zusammenstoß zwischen Boumediennes Männern und der französischen Armee erschossen, die sich gegenseitig für diesen Tod verantwortlich machten. Das dadurch hervorgerufene internationale Aufsehen vergiftete die Region für lange Zeit.

Wenn auf Feuer und Blut das Leben beruht

Das Leben des kleinen Schulmädchens Leila war gespickt mit Lügen und Widersprüchen. Das Arabische, ihre Muttersprache, die Bouhaloufa den Ersten so sehr fasziniert hatte, schrieb sie nicht. In der Schule lernte sie Französisch. Sie hatte Französisch gern. Ein Lichtstrahl, der eine Welt erhellte, die sie nur erahnte und durchquerte. Doch wie gern hätte sie auch gelernt, Arabisch zu lesen und zu schreiben! In der Schule drängte man ihr demonstrativ eine französische Volkszugehörigkeit, gallische Vorfahren auf. Frankreich kannte sie nur aus Büchern und den Erzählungen ihrer französischen Mitschülerinnen. Karl Martell hatte dort 732 die Araber aufgehalten und das Land vor ihren barbarischen Taten gerettet. Mit welch angenehmer Überraschung entdeckte sie Jahre später, daß dieselben Araber, welche die Schulbücher übereinstimmend als ungebildet und primitiv beschrieben, in Spanien glanzvolle Zeugnisse einer blühenden Kultur hinterlassen hatten! Aber das sagte ihr natürlich niemand ... Welch ein Maß an Verachtung mußte man einem ganzen Volk entgegenbringen, um ihm schamlos so viele falsche Behauptungen aufzutischen?

Zu Hause erzählte ihre Großmutter ihr von ihren Vorfahren, die aus Labiod-Sid-Cheikh im westlichen Hochland stammten, alles Nomaden von Generation zu Generation bis zu ihrem Vater ... Die Zeiten waren dunkel, unsicher. Daher führte die Großmutter ihre Enkeltochter auf die Wanderung mit der Fackel der Erinnerung, damit Leila sich nicht auf der Straße der Bücher verirrte, die ihre Schritte jeden Tag zur weißen Schule des Unbekannten lenkte. Der Gedanke, ein ähnliches Schicksal wie das Bouhaloufas oder Saadias könnte ihrer Lieblingsenkelin auf diesem täglichen Weg auflauern, ließ sie vor Schreck erzittern. Sie, Leila, sollte wissen, daß sie von jenen abstammte, die im Licht und Wind wandern. »Von jenen, die das Blut der Wüste waren.« Und das Kind fühlte dieses Licht auf seiner Haut, in seinem Kopf und im Brennen seiner Augen. Ein Blick unzähliger Seelen, die wachten.

Und all diese großen Namen, all diese für die Freiheit gestorbenen oder streitenden Helden, diese *S'Baas*, an denen sich *Hadras* und Erzählungen erfreuten, verfolgten Leila.

Das Kind lebte in der Wüste, am Fuße der Barga, seiner Düne, und in der Schule verlangte man von ihm, eine Sennhütte in den Bergen oder ein Landhaus zu zeichnen, etwas, was Leila nie gesehen hatte. Was für eine Absurdität! Sie verspürte ein seltsames Gefühl mangelnder Wirklichkeitsnähe, das in ihrem Kopf viele unstimmige Glöckchen erklingen ließ ... Aber sie fiel nicht darauf herein. Gutwillig ließ sie ihre Phantasie schweifen. So zeichnete sie in tausend Einzelheiten eine Sennhütte in den Bergen. Eine Sennhütte ganz aus Holz wie die Schmuckkästchen der Bräute, die Wassergirlanden eines sich windenden Baches. Das Gras und die Gänseblümchen? Sie zeichnete einfach die Sternbilder ihres Nachthimmels, den verschmitzte und schelmische Finger in seinem jadefarbenen Samtglanz gemalt haben mochten ... Doch was war mit ihrem arabischen Haus, der kleinen weißen Muschel, die am Ufer des Sandmeers gestrandet war? Was mit ihren Palmen, langen, grünen Rufen, die zum Himmel emporschnellten, an deren Fuß sich niemals Grün zeigte? Was mit ihrer schönen und gewaltigen, brennenden und sanften Düne in sinnlichen Formen, braun, goldgelb oder rot, je nach der Glut der despotischen Sonnenfinger? Was mit dem Feuer der Sonnenuntergänge, das die Ängste in ihrer Brust fortblies, im *Ksar* das Gemurmel verstummen ließ und in das hoch vom fernen Minarett die kehlige Stimme des Muezzins hineinstieß? Doch all das zu schildern, verlangte niemand von Leila, so, als gäbe es dieses andere Leben gar nicht, als wäre es nur in ihren wunderlichen Träumen. In ihr keimte bereits eine Gespaltenheit auf mit ihren bittersüßen Freuden, ihrer schmerzhaften Zerrissenheit, ihren kleinen und gemeinen Rachegelüsten.

Der Sommer 1959 zog sich lang und mühsam dahin. Die marokkanische Grenze blieb undurchdringlich. Das brachte die Familie einmal mehr um die einzig möglichen Ferien. Claire fuhr gleich am ersten Ferientag nach Biarritz.

«Wie kannst du vier Monate in diesem Backofen leben?« fragte sie Leila, als sie sich verabschiedeten.

Statt einer Antwort beschränkte sich das Kind auf ein Achselzucken. Gisèle kam an einem Nachmittag, um sie zu besuchen und sich von ihr zu verabschieden, bevor sie Kénadsa verließ. Sie erfüllte für ein paar Stunden mit ihrer Überschwenglichkeit die Stille der Barga. Ihre Abreise besiegelte Leilas Isolation. Für sie und Bahia keine Ferien, kein Schwimmbad, kein Kino. Nichts! Und es begann die Herrschaft der Langeweile und der Hitze am Fuß der Düne. Eine verdorrte Einsamkeit, über die das Feuer hereinbrach, das den Himmel in eine Glut tauchte, bis es seine schöne hellblaue Haut auslaugte, bis er nur als große, weiße Wunde dalag. Die Stunden dämmerten dahin, klebten auf den Zweigen einer brennenden Zeit. Die Sonne verschlang alle Schatten, die flüchtigen der Palmen wie die dichteren der Tamarisken. Das Brennen der Luft gab das Zeichen zum Auftakt des Balls der Skorpione, Vipern und aller Arten von Echsen. Leila fürchtete sich sehr vor den Skorpionen. Es gab gelbe, deren dicker Bauch voll eitrigem Gift schien. Andere, größere, indigofarbene, waren wie mit violetter Tinte angefüllt, die jeden Moment verspritzen konnte. Sie liefen über den Sand, und ihr drohender Schwanz war dabei zu einem Fragezeichen aufgerichtet: »Wen kann ich stechen? Wen kann ich stechen?« schienen sie sich zu fragen, während sie auf dem brennenden Boden vorwärtsschwankten. Und Frau Hornviper mit ihrem trügerisch gleichmütigen Gesicht, die sich wie eine Feder eingerollt hatte, den Kopf in der Luft wiegte und den Mund zu einem langen Sonnenbad geöffnet hatte, war die gefährlichste von allen!

Spät am Nachmittag, wenn der Schmelztiegel, der die Erde aufgezehrt hatte, sich entfernte, zeichneten sich noch blasse und schüchterne braune Fleckchen um die Palmenstämme ab. Wenn die Flammen sich im Westen zusammenzogen, verlängerten sich die Schatten wie ein erleichterter Seufzer der Erde. Höchstens die Schwingen des Traumes konnten dem Feuer und der Isolation entgehen, doch auch sie mußten sich vor dem weißen Pech, der Lethargie der Tage, hüten. Aber die Träume wurden von so viel Entsetzlichem verfolgt, daß der Sog der abstumpfenden Lethargie oft zumindest den Vorteil hatte, daß auch die Alpträume entwichen.

Untergrundkämpfer berichteten Tayeb, der *FLN* hätte eine Basis in Oujda errichtet. Ein Brief ihrer Familie bestätigte es: »*Houria*«, hieß die Mitteilung, »hat sich hinter dem Bauernhof niedergelassen.« *Houria*, ein weiblicher Vorname, der Freiheit bedeutete, war der zwischen ihnen abgesprochene Begriff zur Bezeichnung des *FLN*. Leila kannte die Kaserne unmittelbar hinter dem Bauernhof der Großeltern. Seinerzeit war sie von der amerikanischen Armee belegt. Vor ihrem Tor war es, wo sie eines Tages das erste große Motorrad sah und bewunderte. Als sie mit ihren Vettern dort spielte, sahen sie ein gewaltiges, dröhnendes Ungeheuer aus schwarzem Eisen auftauchen. Sein Gleißen blendete ihre Sicht und riß die Sinne in einen Taumel. Der Fahrer war ebenfalls schwarz, von einem ebenso leuchtenden Schwarz wie sein Tier aus Eisen. Ein Hüne mit Schultern, die sich wie mächtige Flügel über seiner Maschine öffneten. Als Leila sah, wie er so durch die Luft schoß, glaubte sie, er würde davonfliegen. Er machte Bremsmanöver, die den Reifen ein Stöhnen und den Kindern Geschrei und Beifall entlockten. Dann kam er wieder auf sie zu. Die Kinder verstanden kein Wort seiner lebhaften und impulsiven Sprache. Sie erfuhren nur, daß er John hieß. Fasziniert von seiner Maschine, ging Leila um sie herum und streichelte sie. Plötzlich spürte sie, wie sie vom Boden hochgerissen wurde. John hob sie mit einem »Hoppla!« auf sein Motorrad, das sich bereits unter Knattern und Rütteln unbändig aufbäumte und ein Kielwasser aus Staub hinter sich zurückließ. Ängstlich klammerte sie sich mit Händen und Füßen an John fest und fühlte sich an seinem stahlharten, riesigen Rücken verloren. John drehte ihr den Kopf zu und lachte. Der leuchtende Glanz seiner Zähne, sein mächtiges, fast metallisches Lachen schienen dem Kind nur Zeichen für das Funktionieren seiner schwarzen Mechanik zu sein. Vor dem Bauernhof hielt er an und setzte Leila ab. Er stieg von seinem Motorrad, richtete seine hohe Statur auf, nahm seinen Helm ab und grüßte Frau Zohra. Diese saß auf dem Brunnenrand und erwiderte seinen Gruß mit ihrem schönsten Lächeln. Aber er war schon wie ein Meteor verschwunden, in einem Wirbelsturm und unter Donnergrollen. Die anderen Kinder kamen angelaufen.

»Huhu, sie ist mit einem Senegalesen gefahren!« sagte Yacine.

»Das war kein Senegalese, das war ein Amerikaner«, antwortete ihm Leila.

»Das bleibt sich gleich, es war ein Schwarzer«, behauptete er stur.

Zohra, die aufgestanden war, hörte ihm zu. Sie stemmte die Hände in die Hüften und antwortete ihm in schneidendem Ton:

»Wenn du die schwarze Farbe nicht magst, mein Kleiner, dann wisch sie doch aus deinen Augen!«

Yacine hatte Augen, die noch schwärzer waren als Johns Haut.

»Und ihr alle, vergeßt nicht, daß in euren Adern schwarzes Blut fließt!«

»Schwarzes Blut?« rief der verblüffte Yacine aus.

»Ja, schwarzes Blut! Einer deiner Urgroßväter hatte seiner Sklavin Kinder gemacht. Einer Frau, die so schön war, daß sie die sechs Gattinnen des Ahnen ausstach und er den ebenholzfarbenen Strahlen erlag. Wir sind die Nachfahren dieser Sklavin. Bei Allah! Hast du das etwa nicht gewußt? Worüber spricht denn dein Vater mit dir? Hm, er hat allerdings eher eine Schwäche für das Blausein als für das Schwarzsein!«

Sie war wieder milder gestimmt, und mit einer mechanischen Bewegung streichelte sie ihm den Kopf. Dann griff und befühlte sie plötzlich ein Haarbüschel von ihm zwischen den Fingern:

»Schau an, da haben wir einen Beweis, mein Kleiner, dein Kraushaar ist ein Negermerkmal. Ein eindeutiger Beweis für diese Abstammung!« meinte sie spöttisch.

Mit einem Sprung befreite sich Yacine und zog mit Schmollmund von dannen, während er mit seinen Füßen auf den Boden stampfte. Unversehens eine schwarze Ahnin präsentiert zu bekommen war für ihn eine Kränkung. Schwarze gab es auf dem Bauernhof. Es waren Pächter, seit kurzem befreite Sklaven, also …

Der *FLN* hatte also eine Basis in dieser Kaserne eingerichtet. Es hieß, Houari Boumedienne, der Kommandant dieses Gebietes, hätte nicht die leiseste Ähnlichkeit mit den leidenschaftlichen und impulsiven Untergrundkämpfern in den *Aurès* und der *Kabylei*. Er war kühl, methodisch. Bei ihm wurde nichts dem Zufall überlassen. Er hatte ein Funkverbindungssystem aufgebaut, das die gesamte Region abdeckte, und war über das geringste Tun und Treiben der französischen Armee auf dem laufenden.

In den Städten und Dörfern herrschte Entsetzen. Die Menschen hatten Angst vor den Soldaten, vor allem vor den Fallschirmjägern, manche auch vor dem *FLN*. Die Gefängnisse waren überfüllt. Das von Kénadsa errang traurige Berühmtheit. Vor seinem Tor gab es zuweilen endlose Schlangen von Frauen, Kindern und Alten, die aus allen Ecken des Landes gekommen waren in der oft vergeblichen Hoffnung, den Bruder, Vater oder Sohn zu sehen.

Tayeb war es leid, in den ständigen und unerquicklichen Verhören gepeinigt zu werden, und wollte in den Untergrund gehen. Der *FLN* war dagegen. Er sei »hier nützlicher als im *Djebel*«, antwortete man ihm. Mit Khellil leistete er eine große Koordinierungsarbeit. Die Angst im Bauch, war er unablässig auf der Hut. Er hatte jetzt eine Pistole, eine Mauser, und ein großes Messer, dessen Klinge Todesblitze aussandte. Allein deren Anblick erfüllte Leila mit Furcht. Beides war in der Toilette versteckt.

Jeden Morgen beim Aufwachen fragten sich die Ajalli, von welchen Greueltaten sie wohl noch erfahren würden. Auf beiden Seiten wurden in immer kürzeren Abständen Hinrichtungen vollstreckt. Die *Moudjahidin* bekämpften die Kollaborateure erbarmungslos. Da man mit ihrem Tod ein Exempel statuieren wollte, kam es zu Akten von unglaublicher Grausamkeit. Ihr Tod genügte nicht mehr. Die Greuel, die Abscheulichkeiten gaben dem Entsetzen neue Nahrung. Der Anblick menschlicher Leichen, die wie Viehleiber zerlegt waren, wurde den bereits zutiefst bestürzten Lebenden regelmäßig zugemutet.

Auf Seiten der französischen Armee berauschte sich die Folter an ihrer Schändlichkeit. Perfide Gemüter zerbrachen sich täglich den Kopf auf der Suche nach wirksamen Mitteln, den Feind zum Sprechen zu bringen. Die Denunziationen in beide Richtungen fanden kein Ende, und man erzählte sich, manche Person sei unschuldig hingerichtet worden. Die »Revolution« bemäntelte mit Glut und Emphase alle Übergriffe und privaten Abrechnungen. Die Menschen verkauften sich an den Meistbietenden, ließen sich zu jeder Denunziation, zu jeder Erniedrigung bestechen. Man wurde sehr mißtrauisch, schwieg über seine Ansichten und Taten. Niemand war sicher, ob nicht sein Bruder, Vetter, Freund oder Nachbar ihn verraten oder morgen unter der Folter nachgeben würde.

Eines Tages kam Tayeb nach Hause, halb erstickt vor Empörung. Er hatte gehört, wie Drif, Meryèmes Mann, der ehemalige *Spahi* mit den Orden, zu einigen Männern auf dem Markt gesagt hatte:

»Frankreich ist unsere Heimat. Die französische Armee ist viel zu stark für dieses Lumpenpack von *FLN*. Sie sollten mit alledem aufhören, sich ergeben und uns in Frieden leben lassen!«

»Wenn er solche Reden führt, wird das ›Lumpenpack‹ ihn eines Tages einen Kopf kürzer machen! Er ist verrückt! Ich weiß ja, daß er ein ruhiger und harmloser Mann ist, aber wir leben in einer so bewegten Zeit, daß solche Reden bereits mit dem Tod bestraft werden! Hör zu, *Oumi*, er ist schon alt, und bei seinem Leichtsinn ginge mir die Geduld aus. Ich könnte dann leicht respektlos und verletzend werden. Du aber kannst die schlimmsten Dinge sagen, ohne weh zu tun, du solltest ihm ins Gewissen reden und ihn warnen, bevor es zu spät ist.«

Tayeb hatte richtig vermutet. Einige Tage später wurden zwei Männer bestimmt, um den armen Drif zu »liquidieren«. Sie hatten allerdings den Befehl, Tayeb zuvor zu benachrichtigen. Der machte von seinem Einfluß Gebrauch und setzte sich mit Überzeugung für den gutmütigen alten Mann ein:

»Ich hätte ihm selbst eine Kugel in den Kopf gejagt, wenn er irgend etwas getan hätte. Er ist ein Mann von wenig Charakter und ohne Verstand, aber unfähig, die geringste Gemeinheit oder den kleinsten Verrat zu begehen. Es stimmt zwar, daß seine Worte an sich sehr gefährlich sind, aber geben wir ihm nur einen Denkzettel. Wird er rückfällig, dann handeln wir. Ihr wißt, daß sein ältester Sohn mit mir zusammenarbeitet. Er ist einer meiner besten Mitarbeiter.«

Man gab ihm recht, und Drif wurde verschont. Auch der *FLN* gab viele Verbote aus. An öffentlichen Orten Alkohol zu trinken oder selbst zu rauchen, war jetzt strafbar. Saadia allerdings rauchte immer noch sehr viel, ein Päckchen Braz Bastos ohne Filter pro Tag. Aber sie war jetzt eine anerkannte Partisanin. Sie half den Familien der Märtyrer oder Freiheitskämpfer mit Geld. Sie »besorgte« auch Uniformen der französischen Armee für den Untergrund. Oft bot ihr großes Haus Widerstandskämpfern Unterschlupf, die für irgendeinen Auftrag in die Stadt gekommen waren. Wer wäre auf den Gedanken gekommen, *Djounoud* in einem Haus zu suchen, in dem französische Soldaten ständig ein- und ausgingen? Doch das mehrgeschossige Haus hatte einen zweiten Eingang, der zu einer anderen Straße hin lag und sich nur für die gute Sache öffnete. Eines Samstag abends, als Saadia in Kénadsa war, versuchte Zohra, ihr gut zuzureden, und benutzte den *FLN* als Vorwand:

»Du solltest aufhören zu rauchen, meine Tochter. Es ist nicht gut für deine Gesundheit. Deine Stimme wird immer rauher. Außerdem wird es schon bei einem Mann nicht gern gesehen, und erst recht bei einer Frau ...«

»Ich weiß. Ich habe schon so oft versucht aufzuhören, aber immer ohne Erfolg.«

»Geh morgen mit mir zur *Zaouia*. Dort legst du dein angebrochenes Päckchen Zigaretten auf das Grab von Sidi M'Hamed Ben Bouziane und flehst ihn an, dir Willenskraft zu verleihen. Dann spenden wir den Armen, damit dein Wunsch erhört wird.«

»Einverstanden, wir gehen morgen zur *Zaouia*.«

Am nächsten Morgen legte Saadia schweren Herzens ihr Päckchen auf die Teppiche, die das Grabmal Sidi M'Hameds bedeckten. Während Zohra inbrünstig betete, saß Saadia im Schneidersitz, stützte die Ellbogen auf ihre Schenkel und das Kinn in ihre Hände und schaute ihr mit eher niedergeschlagener als andächtiger Miene zu. Schweigend wartete sie, bis die Frau mit den dunklen Tätowierungen die zahlreichen Gebete und Segenswünsche beendet hatte. Großzügig kaufte sie dann Datteln, Feigen und Brot und verteilte alles mit ein paar Münzen an die Bettler. Doch was erblickte sie, nachdem sie wieder aufgebrochen waren, zehn Meter von dem schweren, nägelbeschlagenen Tor der Moschee entfernt, am Fuß einer Mauer? Ein angebrochenes Päckchen Braz Bastos! Saadia sprang darauf zu und hob es mit unverhohlener Freude auf. Sie verbarg es eilig im Ausschnitt ihres Kleides und sagte triumphierend:

»Das ist ein Zeichen. Du bist Zeugin, Tante Zohra! Sidi M'Hamed will nicht, daß ich aufhöre zu rauchen. Sollen sich doch die *Djounoud* und die Moral an ihn wenden, wenn ich sie interessiere.«

Und während Zohra verdrossen den Kopf schüttelte, hatte Saadia ihr Lachen, ihren lebhaften Gang und ihren leuchtenden Blick wiedergefunden.

Dieser lange Sommer 1959, den sie damit verbrachten, nach dem Briefträger auszuspähen, der ihnen Nachrichten aus Marokko bringen sollte, endete dennoch mit einer ermutigenden Aussicht, einer Hoffnung. De Gaulle hatte Mitte September den Algeriern über den Weg des Referendums das Recht auf Selbstbestimmung zugesprochen. »Es ist ein großer Mann!«, »Welch großer Mann!« sagten die Algerier von ihm und wiegten mit verständnisvoller Miene den Kopf. Es entsprach der Wahrheit, sogar Leila dachte es. Sie erinnerte sich sehr gut an seine hohe Statur. Sie, die so klein war, hatte ihn von überall sehen können, so groß war er. Diese Erklärung, die ihre Herzen mit Freude erfüllte, rief unter der französischen Volksgemeinschaft und einem Teil der Armee allgemeines Protestgeschrei hervor.

Endlich nahte der Schulbeginn. Man brauchte nur die Palmen anzuschauen, um sich davon zu überzeugen, daß er bald bevorstand. Die goldenen, knackigen und sauren Datteln im Mai kündigten den Beginn der reglosen Tage unter der Hitze der Sommerferien an. Doch wenn die Datteln braun und reif geworden waren; wenn sie von selbst abfielen wie dicke Honigtropfen, glänzende, zimt- und goldfarbene üppige Trauben, welche die Palmen noch einer nun weniger anmaßenden Sonne entgegenstreckten; wenn sie sich prall, süß und seidig wie die Lust ablösten, von oben herunterfielen, behutsam auf den Palmwedeln landeten und am Boden einen Strauß wie aus lauter Lutschern bildeten; wenn morgens beim Aufwachen die Kinder mit noch verschlafenen Augen endlich von dieser Gabe kosten durften, die der stolze Baum jeden Tag für sie bereithielt, ja, dann waren es bis zur Schule wirklich nur noch wenige Tage.

Kaum eine Woche nach Schulbeginn kletterte schon ein dunkelhäutiger Mann mit affenähnlicher Leichtigkeit an den Stämmen hoch und schnitt die früchteschweren Trauben ab. Leila wurde nicht müde, seine Geschicklichkeit zu bewundern. Sie reckte ihren Kopf nach oben und schaute ihm zu, wie er einem Vogel gleich hoch auf der sich sanft wiegenden Palme thronte. Palmen, so groß, daß sie wie Fächer die Wange des Himmels streichelten. Von so weit oben konnte man bestimmt den lieben Gott erreichen, stellte sie sich vor. Wie oft wurde sie, wenn in ihr eine dringende Bitte an ihn hochkam, von einem Sog von Kühnheit erfaßt, und sie kletterte die schnurgeraden Stämme hoch? Doch wenige Meter Höhe reichten aus, und ihr Wagemut und die brennendsten, sehnlichsten Wünsche versanken in einem Strudel. So stieg sie langsam und vorsichtig wieder hinunter. Offensichtlich war Gott nicht für alle erreichbar.

Wenn die Früchte reif wurden, lockte die Versuchung viele Diebe an. Der Palmenhain gehörte der *Zaouia*. Ein stillschweigendes Abkommen zwischen den *Chorfa* des *Ksar* und den Ajalli übertrug der Familie darüber die Aufsicht. Als Gegenleistung besaßen sie das Nutzungsrecht über einige Dattelpalmen in der Nähe ihres Hauses. Das deckte bei weitem ihren, Saadias und Meryèmes Bedarf. Und seit die blauen Menschen in ihrem Leben aufgetaucht waren, bewahrte Zohra sorgsam ein paar *Arjounes* für sie auf.

Mehr als einen Monat lang war es für Leila, wenn sie um fünf Uhr aus der Schule kam, ein Hochgenuß, ein Glas frischer Milch zu trinken und von dem *Arjoune*, der unter der Laube aus Röhricht hing, die schönsten Datteln zu pflücken, die ebenso prall wie ihre Lust waren. Welch großes Glück!

Das ganze vergangene Schuljahr hindurch war Khellil mit verliebtem Herz den Spuren einer Schülerin gefolgt. Eines Tages vertraute er Zohra und Leila überglücklich und unter Mißachtung der herrschenden Anstandsregeln an, daß seine Liebe erwidert wurde. Welcher Winkelzug, welcher Trick oder welch glücklicher Umstand ermöglichte es ihm, mit seiner Angebeteten in Verbindung zu treten? Das junge Mädchen hatte den grimmigsten Mann, den bärbeißigsten und unduldsamsten *Hadj* des Ortes zum Vater. Unter seiner Fuchtel wagte sie auf dem Weg zur Schule kaum, den anderen Schülerinnen zuzulächeln, die sie unterwegs traf. Und ihre Schritte wichen nie von der geraden Linie ab, die ihr von der Schwelle der Schule bis zur *Gandura* des Vaters, der Zielmarke, vorgegeben war. So waren die sommerlichen Schulferien nicht nur für Leila endlos. Vier Monate lang konnte Khellil seine Liebste nicht einmal durch ein Moskitonetz sehen. Der Sommer hatte sie verschluckt. So ruhte sein trauriger Blick verzweifelt auf den Palmen, die forsch und anmaßend ihren goldenen Schmuck lange zur Schau trugen. Um zu verhindern, daß sich seine Gedanken zu sehr mit einem unseligen Warten beschäftigten, las er Leila die Fabeln von La Fontaine und verschiedene Gedichte vor, rezitierte mit Emphase die Lamartines und Mussets.

Doch der so ersehnte Schulbeginn war für seine Geduld wie ein Dolchstoß. Seine Liebste kam nicht mehr zur Schule. Sie war bereits zwölf Jahre alt, hatte eine aufblühende Brust, und zunehmend gingen die Heiratsanträge ein. Ängstlich schickte Khellil seine Mutter. Zu diesem Anlaß legte Zohra silbernen Schmuck auf den dunkelgrünen ihrer Tätowierungen an, wählte andere weißhaarige Häupter für ihre Delegation aus und machte sich auf, »*fi amen Allah*«. Doch ach! Der furchtbare alte Mann hatte Wind bekommen von der zartbesaiteten Idylle der zwei Verliebten, die ihn in seiner Wachsamkeit hinters Licht geführt hatten. Das war der eigentliche Grund, warum er seine Tochter von der Schule genommen hatte. Es sollte auch der Grund für die Ablehnung des Vaters werden.

Khellil verlor sein fröhliches Wesen. Er begann, viel zu rauchen, wenig zu essen und magerte ab. Wenn er nicht arbeitete, irrte er von Palme zu Palme und bedeckte seine Augen mit einem Nebel aus Verzweiflung. Er war der erste verliebte und aus Liebe unglückliche Mann, den Leila sah. Sie mochte ihn wegen dieses unschätzbaren Geschenks, das er ihren Gedanken und Blicken machte, nur noch mehr.

Das Thema Heirat wurde zu einem häufigen Gesprächsgegenstand zwischen den beiden Frauen und Khellil. Zur Teestunde unter der Laube schloß der verbitterte Khellil eines Tages eine lange Haßtirade gegen den galligen *Hadj*, indem er sich an die neben ihm sitzende Leila wandte, mit den Worten:

»Bei dir, Leila, werde ich dafür sorgen, daß du den heiratest, den du willst!«

Das Mädchen spürte, wie sie feuerrot wurde, als die Antwort ihrer Mutter ihr ins Gesicht peitschte:

»Leila wird ihren Vetter Yacine heiraten. Sie wurde bereits vor Jahren versprochen! So wie Bahia Madjid heiraten wird.«

»Sie werden heiraten, wen sie wollen! Ich werde da sein, um dafür zu sorgen. Schluß mit den archaischen Bräuchen!« antwortete er und hob zum ersten Mal die Stimme.

Leila fühlte sich von den Worten ihrer Mutter beleidigt und suchte nach einer Antwort, die für die verschüchterte Frau mit Sicherheit ein Schlag ins Gesicht war:

»Ich werde diesen Rotzbengel von Yacine niemals heiraten! Ihr habt nichts anderes als Heirat im Kopf! Wenn das etwa heißen soll, daß ich wie du neun Monate im Jahr von einer Schwangerschaft infiziert sein werde, dann niemals! Aber laß dir gesagt sein, wenn ich eines Tages heirate, dann einen Juden!«

Nach Atem ringend und mit einem dämonischen Glanz in den Augen, sprang Yamina auf. Aber Leila war bereits weit weg, rannte auf ihre Düne zu. Dort draußen vor der Werkstatt waren Arbeiter, und Yamina durfte sich den Männern nicht zeigen. Yamina zeigte sich niemandem. Sie war Gefangene des Hauses. Das Haus Gefangener der Düne. Die Düne Gefangene eines blauen und ockerfarbenen leeren Kerkers ... Im übrigen war es nicht einmal nötig, das Haus zu verlassen, um der Mutter zu entgehen. Das Mädchen brauchte sich nur hinter dem Fluch von Zohras *Magroun* zu verstecken.

Zum Beweis ihrer Sympathie und Dankbarkeit, aber auch weil sie ihm gern inmitten seiner bald surrenden, bald quietschenden Maschinen bei der Arbeit zusah, besuchte Leila nach der Schule oft ihren Onkel Khellil in seiner Werkstatt. Er war Schlosser und Fräser in der »Präzisionswerkstatt« der Mine. Er verwandte eine erlesene Sorgfalt auf die Herstellung der Teile und war nicht wenig stolz, wenn Leila die fertigen bewunderte. Selbstbewußt, ein schiefes Lächeln auf seinem zufriedenen Gesicht, zeigte er ihr das gewöhnliche Stück Blech oder Metall, über das seine Finger triumphiert hatten, indem sie ein rohes Fragment zu einem besonderen Gegenstand veredelten. Dieser Onkel, der zugleich das Eisen bezwingen, sich verlieben und Gedichte lesen konnte, erregte Leilas Bewunderung.

Bei den *Weißen Vätern* hatte Khellil auch Buchhaltung gelernt.

Seit einigen Monaten drängte ihn »die Compagnie« – Houillères du Sud Oranais, H.S.O. –, eine zur Zeit nicht besetzte Stelle als Buchhalter anzunehmen. Khellil wollte nicht. Abgesehen von Leila verstand niemand in seiner Umgebung, warum er so beharrlich eine anspruchsvolle Schreibtischarbeit ablehnte, die im allgemeinen den *Roumis* vorbehalten war.

»Ich liebe meine Arbeit zu sehr. Verstehst du, der körperliche Kontakt mit dem Material schenkt mir ein Glücksgefühl, das ich in der kleinlichen und mühseligen Gesellschaft mit den Zahlen nie empfinden würde. Die Jahre, diese untrüglichen Finger der Zeit, müssen mich noch lange bearbeiten und mir das handwerkliche Geschick rauben, bevor ich eine andere Arbeit annehme«, fügte er lachend hinzu.

Es war etwa Mitte Dezember, als Khellil seinen furchtbaren Unfall hatte. Eine seiner schönen Maschinen, die er so mochte, trennte ihm drei Finger der linken Hand ab und ließ nur den Daumen und den kleinen Finger unversehrt. Physisches und psychisches Leid. Eine neue Wunde für seine seelische Verfassung, die bereits durch die Herzensqualen schwer geprüft war. Mit seinem schönen Beruf war es vorbei. Sein Blick bekam schwarze und purpurviolette Ringe, einen Flor aus Trauer und Mutlosigkeit, der von den Rändern seiner leiddurchtränkten Augen herabhing. Er war noch ein wenig tiefer in die Welt des Schmerzes eingetaucht. Leila verbrachte lange Stunden an seinem Bett, betrachtete ihn zärtlich und bang. Eines Tages fand man ihn steif, bläulichrot verfärbt und mit verdrehten Augen. Er hatte ein Röhrchen *Gardenal* geschluckt.

»Ein Versehen«, meinte er. »Ich hatte solche Schmerzen. Ich wollte, daß sie aufhören ...«

Aber Leila war überzeugt, daß er ein Ende machen wollte. Sie konnte seine Verzweiflung in seinem Blick lesen und bis in das Innerste ihrer Seele spüren. Waren die anderen etwa blind? Versuchten sie, alles zu verharmlosen? Die Männlichkeit ließ dem starken Geschlecht neben edlen Zornesausbrüchen in der Tat nur wenige Möglichkeiten, Gefühle zu zeigen. Sie wurden immer von Härte im Zaum gehalten.

Nach und nach kam Khellil mühsam darüber hinweg. Alle umsorgten ihn liebevoll. Und eines schönen Morgens kam er endlich aus dem Krankenhaus nach Hause. Leila meinte, er bräuchte ein Mehr an kindlicher Liebe als Ausgleich für die fehlende andere Liebe. Sie begann daher, ihn Azizi zu nennen, eine in solch einer Situation sehr geläufige Bezeichnung, die »Liebling« bedeutet. Bald folgten die Geschwister, die nahen oder entfernten Verwandten ihrem Beispiel. Für alle wurde Onkel Khellil Azizi. Nach einigen Tagen der Genesung nahm er seine Arbeit wieder auf. Das *Mektoub* hatte entschieden, nicht das langsame Wirken der Zeit abzuwarten. Azizi wurde Buchhalter.

Kurze Zeit später brach an einem Morgen eine große Zahl Hubschrauber mit ohrenbetäubendem und unablässigem An- und Abfliegen in die Unterrichtsruhe von Leilas kleiner Schule ein. Sie durchsiebten den Himmel mit ihren Salven aus geflügeltem Geknatter. Ab und zu setzte einer von ihnen auf und hob sofort wieder ab. Ihr Kreisen glich dem besessenen Flug jagender Raubvögel. Der Lärm der Turbinen heulte im Kopf und ließ die Gischt der Angst aufsteigen. Ein Hubschrauber bedeutete Angst und Schrecken. Er war das Werkzeug der »gefleckten« Männer *Bigeards*. Die wenigen Algerierinnen in Leilas Klasse, die ein schlimmes Ereignis vermuteten, hielten sich fieberhaft gegenseitig eine Räuberleiter und versuchten, die hohen Fenster zu erreichen, um zu sehen, was draußen vorging. Ihre Lehrerin in jenem Jahr, eine gutmütige Bretonin mit flachem Gesicht und sanften Augen hinter ihrer dicken Kurzsichtigenbrille, hieß Le Cloarech. Sie begriff bald, daß die von Panik erfaßten kleinen Algerierinnen nicht zu bändigen waren und daß der Lärm sowieso kein Gespräch mehr zuließ. Die Kirchturmuhr hatte noch nicht zehn geschlagen, und sie wurden entlassen. Alle sahen daher das Schauspiel:

Der riesige, von einem hohen Drahtzaun umgebene Hof der Gendarmerie war voll von Algeriern. Mehrere hundert Männer, schweigend, angespannt, zusammengedrängt zu einer dichten Masse von *Ganduras*. Sie strömten noch immer von überallher zusammen, eskortiert von Soldaten mit gezücktem Maschinengewehr. Um den Drahtzaun herum standen Furcht einflößende Panzer, ihre Geschütze wie Finger des Todes auf die dumpfe Menschenmenge gerichtet. Die Hubschrauber setzten auf, entließen Männer mit Handschellen an den Gelenken, dann starteten sie wieder. Andere setzten ihre unheilverkündenden Runden am Himmel fort. Leila versuchte vergebens, ihren Vater und ihren Onkel in der Menge auszumachen. Panzer und Soldaten bildeten eine bedrohliche und unüberwindliche Barriere. Leilas Herz schlug wie ein *Bendir*, und sie begann zu laufen. Die Hauptstraße war verstopft von Männern und Soldaten, die auf die Gendarmerie zugingen. Dreihundert Meter davor stieß sie auf Khellil mit all seinen algerischen Kollegen. Sie nahm seine gesunde Hand und wollte ihn nicht mehr loslassen. Ein Soldat mit Gewehr riet ihr:

»Geh nach Hause, Kleine!«

Sie durchbohrte ihn mit ihrem Blick und zuckte die Schultern. Das brachte Azizi zum Lächeln.

»Hör zu«, sagte er zu ihr. »Ich weiß nicht, was sie von uns wollen. Ich weiß nicht, wie lange sie uns festhalten werden. Hab keine Angst. Ich zähle darauf, daß du versuchst, die anderen zu Hause zu beruhigen. Dein Vater wird wohl schon abgeholt worden sein.«

Er nahm das Geld, das er bei sich hatte, aus seinen Taschen und gab es ihr.

»Während unserer Abwesenheit mußt du die Einkäufe machen. Schau, ob deine Mutter irgend etwas braucht. Ich bezweifle stark, daß dein Vater die Zeit hatte, auf den Markt zu gehen.«

Sie klammerte sich weiter an ihn, als wollte sie ihn beschützen. Ihr Vater, der war Verhöre gewohnt, Khellil nicht. Sie hatte Angst um ihn. Er war noch so schwach und seine linke Hand verbunden.

»Sei vernünftig. Es kann nicht schlimm kommen. Sie können schließlich nicht alle Algerier des Dorfes einsperren oder erschießen! Tu mir den Gefallen und geh nach Hause. Deine Mutter und Großmutter müssen sehr besorgt sein. Wenn ihr irgendein Problem habt, geh zu Portalès.«

Er beugte sich hinunter und küßte sie. Verzweifelt ließ sie seine Hand los und schaute zu, wie die Truppe sich entfernte. Ein paar Tränen rannen ihr über die Wangen. Ein sehr junger, kaum erwachsener Soldat hielt und schaute sie an. Er holte ein Taschentuch hervor, trocknete ihr die Augen und Wangen. »Der da«, sagte sie sich, »ist ein Einberufener, kein Berufssoldat.« Auch Leila hatte gelernt, sie an ihrem Blick, ihrem Benehmen zu erkennen, noch bevor sie die Uniformen unterscheiden konnte. Vor allem, wenn sie gerade aus Frankreich gekommen waren, noch bevor der Krieg, das Blut und das Zusammenleben mit den Berufssoldaten die einen »verdarb« und die anderen in triste Gleichgültigkeit stürzte. Der Soldat schaute sie lange mit seinen sanften, schönen Augen an und ging fort, ohne den Mund aufzutun. Sie tat es ihm gleich und wandte sich zur Düne. Als sie an den Werkstätten vorbeikam, sah sie Portalès auf den Treppenstufen sitzen.

»Ich bin arbeitslos, man hat mir alle meine Männer entführt.«

»Haben sie meinen Vater mitgenommen?«

»Ja, als einen der ersten, auf den *G.M.C.* Die anderen sind zu Fuß unter Bewachung hinterhergegangen.«

Er nahm ihre Hand und begleitete sie nach Hause. Er hatte bereits mehrmals versucht, die zwei Frauen zu beruhigen ... Als Leila und Portalès kamen, saßen sie im Hof in der Sonne. Auf ihren Gesichtern konnte man große Besorgnis lesen. Es war der 31. Januar 1960. Portalès setzte sich neben Zohra. Sie schaute ihn müde an.

»Siehst du, heute kann nicht einmal die heiße Sonne das Grauen schmelzen, das sich in meinen Körper und meine Seele gefressen hat. Die Nachrichten im Radio sind gar nicht beruhigend!«

Portalès legte liebevoll den Arm um ihre Schultern.

»Sag, *Hanna,* sie werden sie doch nicht erschießen! Da sind so viele Panzer, *G.M.C.*, Fallschirmjäger und Hubschrauber!« fragte Leila, und ihre Stimme zitterte unwillkürlich.

»Meine Tochter, die Füße sind viel größer und stärker als das Auge. Sie sind eine kunstvolle Verbindung aus Knochen, Muskeln und Sehnen. Das Auge aber ist nur ein kleiner Schluck Wasser! Und doch können die Füße noch so laufen, der Blick ist immer schneller als sie, wie sie es auch anstellen ... Sie können weder die Hoffnung noch den Willen einsperren.«

Leila, die doch die Bilder der Großmutter gewohnt war, verstand dieses nicht ganz. Aber Zohra hatte mit lauter Stimme gesprochen, und das beruhigte das Mädchen etwas.

Yamina brauchte Milch für ihr Jüngstes. Milch? Wieder über die alltäglichen Dinge des Lebens zu sprechen, schien so prosaisch, fast grotesk. Die Mutter blickte betrübt und zuckte die Schultern.

»Ich muß schließlich trotz allem den Kleinen etwas zu essen geben.«

Portalès bot sich an, Milch und andere fehlende Lebensmittel einzukaufen. Mit einem bohrenden Gefühl im Körper beschloß Leila, ihn ins Dorf zu begleiten, um noch einmal an der Gendarmerie vorbeizuschauen. Außerdem fuhr sie selbst zu normalen Zeiten gern mit ihm im Auto, denn der gutmütige Mann bemühte sich immer, sie zum Lachen zu bringen. Im Winter, bei bissiger Kälte, steckte er seine Hände in die Taschen und lenkte mit dem Bauch. Portalès' Bauch war dick, ganz rund und sehr fest.

»Du leidest an Schwangerschaft, derselben Krankheit wie meine Mutter. Sie hat manchmal Anzeichen der Genesung, du nie. Du solltest etwas dagegen tun«, sagte sie ihm und tätschelte zärtlich seinen Bauch.

»Du hast recht, ich muß etwas dagegen tun. Ich werde einen *Couscous* essen, den Yamina gekocht hat! Ich kenne kein besseres Mittel gegen meine Krankheit«, erklärte er mit lachenden Augen.

»Ißt du mit uns?« fragte Yamina ihn, bevor er ging.

Es war mehr eine Bitte als eine Einladung.

»Einverstanden. Bis später.«

Er stieg mit Leila in seinen alten Jeep.

»Wir werden an der Gendarmerie vorbeifahren und schauen, wie sich die Lage entwickelt«, sagte er, als er losfuhr.

Leila stimmte zu.

Der Hof der Gendarmerie war jetzt voll von *Djellabas* und *Serouals*. Darum herum immer noch dieselbe Demonstration von Waffen und Stärke. Entlang der Krankenhausmauer direkt gegenüber scharten sich *Haiks* und Kinder, die sich nach dem Stand der Dinge erkundigen wollten. Plötzlich wurde Leila ihre kompromittierende Lage bewußt: an einem solchen Tag im Jeep eines *Roumi* zu paradieren! Man würde sie für eine Überläuferin halten! Sogleich schien ihr, als lasteten manche Blicke auf ihr wie ein schwerer und unwiderruflicher Urteilsspruch. Um den Pfeilen der anklagenden Augen zu entgehen, versank sie so tief sie konnte in ihren Sitz. Wie schwer es doch war, sich in einem offenen Jeep zu verstecken! Portalès, der sie bei ihrem Getue ertappte, durchbrach ihre Gedankengänge. Sein Gesicht, in dem man wenige Sekunden zuvor einen wilden Zorn ablesen konnte, der seine Kinnladen anspannte, konnte einen schmerzlichen Ausdruck nicht unterdrücken. Er schaute sie an und sagte in müdem und bitterem Ton:

»Es ist dir vielleicht lieber, wenn ich dich absetze? Tu, was du willst. Weißt du, ich verstehe es schon.«

Sie fühlte sich noch schuldiger. Eine Hitzewelle brannte in ihrem Körper und rötete ihr Gesicht bis zu den Ohrläppchen. Welch eine Qual, zwischen zwei Schamgefühlen hin- und hergerissen zu sein! Aber sehr schnell gewann ihre große Zuneigung für den Mann die Oberhand und fegte das Gefühl eines vermeintlichen Fehlers hinweg. Mutig setzte sie sich in ihrem Sitz auf. Sie räusperte sich und antwortete in festem Ton:

»Nein, nein, es geht schon.«

»Bist du sicher?«

»Ganz und gar!«

Sie erledigten die paar nötigen Einkäufe. Nur das Lebensmittelgeschäft der *Roumis* hatte noch offen. Portalès mußte dann noch zur Buchhandlung.

»Ich werde die Zeitung kaufen. Vor drei oder vier Tagen hatte ich auch etwas bei der Buchhändlerin bestellt. Sie müßte es mittlerweile erhalten haben.«

Er betrat das Geschäft und kam mit der Zeitung unter dem Arm und einem Päckchen in der Hand wieder heraus.

»Da, das ist für dich!«

»Was ist das?«

»Mach auf, du wirst schon sehen.«

Sie öffnete es. Es war ein Buch, und was für eines! *Der kleine Prinz* von Saint-Exupéry ... Auf dem Rückweg begegneten sie einer Gruppe Soldaten. Einer von ihnen stieß mit seiner Gewehrspitze einen jungen Araber vor sich her. Überheblichkeit funkelte aus seinen Augen, er verzog verächtlich die Lippen und marschierte mit grimmigem Schritt. Portalès hämmerte mit den Fäusten auf sein Lenkrad und machte seinem Zorn Luft.

»Herrgott, was für eine verfluchte Scheiße! Weißt du, was diese Schwachköpfe tun? Sie nehmen uns europäischen Zivilisten die letzten Chancen, noch in Frieden auf algerischem Boden leben zu können. Wie kann man da noch Hoffnung haben, wenn man das sieht? Was für ein Schlamassel!«

Am Nachmittag sahen die leeren, auf der Erde gelandeten Hubschrauber wie dicke, tote Schaben aus. Alle Männer waren in der Gendarmerie. Ein Meer aus *Haiks*, ein versteinerter weißer Schaum, umgab sie. Auch die Stille war da, beängstigend, unheilschwanger. Sie legte sich wie eine Haube über das Dorf. Die Algerienfranzosen waren zu Hause geblieben, ein wenig besorgt, manche vielleicht auch ein wenig beschämt?

»Das reicht jetzt, Kinder. Was draußen vorgeht, ist zwar bedauerlich, aber es betrifft uns nicht. Wir sind hier, um zu lernen!« sagte Fräulein Le Cloarech zu den wenigen Kindern, die am Nachmittag zum Unterricht gekommen waren.

»Mademoiselle, es sind doch unsere Eltern, die da seit heute morgen ohne Essen und Trinken wie Schafe in einer Koppel zusammengepfercht und eingeschlossen sind«, antwortete ein Mädchen, das gewöhnlich immer stumm war.

Die Überraschung machte die Augen der Lehrerin noch weicher. Sie nickt betrübt mit dem Kopf und beschränkte sich auf ein:

»Ich weiß, mein Kind, ich weiß.«

Nach Unterrichtsschluß um fünf Uhr gab es ein großes Geschubse vor dem Portal. Bevor die Lehrerinnen erfassen konnten, was geschah, brach eine regelrechte Schlacht aus. Sie spaltete die Algerierinnen und Französinnen in zwei wütende Lager. Die Seuche des Krieges verschonte nicht einmal mehr die Kinder in den Schulen.

Mohamed, der Älteste von Drif, dem *Spahi*, und Meryème, wurde am Nachmittag entlassen. Er kam und erzählte den zwei auf sich gestellten Frauen, was in der Gendarmerie vorging: die Männer marschierten einer nach dem andern an drei Männern vorbei, deren Gesicht unter einer Kapuze verdeckt war und die lange *Ganduras* trugen. Wenn keiner der drei einen anklagenden Finger hob, war der Mann frei. Wenn der Spitzel auf ihn zeigte, wurde er von den Soldaten mitgenommen.

»Sie suchen wohl dicke Fische!« folgerte Zohra daraus.

Die Frauen warteten lange, bis spät in die Nacht auf Tayeb und Khellil. Aber keiner der beiden kam zurück. Ein eisiger Wind, der furchtbare kalte Wind der winterlichen Wüstennächte, wehte. Er heulte, schluchzte und stöhnte an den Fenstern. Es war, als ob er angesichts so großer Ungerechtigkeiten zwischen Wut und Schmerz hin- und hergerissen wäre. Zohra machte in der Nacht kein Auge zu. Sie saß in ihrem Bett, mummte sich in ihre Decken und rührte sich nicht, gab keinen Ton von sich. Nur ein langer Seufzer von Zeit zu Zeit zeigte dem Mädchen, daß sie immer noch wach war. Leila las in ihrem Bett den *Kleinen Prinz*: Es war eine erfrischende Brise gegen den Aufruhr in ihrem Kopf.

Khellil kam früh am nächsten Morgen zurück. Man hatte ihn erst sehr spät in der Nacht verhört. »Sie« hatten vor allem versucht, ihm Informationen über die Aktivitäten seines Bruders zu entlokken. Offensichtlich lastete auf ihm selbst kein Verdacht. Im Morgengrauen ärgerte er, müde und gereizt, wie er war, den Mann, der ihn verhörte. Aus Wut darüber gab ihm dieser einen kräftigen Tritt gegen seine verletzte linke Hand.

»Der Schmerz war so unerträglich, daß ich das Bewußtsein verloren habe. Ich bin im Krankenhaus wieder zu mir gekommen. Man hatte meinen Verband erneuert und die Schmerzen gelindert. Der Arzt war wutentbrannt. Er hat mir verboten, diese Woche zu arbeiten. Ich habe wirklich Angst, daß mein Bruder diesmal eingesperrt wird.«

Portalès kam, um nach Neuigkeiten zu fragen. Als er Khellil sah, rief er aus:

»*Labesse*, Khellil! Ich habe trotz allem eine gute Neuigkeit für dich! Lagaillarde und seine Schergen haben sich gerade ergeben.«

»Diese Extremisten wollten alle Algerien, aber ohne die Algerier. Sie können uns wohl nur im Sklavenzustand ertragen. Da wir aufbegehren und nicht mehr ›ihre guten Araber‹ sind, würden sie uns gern alle erschießen. Sie werden de Gaulle noch viel zu schaffen machen.«

Zwei Menschen fanden in jener Nacht den Tod. Was war das Ziel dieser Razzia? Tayeb kam weder an diesem Tag noch am nächsten. Portalès machte sich auf, um sich zu erkundigen, was gegen ihn vorlag. Er kam zurück, beruhigte.

»Sie haben nur Vermutungen, keinen greifbaren Beweis gegen ihn. Sie können ihn nicht lange festhalten.«

»Sie« hielten ihn dennoch einen guten Monat, einen langen Monat fest. Dann ließen sie ihn wieder frei. Die ganze Zeit über träumte Leila jede Nacht in ihrem Bett mit offenen Augen denselben Traum. Der Tag würde kommen, an dem sie nachts in Stille ihr schlafendes Zuhause verließ. Wenn ihre Eltern dann erwachten, würden sie durch eine Botschaft, die sie auf ihrem Bett gelassen hatte, erfahren, daß sie zum *Djebel* gegangen wäre. Sie würde »eine *Fell*«, eine *Djoundia* werden, wie Nefissa Hamoud und all jene, von denen man mit leiser Stimme und bewundernden Blicken sprach. Das war ihr Geheimnis. Eines Tages zog sie jedoch Khellil ins Vertrauen. Er lächelte leise und antwortete ihr:

»Weißt du, ich hoffe, daß der Krieg zu Ende sein wird, lange bevor du alt genug bist, daran teilzunehmen.«

In diesem Februar 1960 explodierte weiter im Süden, in Reggane im großen *Touat*, die erste französische Atombombe. Das beunruhigte die Bevölkerung, und der Name Hiroshima erhitzte die Gemüter. »Sie wollen uns ausrotten.« In den Moscheen beteten die Menschen lange. Alle suchten beklommen den Himmel ab und atmeten mit Mißtrauen den Schirokko ein. Aber der Himmel blieb klar, und der heiße Atem des Südwinds war seinen Geliebten treu und brachte nur den Sand der Dünen, den er zuweilen zu undurchsichtigen, in der Luft trudelnden kleinen Tornados aufwirbelte.

Als die Osterferien kamen, war bereits seit einem Monat Sommer. Hier gab es weder Frühling noch Herbst. Man wechselte übergangslos vom Winter zum Sommer und umgekehrt. Der Winter dauerte zwei Monate, der Sommer zehn. Zohra verbrachte zusammen mit Leila ein paar Tage bei Saadia. Estelle, deren Freundin, lud sie zum Abendessen ein.

Estelle war eine herrliche Frau. Vielleicht die schönste Frau, die Leila damals kannte. Ihre matte Gesichtshaut wurde durch den Glanz ihrer großen, grünen Augen noch unterstrichen, welche in der Sonne von Goldstaub schillerten. Herrlich war auch ihr Körper. Aber man mußte ihn im *Hammam* bewundert haben, um das zu wissen. Denn jeden Morgen mit dem Aufwachen verwandte sie alle Mühe darauf, so viel Schönheit zu verbergen. Ihre nach hinten gekämmten Haare waren zu einem strengen Knoten aufgesteckt. Sie trug immer gerade, etwas weite, dunkle Kleider, die kein Gürtel oder Accessoire auflockerte. So viel Strenge grenzte an Selbstkasteiung. Zuweilen bekam ihr schönes Gesicht einen gequälten Ausdruck. Ihr Atem hechelte zwischen den Worten, zerhackte die Sätze und klang an den Silbenenden wie ein Schluckauf, der von Schluchzern benetzt war. Sie hörte auf zu sprechen, und ihr Gesicht war von großem Schmerz gezeichnet. In ihrem Blick öffneten sich dann so tiefe, dunkle und stumme Abgründe, daß man in ihrem Beisein taumelte. Saadia senkte die Augen. Estelle schien für einige Sekunden gegen eine Welle aus Entsetzen und Verzweiflung anzukämpfen. Dann beruhigte sie sich wieder und nahm die Unterhaltung auf, als sei nichts geschehen. Nur das Wasser ihres Blicks, in dem trübe Erinnerungen aufgerührt worden waren, blieb noch einen Augenblick überschattet.

Der Grund für diese Verzweiflung war ein großes Drama. Als junges Mädchen lebte Estelle in Nordfrankreich. Sie heiratete einen deutschen Juden und bekam zwei Jungen. Dann lernte sie Nazideutschland kennen. Ihr Mann und ihre Söhne wurde in Buchenwald vergast. Durch ein Wunder konnte sie entkommen. »Weil ich meinen Körper an widerliche Männer, an die Henker meiner Familie und meines Volkes verkauft habe und weil ich mich in der Dunkelheit und im Schmutz verkroch«, pflegte sie sich zu geißeln. Sie ging nicht nach Israel. Sie lehnte es ab, sich ihren Leidensgefährten anzuschließen. Sie zog es vor, »aus der Herde auszuscheren, um nicht alles wiederzukäuen«. Sie suchte die Ruhe und das Vergessen.

»Ich wollte ans Ende der Welt gehen. Dorthin, wo für mich noch eine Aussicht bestand, reine, unverdorbene Menschen zu treffen.«

Ein Teil ihrer Familie lebte in Westalgerien, in Tlemcen und Béchar. Deren Vorfahren waren vor irgendeinem Massaker in irgendeinem Teil der Erde geflüchtet und hatten sich dort niedergelassen. Das war vor mehreren Jahrhunderten gewesen. So ging sie nach Algerien, floh aus dem rassistischen und mörderischen Europa. Eine Atempause in ihrem Unglück: Sie beerbte einen alleinstehenden alten Onkel in Béchar und war auf einmal Besitzerin mehrerer Häuser, Geschäftsräume und eines *Hammams*. Sie kam ungefähr zur gleichen Zeit an wie Saadia, die sie in ihrem Bad kennenlernte. Die beiden gleichaltrigen Frauen freundeten sich an. Saadia war noch im Bordell.

»Sie hat mich ermutigt. Ihre Freundschaft gab mir Auftrieb, erfüllte mit ihrem Licht meinen Willen, einen Ausweg zu finden«, sagte Saadia, wenn sie von Estelle sprach. »Sie war ›draußen‹ meine erste Freundin. Eine Frau, die durch das Leid weder verbittert noch egoistisch geworden war.«

An jenem Abend bei Estelle aßen sie auf der Terrasse. Es war ein milder Aprilabend. Vor ihren Augen breiteten sich das *Wadi* und der Palmenhain, am anderen Ufer Debdaba, das arabische Viertel, aus. Unmerklich griff die Nacht von den Dünen aus um sich und stieg, von einem lauen und leichten Südwind getragen, zu ihnen empor. Sie erfüllte den Himmel mit ihrem undurchsichtigen Hauch und bestäubte ihn heimlich mit Mondflitter. Diese so beruhigende Szenerie, die eher zur Träumerei als zur Sorge verleitete, brachte Estelle allerdings nicht den erwarteten Seelenfrieden. Die »Ereignisse« waren kaum »beruhigend«.

»Als ich hierher kam, glaubte ich, allen Krisengebieten in der Welt entflohen zu sein. Dabei bin ich nur zum Schauplatz des nächsten Dramas geeilt! Oder hat sich die Tragik einfach an meine Fersen geheftet?«

»Warum solltest du dir Gedanken wegen des Krieges machen? Wie er auch ausgehen mag, du kannst immer hierbleiben!« wagte Zohra zu behaupten.

»Nach dem, was ich erlebt habe, kann mich der Krieg nicht mehr gleichgültig lassen. Selbst wenn immer nur eine Minderheit ihn entfacht, geht seine Ungeheuerlichkeit uns alle an! Und ich könnte hier nicht zufrieden leben, wenn alle Juden weggingen. Ich habe bereits meine Familie verloren. Mit meiner Volksgemeinschaft würde ich meine Seele verlieren. Ich hätte aber auch nicht die Kraft, noch einmal fortzugehen. Anderswo wieder ganz von vorn anzufangen. Das geht über meine Kräfte.«

Houria, warum begnügst du dich nicht mit den Feinden? Warum verlangst du, daß auch unsere Freunde zu deinen Opfern gehören? Unsere Augen, die durch deine Verheißungen aufleuchteten, verdüstern sich bereits wieder bei ihrem ungerechten Leid. Muß man das Beißende und Bittere bis zur Neige leeren, um endlich von deinem lieblichen und berauschenden Aroma zu kosten? Selbst wenn du noch fern bist, legst du bereits einen herben Duft in uns, in den wir eintauchen in der Hoffnung, eines Tages an das Verlockende deines Namens zu gelangen.

Wenige Tage später, in Kénadsa, kamen aus *El-Bayad* schlechte Neuigkeiten. Zobri, Zohras einziger Bruder, hatte zwei seiner drei Söhne verloren. Den einen im Untergrund, den anderen durch die Folter, im Abstand von nur wenigen Tagen. *El-Bayad* war die »*Aurès* des Westens«, mit sehr rauhem Klima, und im Krieg der mörderischste Ort der Region.

1960. Ein Jahr, anders als die anderen. Zunächst einmal gab es Regen. Drei oder vier Tage lang fiel er in starken, aber kurzen Schauern. Der Himmel wurde schnell zu einem Aquarell: marineblau, ocker, violett, weiß und alle Grauschattierungen. Die Sonne verschwand am hellichten Tag, welch eine Freude! Und all diese Farben dort oben, welch eine Freude! Alle Augen erhoben sich, als zöge dieser ungewöhnliche Himmel sie magisch an. Sie saugten ihn in sich auf, wußten sie doch, daß er etwas Besonderes und nicht von Dauer war. Donner geißelte ihn. Blitze zerrissen ihn. Dann fiel das segensreiche Wasser, sintflutartig. Welch eine Freude!

Das Gewitter überraschte Leila bei ihrer Tante Meryème, der Schwester Bellals, des *S'Baas*. Meryème wohnte in dem Elendsviertel mit Namen Hassi El Frid. Häuser aus Trockenschlamm, die von Hunger zerfressen, von großen, an den Schwellen modernden Abfallhaufen entstellt waren. Termitenhügel, in denen die Bäuche und Augen der Kinder vom Hunger gefüllt waren.

Ein Wolkenbruch! Welch eine Freude! Der Trockenschlamm, der die Palmblätter des Dachs bedeckte, wurde feucht, bröckelte ab und brach schließlich zusammen. Wie dicke Tränen aus Sand rieselte er über die Innen- und Außenseiten der Mauern. Es regnete drinnen fast ebensosehr wie draußen. Aber der Regen war warm, und sie waren so glücklich über dieses Geschenk des Himmels. Die Kinder kamen heraus, liefen, lachten, schrien und bejubelten das Wunder. Sie wirbelten umher, hüllten das dumpfe Tamburin des Regens in das Gespinst ihrer kristallklaren Schreie. Die warme Erde genoß das Elixier, und wie in einem langen und tiefen Seufzer des Behagens strömte sie einen sinnlichen und feuchten Geruch aus. Dann barsten die dunklen Netze des Himmels, ließen eine Unzahl von Wölkchen heraus, weiße Vöglein, die mit dem Wind eines fernen und drängenden Rufs an ihren Flügeln wanderten und als marmorfarbene Schwärme schnell und rastlos den Azur aufwühlten. Ihre leichten und flinken Schatten segelten munter wie kleine Boote auf den ausgreifend wogenden Dünen. Der gewaschene Himmel war jetzt hellblau, weit und tief. Sein Blau ergoß sich auf die Erde. Es streichelte ihren feuchten Körper mit seinen Lippen aus Licht von neugewonnener Klarheit. Und dieses Licht war kein Brennen in den Augen mehr. Auch in den Augen spürte man die seidige Sanftheit.

Die Männer kamen heraus. Sie untersuchten die Häuser von außen, dann klatschten sie laut auflachend ihre Hände in die der Nachbarn. Alle schlugen sich prustend auf die Schenkel. Sie hatten kein Dach mehr. Also lachten sie. Was hatten sie verloren? Ein paar trockene Palmblätter und etwas Schlamm! Warum sich da den Kopf zerbrechen. Ein Dach war gegen die Sonne und die Kälte, nicht gegen den Regen. Das Dach wurde vom Regen zwar zerstört, aber der Regen machte die Erde naß und half ihnen so, es zu erneuern. Der Regen war überall willkommen: in den Häusern, in den brennenden Augen, auf der gegerbten Haut, auf den Schrunden des Herzens. Warum sich da den Kopf zerbrechen! Der Regen war ein gutes Vorzeichen. Ein Segen.

Kaum war das letzte Wölkchen am Horizont verschwunden, da begannen schon aus den verdorrtesten Zweiglein, die unter der Trockenheit der *Regs* wie erstarrt waren, Tropfen von Grün hervorzuquellen. Und sobald sie auf das mumifizierte Geäst geperlt waren, umstrahlten sie winzige Blüten. Eine Quintessenz von Blüten im Kleinformat, die sich beeilten, vor der Rückkehr der despotischen Gluthitze zum Leben zu erwachen. Und selbst klein und kurzlebig, hatten sie so leuchtende Farben, daß sie vor den Augen wie Funken sprühten. Ihr Duft war so berauschend, daß er die Nase hypnotisierte und der Atem plötzlich von einer so großen Weite erfüllt wurde, daß er alles in die Brust aufsaugen wollte.

Wieder ein Sommer, ohne nach Marokko zu können. Wieder ein Jahr ohne Ferien. Aber ein Sommer, der nicht ganz wie die anderen war. Zohra, die nicht nur die weiten Flächen der Zeit maß, die sie von ihren Kindern in Marokko trennten, nicht nur die Ebenholzperlen ihrer Gebetsschnur zählte, sondern auch das Geld, das Tayeb und Khellil auf die Seite legten, mußte ihnen eines Tages fassungslos eine große Summe überlassen:

»Was wollt ihr mit so viel Geld machen? Ihr dürft vor der *Houria* nichts kaufen«, schalt sie.

Sie antworteten:

»Da wir ja nie in Urlaub fahren können, *Oumi*, wollen wir uns zumindest hier ein paar Urlaubsattribute leisten.«

Alle schauten sie mit verblüfften Augen an. Aber die beiden Männer zwinkerten sich verständnisinnig zu, ohne ihr Geheimnis auch nur etwas zu lüften. Unter verschwörerischem Getuschel machten sie sich mit funkelndem Blick auf wie zwei *Jaha*. Was war das für ein Plan, der ihre Augen aufleuchten ließ? Sie kamen zurück mit einem riesigen Kühlschrank ganz aus weißem, glänzenden Emaille, »so makellos wie ein Klumpen Schnee«, rief Leila aus, und ihre Augen strahlten vor Wichtigtuerei gegenüber ihrer Geschwisterschar, die noch nie Schnee gesehen hatte. Aber was war denn in dem anderen, kleineren Paket? Ein Klimagerät! Ein Klimagerät? Zauberei oder Hokuspokus? Sie würden es erfahren.

Mitten im Juli frisches Wasser trinken und sich der Trägheit der Mittagsruhe hingeben zu können, ohne in einem glühenden und schweißfeuchten Alptraum gefangen zu sein, der die Brust mit seiner Beklemmung folterte ... Wie war es nur möglich, daß dieser Traum plötzlich für sie erreichbar war? Das Zimmer, in dem Zohra, Khellil und Leila schliefen, war das größte von allen; an seinem Fenster installierten Tayeb und Khellil das Klimagerät. Und, ob Zauberei oder Hokuspokus, das Zimmer wurde zu einer Insel der Frische in dem stickigen, unter der Sommerglut erstarrten Haus, ein Zufluchtsort für Körper und Geist. Also konzentrierten sich dort alle Aktivitäten der Familie, und der Schlaf bezog hier sein Quartier. Wenn seine Stunde kam, wurden ein paar leichte Matratzen auf die *Alfa*matten geworfen, und alle legten sich dorthin, zu zehnt, Seite an Seite. Wenn auch ihr Lebensraum auf diese Weise eingeengt wurde, so befreite die Kühle doch die Brust aus dem Würgegriff der glühenden Monate, gab dem Atem wieder viel Raum und dem Traum grenzenlose Weite für seine phantastischen Gedankenflüge.

Zu Anfang kreiste Zohra mit zusammengeknotetem *Magroun* und hinter dem Rücken gefalteten Händen um die zwei Geräte und blickte sie furchtsam an. Dann horchte sie sie ab, betastete sie. Als sie ihre Untersuchung abgeschlossen hatte, mischte sich in ihre Ratlosigkeit bereits Bewunderung.

»Der Kühlschrank ist fast so schön wie deine *Gerba*, Mama. Und erst das Klimagerät, eine frische Windquelle, die einer Kapriole gleich mitten in der sommerlichen Feuersbrunst entspringt. Da können die Nomaden noch so lange alle *Hamadas* und alle *Regs* durchstreifen, das finden sie nur im Geschäft des Städters. Das ist doch mal eine schöne Erfindung der Menschen, oder *Oumi*?« fragte Khellil in neckendem Ton nach.

»Sie haben auch Waffen, die Atombombe gebaut! Sie machen seit grauer Vorzeit Kriege. Da können sie sich auch mal von Zeit zu Zeit um einige edle Errungenschaften kümmern«, meinte sie stur und war entschlossen, sich nicht beeindrucken zu lassen.

Khellil lächelte.

»Erklär mir, wie es funktioniert«, begann sie wieder und zeigte auf das Klimagerät.

»Es ist verblüffend einfach! Du siehst, das Wasser, das in das Gefäß gelangt, wird von dieser Wasserpumpe angesogen. Es fließt von drei Seiten des Kastens aus in die Schale. Das da ist ein Schwimmer. Er hält den im Behälter notwendigen Wasserstand aufrecht. Das umlaufende Wasser wird entsprechend abgekühlt. Das gleiche gilt für die angesaugte Luft. Es ist so einfach, daß ich für die anderen Räume auch welche bauen werde. Portalès wird mir helfen. Er wird die Aluminiumgehäuse herstellen. Ich werde Ventilatoren, Schwimmer und Wasserpumpen kaufen, und die Sache ist geritzt. Selbstgebaut sind sie sicher etwas weniger leistungsfähig als dieses hier, aber immerhin …«

Zohra verließ das Zimmer, ohne zu antworten. Sie machte einen Gang durch die anderen Räume, dann unter die Laube; dort herrschte eine erstickende Hitze von nicht weniger als fünfzig

Grad; dann kam sie zurück. Aufrecht, die Hände immer noch auf dem Rücken, wiegte sie den Kopf und sagte:

»Meine Kinder, der Mann, der diese Maschine erfunden hat, ist sicher ein gottgefälliger Mensch, denn er hat den Weg gefunden, den Lebenden ›Rih el Genna‹ (die Luft des Paradieses) zuzufächeln!«

Khellil und Leila unterdrückten ihr Lachen. Was machte es schon, wenn die Metapher religiös gefärbt war, »Rih el Genna« klang so hübsch! Im übrigen sollte Zohra das Klimagerät nie anders bezeichnen. Sie bat Leila stets, »Rih el Genna« wehen zu lassen oder auszuschalten. Was den Kühlschrank betraf, so lehnte sie sehr bald seine Dienste ab und akzeptierte den glänzenden Klotz nur noch als Dekorationsgegenstand, mehr nicht. Sie verschmähte sein »zu kaltes Wasser, das den Hals wie Feuer brennen ließ«, und trank wieder das Wasser aus den *Gerbas*. Es rann nicht nur sanft die Kehle hinunter, sondern hatte auch einen Geschmack, der Zohra das ganze Leben hindurch begleitet hatte. Es »schmeckte so gut nach Gatran«, einem pflanzlichen Öl, das als Gerbstoff diente und das Wasser leicht färbte, ihm einen recht eigenartigen Nachgeschmack verlieh.

»Wenn ihr dieses eisige Wasser trinkt, wird euch das Blut gefrieren!« prophezeite sie den anderen.

Wenn ihnen das Blut auch nicht erstarrte, so brachte ihnen der anfänglich verschwenderische Genuß der zwei Geräte doch oft Halsschmerzen ein. Der Temperaturunterschied zwischen dem klimatisierten Raum und außen war so groß, daß – kam noch die Wirkung eines eisgekühlten Getränkes hinzu – alle Voraussetzungen für eine Angina gegeben waren. Die Erfahrung lehrte sie jedoch, die beiden Errungenschaften mit Vorsicht zu genießen.

Bald mehrten sich im Dorf die Klimageräte. Die meisten wurden am Ort hergestellt. Doch woher sie auch kamen, sie veränderten die Sommer von Grund auf. Ein wahrer Hauch aus dem Paradies.

Nun war es schon mehr als ein Jahr her, daß Khellil seine Liebste gesehen hatte, die Tochter des starrköpfigen Mannes, der nach wie vor Khellils Absichten zu durchkreuzen gedachte. Der Weg zu Khellils Büro führte jedoch an der Haustür seiner Angebeteten vorbei. So starrte er mindestens viermal am Tag verzweifelt auf die hermetisch verschlossene Tür, die bei jedem Vorbeigehen in seinem Herzen den flackernden Schein eines Hoffnungsschimmers entzündete, der im glühenden Schoß der Barga entfacht wurde. Der Verliebte verzehrte sich so sehr, daß die Frauen begannen, ihn zu bedauern und die Klagelaute und Seufzer auszustoßen, die der Männerkaste verboten waren. Aber Leila fand Khellil so schön, daß sein so ungewöhnliches und neues Abenteuer für sie ein unschätzbares Geschenk war. Ein ganz besonderes Thema zum Träumen. Ja, er sah blendend aus mit seinen düsteren Augen, seinem bitteren Lächeln. Seine abgeschnittenen Finger verliehen ihm nur noch mehr Charme. Ihr gefiel die Vorstellung, daß der Grund seines Unfalls nichts anderes als diese verbotene Liebe gewesen sei. Sie hatte ihn unvorsichtig gemacht, ihn von allem übrigen abgelenkt. Er ließ sich treiben. Eine tragische und pathetische Gestalt. »Er ist schön und läßt sich im Blau des Himmels treiben, wo er auf einem hübschen weißen Wölkchen reitet und nach einer Liebe sucht, die ein furchtbarer Menschenfresser auf einem Stern festhält, den er sorgsam verdunkelt hat, damit er unsichtbar und unauffindbar bleibt. Aber selbst wenn sie unglücklich ist, bleibt die Liebe ein für die meisten Menschen unerreichbarer Thron«, dachte sie.

Tayeb beschloß, einen letzten Vorstoß zu wagen. Trotz des Kummers, den der Zustand ihres Sohnes ihr bereitete, wollte sich Zohra nicht mehr daran trauen. »Noch einmal mehr wird auch zu nichts führen, leider!« prophezeite sie. Tayeb brachte dennoch einige ehrwürdige Alte für einen letzten Feldzug gegen die niederträchtige Weigerung zusammen. Wie zu erwarten war, blieb der alte Mann unerbittlich:

»Bei Allah! In was für Sitten und Zeiten leben wir! Würde die Kolonisierung noch andauern, wäre es mit unseren altüberlieferten Traditionen vorbei. Unsere Kinder würden zu *Roumis*, würden sich in der Sünde suhlen. Den Vätern bliebe nichts anderes übrig, als sich begraben zu lassen, bevor ihre Kinder sich auf der Straße verheiraten und sie mit Schande überschütten! Ich werde sie jedem anderen geben, aber niemals diesem schamlosen Kerl.«

Nachdem Khellil zwei Jahre zermürbenden und fruchtlosen Wartens verbracht hatte, die verschlossene Tür ständig vor Augen, nachdem seine Hoffnung an der furchtbaren Klippe der Ablehnung zerschmettert war, ihm Hände und Geist von den Ketten einer überlebten Moral und verknöcherten Vorstellungen gebunden waren, hielt er es nicht länger aus. Er würde Zohras inständigen Bitten nicht nachgeben, die ihn retten zu können glaubte, indem sie ihm eine andere Frau auswählte. Das kam nicht in Frage. Er hatte nur noch ein Verlangen: wegzugehen, seinem Weg der täglichen Qual zu entfliehen, allem zu entfliehen, was ihm in seiner Umgebung sonst noch unerträglich war … Weit fortzugehen, noch weiter nach Süden. Er würde sicher eine Arbeit in der Nähe von Timimoun, Tindouf oder Tamanrasset finden. Er würde sich darum kümmern.

Es ging schnell. Er fand eine Stelle als Buchhalter im Eisenbergwerk von Gara-Djebilet, zwischen Tindouf und der sahrauischen Grenze, mehr als tausend Kilometer weiter südlich. Ohne zu zögern, kündigte er bei den H.S.O. Er beauftragte seinen Bruder, ihn in seiner Tätigkeit für den *FLN* durch jemand anderen zu ersetzen und seine Beiträge zu zahlen, und ging fort.

Nach seiner Abreise erschien Leila das Haus sehr leer. Aber er schrieb regelmäßig. Sie antwortete ihm, informierte ihn über alles und jeden. An jedem Monatsende sandte er auch Geld, das Zohra sorgfältig versteckte. So könnte sie eines Tages für ihn eine schöne Hochzeit ausrichten, die seine bittere Enttäuschung auslöschen würde.

Dieser Sommer war vor allem auch deshalb sehr viel weniger hart, weil sich eine kleine Hoffnung auf Frieden abzeichnete. Abgesandte von de Gaulle und der provisorischen Regierung Algeriens hatten sich im Juni getroffen. Eine Brücke des Friedens wurde über die bewegten Fluten des Krieges und des von ihm gesäten Hasses gebaut.

Bangen und Zittern vor Hoffnung

Dann reiften die Datteln, und endlich fing die Schule wieder an. An diesem ersten Unterrichtstag erwartete Leila eine böse Überraschung vor dem Portal ihrer Schule: ein Drittel der ohnehin wenigen Algerierinnen fehlte beim Aufruf. Es lag sicher zum Teil an den stürmischen Zeiten. Aber vor allem waren sie alle zehn Jahre alt oder ein wenig älter. Die Zeit der Kleinmädchentändeleien war daher für sie vorbei. Ernstere Aufgaben warteten auf sie. Bald würden sie Ehefrauen und Mütter sein. Zu Leilas großem Kummer gehörte Zohra, die zweite Tochter Meryèmes und Drifs, des *Spahis* mit den Orden, zu ihnen. Die Zuneigung, die Leila ihr entgegenbrachte, hatte keineswegs etwas mit ihrem Vornamen zu tun, eine Ehre, die Meryème ihrer geliebten Tante erwiesen hatte. Zohra und Leila waren mit wenigen Tagen Abstand geboren. Als sie noch gestillt wurden, hatte Meryème im Gegensatz zu Yamina viel Milch. Daher gewöhnte sie sich an, Leila einmal am Tag zu stillen. Sie »löste die Ziege ab« und meinte:

»Mein Gott, wenn diese arme Kleine weiter nur Ziegenmilch trinkt, wird sie bald meckern statt sprechen.«

Eher als Cousinen verstanden sich die zwei Mädchen als Milchschwestern. Es gefiel ihnen sehr, daß es so war. Ihre Freundschaft war dadurch sehr früh von rührender Innigkeit.

Daß nun Zohra und die Mädchen ihres Alters von der Schule genommen wurden, lastete plötzlich wie eine Bedrohung auf Leila. Sie fand die Datteln ihres Vespers bitter und das doch so schöne und sanfte Oktoberlicht schwer von düsteren Vorzeichen. Die Abwesenheit Azizis, ihres Verbündeten, bekam in diesem kritischen Augenblick auf einmal den üblen Beigeschmack, verlassen worden zu sein. »Die Schule, dein einziger Rettungsanker«, die Worte der geliebten Lehrerin tauchten aus der zartesten Kindheit wieder auf und riefen zum ersten Mal ihre Wachsamkeit auf den Plan. So lange hatte sie diese Warnung in sich getragen, verborgen in den weißen Nebeln des Unbewußten, den Augenblick der Gefahr abwartend. Aber sie litt als einzige unter dem unbarmherzigen Druck dieser Angst. Zohra, genau wie die anderen kleinen Mädchen, die sie nach Schulschluß besuchte, schienen gelassen und sogar eher erleichtert, nicht mehr zur Schule gehen zu müssen. Als würde man ihnen endlich einen ebenso lästigen wie unnützen Zwang ersparen.

»Oh! Ich hatte sowieso genug von den Hausaufgaben. Außerdem, was ändert denn ein Jahr mehr oder weniger schon? Du mußt dich langsam damit abfinden, daß es für dich auch bald zu Ende sein wird. Du kannst höchstens noch nächstes Jahr zur Schule gehen. Aber danach wird es vorbei sein. Du glaubst doch wohl nicht, daß dein Vater es zuläßt, daß du nach Béchar in die Sexta gehst? Eine Algerierin, die den ganzen Tag alleine kilometerweit von zu Hause weg ist, das hat es ja noch nie gegeben!« wußte die treuherzige Zohra.

Da sie auf so mannigfache Unterstützung bauen konnte, hatte Leila all das verdrängt. Wenn es soweit wäre, hätte Khellil weise Argumente, würde ihre Großmutter mit ihrem Fluch drohen, würde Saadia die unschlagbare Waffe ihres Blicks schleudern, würde ihre Mutter? ... Vielleicht würde auch sie sich mit den anderen verbünden, um ihren Vater zu erweichen. Aber plötzlich brachte mit einem schweren und heimtückischen Schlag die Peitsche des Zweifels ihre Gewißheit ins Wanken, ließ ihre Überzeugungen schwanken. Sie verließ Zohra, und in ihrem Kopf raste der Galopp ihres Herzens. Eine dumpfe Angst verschloß ihr vor Schmerz die Eingeweide.

Als sie nach Hause kam, wagte sie schüchtern, ihrer Mutter und Großmutter mitzuteilen, man habe Zohra von der Schule genommen, verschwieg aber vorsichtigerweise das Ausmaß des Phänomens, von dem Zohra ein Teil war. Yamina wusch Wäsche im Hof. Sie unterbrach ihre Arbeit, und während sie sich auf ihren großen Waschkessel aufstützte, sagte sie zu ihr:

»Ach, im Fall von Zohra hat das doch überhaupt keine Bedeutung. Sie hat gar kein Interesse, in der Schule zu lernen. In deinem Fall ist das etwas anderes«, erklärte sie, und ihre Augen funkelten vor Stolz.

Diesmal brachte Leila keinen Ton hervor. Ein flüchtiger Blick zu ihrer Großmutter, die durch ein Kopfnicken zustimmte, zeigte ihr, daß sie derselben Meinung war. Da lösten sich die schmerzhaften Knoten in ihrem Bauch, unter vielem Geglucker, das wie ein erleichterndes Plätschern klang. Beruhigt verscheuchte das Mädchen für einige Monate diese Angst, die sie unaufhörlich verfolgen sollte. Morgen, was würde morgen aus ihr werden? Sie wußte es nicht. Und wenn ... Nein, niemals würde sie sich einsperren oder anstecken lassen von der Seuche der geschwollenen Bäuche, die am Ende der Kindheit über die Frauen herfiel und sie erst an der Schwelle zum Tode wieder losließ, wenn der erschöpfte Körper weißes Haar und Falten aufwies und aufgab. Nein, sie, sie würde fortlaufen. Sie würde wandern, immer geradeaus! Wie Bouhaloufa würde sie die Palmenhaine und Dünen hinter sich lassen. Sie würde bis ans Ende ihrer Kräfte gehen, fern von allen und jedem. Die Wüste würde ihr auf der kargen Erde ein Lager bereiten, den Sonnenuntergang entzünden, um ihr die Furcht zu nehmen und die Augen in Ruhe zu schließen. Ihr zusammengeschrumpfter kleiner Körper würde den dort wohnenden Schakalen und Hyänen als Fraß dienen. Aber ihre Seele, die würde im Licht in diesem Blick wohnen, der eine Quintessenz aus der Erinnerung der Menschen ist, die auf eine immer größere Würde zuwandern.

Noch ein anderes Ereignis trat in der Schule ein. Es war das Jahr der Ereignisse. Die Schule bekam eine neue Leiterin. Die frühere, die Leila seit jeher gekannt hatte, ging in Rente. Eine ruhige und unbekümmerte Frau, die im Land die Gewohnheit angenommen hatte, sich bedächtig zu bewegen und besonnen zu reden. Sie wurde durch eine erstaunliche Frau ersetzt, die auf den Namen Chalier hörte. Sie war in den Fünfzigern, klein, rundlich, aber sehr lebhaft, hatte immer zerzaustes Haar und eine nervöse Hand, die ständig eine widerspenstige Brille auf der Nase geraderückte – und sie wollte alles ändern. Mit hellen Espadrillen an den Füßen durchquerte sie die Schule im Laufschritt. Sie führte Neues ein, schaffte Bestehendes ab, inspizierte, dirigierte, indignierte, weckte Interesse, und vor allem störte sie. Sie wurde schnell zu einem bevorzugten Thema für die Klatschgespräche mancher Algerienfranzosen.

»Es heißt, sie sei in ganz Afrika herumgereist.«

»Wissen Sie, daß sie ›rot‹ ist? Sie ist Mitglied der KP.«

»Oh, auch das noch! Es heißt, sie habe eine Adoptivtochter, und zwar ein eingeborenes Mädchen, eine Marokkanerin, stimmt's?«

»Ja, ich habe sie gesehen. Sie geht aufs Gymnasium nach Béchar. Aber das Kleid kann doch nicht die Hautfarbe übertünchen.«

»Und ich sage Ihnen, die spielt doch nur die tüchtige und mutige Frau, um eine Vergangenheit zu verbergen, über die man besser nicht spricht.«

Die Aktivitäten der Schule wurden vielseitiger und nahmen zu: Ausflüge, Filmvorführungen, die Gründung einer Bibliothek … Frau Chalier kämpfte an allen Fronten, in allen Debatten, war Mittelpunkt aller Auseinandersetzungen.

Winter 1961. Ein langer Winter. Der Krieg zog sich in die Länge, und der Haß überschritt seine eigenen Grenzen, verdrängte alle anderen Krisenerscheinungen. Die durch Referendum gebilligte Politik de Gaulles änderte nichts am hungrigen und gehetzten Alltag der Araber. Selbst die Zivilisten, ob sie nun Franzosen oder Algerier waren, steckten ihr jeweiliges Territorium ab und beobachteten sich mit finsterem Seitenblick, waren zu allen Gewalttätigkeiten bereit, die das Reden und das Schweigen seit langem schon beherrschten. Für die Algerier, die von de Gaulle »verstanden«, aber von den Algerienfranzosen an die Wand gedrückt wurden, wie für die Franzosen, die von de Gaulle »verraten« wurden, der in seiner Niedertracht so weit gehen würde, »ihr Algerien zu verschleudern«, schürte der Winter noch mit weiteren Holzscheiten die Glut der Leidenschaft. »Wir werden sie rausschmeißen, und wenn wir bis zum letzten Mann sterben müssen!« schrien die einen. »Wenn wir keine Alternative haben als den Koffer oder den Sarg, werden wir Algerien mit Feuer und Schwert verwüsten!« drohten die anderen.

Leila wurde elf Jahre alt. Mit einer großen Platte *M'semen* in den Händen stattete sie der Bernard am Tag ihres gemeinsamen Geburtstags den obligaten Besuch ab. Wie gewöhnlich tranken sie zusammen Tee und ließen sich Yaminas Blätterteiggebäck schmecken.

Aber die Hebamme hatte nichts von ihrer üblichen Keckheit und Unbändigkeit. Sie, die allen Dramatisierungen ihr ansteckendes schallendes Gelächter entgegenhielt, war an jenem Tage ernst und verbittert.

»Auf deine Gesundheit, meine Große, auf deine nächsten Geburtstage! Schau, ich glaube, es ist der letzte, den wir gemeinsam feiern. Das ist wirklich schade. Aber bei jedem meiner nächsten Geburtstage in Frankreich oder anderswo in der Welt werde ich in Gedanken bei dir sein. Ich werde mir sagen, daß dort in der algerischen Wüste, dort, wo ich sechzehn schöne Jahre meines Lebens verbrachte, ein kleines Mädchen ist, das ich sehr lieb hatte. Ein kleines Persönchen in zwei entgegengesetzten Welten, mit einem Bein in der einen und einem in der anderen, das nach beiden mit demselben süßen Verlangen schielt. Und es dürfte seinen Geburtstag feiern, indem es wie heute *M'semen* ißt. Ich glaube, ich werde ein brennendes Verlangen verspüren, auch davon zu essen, und mein Herz wird sich etwas zusammenschnüren.«

Warum mußte sie weggehen? Seit sechzehn Jahren war sie in diesem Dorf, und es gab nur sehr wenig Kinder, die nicht von ihren Händen entbunden worden waren. Alle Algerier liebten sie. Diejenigen unter den Algerienfranzosen, die sie hinter ihrem Rücken diffamieren wollten, waren angesichts ihres entwaffnenden Blicks nur noch freundlich und ehrerbietig. Warum also? Leila verstand es nicht. Sie kämpfte gegen ihre Ergriffenheit an und fragte sie.

»Manche Algerienfranzosen, im Grunde die meisten, sind verstockte Menschen. Sie haben alles getan, damit die Sache unrettbar verloren ist, aber wollen das nicht einsehen. Also wird es einen Bürgerkrieg geben. In den Städten und Dörfern werden die Menschen sich gegenseitig umbringen. Ich will das nicht miterleben. Ich gehe lieber weg. Außerdem sind meine Vorstellungen und meine Unterstützung für die algerische Sache bekannt. Das hat mir immer einige Feinde eingebracht. Es kümmerte mich wenig. Aber ich kann sie nicht länger ignorieren ... Ich habe keine Lust, eine Bombe zu erhalten ... Ich werde niemandem auf Wiedersehen sagen. Die Tränen und Abschiede wären mir unerträglich. Aber wenn ich fort bin, erzählst du alles, was ich dir heute sage, deinen Eltern und Meryème. Sag ihnen, daß ich sie mit all denen, die ich liebe, in meinem

Herzen mitnehme und niemals vergessen werde. Aber versprich, nichts vor meiner Abreise zu sagen!«

Leila versprach es. Die Bernard ging kurze Zeit später weg. Und so erzählte das Mädchen, was sie ihr gesagt hatte. Ihr Kummer hatte plötzlich zwei geliebte Gesichter, das Frau Bensoussans, der wunderbaren Lehrerin, und das der Bernard mit ihren *Youyous*, den ersten Blumen ihrer Geburt, die ihr mit ihrem Lächeln das erste Geschenk ihres Lebens machte. Leilas Blick trübte sich. Ein Kummer, dessen Tränen in einem sanften und warmen Licht verschwammen und der berauschend und zugleich herb in die Seele floß. Viele Jahre später dachte sie, als sie selbst ohne *M'semen* und fern von der Wüste war, wehmütig und innig an diese frühe Feministin zurück, die es ins Herz ihrer Düne verschlagen hatte.

Zur Zeit bezogen die Soldaten jeden Abend Posten auf dem Dach des Hauses. Tagsüber patrouillierten sie in der Nähe des Wasserturms. Diese unablässige Überwachung machte Tayeb ganz nervös und engte vor allem seine Aktivitäten auf sehr wenige Dinge ein.

»Wenn das so bleibt, gehe ich in den Untergrund«, kündigte er seiner Familie an.

Ihr Haus besaß wie alle arabischen Wohnhäuser in der Mitte einen Hof, um den sich die Zimmer gruppierten. Um von einem zum anderen zu gelangen, mußten sie daher den Hof überqueren. Wenn sie in der Nacht das Bedürfnis verspürten, auf die Toilette zu gehen oder ein Glas Wasser zu trinken, waren sie kaum über die Schwelle getreten, da leuchtete schon eine Lampe auf und richtete sich auf sie, folgte ihrem Weg. Die Angst schnürte ihre Körper noch enger ein. Die Erwachsenen verboten daher den Kindern, nachts die Zimmer zu verlassen.

»Bei den Soldaten kann man nie wissen … Bei all den Vergewaltigungen …«

April 1961. Der Putsch der Generäle wurde von dem Krakeel der französischen Viertel begrüßt, von feurigen *Hadras* niedergeschrien, von den Gebeten in den Moscheen verflucht. Es brachte den Aufruhr der Gemüter auf den Höhepunkt. Alle versuchten, die Entwicklung der Ereignisse am Radio zu verfolgen.

»Wenn Frankreich die Kontrolle über seine Armee verliert, werden die Verhandlungs- und Unabhängigkeitspläne zugunsten eines faschistischen Staates begraben. Unser Leben wird noch höllischer werden. Ich ertrage es nicht mehr. Die enge Überwachung, unter die die Soldaten uns stellen, nimmt mir alle Handlungsfähigkeit. Der *FLN* ist jetzt damit einverstanden, daß ich in den Untergrund gehe. Aber vorher möchte ich euch an sicherem Ort, fern von den Repressalien, wissen. Ein Grenzgänger wird sich euer annehmen. Er wird euch nach Oujda bringen.«

De Gaulle verurteilte »diese Handvoll Generäle zum Ruhestand«. Am dritten Tag erfuhren sie mit Erleichterung, daß der Putsch gescheitert war und Challe sich der französischen Justiz stellte. *Salan* tauchte unter. Kurz darauf sollte er die Führung der *Organisation Armée Secrète* übernehmen, deren Kürzel O.A.S. bald an allen Wänden prangte und die das Land mit blutigen Wirren überzog.

Die Ereignisse schienen sich zu überstürzen. Einen Monat später erhielten sie nach diesen Tagen höchster Angst endlich eine sehr gute Neuigkeit. Ende Mai desselben Jahres wurde die Konferenz von Evian eröffnet. Sie brachte einen französischen Waffenstillstand und die Befreiung zahlreicher Gefangener mit sich.

Die Soldaten verließen ihr Dach, entfernten das Damoklesschwert, das sie bis dahin über Tayebs Kopf gehalten hatten. Der Emigrationsplan wurde zum Glück ad acta gelegt. Tayeb konnte seine Aktivitäten wieder aufnehmen.

Dieses Glück war leuchtend und fruchtbar. Ein weiterer segensreicher Plan zeichnete sich am Horizont ab: die Öffnung der marokkanischen Grenze, allerdings nur für die Frauen und Kinder, die einen Beherbergungsnachweis naher Verwandter erbringen konnten. Tayeb sah sich gezwungen, seine Familie gehen zu lassen. Fünf Jahre waren vergangen, ohne daß Yamina ihren alten Vater umarmen konnte, und drei, ohne daß Zohra ihre anderen Kinder gesehen hatte. Er verschaffte ihnen daher die Passierscheine. Kein Mann sollte in diesem Sommer die Grenze überschreiten, weder in die eine noch in die andere Richtung.

Mehr als drei Monate lang fuhr täglich ein mit Frauen und Kindern überfüllter Zug Richtung Marokko. Ein anderer kam mit gleicher Ladung zurück. Das hatte man in einem arabischen Land noch nie erlebt. In den ersten Tagen schwebte ein unbeschreibliches Entsetzen über diesen Fahrten. Überhitzte Gemüter brachten grausige Gerüchte in Umlauf. »Diese Züge werden Marokko nie erreichen. Sie bringen die Frauen und Kinder in Konzentrationslager in der Wüste. Unsere Familien werden dort dasselbe Schicksal erleiden wie die Juden in Deutschland. Auf der anderen Seite, im Osten, zwischen Algerien und Tunesien, wird es das gleiche sein. Sie wollen uns ausrotten. Um das zu erreichen, fangen sie mit den Frauen und Kindern an.« Dieses Gerede wurde zum Glück von den ersten Reisenden selbst aus der Welt geschafft. Sie dementierten es per Telephon oder Telegramm. Großes Aufatmen! Immer mehr machten sich auf.

Die *Ksars* mußten sich von ihrem Mark, den Frauen, trennen. Die plötzlich alleingelassenen und untätigen Männer irrten durch die Straßen.

Der stillstehende schwarze und staubige Zug glich einem Dinosaurier, der aus der Urgeschichte aufgetaucht war. Er zitterte, schnaufte und ließ von Zeit zu Zeit einen Furz fahren, den die Kinder mit Geschrei bejubelten. Sie waren völlig außer sich und tupften hin und her hüpfende bunte Flecken auf den weißen Schaum aus *Haiks*. Dann ergoß sich die menschliche Flut auf den Bahnsteig zum Sturm auf den Zug. Ein unbeschreibliches Gedränge und Lärmen! Als Koffer, Tragkörbe und sonstiger Kram in den Gepäcknetzen aufgetürmt waren, stiegen die Männer wieder aus. Mit ihren angespannten Gesichtern und plötzlich allein auf dem Bahnsteig, schienen sie schwach und verloren. Was für eine Welt! Die Frauen, die nie ihr Haus ohne sie verlassen hatten, außer um zum ganz nahen *Hammam* zu gehen, machten sich auf in ein anderes Land, ein freies Land, und ließen sie hier zurück, so ratlos. Vor der Abreise gaben die Männer durch die offenen Türen und Fenster ihre letzten Ermahnungen. Die Frauen saßen mit besorgter und reuiger Miene dicht an den heruntergelassenen Fenstern, lauschten ihnen und stimmten schweigend zu. Dann setzte ein Pfiff, ein langes Heulen des Zuges dem Stimmengewirr ein plötzliches Ende. Langsam kam der Zug der Freiheit in Bewegung, wurde zitternd zum Leben erweckt. Die Männer traten zurück. Die Frauen standen hastig auf. Sie klammerten sich an die

Fenster und schauten die Männer bestürzt an. Taschentuchgeflatter, tränenfeuchte Augen. Den Blicken, die aufmunternd sein sollten, gelang nur ein frustriertes, gequältes und zerknirschtes Lächeln. Es kam also wirklich der Augenblick der Wahrheit. Die Frauen starrten zu jenen, die der Bahnsteig in seiner Abdrift mitnahm, bis sie allesamt vom Sand verschluckt wurden. Dann schauten die an den Fenstern zusammengedrängten Gesichter sich an, lächelten sich zu. Nachdem sie sich einmal aus der beklemmenden Angst vor der Abreise befreit hatten, war ihr Lächeln plötzlich so strahlend, daß sie trotz der verschleierten Gesichter die Lichtkaskaden auf den schwarz schillernden Augen genießen konnten. Schließlich nahmen sie wieder brav ihre Plätze ein.

Zohra war einen Augenblick sprachlos, dann rief sie aus:

»*Kebdi*, der Krieg ist furchtbar. Was hat er uns nicht alles aufgebürdet? ... Sogar, daß wir unsere Männer verlassen. Jetzt bleiben sie zu Hause, unter dem Joch der Soldaten, während die Frauen auf Reisen gehen. Wie wird mein Sohn zu seinem Essen kommen?«

»Sei unbesorgt, *Hanna*, er wird oft bei Tante Meryème essen. Außerdem wird er ein wenig lernen, allein zurechtzukommen. Er kann zum Beispiel Eier essen. Glaubst du, er kann sie kochen?« spöttelte Leila.

Die herben und staubigen Ausdünstungen des Zuges wurden schnell von den Duftwolken des vielen Gebäcks, die den Körben entwichen, überlagert und verdrängt. Mehrere Tage lang hatten die Frauen vor ihrer Abreise Berge von Gebäck zubereitet, die noch größer waren als die für das *Aid el Seghir-Fest*: trockene Kekse zum Tee, die sich mehrere Wochen lang hielten, *Makrouts* aus Grieß, Datteln, Mandeln und Honig, krümelige *Griouèches* mit Sesamsamen, Marzipanzigarren ... Alle Festtagsdüfte waren da und krönten die großen Körbe mit ihrer starken Seele. Diese Düfte und die aufbrandende Begeisterung, die wie ein Herz in seiner Brust schlug, im Rhythmus seines *Bendirs*, machten den Zug so weit und groß wie die Freude. In den Gängen vergnügten, drängelten sich die Kinder und setzten Perlen aus durchdringenden Tönen auf das stetige und dumpfe Geräuschband der Schienen. Dann rührten sich die alten Frauen. Sie besuchten die Familien der Nachbarabteile. Konnte man die Zeit besser nutzen, als sich gegenseitig immer verherrlichendere Geschichten zu erzählen und damit alle Gefühle zu verklären? Bald wußte jede Familie alles über ihre Mitreisenden …

Während sich das Leben in den Waggons an seiner überschäumenden Stimmung berauschte, rannte der kleine Zug in dem erstickenden Klima dahin und schluckte schnaubend die Schienen. Er brauchte mehr als vier Stunden, um die hundert Kilometer bis zur Grenze zurückzulegen. Dort hielt er an und wurde sofort von Uniformierten belagert. Die Überprüfung der Reisepässe und Passierscheine zog sich in die Länge. Es war Juli, und die Reglosigkeit legte Dünen aus Hitze auf die Glieder. Endlich fuhr der Zug wieder an. Er prustete, stieß die letzten Männer in Khaki aus und erreichte mit seiner ungewöhnlichen Ladung wieder sein schwerfälliges Tempo.

Ein paar Kilometer weiter war Marokko! Kaum war die Grenze überschritten, intonierte die Stimme einer Frau, einer alten Frau, eine rauhe und zittrige Stimme, die algerische Nationalhymne. Einige kurze Sekunden lang herrschte allgemeine Verblüffung. Man hielt den Atem an. Nur diese erstaunliche Stimme, die in ihrer Eindringlichkeit brüchig vor Leidenschaft war, glitt über den Trommelwirbel der Zugräder hinweg und wühlte in jeder Brust einen gewaltigen Atem auf, der nur aus knisterndem Feuer bestand. Ein Flammenmeer züngelte innerlich an allen hoch, und sein Brennen tauchte an den Augenfenstern auf. Schauder bohrten sich in die Eingeweide. Die Herzen bäumten sich auf, dann traten sie einen wilden Galopp an. Der Atem erstarrte. Die Rührung verstopfte die Kehle wie mit einem Knäuel. Der Ruf der Erregung erreichte den Höhepunkt seines fieberhaften Wartens und stieß *Kassamen* aus, das im ganzen Zug erschallte. Hunderte von Frauen und Kindern lösten, von einem glühenden Rausch überwältigt, ihre Zungen und sangen – zum ersten Mal laut, im Chor und am hellichten Tag – diese Hymne, die sie bisher nur in Grüppchen, fern von indiskreten Ohren, gesummt hatten, um den Mut zu festigen, den die Schmerzattacken immer wieder herausgefordert hatten. Und war dieses Wunder auch erwartet worden, so fesselte das Auftauchen der algerischen Fahne doch die Blicke. Begrüßt von einer Salve tosender *Youyous*, flatterte sie munter aus einem der Waggonfenster.

Eine zweite zeigte sich ein paar Waggons weiter, dann noch eine weitere. Mit verschleiertem Gesicht, Feuer im Leib, erhobenem Kopf und funkelndem Blick schwenkten die, welche keine Fahne hatten, ihre *Haiks* am Fenster. Am ausgestreckten Arm knallten sie in der glühenden Luft. Patriotische Gesänge, *Youyous* und Zurufe erschallten, wurden weitergetragen.

Es war ein Zug, der vor lauter Fahnen und Schleier knatterte, es war ein Zug prachtvoller Frauen, der in den Bahnhof von Figuig, der ersten marokkanischen Stadt, einfuhr. Dort erreichte die Aufregung ihren Höhepunkt. Auf dem Bahnsteig erhob sich dieselbe Freude. Die Marokkaner und algerischen Flüchtlinge, die auf die Ihren warteten oder sich einfach an dem Anblick erfreuten und schauten, was es Neues gab, zeigten denselben Überschwang und begrüßten Algerien in Gestalt seiner begeisterten und in ihrer Freude großartigen Botschafterinnen. Man rief sich Neuigkeiten, Worte des Beistands zu. Man schrie all das Ungesagte, das lang Ersehnte hinaus! Die Frauen trugen keine Kopfbedeckung, und die Schwiegermütter pflanzten ihnen als Verweis schwindelerregende *Youyous* ins Ohr. Und die *Youyous* waren nicht mehr brüchig von den Lanzen des Leids. Sie schwangen sich rein, ohne B-Moll, gellend empor, waren wieder zu Lichtpfeilen auf Eroberung des Himmels geworden.

Mochte in den Augen noch immer das schwarze Licht weiterglühen, so waren das Feuer in den Kehlen, das Kratzen der Stimmen schließlich nicht mehr fähig zu lautstarken Äußerungen. Und so tauchten Thermosflaschen mit Minzetee auf. In einem Abteil wurde ein Petroleumkocher angezündet, und Wasser für den Tee begann zu kochen. In einem anderen Waggon ohne Abteile stand eine stolze alte Frau auf einer Bank, den Körper steif vor Feierlichkeit, und entflammte die Versammlung mit der leidenschaftlichen Rede, mit der sie in wenigen Stunden den ersten Partisanen, den sie träfe, verherrlichen würde. Eine Girlande glühender Worte strömte aus ihrer Kehle mit einer solchen Leichtigkeit, als gäbe die Frau die Generalprobe eines Textes, den sie perfekt einstudiert hatte und bis zur Vollkommenheit der Betonungen, bis zum beredten Schweigen in den Pausen beherrschte. Die gerührten und aufmerksamen Frauen begrüßten ihre Worte, indem sie ihr Teeglas erhoben.

Einige Jahre später sollte Leila den kleinen Zug der Linie Béchar-Oran ganz anders kennenlernen. Er brauchte mehr als sechsundzwanzig Stunden, um die siebenhundertfünfzig Kilometer Entfernung zwischen den beiden Städten zurückzulegen. Doch nie mehr sollte sie einen so farbenfrohen und geräuschvollen, einen so gefühlsseligen und grotesken, einen so verrückten und ungewöhnlichen Zug sehen. Sie war sich voll bewußt, einen einmaligen Augenblick zu erleben, und wollte nichts versäumen. Ihr Blick forschte in den Waggons, den Gesichtern und den Augen. Sie prägte sich die Erregung, die Farbe, das Geräusch und den Geruch ein. All die Dinge, die diese Reise in einem bescheidenen kleinen Wüstenzug zu einem außergewöhnlichen Augenblick, einem der Kleinode der Erinnerung machten.

Gegen ein Uhr morgens fuhren sie ohne Stimme, aber erfüllt von einem so intensiven Glücksgefühl, daß es schon schmerzte, in den Bahnhof von Oujda ein. Dort standen Großvater Hamza, Nacer, seine Frau Zina und ihre großen Kinder. Dort standen alle Tanten und alle Vettern ... Das war ein Weinen und Lachen, Lachen und Weinen durcheinander. Das war ein Weinen, das die *Youyous* brüchig werden ließ, *Youyou*s mit tränenfeuchten Schwingen. Aber an diesem Abend genügten eine Pirouette und ein paar Schritte, und schon schüttelten sich die *Youyous* und verwandelten die Tränen in Tröpfchen aus hellem Lachen, die sie in die Nacht zerstäubten. Dann schwangen sie sich empor und rasten am Himmel wie Sternschnuppen dahin. Man küßte sich. Man trat zurück und hielt sich mit ausgestreckten Armen. Man bestaunte sich, dann küßte man sich wieder und wieder.

Die algerischen Familien in Marokko nahmen regelmäßig einige *Moudjahidin* zur Erholung auf. Wie groß war Leilas Enttäuschung, als sie bei ihrer Ankunft keine auf dem Bauernhof vorfand. Um ihren Besuch unterbringen zu können, hatte die Familie wie viele andere diesen Monat darauf verzichtet.

»Du wirst morgen welche sehen. Sie sind in der Kaserne, ganz in der Nähe«, beruhigte sie Großvater Hamza.

Hamza teilte ihnen auch mit, daß sein ältester Sohn gerade im *Djebel* eine *Djoundia*, eine Krankenschwester, an der Front geheiratet hätte.

»Sie haben ohne *Taleb* und *Kadi* geheiratet und ohne ihre Eltern, nur vor einer *Djemaa* aus *Djounoud*. Wir kennen unsere Schwiegertochter nur vom Photo. Ich hoffe, sie können bald Urlaub bekommen«, sagte Hamza und schüttelte den Kopf.

Am nächsten Tag wurde Leila spät am Morgen von *Youyou*-Girlanden geweckt. Sie ging auf den Hof hinaus. Die Sonne stand bereits hoch am Himmel. Auf der Südseite spendete ein riesiger Feigenbaum einen dichten, sanften und bläulichen Schatten, der im leichten Wind schwankte. Dort, unter diesem ausladenden Sonnenschirm, hielt sich die Familie gewöhnlich während der warmen Jahreszeit auf. Aber in diesem Moment war der Schattenteppich verlassen. Eine neue Welle von *Youyous*, die von draußen kam, lenkte Leilas Schritte. Alle Frauen der Familie waren vor der Tür, drängten sich um eine Gruppe von Männern in Uniform. Allen voran Zohra und Yamina, die völlig hingerissen waren und ihnen Sträuße aus ihren *Youyous* darbrachten. Dem jungen Mädchen wurde klar, dort waren ihre tapferen *Djounoud*. Ihre Großmutter drehte sich um und bemerkte sie. Mit einer flinken Bewegung ergriff sie ihre Hand und zog sie in die Mitte der Gruppe.

»Nun, hast du nicht auch darauf gebrannt, sie kennenzulernen?«

Die Männer küßten sie, streichelten ihre Haare.

»Sie träumt davon, in den Untergrund zu gehen«, sagte ihnen die Großmutter.

»Mit dem Untergrund wird es bald vorbei sein, *inch'Allah*!« antwortete einer von ihnen. »Gehst du zur Schule?«

Frau Zohra wedelte mit ihrem *Magroun* und erwiderte voll Stolz:

»Ja, und sie lernt sehr fleißig. Sie ist immer die Beste.«

»Dann mußt du eines Tages Lehrerin oder Krankenschwester werden«, meinte einer lächelnd. »Die werden wir sehr nötig brauchen.«

Alle traten in den Hof, um sich Tee und Kuchen schmecken zu lassen. Zohra erzählte ihnen ihr Leben, von den Peinigungen, den Durchsuchungen, den Gefängnissen am anderen Ende des kleinen Zuges, dem sie bereits den Beinamen »El-Horre«, der Freie, gegeben hatte. Sie wiederum berichteten von ihrem Leben im *Djebel*, den Zusammenstößen, dem Hunger, dem Durst, der Erschöpfung, der manchmal tiefen Mutlosigkeit, dem viele Male angeschlagenen, doch allein durch den Anblick des Leids sogleich wieder aufgerichteten Willen. Kommen und Gehen der Hoffnung. Zerrüttete Hoffnung, zerschmetterte Hoffnung, Hoffnung, die trotz Stürmen und Tosen wieder ihr Gestade in Lichtfluten tauchte … Die Herzen der Frauen pochten im Atem der Erzählung, und gebannt lauschten sie in stummem Glück, tausend Meilen von allen Worten entfernt.

Saadia sollte auf Bitte ihrer Schwägerin die zwei jüngsten Söhne ihres Bruders Ali mitnehmen: Madjid und Zouhair. Sie kam mit hektischen Gesten, verschlossenem Gesicht und gequältem Blick: Vergne würde nach Frankreich gehen! Der Mann ihrer *Houria*, der Großmütige, der ihr die Mittel gegeben hatte, sich in eine Gesellschaft einzugliedern, die Saadia zurückwies, der Mann, der sie rehabilitiert hatte, ging fort. Was hatte man nicht alles in ihre Beziehung hineingedichtet! Die Klauen der verrückten Neugier hatten gebohrt und gestöbert, interpretiert und intrigiert. Man dachte sich zum Beispiel aus, diese sogenannten Neffen, die sie aus Marokko holte, seien niemand anderes als ihre eigenen Söhne. »Die Kinder des Doktors«, die sie bislang anderswo verborgen hatte. Nun, Saadia hatte Schlimmeres erlebt. Die Wechselfälle des Lebens hatten ihren Körper und Geist so gepanzert, daß die Gerüchte, so bösartig sie auch waren, an ihr abprallten, ohne sie zu treffen. Diese Abreise ließ ihren Panzer plötzlich rissig werden und bersten: Vergne ging fort und bat sie, ihn mit ihren Neffen zu begleiten. Sie, eine erwiesene Partisanin, sollte in dem Augenblick nach Frankreich gehen, da sich allmählich die Unabhängigkeit abzeichnete? Mit einem französischen Soldaten weggehen? Das ganze Gebäude gesellschaftlicher Anerkennung, das sie geduldig aufgebaut hatte, mit einem Schlag, wie eine Kerzenflamme, auslöschen? Sich ein zweites Mal von dieser Familie verleugnen lassen, für die sie jetzt eine Stütze war? Wieder ohne Familie, ohne Vaterland dastehen? Allein. Nicht ganz allein, nein, aber … Weggehen oder bleiben bedeutete Trauer. Trauer, die ihr Herz durchbohrte, nun, da das Fest begann. In ihr, in ihrem Fleisch, auf ihrem Gesicht grub die Trauer ihren Stempel ein.

Die Witwe Alis, Saadias verstorbenem Bruder, wollte jetzt wieder heiraten. Da ihre drei Kinder ein Hindernis bei diesem Vorhaben darstellten, vertraute sie sie der großzügigen Schwägerin an. So würden sie eine Ausbildung, materiellen Wohlstand und selbst überreichliche Liebe erhalten, die man ihnen bereitwillig schenken wollte ... Saadia fuhr sehr schnell wieder ab. Würde sie diese Leere, die bereits einen Abgrund in ihr aufriß, ausfüllen, indem sie Kinder um sich scharte? Sie hatte nun drei.

Vom Bauernhof der Bouhaloufa waren nur noch die Hauptgebäude übriggeblieben. Alles Land war verkauft worden. Große Häuser mit hohen Steinmauern und massiven Türen zogen sich dort entlang, nahmen den Platz der Weizenfelder ein. Fast alle gehörten algerischen Notabeln. Die Stadt verdrängte schonungslos die ländlichen Gerüche, die sich rückwärtig verloren. Trauer auch für Leila, über ihre einzigen Kindheitserinnungen an das Landleben.

Seit 1957 gab es eine Massenauswanderung. Die Familien, deren Männer in den Untergrund gegangen oder vor Unterdrückung, Gefängnis und Folter geflohen waren, strömten schubweise nach Marokko. In manchen Städten, vor allem in Oujda, war der Einwandererzuwachs so groß, daß er nicht ohne Reibereien mit der örtlichen Bevölkerung vor sich ging. Doch welche Probleme diese Übervölkerung auch immer aufwarf, sie trug unzweifelhaft zum Aufschwung der Stadt bei. Internationale Organisationen wie das Rote Kreuz und die finanzielle Hilfe zahlreicher Länder hatten daran einen beträchtlichen Anteil. Viele Ärzte, Händler und Notabeln, die aus ganz Westalgerien kamen, hatten sich dort niedergelassen. Im übrigen Marokko gab man Oujda den Beinamen »das zweite Algerien«.

Zwei Tage nach ihrer Ankunft in Oujda besuchten zwei schwarze, derbe Frauen, ehemalige Sklavinnen des Bauernhofs, Yamina. Sie warfen sich vor ihr nieder, versuchten, ihr die Füße zu küssen, und murmelten:

»Oh Herrin, wir sind so glücklich, dich wiederzusehen!«

Unter dem ehernen Blick, den Zohra in diesem Moment in sie bohrte, trat Yamina zurück und half den Frauen aufzustehen. Doch mochte ihr Gesicht auch einen leichten Unmut über die Mißbilligung ihrer stets wachsamen Schwiegermutter verraten, so war ihr die unterwürfige Haltung der zwei Besucherinnen keineswegs peinlich. Der ironische-arrogante Ausdruck, der in ihren Augen aufleuchtete, und ihre affektierte Mimik zeigten, daß sie sich ganz im Gegenteil etwas darauf einzubilden schien wie auf irgendein erlauchtes Privileg.

Verärgert stand Zohra auf. Sie reichte Leila die Hand und sagte:

»Komm, laß uns gehen. Laß uns etwas frische Luft schöpfen. Hier hängt ein widerlicher, abgestandener Geruch in der Luft, der mir Brechreiz verursacht.«

Leider verpestete dieser abgestandene Geruch ganz Nordafrika. Neben einem latenten, wenn auch durch ein sehr langes Zusammenleben abgeschwächten Antisemitismus existierte in ganz Nordafrika ein ausgeprägter und hartnäckiger Rassismus gegen die Schwarzen. Die Worte »Abd, Abda«, die Sklave bedeuten, waren und sind noch heute die für die Schwarzen gebräuchlichen Bezeichnungen. Leila, die in Algerien ihre ganze Kindheit über die verschiedenen Formen des überall herrschenden Rassismus zu spüren bekam, hatte für dieses Problem so etwas wie eine übersteigerte Sensibilität entwickelt. Ihre Großmutter hatte darauf einen entscheidenden Einfluß.

Als Leila einmal aus der Schule kam, traf sie ihre Mutter an, wie sie sich vor einem großen Spiegel schmückte. Leila wußte, daß sie eine lange Kette aus Zwanzig-Francs-Napoleondoren hatte. Die Münzen waren jeweils in einen kleinen Ring eingefaßt und nach algerischer Mode zu einer Kette aufgezogen. Zwischen ihnen steckten ein paar schwarze Korallenperlen. Leila fragte damals ihre Mutter, warum sie diesen Schmuck nie trug. Yamina hatte hochmütig geantwortet:

»Die Napoleondoren werden jetzt sogar von den *Abdas* getragen! Wie kannst du da verlangen, daß ich sie anlege? Gut, ich habe einen armen Vetter geheiratet und keine Sklaven mehr, aber den Schwarzen dieselben Privilegien zugestehen wie mir, das niemals!«

Diese Antwort hatte Leila den Atem verschlagen. Ach, Zohras köstlichen Ausspruch: »Wenn du die schwarze Farbe nicht magst, dann wisch sie doch aus deinen Augen!« fand Leila schön und leider immer noch aktuell. Im übrigen hatte ihre eigene braune Haut ihre Mutter stets betrübt, sie trug den ehrenrührigen Stempel der totgeschwiegenen Kapriolen eines fernen Vorfahren, dessen Name niemals ausgesprochen wurde. Es war ein übriggebliebenes Pigment der »Sklavin«, die er geschwängert hatte. Es war ein Danaergeschenk von Zohras Seite ... Leila mochte das. Oft dachte sie an diese schwarze Frau, daran, wie ihr Leben gewesen sein mochte. Und so prunkte Leila jetzt mit ihren Haaren und ihrer Haut, dieser verfluchten Abstammung, so wie ihre Mutter mit ihrem spöttischen dicken Bauch: jedem seine Trophäen! Je dunkler ihre Haut wurde, je mehr sich ihre Haare ringelten, desto glücklicher war sie. Und um die Wirkung noch hervorzuheben, faulenzte sie lange in der Sonne. Stolze Beanspruchung dieses negroiden Zuges, der zwar in den nachfolgenden Nomadengenerationen abgeschwächt worden war, aber hie und da gelegentlich zum Vorschein kam. Als ob der Geist der gedemütigten fernen Ahnin nach allen dicken Bäuchen der Familie ausspähte und von Zeit zu Zeit eine schwarze Perle ihres Blutes in sie hineinlegte. Racheakt gegen den Rassismus und die Verachtung, die die Nachfahren ihr entgegenbrachten? Oder nur verständnisinniges Augenzwinkern einer zärtlichen Abstammung, die jenen Abtrünnigen grell vor Augen geführt wurde, die noch von *Abiden* sprachen? Der schwarze Tropfen pflanzte sich fort, mal tauchte eine Negerlippe mitten in einem »rein« arabischen Gesicht auf, mal eine kraushaarige Tolle unter einer Geschwisterschar mit rabenschwarzem Glatthaar. Leila mochte das!

Rückkehr nach Algerien. Die O.A.S. nahm diesen Sommer in den großen Städten überhand. Die an den Wänden allgegenwärtigen Buchstaben ihres Kürzels tropften wie Säure ins Auge. Die Verhandlungen von Evian waren im Juni unterbrochen worden. Die Zukunft hing erneut am seidenen Faden des Unvorhersehbaren. »Frankreich will die Sahara behalten«, hieß es. »Die Sahara hat immer nur den Saharabewohnern gehört!« rief Zohra hitzig aus.

Oktober 1961. Leila bekam noch ein weiteres Brüderchen, Salim. Jetzt waren sie zu Hause sieben Kinder. »Der Bauch der Mutter? Eine Pustel, in der es von Larven wimmelt. Ab und zu stößt er eine aus. Dann erweckt er für einige Zeit die Illusion, seinen Inhalt entleert zu haben. Doch leider fängt er sogleich wieder an zu schwären. Ein chronischer, unheilbarer Eiterherd«, dachte das Kind voll Wut.

Zum Unterrichtsbeginn hatten weitere algerische Schülerinnen die Schule verlassen. Eine gestohlene und kastrierte Kindheit, die hinter Mauern aus Lehm für die Arbeit und die Entbehrungen geformt werden sollte. Auch einige Französinnen fehlten. Sie waren von ungewissen Horizonten verschluckt worden. Furcht verbunden mit Vorsicht trieb bereits die Ausreisen nach Frankreich und Spanien voran. Die Schule leerte sich wie ein verlassener Bienenstock. Nichts hatte Bestand, alles war in Bewegung, sowohl Sorge als auch Hoffnung.

Leilas Angst lebte von Bedrohungen, die um so furchtbarer waren, als sie nie ausgesprochen, sondern nur erahnt wurden. Jene verborgene Zwangsvorstellung, die ihr auflauerte, tief drinnen in ihrem Bauch. Sie versuchte manchmal, sie zu verdrängen, aber es gelang ihr nicht. Immer spürte sie ihre dumpfen, stechenden Schmerzen, die ihr die Eingeweide zerrissen. Und in ihrem Kopf: »Die Schule ist dein einziger Rettungsanker!« Würde sie nach Béchar in die Sexta gehen? Sie suchte verzweifelt im Licht diesen schwebenden Blick, von dem die Vorfahren sprachen. Doch leer und stumm blieb der Himmel, über den die fragenden Augen voll Verzweiflung huschten. Eines Tages bekam ihr Entsetzen plötzlich eine Stimme, die ihrer Mutter:

»Meine Tochter, deine Großmutter und ich haben versucht, deinen Vater zu überzeugen, daß du in die Sexta gehen darfst. Aber er läßt über diese Sache nicht mit sich reden. Versteh doch, alle anderen Männer um ihn herum haben ihre Töchter schon von der Schule genommen und suchen für sie gute Partien. Sie machen sich gegenseitig verrückt. Dein Vater hat wie alle anderen Angst vor diesen unruhigen Zeiten. Außerdem hat man dir schon Heiratsanträge gemacht. Deshalb meinen die Männer, es sei für dich an der Zeit, zu Hause zu bleiben. Statt in die Sexta zu gehen, solltest du eher deinen Volksschulabschluß machen, meint dein Vater. So hättest du wenigstens ein Zeugnis.«

»Man hat mir einen Heiratsantrag gemacht? Wer denn? Was habt ihr gesagt?«

»Sei unbesorgt. Wir können ablehnen, ohne daß die Leute gekränkt sind. Wir können einen guten Grund vorschieben: Du bist deinem Vetter versprochen. Deine Großmutter und ich wollen dich sowieso nicht so jung verheiraten. Wir werden warten, bis du wenigstens achtzehn oder neunzehn bist. Was mich betrifft, ich sähe es gern, wenn du weiter zur Schule gingest und Lehrerin würdest. Ja, das würde mir sehr gefallen. Aber wenn wir jetzt schon versuchen, deinen Vater umzustimmen, würde das nur dazu führen, daß er sich in seiner Ablehnung noch weiter versteift. Lerne fleißig, und wenn der Zeitpunkt gekommen ist, müssen wir Khellil schreiben, damit er zu Hilfe kommt.«

Im Oktober hatte de Gaulle durchblicken lassen: in Bälde »Errichtung eines souveränen und unabhängigen algerischen Staates über den Weg der Selbstbestimmung«. Dennoch war der folgende 1. November, der Jahrestag der algerischen Revolution, besonders blutig. Die Verhandlungen wurden fortgesetzt, aber die Bomben- und Sprengstoffanschläge verbreiteten überall in Algerien ein Klima des Schreckens. Alle beschäftigten sich mit Politik, selbst in den entlegensten *Dechras*. In der Schule tauschten die Mädchen der zwei Volksgemeinschaften erbarmungslose und giftige Blicke aus, riefen sich unversöhnliche und vernichtende Worte zu. Manche Gesten erhielten eine ganz besondere Bedeutung. So war eine Handfläche mit so weit wie möglich abgespreizten Fingern keine Khemsa (Hand der Fatma) mehr, sondern eine Spanne. Die Elle und die Spanne waren Maßeinheiten, die von den jüdischen und arabischen Händlern noch oft benutzt wurden. Die kleinen Algerierinnen waren mutig geworden, als sich die ersten Unabhängigkeitshoffnungen rührten, die manche Befürchtungen ausräumten, und so hoben sie unter dem ungläubigen Blick ihrer französischen Schulkameradinnen demonstrativ ihre Handflächen. Sie zeigten ihnen auf diese Weise, wie ihre Eltern sagten, daß sie ihnen nicht eine Handbreit algerischer Erde, ihres Landes und erst recht nicht ihrer Wüste überlassen würden.

Anfang Dezember brachte Leila dem Vater ihr Klassenarbeitsheft. Er kritzelte statt einer Unterschrift einen Schnörkel an die Stelle, die sie ihm zeigte. Ein seltsamer Augenblick voll Kummer und Enttäuschung. Als Khellil noch da war, war er immer so glücklich und stolz, ihre Hefte durchzublättern, daß es für Leila ein Moment unsagbaren Glücks war. Daß der Blick des Vaters angesichts ihrer hervorragenden Noten und Beurteilungen ungerührt blieb, erschien dem Mädchen plötzlich so, als hätte sie ihre besten Chancen verspielt. So teilte sie ihrem Vater in einem Anfall von Empörung und Herausforderung unter Mißachtung der vernünftigen Ratschläge ihrer Mutter mit, daß sie in drei oder vier Monaten die Aufnahmeprüfung für die Sexta ablegen würde. Rot vor Wut antwortete der Vater:

»Nie könnte ich es zulassen, daß meine Tochter jeden Tag fern von zu Hause herumstreunt. Das kommt nicht in Frage. Wäre das Gymnasium in Kénadsa, gäbe es kein Problem. Aber so ist es unmöglich, wirklich. Mach dir darüber keine Illusionen!«

Noch am selben Abend schrieb sie Azizi, bat ihn um Hilfe. Während sie auf Nachricht wartete, saß sie da, vor Angst wie gelähmt. Drei oder vier Tage später, als sie von Khellil noch keine Antwort hatte, teilte Frau Chalier, die Schulleiterin, die unter den Algerienfranzosen immer Anlaß zu Gerede gab, die Formulare an die Schülerinnen aus:

»Das sind eure Bewerbungsunterlagen für die Sexta. Ihr müßt sie von euren Eltern ausfüllen und unterschreiben lassen. Die Prüfung ist auf den 10. April festgesetzt.«

Ein tiefer Schluchzer, der seit mehreren Tagen in ihrer Brust festsaß, schüttelte Leila plötzlich. Frau Chalier versuchte vergebens, die Ursache herauszufinden. Das Kind hatte einen solchen Weinkrampf, daß es nicht fähig war, ein Wort herauszubringen. Daher nahm die Frau Leila bei der Hand und führte sie in ihr Büro. Als Leila endlich sprechen konnte, erklärte sie ihr das Problem. Die Schulleiterin stützte die Arme fest auf ihren Schreibtisch, beugte sich mit dem Kopf zu ihr vor, und während sie Leila fest in die Augen blickte, sagte sie ihr:

»Sollte nur ein Mädchen aus Kénadsa in die Sexta kommen, dann du, Leila. Erstens, weil es dir rechtmäßig zusteht, und zweitens verspreche ich dir, daß ich alles dafür tun werde. Keine Sorge, ich werde deinen Vater aufsuchen. Ich behalte deine Unterlagen da. Ich werde sie ihm persönlich bringen. Ich werde heute abend bei dir vorbeikommen. Erzähl nichts, wenn du nach Hause kommst.«

Sie erschien in ihrem alten 2 CV gegen sechs Uhr abends. Tayeb, der sich über diesen ebenso ungewöhnlichen wie überraschenden Besuch wunderte, bat sie herein. Während Yamina damit beschäftigt war, Tee zu kochen, begann Frau Chalier in perfektem Arabisch mit einem leicht marokkanischen Akzent, der Yamina veranlaßte, sich umzudrehen, und ihr ein Lächeln entlockte:

»Herr Ajalli, ich habe persönlich Leilas Bewerbungsunterlagen für die Sexta mitgebracht. Sie liegen mir sehr am Herzen. Daher wollte ich sichergehen, daß Sie Ihr Einverständnis geben.«

Tayeb versuchte zu protestieren. Sie ließ ihm nicht die Zeit dazu. Und, indem sie ihm schnell ins Wort fiel:

»Herr Ajalli, Sie lassen Ihre zwei ältesten Töchter eine Schule besuchen. Das ist ein beispielhafter Entschluß. Nur ein sehr intelligenter Mann würde in diesen unruhigen Zeiten voll Gewalt und Ängsten auf diese Weise für die Unabhängigkeit Algeriens eintreten. Denn der Schulbesuch der Kinder ist im Ringen um die Freiheit eine der wichtigsten Aufgaben. Ich zweifle nicht im geringsten daran, daß Sie an diesem edlen Kampf teilnehmen.«

Tayeb schnappte nach Luft und riß die Augen weit auf. Sie schwieg einen Moment, um ihren schlagkräftigen Worten Zeit zu geben, die volle gewünschte Wirkung zu erzielen. Der Mann war starr vor Verblüffung und kam nicht einmal auf den Gedanken zu antworten. Sie fuhr fort:

»Ja, das hoffe ich wirklich. Kämpfen und zu den Waffen greifen, um seine Heimat zu befreien, ist eine Pflicht für jeden von uns. So wie es auch unsere Pflicht ist, die Ungerechtigkeit anzuprangern und das Ringen unterdrückter Menschen zu unterstützen, die für ihre Rechte eintreten, wo auch immer in der Welt es sein mag. Dieser absurde und blutige Krieg, der seit acht Jahren zwei Volksgemeinschaften gegeneinander aufbringt in einem Land, das ihnen sowohl von seiner Ausdehnung wie von seinen Ressourcen her die Möglichkeit bieten könnte, problemlos zusammenzuleben, muß eines Tages aufhören. Morgen, in einigen Monaten, in einem Jahr oder maximal zwei Jahren wird Algerien ein freies Land sein. Dann erst wird ein anderer, ebenso langer und schwieriger Kampf beginnen: der Kampf um die wirtschaftliche, technische und kulturelle Unabhängigkeit ... Diese Freiheit muß man innerlich annehmen, und Sie werden sehen, es wird keine Kleinigkeit sein. Dafür braucht Algerien all seine Kinder, Mädchen und Jungen, Männer und Frauen. Mein größter Wunsch wäre es, ein paar Jahre in diesem neuen Algerien zu leben, im Rahmen meiner Möglichkeiten und auf meiner Ebene zum Aufbau dieses neuen Landes beizutragen. Doch wer wird meinen Platz oder die so zahlreichen Plätze der Männer und Frauen einnehmen, wenn wir fort sind? Wer wird unsere Nachfolge antreten? Leila ist die beste Schülerin meiner Schule. Ihr stehen alle Möglichkeiten offen. Bringen Sie sich nicht um den Stolz zu erleben, wie sie eines Tages eine verantwortungsvolle Position einnimmt. Zerstören Sie nicht ihre Hoffnungen so kurz vor der Unabhängigkeit des Landes, ich flehe Sie an. Denn kämpfen heißt auch dieses Beispiel geben. Es heißt, gegen die Rückständigkeit anzugehen, die Dummheiten, die sie mit sich bringt, zu beseitigen und das Bewußtsein der Menschen weiterzuentwickeln. Ja, kämpfen heißt auch das. Im Algerien von morgen wird es vor allem das heißen! Es ist für Sie nichts Neues, wenn ich Ihnen sage, daß es ein sehr harter, wesentlich schwierigerer Kampf sein wird, als gegen einen klar definierten Feind die Waffe zu erheben.«

Mit zusammengebissenen Zähnen und ernstem Gesicht nickte Tayeb. Leila spürte undeutlich, daß das Spiel gewonnen war. Die *Roumia* hatte das Thema, die Worte und den Ton getroffen, um ihn anzurühren. Sie hatte das richtige Gespür gehabt. Den Vater hatte das bis ins Innerste aufgewühlt. Leila auch. Sie hätte sich wirklich kein besseres Plädoyer erhoffen können. Das Teeglas zitterte in ihrer Hand. Ihre Kehle war vor Rührung wie zugeschnürt, und sie kämpfte gegen die Tränen an. Welch unerwartetes Glück! Sie zählte auf irgendeinen Verwandten, und nun bekam sie Unterstützung von Seiten dieser Fremden. Eine spontane und freiwillige Hilfe. Die ebenso überraschende wie glühende und überzeugende Argumentation der *Roumia* hatte allen Widerstand gebrochen und die Anwesenden völlig verblüfft. Ihre Worte meißelten sich in Leilas Gedächtnis ein. Der Gedanke an sie war wie eine Milchstraße, die über der häufig düsteren Erinnerung an diese ganze Kriegszeit schwebte.

Nun schlürfte die Frau in Ruhe ihr Glas Tee. Tayeb rang mit einem großen Schluck geräuschvoll eingesogenen Tees um Fassung. Er räusperte sich und begann endlich zu sprechen. Er erzählte vom Krieg, vom Widerstand, der Ungerechtigkeit und Demütigung all die langen Jahre hindurch. Er sprach auch von den laufenden Verhandlungen, von der Hoffnung auf eine vielleicht baldige Waffenruhe. Schließlich sagte er ihr, wobei er auf seine Älteste wies:

»Ihr Onkel hat mich vor zwei Tagen in der Werkstatt angerufen. Das Früchtchen hatte ihn bereits alarmiert. Wissen Sie, die da schlägt der anderen Linie unseres Clans nach, sie trägt ein Körnchen der Bouhaloufa, der Sonderlinge, in sich … Aber ich habe keinerlei Erzähltalent. Im übrigen würde diese Geschichte jetzt zu weit führen … Ihr Onkel denkt genau wie Sie. Ich glaube, Sie beide haben recht. Würde Algerien ein besetztes Land bleiben, hätte ich zu große Angst um sie. Wenn unser Land aber seine Unabhängigkeit erlangt, wird sie keine Probleme haben. Wie dem auch sei, ich verspreche Ihnen, daß Leila in die Sexta gehen wird und sogar noch weiter. Und das hat sie dann nicht mir zu verdanken. Es wird einfach so sein, weil die Hartnäckigkeit der Bouhaloufa in ihr steckt.«

Leilas Herz hüpfte in ihrer Brust. Sie hatte gewonnen! Das Verlangen, ihrer Schulleiterin entgegenzustürmen und sie ungestüm zu umarmen, schoß ihr blitzschnell und kurz durch den Kopf. Doch neben ihrer Rührung flößte die Frau ihr Respekt und ein Gefühl unendlicher Dankbarkeit ein, so daß sie wie angewurzelt stehenblieb. Frau Chalier war es, die glückstrahlend als erste ihre Freude zeigte und ihr auf den Rücken klopfte. Leila begnügte sich mit einem »Danke, Madame Chalier«, was in ihren Ohren so banal klang, daß ihr Gesicht ganz rot wurde.

Doch das Bild dieser Frau, ohne die ihr Leben vielleicht anders verlaufen wäre, sollte in ihrer Erinnerung immer wie ein lichtschillernder Flügel schlagen.

Die nahe Zukunft gab Tayeb recht. Am 7. März 1962 wurden, dieses Mal offiziell, die Verhandlungen von Evian eröffnet. Zwölf Tage später, am 19. März um 12 Uhr, gab das Radio die Verkündung eines Waffenstillstands und die Freilassung Ben Bellas bekannt. Die Neuigkeit schlug in ihren Köpfen ein wie ein gewaltiger

Baroud. Sprachlos vor Erschütterung, drehten sie fieberhaft am Radioknopf, suchten die Bestätigung durch eine ausländische und neutrale Stimme. Doch alle Sender, ob arabisch oder europäisch, verbreiteten dieselbe Nachricht. Als der Traum die flüchtigen Bilder der Phantasie und die ungewissen Versprechungen der Zukunft verließ und plötzlich Realität wurde, waren alle überglücklich. Die Gegenwart fuhr endlich unter der Flagge der Freiheit. *El Houria* war da, greifbar, lag im sicheren Hafen, da sie nun Gewißheit war. So machten die *Bendire*, die sich so lange schon nur den halluzinierenden und beschwörenden Stakkatos der *Hadras* gewidmet hatten, endlich ihrer Freude Luft. Tayeb verdrehte die Augen und begann zum ersten Mal in seinem Leben zu tanzen. Er hüpfte und warf seinen Rif-Hut hoch in die Luft. Wie elektrisiert gab er ihnen dann die hinreißende Vorführung eines *Allaoui*. Sein imaginärer *Baroud* knatterte abwechselnd einen Schuß zum Boden, einen gen Himmel. Zohra verlor dabei ihren *Chèche*. Sie hob ihn flink auf, schwang ihn wie ein Lasso und umschlang damit in einer theatralischen Geste ihren Sohn. Ein toller Tanz, ein entfesselter Zweikampf. Ohrenbetäubend waren die *Bendire*. Sie gurrten, modulierten ihre Tremolos mit einem erregten Klingeln ihrer Perlen. Berauschend waren die *Youyous*, die als Lichtgarben emporsprühten und ihre silbernen Glöckchen zur Eroberung des Himmels ausschickten. Die weißen Felsgipfel der Barga schmetterten ihre Echos hinaus und trugen die frohe Kunde weiter zum *Erg* und bis in die Ferne. Die überschäumende Feststimmung wusch die schmerzlichen und düsteren Spuren ab, mit denen die Schießstände die Stille der Sandwüste verschandelt hatten.

Am nächsten Morgen meldete ein Telegramm aus Tindouf, daß Khellil für ein paar Tage vorbeikommen würde. Er hatte das Bedürfnis, das Ereignis zu Hause zu feiern. Kaum war er da, teilte Tayeb ihm mit:

»Khellil, mit dem Exil ist es jetzt vorbei, du mußt schnellstens zurückkommen. So bald wie möglich. Wir werden dich brauchen, es gibt so viel zu tun!«

An jenem Tage wie an den folgenden ließen die beiden sich kaum blicken. Zahlreiche Versammlungen nahmen sie in Anspruch.

Wenige Tage später, als sie gerade nicht da waren, verkündete Zohra:

»Ich muß Khellil davon überzeugen, daß er sich jetzt von mir verheiraten läßt. Ich glaube, ich habe ein Mädchen gefunden, das seinem Geschmack entspricht.«

Leila vermutete schon seit einiger Zeit, was ihre Großmutter in aller Heimlichkeit ausheckte. Sie, die Zohra immer zum *Hammam* begleitete, hatte bemerkt, daß sie den Ort nicht nur häufiger aufsuchte, sondern daß auch ihr Verhalten dort höchst vielsagend war. Nackt mit all ihren Falten, verschanzt hinter würdevollem Verhalten, ließ sie ihre Augen im Schutze der dunstigen Luft unverhohlen in naiver Schamlosigkeit über die Schar der Körper wandern, die sich den intimsten Waschungen hingaben. Lag es an den diesigen, blaugrünen Dämpfen dieses überhitzten Raumes, die eine fast unwirkliche Atmosphäre schufen, daß die Frauen selbst vor den kleinen Jungen ihre Blöße zeigten? Alle Zurückhaltung, alle Prüderie, die draußen die Körper versteckte und einengte, blieb im Umkleideraum. Geschlechtsteile, Falten, gewaltige und fette Hintern, seidenweiche und braune Haut, von vielen Schwangerschaften welk geworden, Brüste von erdrückenden Ausmaßen, Kopfkissen gleich, Kindfrauen mit der Geschmeidigkeit von Lianen, deren Brüste zum Stillen einluden, hier kam alles ohne Scham zusammen, zu einer kurzen und höchst erstaunlichen Schau der Nacktheit und Ungeniertheit ...

Zohras Blick überflog das Ganze, blieb an den heiratsfähigen Mädchen haften. Er maß, musterte. Dunkle Augen, langes, pechschwarzes Haar, eine harmonisch geformte Hüfte und vielversprechende Brust weckten Zohras Interesse und ließen sie, in ihre *Fouta* gehüllt, zur *Moulette el Hammam* eilen, der Besitzerin des Bades. Doch der schönste Körper, das ebenmäßigste Gesicht wurden sofort aus ihrer Erinnerung gestrichen, wenn der leiseste Schatten auf den Lebenswandel der Begehrten fiel. Denn die *Moulette el Hammam* mit ihrer weisen Miene und ihrem dreifachen Kinn, das sie wie ein Rüschenkragen zierte, wußte alles über alle, und ihre Rolle als Ratgeberin war nicht unbedeutend. In ihrem *Hammam* konnten die Frauen im Hitzeraum ihren Schmutz und in ihr empfängliches Ohr ihren Klatsch und ihre Geheimnisse loswerden. Dazu war das Bad da.

Zohra, die Frau mit den dunklen Tätowierungen, warf ihr Auge schließlich auf ein schönes junges Mädchen. Nachdem sie Erkundigungen eingeholt hatte und jene die Voraussetzungen erfüllte, informierte sie Yamina:

»Sie ist eine Gazelle. Was ihr Äußeres anbelangt, könnten ihr manche Frauen lediglich den Vorwurf machen, sie sei sehr schlank, fast mager. Wohlgemerkt, bei uns sind die Frauen nie weiß und fett gewesen, sondern dünn und zart ... Wie Gazellen, und sehr dunkel. Wir sind zu lange unter der brennenden Sonne gewandert, um zuzunehmen, unsere Farbe zu verlieren und fade und bleich zu werden wie alles, was im Schatten gedeiht!« sagte sie und warf ihr einen schrägen Blick zu.

Da Yamina nicht auf die Anspielung einging, fuhr sie fort:

»Mit den Schwangerschaften wird sie breiter werden. Anscheinend bevorzugen die Männer jetzt auch schlanke Frauen. Wie dem auch sei, ihr Lebenswandel ist einwandfrei. Sie verläßt ihr Haus nur verschleiert und in Begleitung ihrer Brüder. Man erzählt, daß sie daheim den ganzen Haushalt führt. Und man mag dort vielleicht Armut sehen, aber es läßt sich nicht eine Spur von Schmutz entdecken.«

»Mach, was du willst, Mama, ich überlasse es dir«, sagte Khellil schließlich und gab den inständigen Bitten seiner Mutter nach.

Das erhöhte noch die Freude, die bereits in allen Herzen wohnte. Zohra war ganz erfüllt davon, auch Yamina. Die einzige, die diese Antwort etwas enttäuschte, war Leila. Nicht, daß sie an der Auserwählten, die sie nur vom *Hammam* her kannte, etwas auszusetzen hatte, aber Azizis Antwort war in ihren Augen ein Zeichen für seine Resignation, seine Ergebenheit in die gesellschaftlichen Zwänge. Er stieg wieder aus den Wolken herab, um sich in die Herde der Durchschnittsmänner einzureihen. Khellil mußte wohl ihre Gedanken in ihrem bekümmerten Blick gelesen haben. Er schaute sie an und zuckte mit gleichgültiger Miene die Schultern, als wollte er sagen: die oder eine andere, für mich ist es gleich! Zwei Tage später fuhr er wieder nach Djebilet. Er reichte seine Kündigung ein, leistete noch einen Monat, die Kündigungsfrist, ab und kam dann zurück.

In der Schule war die Hälfte der Mädchen in Leilas Klasse zu alt für die Sexta. Sie machten ihren Volksschulabschluß, um einen Strich unter das mühselige Kapitel des Lernens zu ziehen. Von den sieben anderen legten nur Claire und Leila die Prüfung für die Sexta ab. Die anderen waren sitzengeblieben. Leila wartete mit wachsender Ungeduld auf die Ergebnisse. Eines Nachmittags, als sie zu Hause war, hörte sie von fern ein Auto kommen. Sie erkannte den Motor eines 2 CV. Als das Auto ganz nah am Garten war, hupte es. Es war Frau Chalier, ihre Schulleiterin. Da wußte sie, daß sie bestanden hatte. Und diesmal legte sie alle Zurückhaltung ab, warf sich der Botin an den Hals und küßte sie. Tayeb, der in diesem Augenblick aus dem Haus trat, betrachtete die Szene lächelnd und kopfschüttelnd.

Sie tranken Tee. Frau Chalier unterhielt sich mit Tayeb über den Waffenstillstand, die O.A.S., die das Land verwüstete, die große Fluchtwelle der Franzosen. Sie gingen alle fort, in Scharen, verbittert. Der unermeßliche Schmerz hatten ihnen den Verstand benebelt, und sie begriffen noch immer nicht, warum es so weit gekommen war. Warum nur diese furchtbare Alternative »Koffer oder Sarg«? Sie verließen ihre Heimat und ihre Seelen mit Koffern, die schwer von Leid waren. Blind standen sie mitten in ihrem Drama. Wie viele Jahrzehnte würde man noch warten müssen, bis ihre Urteile objektiver ausfielen und endlich die Ausgewogenheit erlangten, die ihnen damals fehlte, deren Fehlen sie außer Landes trieb? Vorerst herrschte Chaos und Angst.

Tayeb bat Frau Chalier um Erlaubnis, Leila im Mai zu Hause zu behalten.

»Ich werde sie dringend brauchen. Sie muß mir Listen erstellen. Wir bereiten die Rückkehr der Emigranten aus Marokko vor. Sie werden in großen Schüben kommen. Die gesamte Bevölkerung ist entschlossen, ihnen zu helfen. Es gehen bedeutende Spenden aller Art ein. Das alles muß kanalisiert werden.«

Die Erlaubnis wurde ihm erteilt.

Die Monate April, Mai, Juni 1962 waren sehr stürmisch. Freude und Jubel gingen für viele Familien mit tiefem Schmerz einher. Mit der unmittelbar bevorstehenden Unabhängigkeit kam die Stunde der Bestandsaufnahme. In allen *Wilayas* gab man die Namen der Märtyrer bekannt. Es galt, den bereits schwer geprüften Familien ein langes und vergebliches Warten zu ersparen, indem man die

Namen jener veröffentlichte, die nicht aus dem Untergrund zurückkommen würden. Jede oder fast jede Familie hatte jemanden zu beklagen ... Die Ajalli, wie manch andere Familie, wußten es bereits. Und wenn die Wunden auch noch nicht völlig verheilt waren, so war der Schmerz doch weniger stark. Viele erfuhren den Verlust der Ihren erst kurz vor der Unabhängigkeit, als der Krieg schon vorbei war. Furchtbare Nachrichten, die brutal wie ein heftiger Sandsturm die blutjunge Freude hinwegfegten. So vernahm man von Zeit zu Zeit aus einem Haus einen düsteren Klageruf, einen Schrei, der dieser Welt aus Leid und Wunden entstammte, aus der er nicht aufhörte zu entweichen. Dann flehten zittrige, schmerzverzerrte Stimmen: »*Zerghertou*! *Zerghertou*!«, versuchten, sich einzureden, daß aus diesem furchtbaren und heimtückischen Bösen etwas Gutes erwuchs. Zunächst waren schwache, von Schluchzern unterbrochene *Youyous* zu hören. Dann wurden sie energisch, gerieten zu Gegenschlägen, Geschrei, Murren, Wut und ließen die Tränen hinter sich. Allein, ohne *Bendir* und *Derbouka* erhoben sie sich endlos, gellend und himmelzerreißend. Es waren eigentlich langgezogene Schluchzer. Finsternisverbreitende Schleudern, welche die Freude und das Licht mit ihrer Dunkelheit zerfetzten.

Zu Hause, am Fuß der Düne, wurden fieberhaft Vorbereitungen getroffen. Yamina verbrachte lange Stunden an ihrer Nähmaschine. Sie schneiderte in Erwartung des großen Tages algerische Fahnen in allen Größen und Kleidung in denselben Farben für die Kinder. Sie richtete auch Khellils Aussteuer her. Ihre Begeisterung war natürlich groß und unerschöpflich die *Youyous*.

Seit einigen Monaten wurden ein paar Hammel für die glücklichen Tage gemästet. Tayeb nahm etwas von dem Geld, das Zohra versteckt hatte, und kaufte sechs weitere.

»Bei der Welle von Festen und *Mechouis* droht der Fleischpreis diesen Sommer in die Höhe zu schnellen. Wir sollten besser Vorkehrungen treffen. Wir müssen ein *Mechoui* für Nacer, Zina und ihre Kinder, eines für Onkel Hamzas Ankunft und eines für die meiner Schwester Fatna einplanen. Die anderen sind dann für Khellils Hochzeit und für unsere Familie«, sagte er, und seine Augen glänzten vor Erregung.

Eine Freude, die vom Leid lebt

Tayeb benutzte einen großen Werkstattschuppen, um die Spenden für die Familien der *Chouhada* zu lagern. Täglich kam ein mit verschiedenen Gütern hochbeladener Lastwagen zum Fuß der Düne. Vier Partisaninnen hatten die Aufgabe, die Waren nach ihrem Verwendungszweck in ein Register aufzunehmen und zu ordnen. Alle waren sie Analphabetinnen, doch mit spöttischen Augen und burschikosem *Chèche* zeichneten sie souverän die Listen ab, die Leila ihnen peinlich genau erstellte. Der ganze bunt zusammengewürfelte Kram wurde dann wieder auf die Lastwagen verladen und zu den Ausgabestellen gefahren. Würden die bescheidenen Nothilfen für zahllose völlig unbemittelte Familien den Wiederbeginn eines gnädigeren Lebens bedeuten? Das Singen und die Unterhaltungen der Frauen ließen das Drama hinter sich, waren beperlt von leisem Lachen und blühten vor Komik. War auch das tagtägliche, die ganze Woche währende Entladen, Sortieren, Zählen, Auflisten und dann wieder Aufladen eine lange und stumpfsinnige, da immer gleiche Arbeit, so verrichteten sie sie doch in begeisterter und euphorischer Stimmung. Ein paar Tanzschritte aus dem Stegreif ziselierten die anstrengendsten Momente. Und hier und da erhob sich der Triller eines *Youyous* wie das Gezwitscher eines Vogels über dem Piepsen seiner Brut. Die Frauen überboten sich gegenseitig an komischen und derben Geschichten, insbesondere über die scharenweise aus Marokko kommenden Emigranten. Warmgehaltene Beignets, weich unter knuspriger Kruste, *Zlabias* und *M'semen*, deren Honig auf die Finger tropfte, machten die Teestunde zu einem festlichen und köstlichen Augenblick.

Das junge Mädchen lebte wie in einem Traum. Beflügelt von dem Gefühl der Wichtigkeit, das die Arbeit in der Gruppe der Frauen ihr verlieh, und trunken von den Festklängen und -gerüchen, verging der Mai für sie wie im Fluge. Die Tage verrannen jetzt in einem ganz anderen Licht, wurden von Freude angetrieben.

Sie waren von diesem Fieber befallen, von dem die Blicke zitterten. Seit einem Monat schon hatte sie das Klassenzimmer nicht mehr betreten. Am letzten Tag im Mai überließ sie die vier Frauen Khellil und sagte der Schule Lebewohl. Und da sah sie ein anderes Schauspiel, die andere Seite des Waffenstillstands: das große Debakel der Algerienfranzosen. Die französischen Viertel strömten Hoffnungslosigkeit aus: verschlossene, von stiller Verlassenheit umgebene Villen, abgestandener Geruch von Haß und Rachsucht, ranzig trotz der funkelnden Sonne. Ein paar Nachzügler irrten noch umher, die letzten fröstelnden Phantome einer Welt, die von den entwurzelnden Böen eines Orkans weggefegt worden war. Ihre Gesichter verrieten ihre Alpträume. Ihre Augen, die von einem so starken Schmerz durchbohrt wurden, schienen den Tod wie eine Erlösung herbeizusehnen. Den Tod für sich oder für die anderen, jene, auf deren Gesichtern höhnisch die Vergeltung lachte. Den Tod für alles, was man ihnen aus ihrer Vergangenheit, ihrem Körper und ihrer Seele entrissen hatte.

Dieselbe Abstumpfung, dieselbe Trostlosigkeit erwarteten Leila in der Schule. Frau Chalier war da, allein mit einigen wenigen Schülerinnen, ohne Lehrerin. Sogar sie, die doch gespürt hatte, daß dieser Augenblick kommen würde, war außer Fassung. Sie huschte auf dem Hof umher, schenkte denen, die weggingen, ein paar aufmunternde Sätze, den anderen zuversichtliche Worte. An diesem Ort, der gewöhnlich wie ein Bienenstock summte, lastete der freudige und schmerzliche Schock seltsam auf den Mädchen der beiden Lager. Er machte sie stumm. Die Frau zog Leila schließlich in ihr Büro. Sie hatte Geschenke für sie: mehrere Bücher und einen herrlichen, mit Margeriten geschmückten roten Hut. Sie setzte ihn Leila auf und sagte:

»Da, hiermit kannst du deinen Kopf, der jetzt schon raucht, vor der Sonne bei den langen Aufmärschen und Demonstrationen schützen, die nun bevorstehen. Verlege ihn nicht! Er wird dir sehr nützlich sein.«

Leila kam auf ihrem Schulweg nicht durch das jüdische Viertel. Es lag auf der anderen Seite des Dorfes, schloß sich an den alten *Ksar* an. Aber Sarah war da, auch sie.

»Ich habe nicht mehr erwartet, dich nochmal zu sehen. Du hast dich die ganze Zeit nicht um mich gekümmert. Ich habe dich seit Ende April nicht mehr gesehen. Und es ist schon zwei Monate her, daß du meine Mutter besucht hast. Sie meint, sogar du bist dabei, dich zu verändern.«

Die vorwurfsvollen Tremolos waren nicht nur in ihrer Stimme. Sie trübten auch ihren Blick. Sie hatte recht, Leila war völlig mit ihren Prüfungsvorbereitungen und der neu erwachten Begeisterung zu Hause beschäftigt gewesen und hatte sich in letzter Zeit nicht oft bei ihrer Freundin blicken lassen ... Im übrigen war ihr der Gedanke, das Drama der Algerienfranzosen könnte auch die Juden in Mitleidenschaft ziehen, überhaupt nicht gekommen. Plötzlich, in den verzweifelten Augen ihrer Freundin, entdeckte sie, wie groß die Schockwirkung war. Konnte sie auch das Warum und Wieso nicht genau herausfinden, so wurde ihr doch auf einmal klar, daß eine Gefahr mit einem bedrohlichen und unwiderruflichen Urteilsspruch in der Luft lag. Daß sie selbst nicht nur verschont wurde, sondern daß diese Hoffnungslosigkeit »der anderen« die unmittelbare Folge des Glücks der Ihren war, erfüllte sie mit einer schuldhaften und unerträglichen Scham.

»Wir fahren zunächst für ein paar Tage nach Frankreich, dann nach Israel«, teilte Sarah ihr mit.

Die Neuigkeit brachte Leila aus der Fassung.

»Aber warum?«

»Darum. Meine Eltern sagen, da alle anderen gehen, fahren wir auch.«

Der tiefe Kummer grub sich sein Bett, wälzte seine Fluten über die plötzlich dürren und leeren Worte, die zu Staub zerfielen. Der ihrer Freundin ließ in Leila jedes Wort verdorren, so sehr setzte er ihr Mitgefühl in Flammen.

»Ich begleite dich nachher, um mich von deiner Mutter zu verabschieden«, sagte Leila.

Sie sprachen nicht mehr. Das Schweigen schnürte ihnen die Kehle zu, zerriß ihnen das Herz. Die doch so klare Luft brannte ihnen in den Augen wie die schlimmsten Sandstürme, bis sie weinen mußten. Und Sarahs zierliche Silhouette verschwamm im Dunkeln. »Gisèle und Claire?« Sarah hatte sie seit einigen Tagen nicht mehr gesehen.

»Sie sind vielleicht schon fort. Ich bin jeden Tag hergekommen, nur, um vor daheim und vor meiner Mutter zu fliehen …«

Schleunigst verließen sie die Schule. Auch das jüdische Viertel war verlassen. Stiller und trostloser noch als das französische Viertel. Die geschlossenen Häuser und Läden trugen bereits die Trauer der Abreise. Die wenigen Personen, die sie trafen, hatten dasselbe verschlossene Gesicht und denselben starren Blick. Bald stand die Benommenheit, die sie umgab, auch in Leilas Augen, während eine Frage unablässig auf sie einhämmerte: Warum gingen auch die Juden weg? Warum sie? So lange schon gehörten sie zum Leben des *Oranais*, seit jeher schon zum Leben der Ihren. Sie kamen sogar in Zohras Geschichten und Erzählungen vor. Warum gingen sie weg? Sie, die so gut Arabisch sprachen, mit dem Akzent der *Zaouia* von Kénadsa. Sie, die oft dieselben Häuser bewohnten, etwas stattlicher zwar, aber unmittelbar neben dem arabischen *Ksar*. Sie, die dieselben Gewohnheiten hatten. Die überall mit ihnen in Berührung kamen. Im *Hammam* unterschieden sich ihre Frauen nicht von den anderen. Dieselbe Körperstellung, dasselbe Verhalten, dasselbe Henna, dasselbe *Ghassoule* … Warum gingen sie weg?

Wenn Tayeb durch irgendeine Beschäftigung verhindert war und Leila einkaufen schickte, ging das Kind am liebsten zu den jüdischen Händlern. Nicht so sehr wegen ihrer Läden, die oft ein besseres Angebot hatten, als vielmehr wegen ihrer Zuvorkommenheit verglichen mit dem barschen Ton, den die arabischen Händler glaubten, Kindern gegenüber anschlagen zu müssen. Schnell ein verständnisvolles Zwinkern im Auge, mit schelmischem Lächeln und lebhaften, schwungvollen Worten, stets zu allen Kapriolen bereit, unterbrachen sie ihre Gespräche und schenkten all ihren Kunden, ob klein oder groß, dieselbe Aufmerksamkeit. Isaac, Sarahs Vater, besaß das größte Lebensmittelgeschäft im Dorf. Leila ging sehr oft zu ihm. Er war ein rundlicher und jovialer kleiner Mann. Er trug stets eine blaue Schürze aus dickem Tuch und auf dem glänzenden Schädel einen roten Fes. Er begrüßte sie mit einem herzlichen »*Ya benti*, wie geht es dir? Du wirst von Tag zu Tag schöner«. Neben seiner Freundlichkeit stand ihr auch noch eine kleine Flasche Limonade zu. Widerspruch war zwecklos, sonst täuschte er in seiner Redseligkeit einen mürrischen Ton vor, den seine schalkhaften großen Augen sogleich Lügen straften. Und wenn er sich mit affenähnlicher Mimik in seinen Fes vergrub und in seine Schürze hineinkroch, war er ganz und gar unwiderstehlich.

»Hier, das ist für dich, weil du deinen *Reg* verlassen hast, um zu den Juden in die Zivilisation zu kommen!« sagte er und reichte der lachenden Leila das Getränk.

»Herr Isaac, warum gehen Sie alle weg? Sie, Sie sind doch hier zu Hause!«

Sie hatte diese Frage, die sie aufwühlte, hinausgeschrien. Dieses Viertel, das sie so sehr liebte, war für sie das Herz des *Ksar*. Wie war ein Leben im *Ksar* denkbar ohne die dicken jüdischen Mamas in schwarzer Tracht, mit glänzendem Schal, gutmütigem Gesicht, die unbewegt vor den Häusern saßen und mit dem Blick den Faden der Zeit abspulten? Ein Bollwerk weiblicher Augen gegen die Gefühllosigkeit der Herzen. Ohne sie wäre die Seele des *Ksar* mit Sicherheit ärmer.

Der Mann schaute sie traurig an, dann wandten sich seine Augen ab. Er sagte:

»Wir gehen weg, meine Tochter, weil hier die *Chcoumoune* ist. Es ist sehr kompliziert. Die Angst vor dem Unbekannten, ganz einfach die Angst. Es gibt Leute, die nicht einmal wissen, warum sie weggehen, aber sie gehen! Es ist einfacher, dem Bett des *Wadi* zu folgen, als zu versuchen, es zu verlassen. Die Angst sitzt tief in unserem Volk. Ihre Kraft ist zerstörerischer als die größten Hochwasser der *Wadis*, stärker als die heftigsten Sandstürme.«

Sie traten ins Haus ein. Frau Isaac saß mit wirrem Blick im Hof. Koffer, verschnürte Kisten und Kartons nahmen den gesamten Raum ein. Von allen schien sie am meisten von dem Drama betroffen zu sein. Ihre Urgroßeltern, ihr Vater und ihre Mutter ruhten alle auf dem jüdischen Friedhof hinter dem *Ksar*. Als sie Leila sah, schloß sie die Augen vor ihrem Schmerz und wiegte sanft ihren Oberkörper von vorn nach hinten. Sie weinte nicht. Sie stöhnte schwach. Sie war wie ein krankes Tier. Ein harmloses großes Tier, das leise wimmerte. Die Haube über dieser zerrissenen Stille wurde erdrückender. Das Herz zusammengekrampft, die Kehle abgeschnürt, Hämmern im Kopf, Brennen in den Augen, und alles in diesem ganz düster gewordenen Haus verbrannte im Feuer der Hoffnungslosigkeit. Leila ging zu ihr. Die Worte blieben als Knoten in der Kehle stecken. Gerüche von Moschus, Gewürznelke und Olivenöl überwältigten sie wie ein Schluchzer. Sie badete ihren Kummer darin. Mit einer langsamen Bewegung zog die Frau sie an ihren üppigen Busen. Nach einer langen Weile gelang es ihr hervorzubringen:

»*Kahloucha*! Meine Schwarze!«

So hatte sie sie immer genannt: meine Schwarze. Leila mochte diese Anrede, und wie feinsinnig sie ihr jetzt schien! Nach einem letzten Kuß riß sie sich schmerzbewegt aus ihren Armen und ging hinaus. Draußen küßten und umarmten Sarah und sie sich sehr schnell. Sie ahnten sehr wohl, daß sie sich nie mehr wiedersehen und nie wieder samstags Sardinenklößchen essen und dabei zusammen in der Sonne sitzen würden. Ein starke Erschütterung wühlte ihre Brust auf. Leila setzte ihrer Freundin den hübschen roten Hut auf den Kopf und rannte fort. Sie floh vor dem gemeinsamen Weinen. Sie lief auch, um vor sich selbst zu fliehen. Lange, lange. Doch eine Zange drückte ihr noch immer Brust und Hals ab. Doch ein rasendes *Bendir* wütete in ihrem Kopf. Doch ein Sandsturm verschleierte ihr die Augen.

Sie lief allein durch die menschenleeren Viertel. Sie lief. Warum gingen sie weg, auch sie? Warum sie? ... Das französische Viertel. Das Haus, in dem Gisèle wohnte! Sie hielt an. Die Tür stand offen. Einen Augenblick lang war sie versucht, ihre Freundin zu rufen. Aber die Furcht, ihrer Mutter gegenüberzustehen, nahm ihr den ganzen Mut. Sie lief weiter, war überzeugt, daß Gisèle nicht wegginge, ohne sie zu besuchen. Etwas weiter entfernt das Haus, in dem Claire wohnte. Es war verschlossen. Der gewöhnlich schmucke Garten voller Blumen war vertrocknet. Ein paar Sträucher, die die Flammen des Himmels schon verbrannt hatten, waren nur noch schwarze Gerippe. Sie war also weggegangen, auch sie. Seit Januar waren sich die beiden sorgsam aus dem Weg gegangen, sowohl in den Pausen als auch außerhalb der Schule. Jede von ihnen war in einer anderen Welt gefangen. Jede versuchte vielleicht auch, ihren unerträglichen, zu tiefen Kummer vor der anderen zu verbergen. Leila blieb eine geraume Weile sprachlos vor dem Haus stehen, und ihr Herz war ganz bei dem Schmerz und den Schuldgefühlen, die Claires Abwesenheit geweckt hatte.

Claire hatte ihre gesamten Ferien immer in Biarritz bei ihren Großeltern verbracht. Sie fuhr oft schon einen Tag nach dem letzten Schultag fort. Manchmal sogar vorher. Sie trippelte immer vor Freude und Ungeduld und zählte die Tage bis zur Abreise. Während des Schuljahres erzählte sie Leila oft schwärmerisch von dieser Stadt und zeigte ihr, wobei sie sich den Daumen ableckte, Berge von Photos, die sie bestaunte. Auf diesen Photos war das Gras so grün wie in Leilas Phantasie, und der Ozean rollte sich in großen und langen Schaumkronen zu Füßen der Stadt zusammen. Silbrig glänzende gewaltige Girlanden, die dunkle Felsen schmückten. Sicher war Claire weggegangen, um in Biarritz zu leben. Sicher war sie sehr glücklich gewesen, endgültig wegzugehen. Leila zog es vor, das zu denken. Daß wenigstens eine froh war, von hier wegzugehen ...

Sie drehte sich um und lief weiter. Diese verlassene Gegend fliehen, aus der das Leben gewichen war. Die stille Verzweiflung, die aus den Häusern strömte, war beklemmend. Schnell, fort aus dem Dunstkreis der Abgereisten, die eine schmerzerfüllte Seele dagelassen hatten, welche bereits die Straßen heimsuchte und düstere Drohungen ausstieß. Hin zu dem weißen Häuschen, weitab vom Ort, das fern von aller Verzweiflung am Fuß seiner Düne die Freude umhegte. Sie kam außer Atem dort an.

Hier hatte man sich Sorgen um sie gemacht. Khellil war auf die Suche nach ihr gegangen. Ein arabisches Kind, allein in diesen Vierteln, in denen die Verbitterung und der Schmerz die Haßgefühle schürte ... Bei Allah, welche Unvorsichtigkeit! Als sie Leila sahen, stießen die Frauen einen Seufzer der Erleichterung aus. Khellil würde heute nachmittag zurückkommen, und sie könnten ihm seine Angst nehmen. Aber das junge Mädchen ertrug den Jubel nicht, der die Frauen von neuem erfüllte, sobald die Furcht vergangen war. Leila legte ihre Bücher ab und ging hinaus. Sie flüchtete auf die Düne. Ihr weicher Sand war ein wohltuendes Pflaster. Ein Bad aus Sanftheit und vollkommener Ruhe. Beschaulichkeit, frei von jedem Geruch des Unglücks, von allen Unruhen, die anderswo die Luft verpesteten. Sie tauchte, so tief es ging, in den Sand ein, so wie man in ein warmes Meer eindringt. Sie rollte sich zu einer Kugel zusammen wie im einladenden Schoß einer Mutter. Dort verblaßte alles, selbst das stürmische Miteinander der Menschen auf den brennenden Pfaden der Zeit. Alles war reglos, und der Kummer, der eben noch unüberwindlich schien, ließ nach und verging, wurde weggeblasen vom lauen Atem der Düne. Die Schläge, die auf ihren Kopf einhämmerten, flossen in den Sand, der sie in sich aufnahm. Er verwandelte sie nach und nach zu einer dumpfen und fernen Trommel im *Erg*. Das *Bendir* der Dünen wiegte sie. Sie schlief ein. Und in ihren Träumen verließ sie die unruhige und verschandelte Welt der unbeweglichen Menschen. Sie ging fort mit denen, die wandern, im Licht und im Wind, in der Weite der Dünen. Die keinen Krieg machten. Die nichts hinter sich ließen, weder blinde Häuser noch verletzte Erinnerungen noch zerrissene Liebesbande, nur einen freien Blick im Licht.

Khellil, der sie überall gesucht hatte, kam außer Atem nach Hause. Er war beruhigt, sie dort, auf der Düne, zu wissen und machte sich wieder auf ins Dorf, ohne ihr Alleinsein zu stören.

Sie schlief einen tiefen Schlaf auf ihrem Lager aus Sand, im Schatten einer Grotte, als das Echo einer Stimme die Felsen der Barga mit seinem Triller erfüllte. Sie fuhr aus dem Schlaf hoch und erkannte Azizi am Fuß der Düne. Er suchte sie mit dem Blick. Etwas bewegte sich zu seinen Füßen. Sie stand auf, winkte ihm und ließ sich wieder in den Sand fallen. Er machte sich daran, zu ihr hinaufzuklettern. Es war heiß, und der lange Schlaf, in den sie versunken war, benebelte noch ihren Kopf. Nach einer Weile, als Khellil ein paar Meter hochgeklettert war, erkannte sie neben ihm zwei kleine Welpen. Der eine war sandfarben, der andere ganz schwarz. Seitdem die Soldaten 1958 Tobi getötet hatten, hatten sie keinen Hund mehr gehabt.

»Azizi!« schrie sie, und die Freude belebte sie.

Sie stürzte die Düne hinunter und lief ihm entgegen.

»Portalès hat sie von einem Algerienfranzosen bekommen. Wie wirst du sie nennen?« fragte Khellil sie, als sie bei ihm war.

Sie hüpfte um sie herum.

»Den Schwarzen müssen wir Kahlouch (Schwarzer) nennen, der andere wird Tobi sein, wie der frühere.«

Sie nahm sie nacheinander in die Arme und streichelte sie. Sie hatten langes, seidiges Fell und Augen wie Samtkugeln.

»Das«, fügte Khellil hinzu und zeigte ihr ein Paket, das sie völlig übersehen hatte, weil ihr ganzes Augenmerk auf die Tiere gerichtet war, »ist ein weiteres Geschenk. Das ist meine Belohnung für deine Arbeit in der Schule und deinen Erfolg in der Prüfung.«

»Was ist das? Es ist groß und scheint schwer zu sein.«

»Du wirst schon sehen. Laß uns zunächst hochklettern, ich gebe es dir oben.«

Glücklich ließ sie die zwei kleinen Hunde nicht aus den Augen. Ihr schien, sie könnte kein schöneres Geschenk erhalten. Was sie jedoch wenige Minuten später entdeckte, als sie das Paket öffnete, erfüllte sie mit einer mindestens ebenso großen Freude. Es war ein Transistorradio.

»Hier hast du France-Inter«, sagte Azizi und drehte am Knopf.

Augenblicklich ertönte die Stimme von Edith Piaf vom Gipfel der Düne: »Non, rien de rien. Non, je ne regrette rien ...« Im Westen war die Sonne verschwunden, und die Nacht schloß sich wieder sanft über ihrem flammenden Kielwasser aus langgezogener brauner Lava, wie ein feiner Aschestaub auf den Überresten einer schönen Feuersglut.

Eine Woche später feierten die Ajalli Khellils Verlobung.

»Azizi, warum hast du dich mit einem Mädchen verloben lassen, das du nicht kennst?« warf Leila ihm vor.

»Um des lieben Friedens willen, wahrscheinlich ... Sag mir zumindest, ist sie wirklich hübsch?«

»Oh! Das ja! Das ist sie. Sie hat herrliche Augen und Haare. Vor allem sieht sie auch lieb und sympathisch aus.«

Der 1. Juli 1962: das Referendum über die Selbstbestimmung. Sogar die Frauen verließen ihre *Dechras*, um zu wählen! Die weißen *Haiks* waren aufgebläht vom bedeutsamen Hauch des Augenblicks und wirbelten um die Häuser. Dann lichteten sie ihre Anker und machten sich in Gruppen auf, wie kleine Segelschiffe, die auf den Sandfluten dahinglitten. Sie bildeten eine Flotille, die die weißen Wahllokale ansteuerte. Die Herzen schlugen laut. Für die Unabhängigkeit stimmen? Aber die Soldaten, die Fallschirmjäger waren doch immer noch da! Die Freude hatte Angst. Außerhalb ihres Reviers trat sie bescheiden auf. Die Durchquerung des Zentrums, das sich noch beängstigender geleert hatte, trieb den Schritt zur Eile an, vereinigte die Laufenden. Wegen der Angst, aber auch weil ein Glücksschauer die Körper zusammenscharte und magisch zueinander zog. Die Algerier stimmten mit überwältigender Mehrheit für die Unabhängigkeit, mit 99,72% der abgegebenen Stimmen. Zwei Tage später ließ sich die provisorische Regierung Algeriens in Algier nieder.

Die Unabhängigkeit wurde am 3. Juli ausgerufen. Seit März wartete die gesamte Bevölkerung darauf, bereitete sie zielbewußt vor. Gebäck, zu opfernde Hammel, Fahnen, Kleidung für die Kinder in den Farben Algeriens, alles war fix und fertig. Man hatte für den Anlaß sogar die Häuser weiß gekalkt. Am Tag X standen alle früh auf. Doch bereits um acht Uhr sandte die hochstehende und glühende Sonne ihre brennenden Strahlen auf sie herab. Bahia und Leila paradierten in wunderschönen grünen Röcken mit gestärkten und bauschigen Unterröcken. Weiße Blusen, rote Gürtel und Bänder vervollständigten ihre Aufmachung in den Farben des Tages. Das Hissen der Flagge sollte gleichzeitig auf dem großen Platz des alten *Ksar* und auf dem runden des französischen Viertels stattfinden. Das Offizierskasino und mehrere Kaserneneingänge gingen auf diesen Platz hinaus. Dort waren immer noch die französischen Soldaten: Das Glück sollte direkt im Herzen der Gefahr seinen Höhepunkt erreichen. Die Soldaten hatten anscheinend für diesen Tag ein Ausgangsverbot erhalten. Sie in unmittelbarer Nähe zu wissen, war dennoch nicht gerade beruhigend. Die Menge, die seit acht Uhr auf dem Platz zusammenströmte, schaute mißtrauisch auf die verschlossenen großen Tore. Dann ging gemächlich die Fahne hoch. Schweigen senkte sich in die Köpfe, schwer wie ein Stein. Alle Blicke, Tausende von Blicken, begleiteten wie hypnotisiert, wie versteinert das langsame Aufsteigen der Fahne. Es war, als hätte sich das Blut jedes einzelnen Menschen auf diesem Platz in eine Antriebskraft verwandelt, um die von so viel Blut und Hoffnung getränkte Fahne zu hissen! Als sie endlich die Spitze des Pfostens erreichte, war ein plötzlich befreites Aufatmen zu hören. Die Muskeln entspannten, die Befürchtungen zerstreuten sich. Sogleich erschallten von allen Seiten die Nationalhymne und *Youyous*. Rührung breitete sich aus. Viele Gesichter waren in Tränen gebadet. »Die Schweigeminute.« Ein weiteres schweres, gewaltiges Schweigen lastete auf der Menge. Ein beeindruckendes, etwas erschrekkendes Schweigen flammte in den Blicken auf. Ein Schweigen, in dem der Atem all der *S'Baas* aus den Bergen und Buschwäldern wohnte, die an jenem Tage fehlten. Sie waren da, in der Luft und in den Köpfen, die *S'Baas* der brüllenden Berge, in ihrer Stummheit lauter denn je. Sie waren das Herz dieses erhabenen Moments. Da zerriß ein durchdringender Schrei: »Friede unseren Märtyrern, es lebe die Freiheit!« das dichte Schweigen, der sogleich von einem gewaltigen Chor aufgenommen wurde. Dann waren alle im Rausch … Die Menge bejubelte den Sieg, brüllte Parolen, schrie die Geburt der Freiheit hinaus! Die *Youyous* der Frauen zerrissen die Herzen, um die Freiheit als ein Juwel hineinzulegen. *Youyou*-Schwärme eilten von den Blumen zu den Dornen, vom Gipfel des Lachens zum grabestiefen Weinen. Sturmbewegte *Youyous*, sie tauchten ihre Flügel in die Fluten aus Schluchzern, schüttelten sich und stürmten gegen die reglosen Ängste des Himmels an.

Die wilde Menge wogte, wälzte sich um die Kasernen, die Knotenpunkte der aufgeschobenen Angst. Die Freude wallte auf und befeuerte die Kehlen mit den Flammen des Tages. Wieder und wieder prasselten die *Youyous* der Frauen, verscheuchten die Müdigkeit und schenkten den Stunden höchste Beglücktheit. Ihre Seligkeit sollte für immer im Ohr bleiben. *Baroud*-Salven, *Allaoui*-Kartätschen, *Fantasia*-Galopp, Aufführen von Tänzen, Geschrei ohne Grenzen, Blumen aus Schweiß, die im Laufe des trunkenen Tages verstreut wurden.

Einen Augenblick verweilte die Gruppe aus Kindern und Jugendlichen, in der Leila sich befand, ohne Stimme, schweißbedeckt und mit brennenden Füßen am Ende einer langen Menschenschlange, die ihren Überschwang die durchglühten Straßen entlang auslebte. Als Leila an einer Kaserne vorbeikam, bemerkte sie auf dem Hof einen Soldaten. Der Mann winkte sie heran. Neugierig tat sie ein paar Schritte in seine Richtung, dann blieb sie voller Furcht stehen. Er kam auf sie zu.

»Hab keine Angst, ich will mich nur etwas unterhalten. Auch ich bin glücklich, daß der Krieg zu Ende ist. Wir sind alle da drinnen eingesperrt. Ich habe wahnsinnige Lust, mit euch zu singen und zu tanzen. Willst du etwas trinken?«

Ihre Kehle war trocken und gereizt. Daher konnte sie nicht anders, sie mußte einfach mit dem Kopf nicken. Er ging in das Gebäude zurück und kam mit einer großen Schüssel voll gekühlter Coca Cola-Flaschen wieder heraus. Das lockte weitere Kinder an, die stehenblieben. Er gab auch ihnen zu trinken. Dann zog er einen Schlauch vom hinteren Teil des Hofs hervor und schloß ihn an einen Wasserhahn an, den er aufdrehte. Nacheinander gossen sich die Kinder den Strahl über den Kopf. Diese improvisierte Dusche wusch den Schweiß von Kleidern und Körpern und kühlte die qualmenden Köpfe um ein paar Grad ab.

»Ich bin sehr glücklich, daß der Krieg zu Ende ist«, wiederholte er. »Es war abscheulich. Weißt du, auch für uns war es sehr hart. Ich habe entsetzliche Dinge erlebt. Ich habe erlebt, wie Kameraden nach einem langen Todeskampf gestorben sind. Ich bin froh, daß ich davongekommen bin, daß ich noch lebe. Ich kann nach Hause, in die Normandie, zurückkehren! Die Menschen in Frankreich denken nicht alle wie die Algerienfranzosen. Sie haben den Krieg nie wirklich gewollt. Aber für sie war es anderswo. Es war weit weg. Da haben sie es geschehen lassen …«

Leila wußte das alles. Sie hatte es in ihrer Umgebung so oft gehört. Sie dachte an die Phrasen der Erwachsenen: »Wir werden bis auf den letzten Mann sterben, wenn es sein muß … Zum Glück ist de Gaulle dagewesen! …« Andere Gesprächsfetzen schwirrten ihr flüchtig und wild durch den Kopf. Sie schwieg. Der Soldat schenkte ihr ein freundliches Lächeln. Sie erwiderte es, drehte sich um und setzte ihren Weg fort. Nach einigen Schritten wandte sie sich um. Er stand immer noch an derselben Stelle. Der Strahl aus dem Schlauch, den er noch in der Hand hielt, bespritzte ihm ausgiebig die Füße. Er schaute sie an. Er hatte ein zerknirschtes und pathetisches Gesicht. Der Gedanke, umzukehren und ihm anläßlich dieses Tages glühender *Youyous* und allseitiger Umarmungen einen Kuß zu schenken, durchfuhr sie auch. Doch sie stieß sich sogleich an der feindlichen Uniform. Das Militärabzeichen war auf einmal überwältigend präsent und stach ihr ins Auge. Sie konnte keinen Mann mit dieser Uniform küssen. Die Lust war ihr vollkommen vergangen. Sie winkte ihm nur noch eine letztes Mal zu. Im Gesicht des Mannes leuchtete wieder ein Lächeln auf. Er hob eine seiner Hände.

Als Leila sich am Rande der Ohnmacht wieder nach Hause schleppte, gefolgt von Bahia, war es wohl fünf Uhr nachmittags. Ein Hammel, der geopfert und an den Beinen aufgehängt worden war, trocknete unter der *Zriba*. Tayeb fachte die Glut an. Portalès hatte einen langen Bratspieß aus Metall neben sich und bereitete die Öl- und Gewürzmischung vor, mit der er das *Mechoui* begießen wollte. Khellil war auf eine Leiter geklettert und spannte elektrische Kabel zwischen dem Haus, zwei nahen Pfosten und einer Palme, um die Nacht ebenso zu schmücken und herauszuputzen wie die Gemüter. Am Spätnachmittag kam Saadia, mitten unter ihren Küken thronend, in einem hupenden und fahnengeschmückten Taxi.

»Warum hast du Estelle nicht mit zu uns eingeladen? Du hättest sie nicht alleinlassen dürfen. An einem solchen Tag darf sie sich nicht einsam fühlen!« schimpfte die Frau mit den dunklen Tätowierungen.

»Ich hätte sie gerne mitgebracht, aber sie ist nicht da. Sie hat ihre Familie nach Tlemcen begleitet. Sie gehen alle weg. Doch Estelle hat mir versprochen, ja geschworen, diesem Wirbelsturm der Panik standzuhalten. Trotzdem habe ich wirklich Angst, daß die Abreise ihrer Familie und der jüdischen Gemeinde ihr einen entscheidenden Schlag zufügen wird. Ich habe in diesen Tagen viel nachgedacht und mir Gedanken über sie gemacht. Bei ihrer Rückkehr werde ich ihr vorschlagen, daß wir uns, da wir ja beide allein sind, in unserer Arbeit ebenso zusammentun, wie wir bereits in unserer Freundschaft verbunden sind. Der *Hammam* und die Wäscherei werden *ein* Geschäft sein und wir beide mit den Kindern *eine* Familie. Ich hoffe, Estelle wird sich dann weniger allein fühlen, wo sie doch Kinder so mag ... Es würde mich wirklich sehr glücklich machen.«

Tayeb, der immer noch mit seinem Feuer beschäftigt war, sagte:

»Leila, du solltest deine Schulleiterin zum *Mechoui* einladen!«

Und zu Khellil gewandt, fügte er hinzu:

»*Ya sidi*, was diese Frau sagt, läßt dich deine acht Jahre Haß gegen den *Roumi* vergessen, so einen ausgeprägten Gerechtigkeitssinn besitzt sie!«

»Immer sachte!« schalt Portalès. »Glaube nur nicht, am *Istiklal*-Tag könntest du dir alle Rechte herausnehmen und sogar ungerecht werden!«

Sie lachten zusammen, dann fügte Portalès hinzu:

»Ich glaube nicht, daß Leila in der Lage ist, noch irgend etwas zu tun. Schau sie dir an.«

Leila lag auf dem Rücken direkt auf der Erde, ihre beiden Hände stützten ihren Nacken. Sie, die einen Augenblick zuvor noch mit müden, verschleierten Augen zu ihnen herübergeschaut hatte, war jetzt plötzlich in tiefsten Schlaf versunken, nur kurz nach Bahia, die unmittelbar nach ihrer Ankunft vom Schlaf übermannt worden war.

Feste, *Diffas* und Jubel dauerten den ganzen Juli über an. Nie hätte die Gluthitze so viel Feuer in den Körpern vermutet. Nie sollte die Lethargie dieser Jahreszeit so viel Elan in den Blicken sehen, sollte so sehr gefeiert werden. Durch die schubweise Ankunft der Emigranten kamen die *Bendire* bei den Wiedersehen nicht zur Ruhe, lebte die Freude neu auf. Die ganze Familie aus Oujda kam in den Ferien, um bei Khellils Hochzeit dabeizusein und ein Bad der Freude zu nehmen, wenn die berauschten *Youyous* der jungen und strahlenden *Houria* aufstiegen. Sie erzählten von Oujda und Marokko, wo die Algerier ebensoschnell das Land verließen wie die Franzosen Algerien. Hier hörte jedoch jeder Vergleich zwischen den zwei Bewegungen auf. Die algerischen Emigranten hatten nur wenige Jahre in Marokko verbracht. Sie waren glücklich, nach Hause zurückzukehren.

Mit Zina und ihren Kindern, Hamza, dem letzten Greis der Bouhaloufa, allen anderen Tanten und deren Kindern waren sie mehr als dreißig im Haus. Zum Glück waren jetzt alle Zimmer klimatisiert. Die Gäste sahen die Wüste zum ersten Mal. Tagsüber wurde das Brummen der Klimageräte von ihrem Stimmengesumm übertönt, so sehr wurde jeder Raum zu einem rührigen Bienenkorb. Manchmal gingen sie hinaus und warfen ein paar Sekunden lang besorgte

Blicke auf die Weite der Dünen. Die Sandhügel lagen erdrückt unter einem glühenden Licht und waren wie glattgestrichen. Eine gleißende, spiegelglatte Fläche. Die kupfernen und bernsteinfarbenen Schimmer der untergehenden Sonne gruben ein langes und tiefes Wogen in sie hinein. Die Schatten wurden länger, höhlten diese Tiefen aus, während sich ein fahlrotes Licht auf die Kämme ergoß. Die Palmen richteten sich auf und zerzausten ihr goldgelacktes Haar in einem Himmel von intensivem Hellblau, ohne Tiefe. So folgten alle dem Abendruf und traten vor das Haus. Für einen Augenblick brachte diese Stunde der Schönheit, die der Barga als Serenade geschenkt wurde, ihren Lärm zum Schweigen. Ein magischer Augenblick, der den Atem raubte und dessen glühende Stille die Phantasie entfachte. Erwachte man jedoch aus dieser Versunkenheit, zogen die geraden Linien des gegenüberliegenden Landes den Blick in die Ferne, bis er sich verlor. Sie setzten so etwas wie einen verzweifelten Schrei ins Ohr, ein Gellen, das sie nur abschütteln konnten, wenn sie den Kopf wieder dem *Erg* zuwandten, wenn sie die Augen auf der harmonischen Form der Sandwüste ruhen ließen, die mit ihrem Werg die Ruhe wieder abdichten würde. Dann brach sachte wie ein Segen die Dunkelheit herein.

Doch wenn in den Vollmondnächten die opalfarbene Düne leuchtete wie der Arm einer Saline, schwiegen sie alle erneut, weil der Himmel die Nacht noch einmal zum Tag werden ließ. Ein sanft gestimmter Tag im Herzen einer trägen Nacht, die sich zusammenzog und die Horizontalen verschleierte mit ihrem seraphischen Hauch, den Träumen zugetan. Die mondgebärende Nacht goß ein sanftes und silbriges Licht auf die Erde, das die Wunden aus den Augen wischte, die der wütende Tag geschlagen hatte. Sie erschuf aufs neue eine Welt, ganz rund und real, wo die Farben und Schatten wie Segelschiffe auf einem perlmutternen, dunstverhangenen Wasser trieben. Die Schattierungen sprudelten in flaumigen Fontänen auf einer phosphoreszierenden Leinwand empor. Und die Schatten, leichte Flocken der Nacht, stäubten ihren schwarzen Schnee auf die Lichtzweige. Die ätherischen Schatten der Palmen zeichneten am Fuß der Bäume eine struppige Krone. Sie staunten und staunten. Dann sagten sie, in diesen Farben der Wüste läge alles Hexenwerk der Welt. Da glimmte es in den Augen Frau Zohras, und ihr Erzählen, eingehaucht von einer transzendentalen Macht, trug alle noch weiter und weiter. Ihr Blick tänzelte noch einmal über die Linie des Horizonts. Der Leilas thronte auf den munteren *Feluken* ihrer Worte und segelte voll Wonne auf den reißenden Fluten ihrer Erinnerung.

Eines Abends kam Saadia unverhofft unter der Woche. Kaum war sie aus dem Auto gestiegen, brach sie in Schluchzen aus. Sie mußte schon lange geweint haben, denn Nase und Augen waren rot und gereizt. Es war das erste Mal, daß sie sie schluchzen sahen. Das beeindruckte sie sehr. Frauen und Kinder umringten sie, versuchten herauszufinden, was geschehen war.

»Estelle ist tot. Sie hat in Tlemcen Selbstmord begangen«, schluchzte sie.

Estelle war seelisch so angeschlagen gewesen, daß sie sich mit den Abreiseplänen ihrer gesamten Familie nicht hatte abfinden können. Wegzugehen, anderswo alles noch einmal neu anzufangen, oder alleine hierzubleiben, ging über ihre Kräfte, lag außerhalb ihres Vorstellungsvermögens. In einem Augenblick tiefer Verzweiflung hängte sie sich auf.

»Ich hätte sie begleiten oder daran hindern sollen, nach Tlemcen zu fahren. Ich hätte versuchen müssen, sie aus dieser höllischen Atmosphäre kollektiver Abreise herauszubringen. Ich hätte versuchen können, mich etwas mehr um sie zu kümmern. Ich hatte zwar Angst, sie könnte diesem Klima des Schreckens weichen und fortgehen, aber ich habe nicht einen Augenblick daran gedacht, sie würde ihrem Leben ein Ende machen«, klagte Saadia und schluchzte noch mehr. »Ich habe ihre Nachbarn besucht. Ich habe sie gebeten, den *Hammam* und ihr Haus zu hüten. Es hat sie alle erschüttert. Sie waren voll des Lobes über sie.«

»Angesichts der größten unserer Ängste ergehen wir Feiglinge uns in Liebdienereien. Überdies werden die Toten immer größer gemacht. Indem die Menschen die Opfer des Todes erhöhen und adeln, indem sie seine Macht preisen, hoffen sie, das Feuer des Todes von sich selbst zu wenden. Vergebliche Lobhudeleien, die weder die Verstorbenen noch den Tod rühren ... Die Toten werden immer größer gemacht«, meinte Zohra mit trauriger und enttäuschter Miene.

Saadia weinte. Estelle war mehr als eine Freundin, sie war »die Herzensschwester«. Die erste Schwester, die sie gehabt hatte. Die ihr ihre Liebe schenkte, als sie noch an einem verfluchten Ort wohnte, als die Frauen ihres Volkes sie ablehnten, sich sogar weigerten, zu den gleichen Zeiten den *Hammam* zu besuchen, aus Angst, beschmutzt zu werden. Aber an jenem Abend ließen Saadias Tränen auch noch ein anderes Leid wiederaufleben, und es brach aus ihr heraus, was schon seit einem Jahr wie ein stummer Schrei in ihr war. Was ihren Blick gebrochen und getrübt hatte. Den Blick, der seitdem diejenigen verwirrte, die ihn auffingen, da sie in ihm die gähnenden Öffnungen eines schrecklichen Abgrunds ausmachen konnten. Alle hier wußten es. Sie verstummten. Es war gut, daß sie endlich weinte. Sie ließen sie ihren Kummer austreiben. Sowohl Zohra als auch Yamina und Leila dachten an diese Frau, Estelle. Während Saadia weinte, dichtete Zohra ein Klagelied: das der Jüdin Estelle, der sie den Beinamen Nedjma, der Stern, gab. Dieser Stern aus dem Norden, der in den Süden gekommen war, von schwarzen Gewittern und einer der schlimmsten Heuschreckenplagen getrieben, die die Menschen je heimgesucht hatte. Die Worte der Frau mit den dunklen Tätowierungen erzählten von dem Licht dieses Sterns in der Finsternis des Himmels. Sie erwachten in jedem herb und bitter zum Leben. Wie Tränen flossen sie. Dann sang sie, Saadia zum Trost, noch ein anderes Klagelied, das Lied ihres Neffen Bellal, des *S'Baa*, des Löwen, dessen Gebrüll nun in ihrer Erinnerung wohnte. Schließlich berichtete Zohras bewegter Gesang von den tiefen Schluchten der Wunden, auf deren Grund der Schmerz hervorquoll, wo sich das Gewicht der Worte eingrub; von den gewaltigen Abgründen der Angst, wo die Luft, die Zeit und der Atem reglos waren, wo fieberhaft ein unsichtbarer großer Flügel schlug; von den Meeren und Wüsten der ruhigen oder stürmischen Einsamkeit. Dann überwanden die Worte der *Cheikha* die Schlünde, überflogen die Abgründe, überquerten die Meere und Wüsten, erlitten ihre Stürme. Und sie beschrieben die fruchtbare und hügelige Zärtlichkeit … Ein Wiegenlied. Saadia schlief ein, ihr Körper zitterte noch vor Tränen. Über Saadias unruhigem Schlaf besangen sie die hohen Gipfel des Jenseits, auf denen wie auf Bergspitzen mit ewigem Schnee *Youyou*-Wolken schillerten.

So wurde auch die Angst der anderen in den Schlaf gewiegt. Zurück blieb nur eine große Müdigkeit im trägen Körper der Nacht. Und über den Träumen schwebte ein inbrünstiges Gebet voller Friedenshoffnungen für das Leben hienieden.

Sie kamen zurück, die blauen Menschen. Wie ein Traum, der aus dem Schlaf perlte, tupfte ihre Karawane eine kleine, ockerfarbene Wolke an den Horizont. Die Kinder trugen Zohra die Neuigkeit zu. Sie hatte so lange auf sie gewartet, sie so sehr ersehnt, diese Phantome, die sich durch das Nichts bewegten und das Gestern im Heute wiederbelebten. Doch es war Krieg gewesen! Sie eilte herbei. Sie schnipste ihren *Chèche* auf die Stirn hoch. Dann verharrte sie reglos vor dem Haus, wie gefesselt von dieser Vision. Mit zitternder Unterlippe, der rechten Hand als Augenschirm, schien ihr unverwandter Blick dieses Bild am Saum des Himmels und ihrer Träume bis zu ihr, zur Wirklichkeit heranzuziehen.

Sie erzählten, daß sie vor den Durchsuchungen und Stacheldrähten nach Mali und Niger geflohen seien. Daß sie jetzt zurückkämen. Daß sie diesen kleinen Umweg von hundert Kilometern gemacht hätten, um die *Cheikha* Zohra wiederzusehen und ihr *el hamdoulillah* für die *Houria* zu wünschen. Zohra fand wieder zu ihren Handgriffen von einst und ihr Körper zu seiner Jugendkraft zurück. Sie half ihnen, die *Kheimas* aufzubauen, die Kamele abzusatteln, die Kinder zu waschen ... Sie gab ihnen die Säcke mit getrockneten Datteln, die sie so lange für sie aufbewahrt hatte. Die meisten Datteln waren wurmstichig, aber war das nicht der beste Beweis, wie treu sie die Erinnerung an ihre Freunde bewahrte? Ihr war es lieber gewesen, daß die Zeit die Früchte verdarb, als sie anderen zu schenken und damit die Hoffnung zu begraben, die Nomaden eines Tages wieder auftauchen zu sehen.

Die Frauen rollten den *Couscous*. Und als der Abend kam, aßen sie alle draußen, in Grüppchen, saßen im Kreis um die *Guessaas*. Sie blieben ein paar Tage, die blauen Menschen. Zohra lud sie zur Hochzeit ihres Sohnes ein! Auch Portalès war oft da. Das von *Kheimas* verzierte Haus am Fuß der Düne sah ein bißchen aus wie ein von Nomaden gefeierter *Marabut*. Die Menge, die sich tagsüber um die Klimageräte und in den Schatten der Laube drängte, verteilte sich bei Einbruch der Nacht um den Brunnen. Leila beobachtete diese kleine Welt. Es gab da im Grunde drei Welten: die der humanistischen *Roumis*, verkörpert von Portalès, die der Städter, der Bouhaloufa, und schließlich die der blauen Menschen und die Zohras. Zu welcher Gruppe gehörte sie eigentlich? Sie wußte es nicht recht. Sie spürte, wie sich ein fernes, für sie noch rätselhaftes Gefühl in ihr regte. Die freudige Erregung bei der Erkenntnis, daß sie ein wenig von jeder Gruppe in sich trug, daß sie sich auf alle drei berufen konnte? Die Angst bei dem Gedanken, sie sei ein Produkt aus verschiedenen Bestandteilen und deshalb vielleicht eine seltsame Mischung, die von allen abgelehnt würde? Sie wagte nicht, sich eingehender mit diesen zwei Seiten zu befassen, die sie erschaudern ließen. Schnell verbannte sie sie aus ihrem Sinn und zog es vor, sich zu fragen, welche Gruppe den *Feluken* ihrer Träume wohl das breiteste und glänzendste Wasser böte. Das waren zweifellos die Menschen, die wandern, Zohras Welt, die sie in jedem Augenblick bis in die unglaublichsten Fernen mitgenommen hatte, bis hin zu diesem Blick, der im Licht wachte.

Hochzeit auf algerische Art. Die Frauen tauschten untereinander zuweilen flüsternd die Erinnerung an diese furchtbare Nacht aus, wenn kein zu junges oder männliches Ohr in der Nähe weilte. Dieses Ereignis war daher für Leila kein Geheimnis mehr. Doch da ihr Vater stets dagegen war, daß sie auf solche Feiern ging, hatte sie noch nie daran teilgenommen.

Ende August 1962 feierten die Ajalli Azizis Hochzeit. Eine Hochzeit, wie sie traditioneller nicht sein konnte. Am Spätnachmittag brachte man die Braut, wie es üblich war, nach Hause, nachdem das Dorf mit lautem Gehupe und *Youyous* informiert worden war. Ein verängstigtes armes Mädchen, welches seine ganze Kindheit in absolutem Gehorsam gelebt hatte, der an diesem Tag organisierter Vergewaltigung seinen Höhepunkt erreichte. Da war sie, wie gelähmt vor Angst und Scham, verpackt in einen schweren *Kaftan*, der ganz und gar nicht für die Gluthitze geeignet war, erdrückt vom Gewicht des Schmucks, angespornt von den Frauen, denen sie ausgeliefert war. Da war sie, einem Schwächeanfall nah, unter Schockwirkung und in Atemnot. Dann entriß man sie den aufdringlichen Blicken, um sie zum Opferaltar zu tragen. Sofort schickten die Männer den Henker hinter ihr her. Sobald der allmächtige Gatte eintrat und die erblickte, welche er noch nie gesehen hatte, verrieten ihm die gellenden Frauenstimmen durch das Singen eines traditionellen Liederrepertoires, welche Angst die Mütter in diesem Augenblick der Hochzeit ihrer Tochter ausstanden. Und wenn sie keine Jungfrau mehr war? Alles konnte sich zerschlagen. Das Fest würde zum schlimmsten Alptraum geraten. In einer Stunde wäre das Ehrengebäude einer ganzen Familie ruiniert. Die Freunde des Bräutigams drängten, angetrieben von männlicher Ungeduld, zur Eile. Um die triumphale Manneskraft des Bräutigams zu beweisen, mußte der Geschlechtsakt schnell, kurz und blutig sein. Alle warteten daher auf das befreiende Auftauchen des blutbefleckten Unterrocks. Als unwiderlegbarer Beweis würde er die Angst der Familie des Mädchens hinwegfegen. Er würde der Familie des Bräutigams über die Manneskraft ihres Mitglieds und die Reinheit derer, die sie in ihren Kreis aufnehmen würden, Gewißheit verschaffen. Daß rohe Gewalt und das laute Gekreische das Mädchen für immer in eine frigide Frau verwandeln könnte, war nichts Schlimmes. Die Lust bei einer Frau war gleichbedeutend mit Lasterhaftigkeit! Der geköpfte Orgasmus war den Männern vorbehalten, die lieber allein eine verstümmelte Lust genossen als eine, die durch irgendein gefährliches Geben und Nehmen kultiviert wurde. Die Sexualität war für sie selbst ein Quell so viel verdrängter Ängste, daß sie es nur als Verderbtheit und Unkeuschheit deuteten, wenn der weibliche Dämon von diesem teuflischen Rausch kostete.

Im Haus bliesen die *Youyous* voll Hysterie das Halali einer geknebelten Kindheit. Perverse und gerissene *Youyous*, die nach dem Reigen im Himmel der Freiheit reuelos wieder in die Relikte der einstigen Kerker eintauchten und den Kelch der archaischen Bräuche bis zur Neige leerten. Masochistische *Youyous*, die sich an ihren eigenen Schmerzen weideten. *Youyous* ohne Erinnerung, *Youyous* der Ernüchterung, gestern zumindest flogt ihr auf zur Hoffnung. Verfluchte *Youyous*, die ihr nach den Sternen gegriffen habt und nun erneut das Gefängnis verlangt. Verräterische *Youyous*, haben doch eure himmlischen Triller eine unschuldige Kindheit betrogen ...

Plötzlich tauchte der blutbefleckte Unterrock auf. Die Gesichter entspannten sich und lächelten. Die Ehre war unangetastet! Ein Hagel von *Youyous* brachte die Euphorie des Festes auf den Höhepunkt. Die Hände stritten sich, rissen sich um diesen weißen Stoffetzen, auf dem das rote Blut prangte. Gierig durchbohrten ihn die Augen. Harte Brutalität durchtränkte die Luft mit dem üblen Geruch des Tötens. Leila wurde übel, und sie zog sich in den hinteren Teil des Hofes zurück. Sie stand an die Mauer gelehnt und schaute gebannt auf diese seltsamen, fast animalischen Zuckungen, mit denen sich die Frauen bewegten. Ihre beschmutzten, vampirhaften *Youyous* erklangen in gedämpfter Tonhöhe, mit trägem Flügel und eingerostetem Ton.

Es war Sitte, heiratsfähigen Mädchen diesen Unterrock anzuziehen und sie in einem Kreis aus ekstatischen Frauen tanzen zu lassen. Das brachte Glück. Dann waren auch sie an ihrem Hochzeitsabend Jungfrauen. Nachdem sie sich an diesem Beweis der Keuschheit sattgesehen hatten, suchten die Augen der Frauen daher nach Leila. Sie war elf Jahre alt und gehörte zu den ältesten Mädchen. Yamina kam mit ausgebreiteten Armen auf sie zu. Das Mädchen machte nur einen Satz, sprang über die im Schneidersitz hockenden Frauen hinweg und rannte fort, außer Reichweite. Nichts hätte ihr mehr widerstrebt und sie mehr angeekelt, als sich zu diesem Theater herzugeben. Von weitem sah sie, wie ihre Mutter leichenblaß wurde. Leilas Haltung war schockierend, und die anwesenden Frauen könnten sich später daran erinnern. Zum Glück waren da andere, weniger spröde Mädchen.

Ein paar Tage nach diesen langen und aufregenden Festlichkeiten – eine Hochzeit wurde sieben Tage lang gefeiert, und jeder Tag nach einer besonderen Zeremonie – bekamen sie am späten Vormittag Besuch von Meryème, Bellals Schwester, mit ihren Töchtern Aicha und Zohra. Die Frauen verscheuchten alle Jungen: »Los, spielt draußen eure Jungenspiele. Hört auf, euch vom Weibergeschwätz berieseln zu lassen!« Ungewöhnlich war, daß sie die Eingangstür hinter sich abschlossen. Leila fragte sich, was sie wohl aushecken mochten. Sie hatte nicht die geringste Vorstellung, was sie ausbrüteten. Ihre Mutter kam zu ihr und befahl:

»Komm mit mir zu Tante Meryème. Sie hat dir etwas Wichtiges mitzuteilen.«

Vertrauensvoll ging Leila in das Zimmer. Auch Yamina trat ein. Die Zimmertür wurde sofort verriegelt.

»Meine Tochter«, sagte Meryème, »in deinem Interesse muß ich nachprüfen, ob du noch Jungfrau bist, und dich zuschnüren.«

»Mich zuschnüren?«

»Ja, dann kann dir niemand deine Tugend nehmen. Am Tag deiner Hochzeit werden wir dich wieder aufschnüren.«

Leila protestierte, aber ihre Mutter blickte böse und argwöhnisch. »Wenn ich mich nicht füge, wird sie Zweifel haben, und ich kann mich von der Sexta verabschieden!« dachte sie. Zwei mißtrauische Augenpaare waren auf sie gerichtet und durchbohrten sie. Wütend und verschämt wehrte sie sich, aber ihr Widerstand war vergebens. Gewaltsam riß man ihr die Kleider vom Leib. Und während eine der Frauen sie auf dem Boden festhielt, spreizte die andere ihr die Schenkel auseinander. Daß man auf diese Weise schamlos ihre intimsten Körperteile zu einem so prosaischen Zweck untersuchte, war für ihren gedemütigten Geist so peinvoll wie eine Vergewaltigung. Nach erfolgter Untersuchung forderten die Frauen sie auf, sich mit gespreizten Beinen hinzustellen. Dann machten sie Riesenumstände, um »ihre Tugend« gegen ihren Willen zu bewahren. Zwischen ihren Beinen brachten sie ein kleines Vorhängeschloß an und schnürten mehrmals einen langen Wollgürtel um sie herum, wobei sie seltsame Worte vor sich hin murmelten.

»Denk dran, für dich ist es der rote. Der grüne ist für deine Schwester Bahia. Ich darf die Farbe nicht verwechseln, wenn es soweit ist«, sagte ihr die Mutter, als sie sie losließ.

Yamina brauchte die großartige Leistung oder Schwäche ihres Gedächtnisses nicht unter Beweis zu stellen, denn sie mußte sie nie wieder »aufschnüren«. Nach Leila kamen die anderen im Haus anwesenden Mädchen an die Reihe. Glaubten die Frauen wirklich daran, oder war es ein Mittel, das den Mädchen als Abschreckung dienen sollte, verbotene Gelüste zu hegen? Sie erfuhr es nie. Doch sie wußte genau, daß ihre Mutter in ihrem Wunsch, nicht mehr schwanger zu werden, sich mehrmals erfolglos zu einer solchen Farce hergegeben hatte. Sie versuchte, sich »zuzuschließen«, um keine Kinder mehr zu bekommen. Das hinderte sie jedoch nicht daran, zwölfmal schwanger zu werden und dreizehn Kinder zu haben.

Wutschnaubend wartete Leila, daß ihre Mutter aus dem Zimmer kam. Dann schrie sie ihr erbost ins Gesicht, was sie über ihre Einstellung, über diese ebenso grotesken wie nutzlosen Praktiken dachte.

»Rühr mich nie wieder an! Laß mich nie wieder weitere Demütigungen ertragen!«

»Sonst?« fragte die ihrerseits zornige Yamina.

»Sonst verspreche ich dir, daß ich mich dem Erstbesten hingeben werde, allein, um dir die Nutzlosigkeit und Absurdität eurer Quacksalbereien zu beweisen. All diese Geschichten hängen mir zum Hals raus.«

Yamina wurde aschfahl und ließ sich zu Boden fallen.

»Willst du mich töten? Willst du, daß dein Vater dich tötet?« jammerte sie.

»Ich will nur, daß man mich in Ruhe läßt.«

Was ihre Tante Meryème betraf, so ging sie ihr aus dem Weg und sprach monatelang kein Wort mehr mit ihr.

Die Unabhängigkeit trifft die Ernüchterung

Oktober 1962. Nur noch wenige Algerienfranzosen waren in Béchar geblieben. Die, welche aufgrund ihrer Arbeit dazu gezwungen waren, wie hohe Beamte, Soldaten, oder diejenigen, die sich Zeit ließen, noch einige Angelegenheiten zu regeln, und sich die unliebsamen Überraschungen der ersten überstürzt Abreisenden ersparten, weil sie sich nichts vorzuwerfen hatten. Keiner von ihnen hatte vor, weiter in Algerien zu leben. Plötzlich wurde »ihr Land« zu einem pestverseuchten Ort, aus dem man um jeden Preis fliehen mußte.

Leila war auf dem Gymnasium. Das Problem der Algerienfranzosen stand im Mittelpunkt aller Diskussionen. Wie viele waren insgesamt noch auf der Schule? Knapp einhundertfünfzig Schüler in der ganzen Region, kaum mehr. Fast alle hatten vor wegzugehen, sobald das Schuljahr zu Ende war. Jene, Kinder »gemäßigter Familien«, mochten ein wenig Groll und ein paar Vorwürfe hegen, doch sie unterdrückten sie. Ihre Beziehungen zu den »kleinen Arabern« waren eher lau, jedenfalls nie stürmisch oder gereizt. Ihre größte Sorge lag jetzt anderswo. Die Nachrichten über den leicht abweisenden und schroffen, wenn nicht gar herablassenden Empfang, den Frankreich seinen Heimkehrern bereitet hatte, gab in den Pausen Anlaß zu Gerede und Schimpftiraden. Für manche von ihnen war Frankreich Ausland. Daher fürchteten sie sich sehr vor der notwendigen und unvermeidlichen Übersiedlung.

Das Gymnasium zählte vorher nur drei oder vier arabische Jungen. In jenem Jahr wirkte das unvermittelte Eintreffen von etwa fünfzig Algeriern wie ein kleine braune Flut, die in der menschenleeren Schule erst recht auffiel. Die jungen Algerienfranzosen beobachteten diese Invasion mit Erstaunen, das nicht frei von Besorgnis war. So schwanden die letzten Illusionen. »Es stimmt, nichts wird mehr wie vorher sein!« Und diese Wolken des Unbehagens über ihrem Land trösteten sie etwas über die Abreise hinweg.

In der Sexta gab es neben Leila drei weitere Algerierinnen, in den höheren Klassen waren gar keine. Wie die Mehrheit der Algerier, die das Gymnasium besuchte, wählte Leila Arabisch als zweite Sprache. Die Sprache des Landes hielt endlich Einzug in der Schule.

Die Bergwerke hatten einen Bus für den Transport der Schüler abgestellt. Er verließ Kénadsa um sieben Uhr und Béchar um achtzehn Uhr. Mittags aß Leila bei ihrer Tante Saadia. Jeden Tag ein paar Stunden mit Saadia zu verbringen, war ein strahlendes Fest, das Augen und Herz des Mädchens auskosteten. Sie ging morgens fort. Sie kam abends zurück. Allein. Und dieses Kommen und Gehen war bereits eine kleine Freiheit. Wie ein Genuß, der sich in ihrem Kopf mit jeder Fahrt steigerte. Manchmal zählte sie die Anzahl der Fläschchen und Breichen, denen sie entging. Ein vergnügtes Lachen bebte in ihrer Brust, dort, wo das Herz klopfte. Nicht boshaft, nein, oder hämisch, nicht einmal rauh von übertriebener Siegessicherheit, nur ein klein wenig schelmisch. Ein köstlicher Streich gegen diesen spöttischen dicken Bauch der Mutter. Seine Wölbung schien ihr mit jedem Jahr voluminöser, erschreckender. Eine schleichende Geschwulst, die gerne heimtückisch ihre ganze Freiheit verschlungen hätte. Und abends konnte man Leila nichts mehr anhaben. Khellil hatte zu seiner Frau und Yamina gesagt:

»Leila muß abends und an den Wochenenden ihre Hausaufgaben machen. Also laßt sie in Ruhe.«

Ihre Augen hatten vor Freude aufgeleuchtet. Sie hatte die Ruhe einer Sultanin. Manchmal gab Tayeb wortreich die Rede wieder, die Frau Chalier ihm über Leila gehalten hatte. Dann erinnerte sich das junge Mädchen mit Schaudern daran, welchen Abgrund sie soeben überwunden hatte. Und ein wohliges Gefühl von Freiheit breitete sich strahlend in ihrem Kopf aus. Der Vater war jetzt zufrieden. Er war sogar stolz. Eines Tages würde seine kleine Tochter Lehrerin, vielleicht sogar Schulleiterin sein! Seine Tochter, die Tochter eines Gärtners, eines Hausmeisters, eines Analphabeten.

Sogar die Fahrten mit dem Bus waren ein Fest. Und auch die wütenden Sandstürme durch die großen Scheiben des Busses hindurch. Bei ihr zu Hause gab es keine Scheiben, nur schlecht schließende Fensterläden. Wenn der Sandsturm blies, riegelten die Ajalli daher alles ab. Das hatte nur den Effekt, daß das Schauspiel des rasenden Windes nicht mehr zu sehen war. Denn der Sand drang von überallher ein und legte sich selbst auf die intimsten Körperteile. Leila konnte keine verschlossenen Fensterläden ertragen. So war der Sandsturm durch den Schirm der Busfenster hindurch ein wenig wie Kino. Launisch, mürrisch, heftig und trübe, dieser Wind. Es gab den Wind und im Wind die Krallen des Sandes. Und das war wie ein Wortgefecht zwischen dem Sand und dem Wind. Es knirschte der Sand. Es kreischte der kosmische Lärm des Windes. Es knatterte der Sand. Es dröhnte der Wind. Es peitschte die Düne. Es donnerte der Sandsturm. Sand und Wind jagten sich, und durch ihr launisches Tollen löste sich die ganze endlose Weite auf. Sie verschlangen die Erde und stürmten den Himmel. Von dort oben hauchten sie ihren beißenden Atem in die Atmosphäre. Kupfern und undurchlässig brach ihr wütendes Wehen allen Widerstand. Kupfern der Wind, kupfern die Düne am Himmel. Im Gleichklang wiegten, knallten die Palmen ihre Wedel. Und Frau Düne, ihr Körper durch diese angemessene *Hadra* wie in Trance, entblätterte sich voll und ganz. Und Leila befand sich nun durch die Scheiben hindurch im Herzen des Windes und bewunderte ihn von innen. Er wirbelte, schlug seine ockerfarbene Gischt an die Scheiben, brach seine tosenden Wellen im verstörten Ohr: furchtbare Wut oder irrsinnige Freude? Himmlisch!

Und der Sonnenuntergang auf der Rückfahrt nach Kénadsa! Er brachte die Aufregungen des Tages zur Ruhe. Das sich in die Länge ziehende gerade Band der Straße verbannte die letzten Sorgen. Befreit vom Körper, schwebte der Geist über dem wohlwollend glänzenden Himmel. Die Gedanken schweiften … Die Bernard, Sarah, Gisèle und Claire? Sarah, Estelle! Seit Estelles Drama und Sarahs Abreise stürzte Leila sich auf alle Bücher, die von den Juden handelten, auf der Suche nach Antworten auf ihre Fragen. Doch, welch furchtbare Entdeckung, was sie las, rührte ebensosehr an ihre Emotionen wie an ihren Verstand. Die Bücher erzählten ihr ein weiteres Drama, einen Holocaust. Statt ihre Fragen zu beantworten, warfen sie weitere, viel furchtbarere, auf. Die Fragen brannten in ihr und schürten die Erinnerung an ihre Freundin und deren Mutter.

Jeden Tag kam Leila auf ihrem Weg zum Bus durch dieselben Straßen wie auf dem Weg zur weißen Schule. Schmerzliche Gefühle regten sich dann in ihr. Die Bernard, Sarah, Gisèle und Claire? Doch sehr schnell trat Entrüstung an die Stelle der Trauer. Denn hatte sie auch keine Ahnung, was aus ihren Freundinnen geworden war, so stand ihr doch das verschandelte Bild der Viertel, in denen sie gewohnt hatten, täglich vor Augen. Am meisten traf sie die grauenhafte Metamorphose des vornehmsten von allen, des französischen Viertels. Wie konnte man darüber hinwegsehen, wenn der Blick unbarmherzig daran hängenblieb und es einem in den Augen wehtat? All diese Villen von einem bräunlichen Rosa hatten Gärten, die nach vorne hin nur durch ein kleines Mäuerchen begrenzt waren. Zu Zeiten der Algerienfranzosen zierten sie stets ein paar Blumen und Fettpflanzen, die der glühenden Hitze und der Korrosion der Sandstürme widerstanden. Das Vorrücken der Wüste wurde ständig in Grenzen gehalten und eingedämmt. In den Höfen konnte man, sofern die Sonnenglut es zuließ, die Frauen sehen, wie sie lasen, strickten oder sich auf Liegestühlen sonnten und dabei mit den Nachbarinnen plauderten. In dem lebhaften, hübschen und schmucken Viertel herrschte fast das ganze Jahr über ein süßes Nichtstun fern von den Arabern.

Im Juli wurden all diese Villen von Algeriern übernommen. Als sei es ihr gutes Recht, ergriffen sie unmittelbar nach der Unabhängigkeitserklärung von ihnen Besitz. Endlich konnten sie die erbärmlichen *Dechras* verlassen, in denen die Besatzung sie bisher untergebracht hatte. Von einer Hütte aus *Toub* in ein gefliestes massives Haus mit Wasser und Garten überzuwechseln war eine Revolution an sich. Aber jede Revolution, so nobel sie auch sein mochte, forderte ihren Blutzoll. Man überspringt nicht unbeschadet so schnell derart viele Stufen. Wunder, Trugbilder, die die krämerhaften Religionen den in einem hermetischen Mystizismus gefangenen einsamen Augen vorgaukeln, sind noch nie geschehen, wenn die Geschichte sie dringend brauchte ... Wie groß war Leilas Wut und Bestürzung, als sie miterlebte, wie dieses Viertel sich vor ihren Augen in einen wahren Jahrmarkt des Schreckens verwandelte! Mit der Elle des Algeriers gemessen, waren die Mauern, die die Gärten umgaben, zu niedrig. Daher schlug man hier und da Pflökke unterschiedlicher Form, Größe und Beschaffenheit ein, wobei die Mauern oft aufgebrochen wurden. An diesen Pflöcken wurden kunterbunt verschiedene zweckentfremdete Gegenstände befestigt. Hier Ölkanister oder etwas geradegebogene Schrottfässer. Rostzerfressen standen sie neben einem Stück Plane, vernagelten Türen oder Fenstern. Dort hingen Stoffetzen in verschiedenen Farben jämmerlich herunter, die von der Sonne verbrannt wurden und bald völlig verblichen waren. Anderswo gesellten sich ein paar Stücke Gummi, aufgeschlitzte und auseinandergefaltete Schläuche von LKW-Reifen, zu etwas Wellblech. Schließlich setzten einige wenige, die um Ästhetik und Effektivität bemüht waren, Schilfrohr oder bauten Mauern aus *Toub*. Das Ganze bildete eine katastrophale, seltsame, zusammengewürfelte Mischung von abstoßender Häßlichkeit. Es gelang ihnen eine außerordentliche Glanzleistung: das äußere Erscheinungsbild des schönsten Viertels innerhalb eines Monats in das eines Slums zu verwandeln!

Und der Wind, der sich dieser Schreckgespenster bemächtigte, erweckte sie mit unheimlichem Lärm zum Leben. Er gab schniefendes Weinen im schnöden Gummi, hysterisches Glucksen im starren Blech von sich. Er jaulte in den Wunden der Bretter. Er näselte in den aufgeschlitzten Kanistern. Er schwärte auf den verrosteten Eisendrähten: Symphonie für eine Verschandelung. Wütend drang die Wüste in die Straßen ein. Dünen bildeten sich, verstopften manchmal die Eingänge. Aber das war unwichtig. Sie würden doch im Land der Dünen so einen kleinen Sandhaufen nicht zu einem Problem machen! Könnten die Dünen doch diese häßlichen Geschwülste der *Houria* in ihr goldbraunes Vergessen tauchen!

Der Zweck all dieser eilends errichteten Müllbarrieren war, die Frauen vor den Blicken der Nachbarn zu verbergen. So kurz nach der Unabhängigkeit war die Hauptsorge der Männer, ihre Frauen einzusperren, zu verbergen. Freiheit ja, aber nicht für alle. Es galt, schnell wieder Ordnung einkehren zu lassen, den Traditionen wieder ihr Gewicht zu verleihen und nicht zuzulassen, daß die Frauen länger phantasierten und philosophierten. Deshalb bauten sie schnell undurchlässige Barrieren auf, Pestbeulen der Fassaden. Die Frauen verbergen, um jeden Preis, und wenn es hinter einem Abfallhaufen war. So schlossen sie ihre Ehefrauen mitten in der Schönheit in Greuel und

Häßlichkeiten ein. Als wollten sie sie in ihrer früheren Stellung halten. Für die Frauen gab es keine Freiheit.

Die Armut kann sich nicht unbeschadet plötzlich der Völlerei ergeben. Das Leiden war ernst: eine furchtbare Magenverstimmung. Es beschmutzte alles mit seinem Auswurf und seinen Exkrementen. Eine besorgniserregende Roßkur, denn sie schien die Frau sogar schnell um die Flamme zu bringen, welche ihr all die langen Jahre hindurch über ihre Leiden und ihre Stellung hinaus Kraft gegeben hatte. Das Leiden war ernst.

Rückständiges Denken kann unbemerkt bleiben, wenn es sich im Schatten der Hütten, unter dicken Schichten der Armut verkriecht. Wenn es an den Rand des Lebens verbannt wird, fern von den Augen und dem Bewußtsein. Kommt es erst aus seinem Schlupfwinkel hervor, wird von seiner Armut reingewaschen, wandelt frei umher und hat überdies noch etwas Macht, so ist es eine Beleidigung für das Auge und eine Zumutung für den Geist. Doch ob verborgen oder in aller Öffentlichkeit, es wird immer eine eiternde und blutende Wunde im Gesicht der Menschheit sein. Und wird die schlimmsten Seuchen auslösen.

Das junge Mädchen starrte auf dieses Werk der Zerstörung mit den Augen einer betrogenen Kindheit. Eine kalte Spitze bohrte sich in ihr Herz.

»Sie haben die ersten Freuden der Unabhängigkeit geschwärzt. Sie haben der jungen *Houria* bereits Ketten angelegt, so wie sie alle Mädchen vergewaltigen, manchmal sogar vor der Pubertät. Sie haben meine Kindheitserinnerungen verunstaltet. Sie haben meine Hoffnungen getrübt!« Schon jetzt spürte sie es.

Wenn Saadias Wäschereigeschäft mit dem Abzug der französischen Armee auch zurückging, so brachte ihr ihre allgemein bekannte und beherzte Teilnahme an der Sache des *FLN* ein paar bemerkenswerte Sonderzuwendungen ein, aus denen sie bedeutende Vorteile zu ziehen wußte. *El Houria*, die den Frauen für ihre enge Mitarbeit bei ihrem Machtantritt dankbar war, ließ den Verdientesten unter ihnen einige Naturalleistungen zukommen, um ihnen nicht ein Quentchen Macht überlassen zu müssen ... Ironie des Schicksals, man bot Saadia zunächst den *Hammam* ihrer Freundin Estelle an.

»Nein, niemals! Ich will nichts von dem Eigentum einer Frau, die sich erhängt hat, um nicht fortgehen zu müssen! Ich fühle schon ihre schmerzerfüllten Augen, die das Feuer meiner Seele schüren. Ich fühle schon den Knoten ihres letzten Atemzugs in meiner zugeschnürten Kehle!« schrie Saadia.

So bekam sie zwei Taxilizenzen zugesprochen, die sie ohne ein dunkles Schuldgefühl nutzte ... Niemals hatte Saadia ein so hektisches Leben geführt. Arbeiten, ihre Neffen erziehen, andere unterstützen, Vergessen suchen – sie kam nicht zur Ruhe. Und konnte sie ihren Qualen auch nicht am Spinnrad der arbeitsreichen Stunden ein Ende machen, so verausgabte sie zumindest ihren Körper bis zur völligen Erschöpfung, bis sie in einen betäubenden Schlaf versank. Als wollte sie eine tief in ihr wurzelnde Leere ausfüllen, gab sie, die gewöhnlich maßvoll und besonnen war, sich einem Kaufrausch hin: Spielzeug für die Kinder, ein zweites Haus ... Und sogar ein neues Auto, nur für das Vergnügen, es vor ihrem Haus zu sehen und den männlichen Familienmitgliedern zu leihen. Gezwungene und flüchtige Freuden, die niemanden täuschten. Die Fieberhaftigkeit, die sie aufrieb, war nichts als Lebensüberdruß ... Wieso verfiel sie plötzlich darauf, heiraten zu wollen? Bis dahin hatte sie zahlreiche Freier abgewiesen, denn sie war überzeugt, daß deren Interesse an ihr mehr auf ihr Vermögen abzielte als auf ihre Person. Eine Spielernatur, die in den dunklen Strudel von Verdruß und Hohn eintauchte, bis sie durch Kopf oder Zahl über ihre Zukunft entschied, bis sie zutiefst verbittert war?

Sogar Zohra, die doch eher darauf aus war, alle zu verkuppeln, billigte dieses ungewöhnliche Vorhaben nicht.

»Warum willst du dir einen Ehemann aufladen? Warum willst du dich unter dieses Joch beugen, wo du doch sehr gut ohne einen auskommst?«

Aber Saadia tat, was sie wollte. Eines Abends kam sie in Begleitung eines Gecken mit Gold in der Schnauze nach Kénadsa. Einer dieser Schnösel, die sich ihre gesunden Zähne ziehen ließen, um sie durch Prothesen zu ersetzen. Die abscheuliche Fratze eines metallischen Lächelns war damals ein Privileg und Demonstration des Reichtums. Eine seltsame Seuche, die sich im Zahnfleisch festsetzte, für immer entstellte. Überdies entpuppte sich der Mann sehr schnell als willensschwach, habgierig und eingebildet. Daher kam es von Anfang an zu heftigen Auseinandersetzungen in ihrem seltsamen Verhältnis. Das heißt, Saadia hatte mit ihm keine Liebesbeziehung, nicht einmal eine unglückliche. Und nach vier oder fünf Monaten brachte sie allein schon sein Anblick in Rage. Eines Morgens verschwand der Mann während ihrer Abwesenheit mit dem Auto und einem Großteil ihres Schmucks als Dreingabe. Er ließ nie wieder etwas von sich hören. In Kénadsa redete man Saadia zu, Anzeige zu erstatten. Sie weigerte sich.

»Damit wird er sich nie eine edle Seele erkaufen können! Und diese Erbärmlichkeit muß er sein ganzes Leben mit sich herumtragen. Wenn das der Preis war, um ihn loszuwerden, bin ich glücklich, daß es endlich geschehen ist! Ich habe schließlich meine Hände, um zu arbeiten!«

»Saadia, wenn du schon heiraten mußt, dann nimm dich in acht, meine Tochter. Der da ...«, meinte Zohra.

»Weder den da noch einen anderen. Früher haben Männer, viele andere Männer, mein Leben nur gekreuzt und es jeden Tag etwas mehr ruiniert. Es wird für sie keinen Platz mehr in meinem Leben geben. Die meisten haben einen Phallus in ihrem Gehirn und statt eines Herzens eine Wüste ohne Palmen. Ich aber habe in meinem Kopf heftige Sandstürme, und mein Herz ist so verödet, daß ich mich manchmal frage, ob mir noch etwas übrigbleibt.«

»Saadia, es hat immerhin Vergne gegeben!«

Verdutzt schaute Saadia sie einen Augenblick an. Es war in der Tat das erste Mal, daß Zohra diesen Namen aussprach. Dann sagte Saadia einfach:

»Ja, es hat Vergne gegeben, einer der wenigen Lichtblicke meiner düsteren Vergangenheit ... Außerdem gibt es da diese drei Kinder, für die ich verantwortlich bin. Sie haben ihren Vater verloren. Eigentlich auch ihre Mutter. Sie hat es vorgezogen, ein neues Leben zu leben, ohne sie. Sie brauchen Zuneigung, Ruhe und Stabilität. Sie brauchen mich. Zumindest möchte ich es gern glauben. Ich werde versuchen, aus ihnen etwas weniger egoistische und grausame Männer zu machen als die anderen. Aber du kannst dir nicht vorstellen, wie gern ich ein kleines Mädchen gehabt hätte. Ich hätte sie mir sanft und zärtlich gewünscht. Ich glaube, ich hätte sie so lieben können, wie ich gerne geliebt worden wäre, als ich klein war.«

Yamina saß da, die Hände über ihrem dicken Bauch verschränkt, der zum neunten Mal schwanger war, und schaute sie an. Ihr gequältes Gesicht und ihre tränenverschleierten Augen verrieten ihre Verehrung für Saadia und ihre Verzweiflung, sie so verbittert zu sehen.

»Saadia, meine Schwester«, sagte sie zu ihr, »mich hat Allah überreich beschenkt. Ich habe Mädchen und Jungen bekommen. Sogar mehr, als ich gewollt hätte. Möge seine Güte sie mir alle am Leben und in Gesundheit erhalten! Wenn du willst, und wenn das nächste Baby ein Mädchen ist, gehört es dir. Ich habe nie viel Milch gehabt. Sie versiegt immer um den dritten oder vierten Monat. Nimm sie doch dann in diesem Alter. Du wirst sie erziehen. Sie wird deine Tochter sein. Ich gebe sie dir von ganzem Herzen. Ich habe sie nur für dich ausgetragen.«

Saadia war vor Überraschung wie vom Donner gerührt und schaute sie mit offenem Mund an. Hatte sie richtig gehört? War es keine Sinnestäuschung? Aber Yaminas zärtliches und verständnisinniges Lächeln zerstreute ihre Befürchtungen. So unterdrückte sie mit Mühe, was sie sagen wollte, und fragte, während ihr Blick gequält vor Rührung war, mit zitternder Stimme:

»Ist das wahr, würdest du das tun? Ist das wirklich wahr?«

»Ja, ich verspreche es dir.«

»Und Tayeb, was wird er sagen?«

»Er wird einverstanden sein, weil du es bist!«

Alles war gesagt worden. Sie verstummten. Dann drehte Saadia sich zu Zohra um. Die Großmutter nickte lächelnd mit dem Kopf. In Saadias Augen leuchtete wieder eine kleine Flamme auf. Vielleicht noch etwas flackernd, aber sie überdeckte bereits die Wunden in ihren Augen. Eine Flamme, auf der wieder die Hoffnung tanzte. Und ihre Lippen erhellten sich zu einem Lächeln, einem richtigen. Nicht zu dem schiefen Lächeln, das sie sich seit zwei Jahren abrang.

Wenige Monate später wurde Nacira, die »Siegreiche«, geboren. Ein hübsches Baby, ganz rundlich, dunkelhaarig und, was nicht schaden konnte, ruhig. Saadia kam, und ihr Gesicht strahlte vor Glück. Noch nie hatte ein Kind am Fuß der Düne so viele Geschenke und Spielsachen. Vier Monate lang kam sie zweimal in der Woche nach Kénadsa, um ihre Tochter zu bewundern und mit Schmusereien ihre Freude zu zeigen.

»Glaubst du, sie werden sie mir wirklich geben? Manchmal sage ich mir, daß ich geträumt habe. Daß all die schönen Bilder, die ich im Kopf habe, bei meinem Erwachen in Rauch aufgehen werden!« sagte sie mittags oft zweifelnd zu Leila.

»Aber ja doch, sicher, sie reden von nichts anderem mehr.«

»Glaubst du, deine Mutter wird darunter leiden?«

»Ja, am Anfang schon etwas. Aber mach dir um sie keine Sorgen. Zwei Monate später wird ihr Bauch wieder wachsen. Und dann wird sie es vergessen.«

»Ja, da hast du recht.«

Oft wartete sie um achtzehn Uhr vor dem Bus auf Leila, mit einem Korb in der Hand. Darin waren Kleidung und verschiedene Dinge für ihre Tochter. Als Nacira etwas älter als vier Monate war, sagte Yamina eines Samstags zu Saadia, die gerade gekommen war:

»Ich habe keine Milch mehr, schon seit fast vierzehn Tagen. Ich wollte es dir schon letzte Woche sagen … Du kannst sie morgen mitnehmen, wenn du fährst.«

Saadia drückte das Baby an sich und gab zurück:

»Dann möchte ich lieber sofort fahren.«

»Aber du bist doch gerade erst gekommen!«

»Das macht nichts. Dann habe ich sie für mich ganz allein. Sie muß sich so schnell wie möglich an mich und an das Haus gewöhnen und du dich an ihre Abwesenheit«, erklärte sie.

Als das Taxi kam, standen die beiden Frauen mit tränenverschleiertem Blick auf, aber keine wagte ein Wort oder eine Träne. Sie waren aufgewühlt, zitterten vor Rührung und versuchten, sie zu verbergen. Sie brauchten nicht einmal zu sprechen. Ihre Augen sagten sich alles. Sie erforschten einander, versenkten sich tief in die Seele der anderen, und einmütig kosteten sie in ihr die berauschenden Blumen der Liebe und die Glücksschauer aus. Dann drehte Saadia sich hastig um und ging hinaus. Zum ersten Mal fuhr sie weg, ohne jemanden zu küssen. Eine Flucht. Als das Taxi losfuhr, weinte Yamina endlich.

»Am Montag fragst du deine Tante beiläufig, ob sie vorhat, am nächsten Samstag zu kommen«, sagte sie zu Leila.

»Mach dir keine Sorgen, sie kann sich schon denken, was du empfindest. Ich bin davon überzeugt, daß sie kommen wird.«

Einen Monat, nachdem Saadia Nacira mitgenommen hatte, bekamen Khellil und Mounia einen kleinen Jungen, Noureddine, benannt nach Yaminas Kleinem, der mit wenigen Monaten gestorben war und dessen Schönheit alle priesen: »Die Toten werden immer größer gemacht!« Jetzt gab es zu Hause also zwei Bäuche, die jederzeit zu einer dicken Kugel werden konnten. Diese Erkenntnis verschlug Leila den Atem. »Statt einem werden wir nun zwei Babys pro Jahr bekommen ...«, schrie sie voll Abscheu. »Niemals werde ich ein Kind bekommen«, nahm sie sich fest vor.

Khellil und Mounia, seine Frau, wohnten immer noch bei den anderen. Sie waren zu Hause nicht weniger als vierzehn. Zum Glück konnten sie acht bis neun Monate im Jahr einen Teil des Tages draußen verbringen. Khellil hatte eine Stelle als Abteilungsleiter in einem staatlichen Unternehmen. Er verdiente jetzt sehr gut und sorgte praktisch für den Unterhalt des ganzen Familienclans.

Der Erdölboom wirkte sich verheerend auf die Region aus, weil die Kohle an Wert verlor. Die Minen schlossen eine nach der anderen. Der Wind der Entlassungen fegte über die schwarzen Dünen. Dank seiner politischen Vergangenheit wurde Tayeb verschont. Das Bergwerk hatte ihn jetzt für die *Kasma* von Kénadsa freigestellt, er gehörte zu den Funktionären des politischen Büros im Dorf. Nichts anderes zählte mehr für ihn. Den großen Männern die vornehmsten Aufgaben: Er entschied, daß er dem Garten keine Zeit mehr widmen könne. Eine wesentlich bedeutsamere, vor allem höher angesehene Arbeit erwartete ihn andernorts. Der Garten war zwar ein nicht unerheblicher Zusatzverdienst zu seinem mageren Einkommen, welches mit der Bedeutsamkeit des Mannes nicht Schritt gehalten hatte. Aber »der Aufbau des Landes lohnte doch wohl einige Entbehrungen«! Wie konnte man herummäkeln und sich an prosaischen Einzelheiten aufhalten, wenn es doch um eine so noble Sache ging? Anders als die Politiker zog Tayeb aus seiner Situation keinen Profit. Er war so anständig, naiv und gläubig, daß er ein begeisterter und armer Aktivist blieb.

»Wenn wir Kräuter und etwas Gemüse haben wollen, müssen wir uns einen Pächter nehmen«, erklärte er entgegenkommend.

Alle schauten ihn mit weit aufgerissenen Augen an. Aber er ließ sich nicht beirren. Er hatte bereits alles eingefädelt.

»Ich habe jemanden gefunden. Einen Mann, so ausdauernd wie ein Kamel. Er hat keine Arbeit. Die Pacht wird seiner Familie und unserer nützen. Du wirst sehen«, fügte er, zu Yamina gewandt, hinzu, »er wird sogar die Einkäufe für dich erledigen!«

Nun erhielt Leila schon seit bald einem Jahr regelmäßig Heiratsanträge. Mit der Pubertät schoß sie in die Höhe, ihre Brust spannte impertinent ihr Kleid und rief die Heiratsvermittlerinnen auf den Plan. Manche zeigten sich hartnäckig. Ihre Eltern bedienten sich der Verlobung mit ihrem Vetter Yacine als Vorwand und hielten unbeirrt an ihrer entschiedenen Ablehnung fest. Mochte dieses Argument auch etwas hinterlistig sein, es war in Leilas Augen plötzlich ein unglaublicher Glücksfall. Denn seit dem Sommer der Unabhängigkeit war die Situation für sie unmißverständlich. Sie hatte von dieser Seite aus nichts mehr zu befürchten. Yacine war ein eher langweiliger und tolpatschiger Junge. Mit seinen Plattfüßen und O-Beinen war er in der erbarmungslosen Vorstellung seiner Cousine das vollendete Bild des Einfaltspinsels. Daß man überhaupt erwogen hatte, ihr einen solchen Tölpel zum Mann zu geben, beleidigte sie zutiefst, bis zum Gefühl der Erniedrigung. An einem Nachmittag auf Khellils Hochzeit nutzte sie die gute allgemeine Stimmung und ging ihre Tante Zina an:

»Sag mal, *Khalti,* ich kann doch niemals Yacine heiraten. Ihr müßt euch diesen Gedanken aus dem Kopf schlagen, ihr alle!«

»Warum? Was hast du an meinem Sohn auszusetzen?«

»Dein Sohn ist völlig in Ordnung, aber er ist mein Bruder. Ich kann ihn nicht heiraten, das ist alles«, argumentierte sie findig.

Yacine trat gerade ins Zimmer ein. Unverfroren sprach sie ihn an: »Du, Yacine, stell dir mal vor, sie wollen uns beide irgendwann verheiraten! Sie sind verrückt. Wir sind doch wie Geschwister, nicht wahr?«

Der Junge wurde feuerrot. Mit einem verlegenen Schmollmund verzog er plötzlich sein Gesicht, senkte den Kopf, drehte sich schleunigst um und verließ das Zimmer. Zina brach in Gelächter aus.

»Sag mal, schämst du dich eigentlich nicht? Da werden die Männer an deiner Stelle rot! Dein Großvater Hamza hat vollkommen recht, wenn er sagt, du hättest die Kühnheit und ein Körnchen der Bouhaloufa. Ich glaube, dich kann niemand zu irgend etwas zwingen. Sei beruhigt, kleine *Djennia*.«

Die Heiratsanträge: Die ersten Abgesandten waren immer Frauen. Sie kamen in Gruppen von zweien, dreien oder vieren. Von weitem sah man, wie sich etwas Weißes gegen die Dorfgrenze absetzte und sich dann von ihr löste. Sofort wußte man Bescheid. Die Luft verfing sich unter den *Haiks*, plusterte sie auf und ließ sie munter schaukeln wie kleine Segelboote auf einem brandenden Meer. Doch wenn sie näherkamen, schien Leila das eine Auge, das durch ihren *Haik* zum Vorschein kam, so stechend scharf wie das eines Raubvogels. Sie spürte es auf ihrer Haut, die in ihren Klauen war.

»*Diaf Rabbi*«, von Gott Geladene, verkündeten die Frauen als erstes, sobald sie eintrafen.

Diese »von Gott Geladenen« wählten oft den Sonntag, um ihre wichtige Mission zu erfüllen. Daher überraschte ihre Ankunft Leila manchmal zu Hause. Mochte ihre Mutter sie auch immer mit einem wohlwollenden »*Marhaba*« empfangen, Leila drehte ihnen mit störrischer und widerspenstiger Empfindsamkeit den Rücken zu und floh ohne ein Wort der vorgeschriebenen Begrüßungsformel auf die Düne. Das Werg der Stille, das sanfte, gelbliche Wogen der Sandwüste tauchte ihre stürmische Empörung in eine liebliche und samtige Milde. Die Düne – Ort der Zuflucht. Die Düne – Hort der unglaublichsten Ausbrüche. Die Düne – Sprungbrett für die Flucht auf der Milchstraße der Träumerei. Von ihren reglosen Fluten getragen, traten die Träume ihre Reise an und segelten zu Phantasiebildern, die niemand ihr nehmen konnte. Leila träumte vom Meer. Sie träumte von den blauen Menschen. Sie träumte von einem Anderswo, dessen Schattierungen über das Gold ihres *Ergs* strömten, dessen Düfte ihre *Regs* und ihren Himmel berauschten. Sie träumte von Farbe. Sie träumte von Jahreszeit. Sie träumte von jeder Verrücktheit in der unverdorbenen Stille der Träume, die gegen alle verräterischen Worte gefeit war.

An einem Samstag nachmittag kam eine Familie wohlhabender

und daher einflußreicher Leute. Yamina bat ihre Tochter inständig, sie zu begrüßen. Ihr den Teekessel zu bringen, während sie mit den »Werberinnen« zusammensaß und den Tee kochte. Der Teekessel diente stets als Vorwand, um die Tochter vorzuzeigen. Die Gelegenheit für die Frauen, sie in Augenschein zu nehmen; allerdings wußten diese immer schon, woran sie waren, denn sie wagten eine solche Taxierung erst, nachdem sie Erkundigungen eingezogen hatten. Leila lehnte es ab, sich zu diesem Theater herzugeben. Ihre Mutter ließ nicht locker:

»Das verpflichtet dich zu nichts. Wir werden sowieso nein sagen, wie zu den anderen. Es ist nur eine Frage der Höflichkeit, des Anstands!«

Also zwang sich Leila dies eine Mal und gab den Bitten ihrer Mutter nach. Sie, die die Viehmärkte so sehr mochte, lernte sie an jenem Tage von der anderen Seite kennen, aus der Sicht des zum Verkauf stehenden Viehs. Neugierige Blicke, schamlose Blicke, die so schwer auf ihr ruhten, daß sie den Eindruck hatte, abgetastet zu werden: Sie kniffen ihr in den Hintern, tätschelten die Flanke, zogen prüfend an ihren Brustwarzen. Nur eine Spur von Dreistigkeit mehr, und sie würden ihr den Mund öffnen, um ihre Zähne bis zu den Wurzeln zu untersuchen. Igitt! Warum sollte sie es sich gefallen lassen, von den schmierigen Blicken der Kupplerinnen in den Rang eines Schafs oder einer Ziege herabgewürdigt zu werden? Zerstörerinnen der Kindheit, Räuberinnen der Jugend, Geier! Sie ließ sich nicht verschachern! Während ihre Seele unter der Folter der Erniedrigung litt, ihr Auge vor Empörung aufblitzte und die Worte ihr in der schweigenden Kehle brannten, ließ Leila ihr Teeglas fallen und floh zur Düne.

Jedesmal, wenn man ihr von der Heirat eines jungen Mädchens berichtete, bedauerte sie es von ganzem Herzen. Innerlich leuchtete in ihr eine kleine Freude auf. Sie hatte wirklich Glück, hoffentlich blieb es so!

Eines Tages unter der Woche, es dürfte ein Donnerstag gewesen sein, denn sie hatte nachmittags keinen Unterricht. Es war vielleicht im Mai, denn die Tage waren schon glühend heiß. Die Hitze lastete schwer auf allen Bewegungen. In der Nase und im Mund, in der Kehle und den Bronchien wütete eine unbarmherzige Trockenheit. Man atmete Feuer ein, verbrannte sich die Bronchien. Die Wüste war außen und innen, unter dem Schirokko. So sackte man einfach in einer Ecke in sich zusammen und rührte sich nicht mehr. Nur die Palmen bewegten sich mit einem trockenen Funkenknistern ein wenig unter dieser höllischen Luft. Der lange Weg von der Stelle, wo der Bus sie absetzte, bis zum Haus erschien Leila endlos. Ihr Gesicht glänzte vor Schweiß, und ihr Mund, der mühsam nach etwas dünner Luft schnappte, war nichts als ein Blasebalg über dem Feuer in ihrer Brust.

Als sie nach Hause kam, eilte ihre Mutter ihr schon entgegen. Sie paßte sie im Hof ab, sobald sie die Schwelle überschritten hatte. Man hätte meinen können, sie habe ihr aufgelauert. Sie nahm ihre Hand und nötigte sie stehenzubleiben. Das junge Mädchen hatte nur einen Wunsch: in einem Zimmer zu verschwinden, wieder das sanfte Brummen der Klimageräte zu hören. Yamina setzte eine ernste, vielleicht ein wenig schuldige Miene auf und sagte ihr in vertraulichem Ton:

»Hör zu, meine Tochter, diesmal können wir wirklich nichts tun, dein Vater, deine Großmutter und ich. Uns sind die Hände gebunden. Dein Großonkel Zobri hat dich Kaddour, dem Sohn von Lounis, gegeben.«

Auf dem Hof aus zementiertem Boden und gekalkten Mauern, in dem die Hitze stand, schleuderte ihre Mutter ihr diese Worte ins Gesicht. Der Hof – ein Vulkankrater. Unstoffliche Lava, die vom Himmel fiel. Eine innere Eruption versengte sie mit ihren brennenden Worten. Zum Glück hielt ihre Mutter sie immer noch am Arm fest. Zobri? Ach, der! Aber war das ein Grund?

Zobri war Zohras älterer und einziger Bruder, der Patriarch des gesamten Familienclans, der in *El-Bayad* wohnte. Bis 1958 hatte er sich dagegen gesträubt, seßhaft zu werden, er war der letzte Nomade der Familie gewesen, der sein Wanderleben aufgab. Die Verhaftung und der Tod eines seiner Söhne durch die Folter, eines zweiten im Untergrund, hatten seine Kraft gebrochen und ihn dazu gebracht, sich in *El-Bayad* niederzulassen. Er hatte sie zwei- oder dreimal besucht. Leila konnte sich kaum daran erinnern, wie er aussah. Sie wußte nur noch, daß er sehr dunkelhäutig, fast schwarz war. Das Weiße seiner Augen schien dadurch leuchtend hell und bildete einen starken Kontrast zu seiner Gesichtsfarbe. Das verlieh ihm stechende Augen, die unter seiner Kopfbedeckung, dem *Chèche*, wie zwei von seltsamen Gedanken geschürte schwarze Feuer glühten. Gelegentlich, wenn ein Reisender oder Händler aus *El-Bayad* kam, erhielten die Ajalli ein paar Neuigkeiten von ihm.

»Zobri hat deinem Vater vor etwa zwanzig Tagen geschrieben. Portalès hat ihm den Brief vorgelesen. Er hat auch eine Antwort aufgesetzt, die dein Vater ihm diktiert hat. Tayeb hat seinem Onkel versichert, sich ihm zu fügen, aber er hat ihn beschworen, die Lounis zu etwas Geduld zu mahnen. Er hat für dich um einen Aufschub von zwei oder drei Jahren gebeten. Die Zeit, bis du dein Abschlußzeugnis hast, ein wenig gereift bist. Dein Vater wollte nicht, daß Khellil es erfährt. Daher hat er den Brief versteckt und die Sache geheimgehalten, denn er fürchtete, Khellil in seiner ungestümen Art könnte sich zu respektlosen Worten vor dem ehrwürdigen Alten hinreißen lassen, weil er dich schützen will. Abgesehen von deiner Großmutter ist Zobri der einzige noch lebende *Chibani* väterlicherseits. Man muß ihn schonen.«

Doch über dieses Antwortschreiben geriet Zobri, der alte Zausel, in Rage. Den Lounis, die sich nach den Neuigkeiten erkundigen wollten, erklärte er kategorisch:

»Bei Allah, Tayeb faselt dummes Zeug. Warum will er seine Tochter zwei oder drei Jahre länger behalten? Nur die Mädchen, die häßlich oder mit irgendeinem Makel behaftet sind, heiraten spät. Diese Kleine war ganz reizend. Sie muß jetzt im Heiratsalter sein. Also, ihr bekommt sie von mir einschließlich Hochzeitskleid.«

Da ihrem Antrag Ehre erwiesen wurde, kamen die Lounis mit ihrem Hammel und ihren Geschenken, um die Verlobung zu feiern.

»Wie denkt Großmutter darüber?« konnte Leila gerade noch herausbringen.

»Was soll sie da sagen? Abgesehen von Meryème ist Zobri alles, was ihr von ihrer Familie geblieben ist. Sie wird ihn nicht verärgern. Wir sind um so mehr gebunden, als die Lounis für uns nicht irgendwer sind. Du weißt doch, ich habe dir oft von ihnen erzählt!«

Leila wußte es nur zu gut. Sie waren im *Ksar* El Djedid, diesem erbärmlichen Viertel, Nachbarn ihrer Eltern gewesen. Die zwei Familien mochten sich sehr. Leila war erst wenige Tage alt, als Lounis' Frau sie in die Arme nahm und bereits zu Yamina sagte: »Sie wird eines Tages mal meine Schwiegertochter. Du brauchst dir dann keine Sorgen zu machen. Ich werde für sie eine zweite Mutter sein.«

Dann waren sie wieder nach *El-Bayad* zurückgegangen, ganz zu Beginn der fünfziger Jahre. Ihre Eltern standen ihnen weiterhin sehr nahe. Aber sie sahen sie nicht mehr. Die Jahre waren vergangen. Der immer wiederkehrende gewaltige Sandsturm hatte das alte Versprechen aus der Erinnerung getilgt. Auch Leila hatte diese Geschichte völlig vergessen ... Wie vielen Jungen hatte man sie denn noch von Geburt an versprochen, um sicherzugehen, daß man später für sie eine Partie finden würde? Sie hatte geglaubt, abgesehen von Yacine gegen eine Bedrohung dieser Art gefeit zu sein. Doch schon tauchte ein weiteres uraltes Versprechen aus der Versenkung auf, rasselte mit seinen Ketten und Handschellen ... Sie faßte sich wieder. Sie mußte sehr schnell nachdenken. Was tun? Zunächst einmal ihre Mutter nicht vor den Kopf stoßen. Sie könnte sonst den Vater zu Hilfe rufen. Man könnte sie einsperren. Es galt, Zeit zu gewinnen.

»Komm, ich werde dir ein Kopftuch umbinden. Du kommst jetzt mit mir und begrüßt sie.«

Ein Kopftuch? So fing immer alles an: Kopftuch, *Fouta*, dann der Schleier und das Ende aller Träume, aller Hoffnungen unter einer Geburtenlawine; und die Welt wird enger und enger, bis sie nur noch die gequälten Japser der Sklaverei, die Seufzer der Resignation zuläßt. Dann lieber den Tod, den echten, der unter ein paar Schaufeln Sand den Schlaf empfing und bewahrte, als das Strangulieren mit dem Kopftuch, die Erdrosselung aller Möglichkeiten eines Lebens. Aber Leila war so schwindlig vor Angst, daß sie meilenweit von all diesen Überlegungen entfernt war. Nur die starke Empfindung der unmittelbar drohenden Gefahr spannte den Bogen ihrer Gedanken, bis es ihn zu zerbrechen drohte.

»Nein!« schrie in ihrem Kopf lediglich eine gellende Stimme in stummem Aufruhr.

»Halt, warte noch! Laß mich verschnaufen. Ich räume jetzt zuerst meine Schultasche weg und wasche mir das Gesicht. Ich bin völlig verschwitzt. In fünf Minuten komme ich und sage ihnen guten Tag«, meinte Leila klug und versuchte, sich aus der Umklammerung ihrer Mutter zu befreien.

Die mißtrauische Yamina forschte lange in ihrem Gesicht und suchte nach Anzeichen von Rebellion. Leila versuchte, eine gelassene Miene aufzusetzen. Beruhigt ließ die Mutter ihren Arm los und ging zur Küche.

»Trödele nicht zu lange! Vergiß nicht, ein Kopftuch umzutun!« rief sie ihr hinterher.

Leila trat in das Zimmer, das sie mit ihrer Großmutter teilte. Sie stellte ihre Schultasche ab. Dann öffnete sie leise das Fenster, das nach draußen hin lag. Sie kletterte auf einen Stuhl, stieg über die Fensterbank, sprang schnell auf der anderen Seite herunter und floh mit dem Überlebenswillen eines gejagten Tieres. Sie lief und lief! Das Dorf war ausgestorben. Es lag unter dem peinigenden Himmel danieder. Die Luft, eine Flamme, und in ihrem Kopf ein gehetztes *Bendir*! Sie lief. Der »Rettungsanker« war gekappt worden. Sie würde in diesem Sandmeer, diesem Feuermeer untergehen. Feuer auf ihrem Körper, in ihrem Kopf, wo es nichts mehr gab, nur diese blinde Flucht, bis wohin? ... Vielleicht bis zum Tod. Aber niemals, niemals zu den Kopftüchern, den *Haiks*, den altererbten Kerkern der Frauen ... Ein Wagen hielt neben ihr. Blieb da nicht ihr Herz schon stehen? Starb sie nicht schon hier und jetzt? Nun bekamen sie sie in ihre Gewalt, die Kopftücher und *Haiks*.

»Warum rennst du denn so?« fragte sie eine Stimme.

Sie spürte, wie die Kräfte sie verließen. Doch die Stimme klang gar nicht wütend, gar nicht feindlich. Und so drehte sie sich um: Es war nur der Lagerverwalter der Werkstatt!

»Ich habe um sechzehn Uhr dreißig Unterricht in Béchar, ich werde zu spät kommen!« log sie mit einem schrillen Schrei der Erlösung.

Er öffnete ihr die Tür. Sie setzte sich neben ihn. Er nahm sie mit ins Dorf. Zum Glück kam gerade in diesem Moment ein Taxi vorbei. Er hielt es an. Gottlob! Sie war außer Gefahr, vorerst zumindest. Während der Fahrt kam das wilde Rasen ihres Herzens zur Ruhe. Sie mußte nachdenken ... Nur Khellil konnte sie aus der Affäre ziehen. Doch ihre alte Angst, die sie vergessen hatte, war wieder erwacht! Diese Angst verwirrte ihre Gedanken, trübte alle

Hoffnung und mißtraute ihren besten Verbündeten. Und wenn auch Khellil plötzlich Geschmack an der klebrigen Sache des Anstands gefunden hatte? Schließlich hatte er schon einmal kapituliert. Er selbst hatte sich verheiraten lassen. Was konnte sie tun? Sie würde fortrennen! Sie würde sich an keinen Menschen wenden. Niemals würde sie das ertragen, was sie Saadia angetan hatten. Sie würde auf die Barga klettern. Sie würde im *Erg* sterben. Dieses heiße Meer, das so oft ihre Wiege war, würde auch ihr Grab sein. Man würde sie nicht lebend bekommen. Bei der Zeit, die verstrich, und all diesen abgelehnten Heiratsanträgen; bei Frau Chaliers Rede, die ihr Vater noch lebhaft in Erinnerung hatte; bei diesem wohligen Gefühl von Freiheit, das sie seit dem Gymnasium genoß, hatte sie geglaubt, sie sei außer Gefahr. Aber wer war sie, daß sie dem Schicksal einer jeden Frau entgehen konnte? Sie besaß nicht mehr als die anderen und auch nicht weniger. Nur vielleicht ein Sandkorn, das ihren Kopf mit manchmal so schönen und verbotenen Träumen erfüllte, daß es ihr wie Wahnsinn erschien. Die kurzen Augenblicke klaren Verstandes, des Kontakts mit der Realität weckten in ihr das unangenehme Gefühl, von hoch oben auf einen so harten Boden zu fallen, daß sie eine ganze Weile niedergeschmettert war. Und als sie wieder zu sich kam, blieb in ihrem Mund ein scharfer und knirschender Geschmack von Enttäuschung zurück. Bohrende Angst grub sich in ihren Bauch: »Ich werde es nie schaffen! Nie werde ich anderswo Erregendes erleben. Die Wüste, die mich seit meiner Geburt gefangenhält, will jetzt meinen Tod.«

In Béchar angekommen, fing sie wieder an zu laufen. Außer Atem stürmte sie in Khellils Büro. Wie eine Furie schrie sie ihm entgegen: »Sie wollen mich verheiraten! Wenn du sie nicht daran hinderst, renne ich fort. Ich bringe mich um! Ich werde nie nachgeben. Nie, hörst du!«

»Beruhige dich, setz dich und erzähl mal. Du hast mir Angst gemacht. Ich habe schon das Schlimmste erwartet.«

»Aber es ist das Schlimmste!« brach es in einem Schluchzer aus ihr hervor.

Als er endlich die Geschichte in ihren Einzelheiten erfahren hatte, sagte Khellil zu ihr:

»Geh zu deiner Tante Saadia. Bleib diese Nacht dort. Ich bringe dir morgen früh deine Schulsachen. Ich werde nachher zu ihnen gehen und ihnen sagen, was ich von ihren Praktiken halte. Mach dir keine Sorgen. Solange ich lebe, wird dich niemand dazu zwingen, gegen deinen Willen zu heiraten. Geh jetzt, ich habe zu tun. Ich komme morgen sehr früh bei dir vorbei, gegen halb acht. Ich werde dir erzählen, wie die Geschichte weitergegangen ist. Hab keine Angst.«

Sie ging also zu ihrer Tante Saadia und erzählte ihr von ihrem Unglück.

»Es war richtig, daß du fortgerannt bist«, sagte die ihr. »Mehr noch als Khellils Eingreifen ist es diese Tat, deine Flucht, die dich von der Bedrohung und weiteren Bewerbern erlösen wird. Glaube meiner traurigen Erfahrung, ein Mädchen, das fähig ist, sich so über die elterliche Autorität hinwegzusetzen und dadurch alle gesellschaftlichen Konventionen ins Lächerliche zu ziehen, macht Angst. Sie könnte es ja noch einmal tun! Im übrigen glaube ich, daß diese ›von Gott Geladenen‹ ihren Antrag bereits zurückgezogen haben werden, noch ehe Khellil nach Hause kommt. Sie werden nicht das Risiko eingehen wollen, daß man ihnen in Zukunft einen lasterhaften Lebenswandel nachsagt, der sie entehren könnte!« fügte sie hinzu und brach in Gelächter aus.

Sie bekam vollkommen recht.

Nachdem Yamina ihre Tochter alleingelassen hatte, teilte sie ihren »Geladenen« mit, Leila sei jetzt vom Gymnasium nach Hause gekommen und mache sich frisch, bevor sie sie begrüßen werde. Da ihre Tochter auf sich warten ließ, ging Yamina los, um sie zu holen. Als sie das leere Zimmer und das weitoffene Fenster sah, durchschaute sie das Täuschungsmanöver. Ohne großes Aufsehen ließ sie Tayeb rufen und teilte ihm die Lage mit. Er suchte Leila vergebens in der Nähe des Hauses und in Richtung Barga. Da er sie nirgends fand, bekam er panische Angst und rief Khellil an. Der beruhigte ihn, was die Gesundheit und das Leben des jungen Mädchens anbetraf.

»Ich habe sie an sicherem Ort untergebracht, außer Reichweite aller zudringlichen Menschen, einschließlich dieses senilen Alten, der immer noch glaubt, über einen Clan zu regieren. Sein hohes Alter gibt ihm nicht das Recht, über das Leben entfernter Verwandter zu bestimmen, die er kaum kennt.«

»Was soll ich den Lounis antworten?« jammerte Tayeb.

»Sag ihnen einfach die Wahrheit. Du hast immer versprochen, ich dürfte über alles entscheiden, was Leila betrifft. Sie möchte weiter zur Schule gehen. Also laßt sie in Frieden! Wenn ich heute abend nach Hause komme, werde ich es ihnen freundlich erklären. Es sind brave Leute. Sie werden es verstehen. Wenn nicht, dann tut es mir leid! Was Zobri betrifft, so hoffe ich, es wird ihm eine Lehre sein und er verabschiedet sich von ein paar dieser archaischen Privilegien, die mit dem Clan und dem Nomadenleben begraben wurden. Mir kann er in seiner gekränkten Eitelkeit alle Verwünschungen an den Kopf werfen, die er will. Deswegen lasse ich noch lange nicht zu, daß er das Leben eines Kindes zerstört. Soll er doch in Ruhe seinen eigenen Lebensabend genießen, statt Intrigen zu spinnen und nur Groll und Zwietracht zu säen! Unterdessen sollten wir die Lounis eingedenk unserer alten Freundschaft so würdig aufnehmen, wie es die Gesetze der Gastfreundschaft verlangen! Yamina und Mounia sollen ihnen ein Festmahl bereiten und versuchen, ihre Erschöpfung und Kränkung zu mildern!«

Bemerkten die »von Gott Geladenen« die Unruhe? Sie machten sich Sorgen. Warum begrüßte ihre zukünftige Schwiegertochter sie nicht? Yaminas zerknirschte und verstörte Miene war nicht dazu angetan, sie zu beruhigen. Bei den ersten Fragen, mit denen man sie bestürmte, gab sie gedemütigt ihre *H'chouma* zu. Die entsetzten Augen der Frauen waren für sie eine Qual und ihr verblüfftes Schweigen das schmachvolle Urteil, das über die Familie verhängt wurde ... Zobri hatte die Lounis also zum Narren gehalten! Leila war nicht das ehrenwerte Mädchen, wie er behauptete. Sie waren von so weit her, in aller Freundschaft gekommen, um ihr die Ehre zu erweisen, sie als Frau für ihren Sohn auszuwählen. Und sie setzte sich über allen Anstand, ja sogar alle Scham hinweg und fügte ihnen diese unverdiente Beleidigung zu. Eine große *H'chouma*.

Schon am nächsten Morgen fuhren die Lounis wieder nach *El-Bayad* zurück. Daß eine so alte Freundschaft wegen der Arroganz eines störrischen und frechen Mädchens ein solches Ende nahm, betrübte Tayeb und Yamina tief. Zohra aber gab keinen Kommentar ab, machte Leila keinen Vorwurf. Doch sie ließ einen halb ironischen, halb zärtlichen Blick auf ihr ruhen, der zu sagen schien: »Das sieht dir mal wieder ähnlich. Bei Allah, du stammst wirklich von den Bouhaloufa ab!«

Leila begriff allmählich, daß sie vielleicht dem Gefängnis entgehen könnte, wenn sie sehr wachsam bliebe. Wenn sie pausenlos an allen Fronten kämpfte, ohne sich vereinnahmen zu lassen. Die Ketten der Bräuche schienen ihr mit jedem Tag ein erdrückenderes Gewicht zu bekommen. Und der ganze Rattenschwanz an aufgeblasenen und hochtrabenden Worten, den diese Bräuche nach sich zogen, erstickte sie, brachte sie in Rage: Ehre, Schande, *Haram*. Sie bäumte sich mit dem ganzen Ungestüm ihrer jugendlichen Empörung dagegen auf.

Tayeb trug seinen Groll lange mit sich herum. Daß sein männlicher Stolz als Familienoberhaupt in Anwesenheit ehrbarer Leute lächerlich gemacht worden war, erfüllte den ehemals liebevollen Blick, mit dem er seine Tochter anschaute, mit Bitterkeit. Wenn ihre Augen sich einen kurzen Moment trafen, zitterte Leila, denn sie entdeckte, wie in den seinen ein wütender Haß Funken sprühte. War es auch nur vorübergehend, sie hatte das Gefühl, er würde sie mit Vitriol übergießen. Ihr Vater suchte Streit mit ihr, und alles diente ihm als Vorwand, sie zurechtzuweisen. Ihr Ausreißversuch hatte auch das Vertrauen zerstört, daß er in sie gesetzt hatte. So kam er oft nach Béchar, um sie zu überwachen. Er folgte ihr heimlich. Die ganze Strecke vom Bus zum Gymnasium, dann zu Saadia mußte sie auf dem rechten Weg bleiben, schnell und gesenkten Kopfes gehen und durfte niemanden ansprechen. Eines Nachmittags, als sie im Gymnasium war, sah sie während einer Pause ihren Vater vor dem verschlossenen Torgitter stehen. Er starrte sie unverwandt an, während sie sich in Ruhe mit den anderen Mädchen und einigen Jungen unterhielt. Nach Unterrichtsschluß holte er sie mit seinem alten Peugeot 203 ab. Sie sah, wie das Auto vor ihr hielt. Er öffnete ihr die Tür. Sie setzte sich hinein und beugte sich zu ihm vor, um ihn zu küssen. Er stieß sie heftig zurück.

»Aber warum denn? Was habe ich jetzt wieder getan?«

»Warte, bis wir zu Hause sind. Dann bekommst du deine Erklärung! Ich werde dir beibringen, auf dem rechten Weg zu bleiben.«

Während der Fahrt blickte er starr geradeaus und schenkte ihr nicht einen Blick, sagte nicht ein Wort. Als sie angekommen waren, lief er brüllend in den Hof. Er zitterte am ganzen Leib und sagte zu Yamina: »Da hast du deine Tochter! Du kannst stolz auf sie sein! Das kommt davon, daß sie aufs Gymnasium geht! Sie nimmt durch die Fenster Reißaus und unterhält sich ohne jede Scham mit den Knaben, die junge Dame!«

Leila, durch seine Einstellung aufgebracht und seinen giftigen Blick verletzt, war ebenfalls außer sich. Sie war es leid, daß man ihr die ganze Zeit nachspionierte und sie beschattete. Dieses Klima aus Haß und Argwohn, mit dem er sie umgab, belastete sie. Und sie wollte, daß er nie wieder versuchte, sie zu verheiraten. Nie wieder dieser Knoten, der sich jedesmal in ihr zusammenschnürte, wenn sie vom Gymnasium nach Hause kam, diese ständige Furcht, in eine Falle zu geraten. So brach alles, was seit mehreren Tagen in ihr gärte und brodelte, aus ihr hervor:

»Na und? Ich war mit Klassenkameraden zusammen! Mit diesen Jungen sitze ich den ganzen Tag lang in der Schule auf derselben Bank. Warum sollte ich nicht mit ihnen reden? Das ist doch vollkommen lächerlich! Willst du etwa, daß ich zur Betrügerin werde? Willst du mir beibringen, unaufrichtig zu sein? Soll ich ein völlig normales Verhalten verbergen, für das ich mich nicht im geringsten zu schämen brauche? Hör mir gut zu! Wenn du noch einmal versuchst, mich zu verheiraten, laufe ich fort! Aber diesmal, um mich dem erstbesten Mann in der Öffentlichkeit hinzugeben! Ich verspreche dir, dann hast du sie endlich, deine Schande!«

Sie war es so gewohnt, diese Drohung einzusetzen, um ihrer Mutter den Mund zu stopfen, daß sie sie in ihrer Wut jetzt wieder ausstieß. Tayeb wurde bleich vor Zorn. Wie konnte ein Mädchen solche Reden gegen ihren Vater führen! Wie konnte sie es wagen, ihm gegenüber einen solchen Ton anzuschlagen und ihm zu drohen! Und was für Drohungen! Das war zu viel! Wutschnaubend ging er auf sie zu. Sie senkte nicht den Blick, gab nicht nach. Breitbeinig, mit zusammengebissenen Zähnen und geballten Fäusten erwartete sie ihn. Sie war bereit, die Schläge zu erwidern, auch auf die Gefahr hin, daß ihr der Himmel auf den Kopf fiel. Sie war davon überzeugt, daß er erbarmungslos auf sie einschlagen würde, um ein Exempel zu statuieren, wenn sie eine Tracht Prügel ohne Gegenwehr hinnähme. Daß die Schläge des Vaters ebensosehr Ohrfeigen für die Sache wären, die sie verteidigte. Er begriff sehr schnell, daß sie sich erdreistete, Widerstand zu leisten. Ein paar Sekunden lang blitzte es in seinen Augen wirklich mörderisch auf. Das ließ Leila vor Entsetzen erstarren. So blieben beide zitternd vor Wut stehen. Doch die Worte seiner Tochter waren bereits eine Beleidigung. Tayeb ging nicht das Risiko ein, daß sie obendrein noch seine Schläge erwiderte. Ein solcher Gesichtsverlust könnte nur mit dem Tod eines von ihnen ausgehen. Zohra war es, die die Spannung entschärfte:

»Schämst du dich nicht, deinem Vater so zu antworten? Komm her, ich werde dir die Prügel geben, die du verdienst!«

Sie streifte ihren Schlappen ab und versetzte ihr ein paar eher laute als harte Klapse. Dann zog sie sie in ihr Zimmer. Dort begann sie, mit aller Kraft auf eine auf dem Boden liegende Matratze einzuschlagen, und sagte: »Da! Da! Da! Das wird dich lehren, dich deinem Vater zu widersetzen!«

Im Hof brach Yamina als Antwort auf die übliche Schimpftirade ihrer Tochter in das ewigselbe schniefende Wehklagen aus:

»Ya Allah! Ya Allah! Meine Tochter hat nicht das Sandkorn der Bouhaloufa im Kopf. Da ist eine Düne drin, die sie eines Tages unter sich begraben wird!«

Aber Tayeb ließ sich nicht hereinlegen. Er drehte dem Theater seiner Mutter und dem Jammern seiner Frau den Rücken zu und verließ das Haus. Mehrere Tage lang sprach er nicht mit Leila. Doch zumindest war aus seinen Augen das Vitriol verschwunden, das Leila im Innersten so zugesetzt hatte.

Das Schuljahr endete für Leila mit einem krönenden Abschluß. Neben dem Preis für die Klassenbeste wurden ihr mehrere erste Preise verliehen. Eine wunderbare Genugtuung für die Schikanen der letzten Monate. Aber ihr Erfolg grenzte nicht mehr an ein Wunder. Sie arbeitete hart daran. Hatte die Koedukation am Gymnasium ihr zu Beginn auch etwas Sorge bereitet, so beruhigten die ersten Klassenarbeiten sie wieder völlig. Daß sie, ein Mädchen, in der Schule auf so viele Jungen Eindruck machte, war für sie ein deutliches Dementi der sagenhaften männlichen Überlegenheit, die ihr seit dem *Youyou*, das die Bernard ihr zum Auftakt des Lebens geschenkt hatte, unablässig ins Ohr eingetrichtert, ins Unterbewußtsein eingegraben wurde. Eine strahlende Erkenntnis. So viele Prahlereien waren nur Propaganda für unterdrückte Frauen.

Die letzten Algerienfranzosen gingen Ende Mai endgültig fort. Die drei oder vier verbleibenden mußten das französische Gymnasium von Oran besuchen. In allen algerischen Schulen wurde Arabisch systematisch eingeführt und für alle die zweite Pflichtsprache. Eine Neuigkeit jedoch betrübte das junge Mädchen zu diesem Schuljahresende. Die drei anderen algerischen Mädchen, die mit ihr zusammen waren, heirateten alle während des Sommers und beendeten damit ihren kurzen Besuch der höheren Schule. Verärgert lehnte Leila es ab, auf ihre Hochzeit zu gehen. Vielleicht gäbe es im nächsten Oktober andere Mädchen aus Béchar und Umgebung? Sie hoffte es. In der weißen Schule mit den schönen Arkaden, die sich zum *Wadi* hin öffneten, war noch immer dieselbe Schulleiterin, Frau Chalier. Sie kämpfte verbissen, um anderen Mädchen zu helfen, den Sprung über die Dorfgrenzen zu schaffen und andere Klassenzimmer zu besuchen. Es sollte ihr gelingen, einige auf das technische Gymnasium zu schicken, das seine Pforten öffnete.

Die Sommer gingen ins Land, lang, langweilig und glühend heiß. Bahia und Leila waren immer noch mit vier Monaten Isolation im Jahr geschlagen. Zum Glück waren Radio und Bücher nicht von Verboten betroffen, obschon man Leilas Verbrauch an Büchern für übertrieben hielt. Was fand sie bloß an denen, die nicht zum Lehrplan gehörten? Warum widmete sie ihnen so viel Zeit und ging so weit, für sie ihren Schlaf einzuschränken? Was erzählte ihr dieses Papier, mit dem sie ihre Stille ausfüllte? Ihre Eltern, die in ihrem Argwohn keinerlei Zugang zu dem stummen Leben der Bücher hatten, beobachteten Leila zu Beginn mit mißtrauischen Augen, kreisten mürrisch und beleidigt um sie herum, während sie sich mit jedem Wort frohlockend auf den Wogen des Buches davonmachte, so als würde sie vom schaukelnden Paßgang der Kamele fortgetragen. Köstlich war diese einzige Freiheit, die für sich allein alle anderen aufwog und ihr, so paradox es war, ohne Kampf und Geschrei zuteil wurde. Die Eltern, Analphabeten, wußten überhaupt nicht, welch große Wirkung diese Freiheit auf sie ausübte, und begegneten ihr schließlich mit gelangweilter Resignation. Nur Khellil warf zuweilen einen verständnisinnigen Blick auf ihre Lektüre … Bücher, wunderbare Gefährten, die ihren strahlenden Zauber wie ihre gewagtesten Hirngespinste unter einem unscheinbaren Äußeren verbargen, die den gefährlichsten Situationen ihr harmloses Erscheinungsbild und allen Worten, selbst den heftigsten und gemeinsten, ihr Schweigen verliehen, deren Seiten von trügerischer Unschuld aufschrien oder sich allen Lastern hingaben. Bücher, große Hexenmeister, sie konnten in ihren magischen und unantastbaren Sphären Leila mitten im lärmenden Trubel der Familie Rückzug gewähren. Sie brauchte nicht einmal mehr den grandiosen Schauplatz der Dünen, der sie über die Tabus erhob und wo es ihr leichter gelang, sich mit Träumen einen Weg zu bahnen, auszubrechen. Jetzt boten sich ihr in diesen Schatullen voll tausend Schätzen, den Büchern, schon fertig gesponnene Träume und Alpträume, Höhen und Tiefen dar. Und während ihr Körper sich in die Stille der Bücher zurückzog, die Hände die unbeweglichen Seiten umklammert hielten und die Augen dem Lauf der Worte folgten, durchstreifte sie begeistert die Welt.

Zwischen Liebe und Haß: die Einsamkeit

Zu Beginn der sechziger Jahre kam eine ganze Schar französischer Lehrer an das Gymnasium, die von den denkbar besten Absichten beseelt waren. Voller Enthusiasmus, in diesem neuen Land zu leben und zu arbeiten, betraten sie fast alle zum ersten Mal algerischen Boden. Das von verzweifelten Algerienfranzosen so betrauerte, von den *Fellagas* so erbittert verteidigte Land, dessen Seele überlebt hatte, wachgehalten von den *Youyou*-Flammen der Frauen, das Land von Donner und Blitz, der Leidenschaften und der Sonne, erregte so sehr ihre Neugier, daß sie es nicht länger ignorieren konnten ... Überdies brauchte es bei einem im demokratischen Sozialismus entstehenden Land nicht viel, und all jene, die etwas linksgerichtet waren, eilten zu Hilfe. Aber mochten der Sozialismus und die Demokratie auf algerische Art sie enttäuschen oder nicht, es gab eine andere Entdeckung, die sie allein schon Feuer fangen und in Entzücken geraten ließ: die Wüste. Für sie und wegen ihr blieben sie, wie auch immer ihre Einstellung zu den ersten Gehversuchen des Landes sein mochte.

Verloren unter fünfundvierzig Jungen ihrer Klasse entdeckten sie auch Leila. So schenkten sie ihr ein aufmunterndes Lächeln. Ihr Unterricht, die vernünftigen Ratschläge, mit denen sie nicht geizten, die großzügige Unterstützung, die sie ihr gewährten, waren Leila ein Licht an den düstersten Tagen. Als wohlwollende Ältere bewahrten sie sie vor einigen ungerechten Urteilen. Als zuverlässige Verbündete halfen sie ihr, allen Hindernissen, allen Verboten zu trotzen. Als warmherzige Fürsprecher bejubelten sie ihre Erfolge, führten sie an bestimmte Bücher heran. So viel Aufmerksamkeit rührte Leila bis zum Schmerz, der sich im Innern der Freude verbirgt. Was war an ihr so Außergewöhnliches, daß sie so viel Glück, so viel Fürsorge verdiente? Mit Sicherheit nichts, wenn nicht vielleicht eine gewisse Starrköpfigkeit. Aber das erklärte nicht alles! Denn sie hatte wirklich Glück, sie war sich jetzt sicher. Keiner in der Familie wandte sich mehr gegen ihr Lernen. Sie fühlte, wie sie von einer Strömung getragen wurde, bei der ihr eigener Wille nicht mehr als ein lächerlicher Schubs war. Diese Gewißheit erfüllte sie mit einem intensiven und zugleich verwirrenden, getrübten Glück. Wohin ging sie, worauf ging sie zu? Auf eine verzweifelte und absolute Einsamkeit? Denn trotz der Sympathien war sie bereits da, die Einsamkeit. Sie trieb sie zu den Büchern, um dem Gewusel in der Familie zu entfliehen. Sie starrte sie mit ihrem leeren Auge auf dem Schulhof an, wenn sie selbst mit traurigen Augen den ständigen Prügeleien der Jungen zuschaute. Sie war da, eine triumphierende Gefährtin auf ihrer Schulbank. Sie war sogar noch in dem Interesse, das ihre Lehrer an ihr zeigten. Es verriet nur ihre Andersartigkeit, ihre Isolierung … In ihrer Angst forschte sie nach, suchte einen Schuldigen für all das. Und ihr wurde klar, daß der Ursprung all dessen die Wüste war. Die Wüste – Tyrannin. Die Wüste – unerbittliche Kerkermeisterin mit ihrem drohenden Himmel und ihren Horizontalen, die den erschöpften Blick darben, sich verlieren ließen, bis das Auge in einem erschreckenden Nirgendwo verhungerte. Die Wüste in ständig brennender, unglaublicher Gleichförmigkeit. Erregende Wüste. Eherne Wüste mit zu Dünen, zu einem wogenden, versteinerten Hochwasser erstarrten Flüssen: Hieroglyphen einer stehengebliebenen Zeit. Unzerstörbare Wüste. Illusionen erzeugende Wüste, deren reglose Sandfluten Leilas Träume auf die phantastischsten Reisen mitnahmen, wie die Realität sie nur den Reichsten zuteil werden ließ. Die Wüste – Zauberin, die Leila von Kindheit an eine märchenhafte Geschichtenerzählerin als Großmutter schenkte und eine Düne, Sprungbrett für all die gefahrvollen Sätze in ihre Traumbilder. Sie gab Leila mythische Gestalten als Geleit mit auf den Weg, um sie besser in unbekannte Welten zu entführen …

Wie verstand sie sich mit den Jungen? Gesellschaftlich war ein Zusammensein beider Geschlechter außerhalb der Familie einfach undenkbar. Und es wäre übertrieben gewesen, zur damaligen Zeit von Koedukation am Gymnasium zu sprechen. In ihrer Klasse waren es die Noten, die im Laufe der Monate und Jahre Freundschaften knüpften und Feindschaften herausbildeten. Die drei oder vier Jungen, die mit ihr zusammen immer an der Spitze waren, zeigten sich ihr gegenüber liebenswürdig und zuvorkommend. Die anderen hielten Abstand und beobachteten sie verstohlen, als wäre sie ein seltsames und gefährliches Tier.

Ihre Lehrer nahmen sie oft mit in den Französischen Kulturclub (C.C.F.) der Stadt. Dort gab es eine Bibliothek, manchmal Filmvorführungen mit Diskussionen, Vorträge, Spiele und eine Bar. Sie genoß dort angenehme Stunden in freundschaftlicher und entspannter Atmosphäre. Deshalb pflegte sie nun oft hinzugehen. Aber diese besondere Aufmerksamkeit der Lehrerschaft sollte ihr einige Probleme einbringen. Zunächst einmal eine Eifersuchtsreaktion der anderen Schüler, die sie nach und nach noch mehr isolierte. Das zweite und durchaus nicht geringere Problem bestand darin, daß man sie oft in den C.C.F. hineingehen oder dort herauskommen sah und der Stadtklatsch einen Anlaß hatte, die Phantasien zu nähren, die in ihrem Argwohn alles schnell zum Laster abstempelten. Ohne daß sie es wußte, wurde Leila für sie »das Mädchen der Entwicklungshelfer, das sich an die Franzosen verkaufte«, an die Besatzer, die in den Gedächtnissen noch blutige Spuren der Erinnerung hinterlassen hatten. Das Unabhängigkeitsgedudel hatte jede Fähigkeit, Nuancen wahrzunehmen, ausgelöscht: ob sie eine Uniform trugen oder nicht, alle *Roumis* wurden zu demselben Gesindel. Und was suchte dieses junge arabische Mädchen in einem so lasterhaften Milieu, wenn nicht den Reiz aller Verderbtheiten? Das Gerede spann um sie seine phantastischen Geschichten. Trunken von den Runden, die sein Getuschel machte, hielt es sich zum Angriff bereit, um schließlich über sein Opfer herzufallen. Leila, die verbissen gegen die Trübseligkeit ihrer Jugend ankämpfte, war sich der schwelenden Gefahr überhaupt nicht bewußt.

Was zur Zeit in Leilas Einsamkeit brannte und quälte, war ihr Aufbegehren gegen die Mittellosigkeit der Familie, die jede Reisemöglichkeit zunichte machte. Die großen Ferien waren nichts als ein endloses Dahintreiben am Ufer des Todes, in einem Inferno, das in Weißglut erstarrt und bar allen Lebens war. Und die Belästigung durch eine so zahlreiche Geschwisterschar? Das Gezeter der Jungen waren die einzigen Laute, die durch den Stumpfsinn drangen, die eintönige und einschläfernde Ruhe durchbrachen. Wie Zikadenvölker skandierten sie die Hitze der Tage, bis die Kehlen brannten, bis sie in den abgestumpften Köpfen einen Schmelzofen entzündeten. Tage, die in der Sommerglut gefangen waren. Monate, die bereits vor ihrer mühsamen Geburt gestorben waren. Und der glanzvolle Triumph der Trockenheit, welche die Jahre glatthobelte, sie alle gleichmachte und die Augen mit ihren gleißenden Lichtern blendete, damit sie keinen Hoffnungsschimmer mehr sahen.

Der Clan von Oujda, den es fernab von dieser ernüchterten Unabhängigkeit verschlagen hatte, fand nicht mehr zu dem Prunk früherer Zeiten zurück, der mit Bouhaloufa dahingegangen war, ja nicht einmal zu der Weitläufigkeit um den Bauernhof, die in der Erinnerung noch größer erschien, weil die schillernde Sehnsucht sie verklärte. Und da sich jede Familie dem unerbittlichen »Grundgesetz« reichen Kindersegens beugen mußte, wurden die geräumigsten Wohnungen eng, wenn sich dort mehrere Generationen einer Familie zusammendrängten. Ein paar Tage im Kreis dieser Familie im Ausland zu verbringen, war für die Ajalli in Kénadsa von nun an schwierig. Es gab daher keinen Ausweg, keine Unterbrechung des langen Einsiedlerlebens in der Hölle des Sommers.

Doch zu Hause, am Fuß der Düne, triumphierten Yamina und Mounia über den glühenden Sommer, den bissigen Wind, die Frühjahrshagel der Sandstürme und befolgten eifrig und heiter dieses »Grundgesetz«. Mit hohlem Kreuz trugen sie jedes Jahr ihren spöttischen dicken Bauch als Trophäe zur Schau. »Wie kann man nur unter diesen Umständen noch mehr Kinder in die Welt setzen?« fragte sich die fasssungslose Leila. Ihr wurde davon schwindlig, übel. Manchmal knetete sie mit fieberhafter Hand ihren Bauch. Eine dumpfe Angst schnürte sie ein, ihre Pupillen weiteten sich vor Entsetzen allein bei dem Gedanken, diese Seuche könnte sie eines Tages befallen und in ihrem flachen und friedlichen Bauch ein schwellendes anderes Leben entstehen lassen, welches das ihre wie ein Vampir verschlingen würde. »Niemals! Niemals!« schrie eine panische Stimme in ihrem Kopf. Und sie begann, in der glühenden Hitze zu zittern, und ihre Augen warfen gehetzte Blicke um sich.

»Mein Gott, Kind, bist du krank?« sorgte sich ihre Mutter und kam auf sie zu.

»Nein! Nein! Laß mich«, gab sie zurück und rannte fort.

War sie krank? War sie verdammt? War sie verrückt? Manchmal fragte sie sich das. Aber sie war sich der Antworten auf diese Fragen keineswegs sicher, sicher, was aus ihr werden sollte. Die einzige Überzeugung, die sich so sehr in ihrem Kopf festsetzte, daß sie den üblen Beigeschmack einer Zwangsvorstellung bekam, war, daß sie dieses Leben da nicht wollte. Keine Hausfrauenpflichten mit ihrer feuchten Müdigkeit, ihrer schmutzigen Sklaverei. Keine *Kholkhal*, Kuhglocken der Lasttiere. Keine Zuchtrute wie die Frauen, die auf so engem Raum auf der Stelle traten, während draußen das unermeßliche Land seine geraden Linien in der Flucht des Himmels verschwimmen ließ, um sich ferne und trügerische Grenzen aufzuerlegen. Kein Horizont, der von den Scheuklappen des *Haik* verhängt war. Kein Geist, der von frühester Jugend an auf einem Auge blind war und dem man nur noch eine einzige Aussicht zugestand: zu dienen und zu gebären. Niemals! ... Leila floh die ganze Hausgemeinschaft, zog sich in ihre Einsamkeit zurück, vergrub sich in ihren Büchern, die sie von ihrem Entsetzen weit forttrugen. Sie fand Zuflucht in dem einzigen Zimmer, das stets für eventuelle Besucher zur Verfügung stand. Und um auf keinen Fall belästigt zu werden, gewöhnte sie sich an, sich darin einzuschließen. Sie las die ganze Nacht, hörte dabei Radio und schlief tagsüber. Sie lebte entgegengesetzt zum Rhythmus der anderen, um sie nicht ertragen zu müssen. Sie hatten Angst um sie. Warum sonderte sie sich so sehr ab? Sie sagten, es sei wahr: sie habe ein Körnchen von Bouhaloufa! Ein furchtbares Erbe ... Sie aß so wenig. Sie war so mager. Wenn sie nun daran sterben würde? Manchmal versuchten sie, ihr ins Gewissen zu reden: sie solle ihre Aussteuer vorbereiten, kochen lernen, lernen, den Haushalt zu führen ... Sie wurde heftig, ereiferte sich in ihrer Aggressivität und drohte fortzugehen, während sie schliefen, geradewegs in die Wüste, geradewegs in den Tod. Sie hatten Angst um sie. So schwiegen sie, und in Gedanken beteten sie für sie. »Bouhaloufa, verlange nicht, daß dieses Kind deinem Beispiel folgt. Die Wege, die dich retteten, würden es töten. Es ist nur ein Mädchen, Bouhaloufa! Warum träumt sie mit weitoffenen Augen von dir? Warum hat sie nicht die Weisheit der Weiblichkeit, die ohne Murren ins Glied tritt, ihr Geschlecht weiterführt und duldsam ihre Segnungen genießt? Bouhaloufa, nimm dein Körnchen aus ihrem Geist, und wir werden ein zweites Mal eine Totenfeier für dich ausrichten.«

Leila öffnete die Tür nur beim Klang von Zohras Stimme. Die Frau mit den dunklen Tätowierungen betrachtete neugierig die sich auftürmenden Bücherstapel.

»Was erzählt dir dieses stumme Papier denn so Schönes, daß es dich so weit von uns fernhält, *Kebdi*?«

»Es erzählt von der Welt, *Hanna*. Von der jenseits der *Ergs* und der Ozeane, jenseits aller *Regs* des Schweigens, aller einschnürenden Ketten. Von der Welt, die wandert, wie du einst. Hier ist das Leben so unbeweglich, daß ich in den Büchern wandere wie du in deinen Geschichten, um Luft zu schöpfen, um nicht zu sterben, *Hanna*. Hier ist Langeweile und Leere. Leer der Himmel, leer der Horizont und leer die Zukunft. Du sagst, die Augen reichten immer weiter als die Füße, selbst wenn die Füße anfingen zu rennen. Wie gern hätte ich, wenn sie so weit reichten wie die Phantasie! Weiter als sie? Weiter, immer weiter, wie früher deine Wanderungen, *Hanna*, wie die himmlische Reise der hoffnungsvollen *Youyous*. Der Tod ist hier, *Hanna*, in der Unbeweglichkeit, in der Wiederholung des immer gleichen Tuns, das an immer gleiche Orte gebunden ist und das die Fäden unseres Atems auf dem Raster des Sterbens webt. Der Tod ist hier, in den Gegenständen, die uns mit gierigem Auge anstarren und uns festnageln, wo wir sind. Das Leben ist nur ein Augenblick zwischen Geburt und Tod. Daher muß man wandern, um es zu verlängern, zu füllen, zu erhellen. Sonst verblüht es, verkümmert, verschrumpelt und fällt in die Finsternis, das Vorzimmer zum Tode. Ich will nicht wie gelähmt auf die Schritte des Todes in mir warten, *Hanna*. Ich möchte, daß er mich im größten Entzücken, mitten im Lachen holt, so wie die Schleuder des Jägers den Vogel im Fluge. Hier gibt es kein Lachen, *Hanna*. Hier ist alles dramatisch. Hier sehe ich den Tod in allen Augen, die bereits von der Faszination der Leere gebannt sind. Und so erscheinen mir all die Geburten nur wie das hämische Grinsen des Todes. Warum gibt es Leichtigkeit und Lachen nur in meinen Büchern? In meiner Einbildung? Ist das der Wahnsinn, *Hanna*? Heißt das, alles Lachen ist nur die Stimme des Irreseins und die erdrückende Stille die

Sprache der Vernunft? ... Nur du kannst mir darauf antworten oder mich zumindest verstehen. Glaubt du an das Erbe, *Hanna*, oder ist es einfach so, daß die Mischung aus Bewunderung und der aus ihr entstehenden Liebe unser Verlangen in diese Richtung drängt? Ja, ich spüre etwas von Bouhaloufa in mir, *Hanna*. Das begeistert und entsetzt mich. Ich spüre, wie ich dahintreibe, *Hanna*. Ich weiß nicht, wo ich stranden werde: an Ufern des Lachens oder Abgründen aus Schweigen, aus Dogmen?«

»*Kebdi*, das viele Alleinsein erfüllt deine Phantasie mit Hirngespinsten. Die stille Flut der Worte in deinen Büchern scheint dich nicht glücklich zu machen, selbst wenn sie dich bezaubert, dir die Gabe schenkt, das Lachen zu genießen, und dich weiter trägt, als es die Augen vermögen. Sie bringt dich anderswohin, zu einem Anderswo, das nicht das unsrige ist. Sie bewirkt, daß du dich absonderst von dem, was du bist. Ich glaube, das ist nicht gut für dich. In deinen Augen sehe ich so viel Verwirrung ... Der Krieg ist zu Ende, aber die Kolonisation hat einen Keim im Land hinterlassen. Ich merke, daß er sich immer noch weiter ausbreitet. Ich möchte, daß du nie vergißt, woher du kommst und wer du bist, was immer die Zukunft für dich bereithält ... Du wanderst, du läufst sogar, aber in einem fremden Land, *Kebdi*. Ich spüre, daß du in Gefahr schwebst, und weiß nicht, wie ich dich schützen kann. Manchmal, wenn du nicht da bist, überkommt mich die Lust, deine Bücher anzuzünden, um dich von ihnen zu erlösen. Aber du sagst, auch sie erzählen Geschichten, daher habe ich Achtung vor ihnen. Aber schau, sie liefern mir einen unfairen Kampf. Ich bin allein, sie sind so zahlreich und besitzen obendrein die Fähigkeit, auch im Schweigen noch zu sprechen. Das ist die Macht der Kolonisation: gewaltige Möglichkeiten gegenüber den geringen Mitteln der Unkenntnis. Darin liegt vielleicht die Vorherrschaft der Schrift über das Sprechen begründet. Das eine bleibt, das andere vergeht. Das eine hat die Stimme, die Flüchtigkeit des Lebens, das andere das Immerwährende des Todes, die Gleichgültigkeit der Ewigkeit. Im Gegensatz zu Bouhaloufa, der der arabischen Poesie verfiel, bist du dabei, ganz in das Fremde einzutauchen.«

»Aber *Hanna*, ganz am Anfang habe ich keine Wahl gehabt, und füllt nicht außerdem der Reiz des Anderen eine viel tiefere Kluft in uns aus als das, was uns bereits vertraut ist? … Das könnte ein Gleichgewicht herstellen …«

»Ich sehe dich eher in einen Abgrund kippen als das Gleichgewicht gewinnen, *Kebdi* … Schau, auch ich träume viel. Eine große Anzahl meiner Geschichten sind nur das Ergebnis meiner Träume. Aber meine Träume sind wie unsere *Youyous*, sie reden mit den anderen. Sie nehmen sie mit auf einen gemeinsamen Flug, in einem magischen Vogelzug, der danach wieder beruhigt zur Wirklichkeit zurückkehrt … Da ist etwas ebenso Erschütterndes wie Wildes in dir: die Maßlosigkeit, die Tyrannei des Traums über die Wirklichkeit … Die kopflose Flucht – wohin, *Kebdi*? Dein Traum treibt dich ohne Rast und Ruhe vorwärts. Du hast einen solchen Lebenshunger, ich habe Angst um dich, weil ich deine Zuflucht nicht kenne. Ist es eine Ruhestätte oder ein Grab? Wandere, reise, aber, ich bitte dich, schlage Wege ein, die meinen Karawanen vertraut sind … Ich werde dir helfen, *Kebdi*, deine Piste im weglosen Labyrinth der Wüste zu finden … Jetzt gibt es in meinem Kopf keinen Zweifel mehr, daß Bouhaloufas Rausch in dir fortlebt. Vielleicht hat meine Faszination für ihn dich von klein auf seinen Einflüssen ausgesetzt … Vielleicht ist alles mein Fehler. Ich bitte dich, folge demselben Wahn, wenn du willst, aber in umgekehrter Richtung. Er hatte das Wandern der Nomaden geflohen, um einen Weg fern von der Dürre zu suchen. Wenn deine Dürre in der Unbeweglichkeit liegt, wenn sie dir so unerträglich ist, daß sie dir das Bild des Todes vor Augen hält, warum schließt du dich dann nicht den Menschen, die wandern, an? Die Seßhaftigkeit hat das Leben aller eingeengt, die Frauen noch mehr unterdrückt. Weißt du, daß die Frau bei den blauen Menschen eine sehr achtbare Stellung einnimmt? Denk an ihr Leben und gib deinen Träumen einen Anlaß, ihnen in ihrer Ruhe zu folgen. Das ist die Möglichkeit, die ich von der Unabhängigkeit erwartet habe. Das ist der Ausweg, den ich für dich, für mich, gesehen habe. Sobald du es wünschst, sobald dein Wunsch stark genug ist, werde ich mit dir fortgehen. Wir werden Bouhaloufas Traum zur Wiege seiner Ursprünge zurückbringen. So wird er nicht länger in den unbeweglichen Köpfen umherirren, und seine Legende wird endlich abgeschlossen sein … Ich werde für unsere Sache zu Allah beten.«

Ein weiteres Schuljahr neigte sich dem Ende zu. Im Trubel der letzten Unterrichtstage verloren sich die Strenge und manche Hemmungen etwas. Zwei oder drei Mal entdeckte Leila morgens, als sie in die Klasse kam, daß groß an der Tafel stand: »Leila = Hure der Entwicklungshelfer«. Sie war sich schon seit mehreren Monaten einer wachsenden Feindseligkeit bewußt. Jedesmal versuchten ihre Lehrer, den Täter zu entlarven. Für Leila war er völlig unwichtig. Er war nur das Echo dessen, was alle anderen auch dachten. Was schlimm war, was sie tief verletzte, war diese Inschrift in dicken Großbuchstaben auf der schwarzen Tafel in ihrem Kopf. Ein Stachel in ihrer Empfindsamkeit, ihrer Unschuld. Wieder einmal war das Eingreifen ihrer Lehrer ein wohltuender Balsam für ihre Seele, aber all deren Bemühungen und Versuche erzielten das Gegenteil der erhofften Wirkung. Statt Haß und Eifersucht zu mindern, steigerten und entfachten sie beides noch mehr. Daher sah sie mit Erleichterung den Sommerferien und der Einsamkeit am Fuß ihrer Düne entgegen.

Leila kam gerne frühmorgens aus ihrem Schlupfloch, zu der Stunde, da der Tag und die Nacht sich sanft vereinigten, in der Stille der schlafenden Welt. Das Licht war eine Liebkosung. Die Nacht löste sich langsam auf, in den Armen des Tages. Eine perlmutterne Heiterkeit ergoß sich über die Erde, bevor der Tag seinen Schmelztiegel entzündete. Leila kostete diesen Augenblick bei einer Tasse Kaffee aus. Und wenn sich die anderen, noch verschlafen, allmählich rührten, ging sie endlich zu Bett.

Wenn die Sonne sich vom Zenit entfernte und ihre stets brennenden Holzscheite hinter sich herzog, wenn sie endlich den Rücken kehrte, wenn man nur noch ihre rote Mähne sah, wenn die vom Feuer der Tage verängstigten Schatten endlich beruhigt waren und länger wurden, band Leila die Hunde los. Sie brauchten Auslauf, auch Leila. Unbändiger und flüchtiger Taumel des Laufens. Außer Atem kommen, das Bewußtsein wiedererlangen: irrende, begrenzte, von undurchdringlichen Geraden umrahmte Flucht. Sie wanderte, um den Hohn zu verdrängen, das Eingeschlossensein zu besiegen. Sie wanderte wie eine Besessene, stampfte mit den Füßen auf, wirbelte Staubwolken hoch, die sie zum Husten brachten, versuchte, unter ihren Schritten ihre Frustrationen und ihren Verdruß wie Schaben zu zertreten. Manchmal stieß sie einen Schrei, einen langen Schrei aus, nur um ein Gewicht abzuschütteln, nur um dieses Schweigen der Sandwüste zu zerreißen. Ihr Schrei fiel in den tiefen Brunnen der Stille bis auf den Grund der Felsen, die die Düne überragten. Er löste eine Welle von runden, quälenden Echos in Decrescendo aus. Sie hielt an. Sie lauschte ihnen, diesen Schreien. Schreie, die wie von anderswoher kamen, übermenschlich waren, und die für einige Sekunden die Leere erfüllten. Die erheiternde Impression, als würde die Düne in einer mitleidsvollen Geste über Leilas Isolierung ein gekünsteltes Geschrei loslassen. Leila zuckte die Schultern und machte sich wieder auf. Sie wollte kein Mitleid, nicht einmal das von Frau Düne. Manchmal entdeckte sie in diesen sich ausweitenden Echos, die im Schlund des Schweigens vibrierten, eine unheilvolle Resonanz. Vielleicht waren es die Todesschreie des Hügels unter der Düne. Leila zitterte vor Entsetzen, dann setzte sie ihren Weg fort. Sie folgte der Palmenreihe parallel zur Düne. Träge zog sich die Baumgruppe über vier oder fünf Kilometer dahin und endete in einem kleinen Palmenhain um ein Loch, das früher eine Quelle barg. Jetzt war dort alles ausgetrocknet. Sie kam schweißbedeckt dort an. Ein wildes Klopfen bohrte in ihrem Kopf, machte sie benommen. Nach dem Palmenhain breitete sich die Barga in gerader Linie bis nach Béchar aus und begrenzte der Länge nach den wogenden *Erg*. Überall sonst, nichts weiter! Nichts als Geröllwüste, flach, trocken und verbrannt, so weit das Auge, so weit der Himmel reichte. Versunken schaute Leila sie an, wie erstarrt, mit einer Art Faszination, die die Klauen des Entsetzens über die Geraden trugen, entlangzogen. Dieselbe Angst, die einst Bouhaloufa empfand.

»Hier«, dachte sie, »hat die Tyrannei des Sandes nichts geduldet. Nicht einmal die Steine, die geschmolzen sind und zu Staub wurden. Ihre letzten Überbleibsel, die an der Oberfläche des *Regs* überdauerten, waren klein, hatten angenagte, zerfressene Formen. Man könnte sie für kleine Gebeine halten, die die Erde ausschwitzte und der Vernichtung durch die Himmelsglut und die mächtigen Schleifsteine der Sandstürme preisgab.«

Auch sie litt bereits unter der Erosion. Der Erosion der steinernen

Welt und der der Menschen mit noch schärferen Zähnen. Vielleicht würde dieses kochende Sandmeer ihr sehr bald das Leben oder die Vernunft rauben? Verzweiflungsanfälle überwältigten sie, warfen sie zu Boden mit dem Verlangen, hier und sofort zu sterben, um dieser unerbittlichen Verödung zu entgehen. Bäuchlings, Gesicht und Haare im Sand, hämmerte sie wütend mit Füßen und Fäusten auf den Boden und schluchzte sich aus. Sie weinte über ihre qualvolle und frustrierte Jugend. Sie weinte über ihre absolute und drückende Einsamkeit, sie weinte über ihre Kindheit, die alles entbehren mußte, über ihre ungewisse Zukunft, die hier zu enden drohte, verschüttet unter dem Sand der Barga. Begraben wie der von der Düne bedeckte Hügel, von dem man nur hier und da ein paar vereinzelte Felsen erkennen konnte, wie das noch verbleibende Zucken eines seit langem bezwungenen vergeblichen Aufbegehrens!

Wie oft drehte sie sich, wenn endlich wieder Ruhe in ihrer Brust eingekehrt war, langsam auf den Rücken, wie gebannt vom grandiosen Anblick des Sonnenuntergangs. Ein magisches Feuer, welches das Tageslicht auf der blaßblauen Schicht des Himmels versiegelte. Nach und nach verbarg es die stiebende Asche der Nacht und bewahrte seine Glut bis zum seraphischen Hauch der Morgendämmerung.

Das beruhigende Glänzen des Sonnenuntergangs vertrieb die letzten Schluchzer von Leilas Aufbegehren. Das Gesicht noch feucht vom Weinen, ließ sie sich ohnmächtig davon durchdringen, verzaubern. Diese Sonnenuntergänge verbreiteten eine ergreifende Ruhe, die wie eine beschwörende Macht in den Körper eindrang und den letzten Tränen einen bitteren Geschmack von Hohn verlieh. Reichlich laut, eitel und fruchtlos war ihr Kummer und ihr Aufbegehren ... Sie blieb am Boden, ausgepumpt, trunken, etwa so wie die Frauen am Ende einer *Hadra,* nachdem der übernatürliche Funke sie durchzuckt hatte, entfacht durch das Einssein im Schmerz und die glühenden Rufe. Sie blieb liegen, unfähig, ihre Augen vom Himmel zu lösen. Da spürte sie nach einer Weile diesen Blick, der dort am Firmament war. Er durchdrang sie, bis ihr Körper erschauderte, bis in das Schwarze ihrer Seele. Eine Lichtgirlande, die eine Botschaft, eine nicht zu entziffernde Einladung aussprach und deren Flimmern ungestillte Schauer in ihr weckte.

Die Hunde hatten Auslauf gehabt, sich ausgetobt und dann ausgeruht. Nach einer Weile leckten sie ihr die Füße, gaben ihr zu verstehen, daß sie wieder aufbrechen wollten. Sie stand auf und kehrte langsam wieder um, etwas verstört und auch etwas erschüttert.

Khellil und Mounia zogen zu Beginn dieses Sommers um. Sie bezogen eine Dienstwohnung in Béchar. Es zerriß allen das Herz, aber ein Zusammenleben war nicht mehr möglich. Die Familie mußte in zwei Teile geteilt werden, um nachts atmen und sich tagsüber bewegen zu können.

Am 19. Juni 1965 sendete Radio Algier morgens beim Aufwachen nur patriotische Lieder. Wie bei der ganzen Bevölkerung hatten die Konflikte, die kurz nach der Unabhängigkeit die Führer der verschiedenen militärischen *Wilayas* entzweit hatten, bei Zohra und Yamina zu einem Trauma geführt. Die Bruderkämpfe hatten neue Tote gefordert und jene entsetzt, welche ihren Haß und Schmerz zu begraben versuchten. Machtkämpfe und Führungsstreitigkeiten hatten jene erschüttert, die glaubten, all ihre Leiden seien vorbei, hätten an den Koffern der Algerienfranzosen und den Schuhsohlen von *Bigeards* Fallschirmjägern geklebt. Zohra trommelte an die Tür des Zimmers, in dem ihre Enkelin schlief, und riß sie aus einem tiefen Schlaf, der vom monotonen und wohltuenden Summen des Klimageräts gewiegt wurde. Als das junge Mädchen aufgestanden war, sah es die ängstlichen, auf das Radio gerichteten Gesichter. Das versetzte Leila wieder um Jahre zurück.

»Radio Algier sendet jetzt seit mehr als drei Stunden nur patriotische Lieder …«, sagten sie.

Leila holte ihr Transistorradio und stellte es an. Sie suchte die Ätherwellen ab, wollte den dritten, den französischsprachigen Sender einstellen. Dort wurde dasselbe übertragen. Die Nadel lief daher zu France Inter, wo die Neuigkeit verkündet wurde: »Militärputsch in Algerien …«

Diese Neuigkeit an jenem Morgen war für die Familie ein harter Schlag. Was warf der harte Mann von Oujda Ben Bella vor? Dem Mann, der in ihren Erinnerungen von tausend wundersamen Legenden umrankt war:

»... der gefährliche Mißbrauch persönlicher politischer Macht, der die Arbeit und die Institutionen der Republik blockierte.«

Die Verhaftung der sagenhaften Persönlichkeit in seinem eigenen Lande rief in den Herzen vieler eine solche Mißbilligung, eine solche Empörung hervor, daß sie Boumedienne und seine Politik lange Zeit ablehnten. Sie sollten dem Mann mit verstärktem Mißtrauen begegnen und seine Errungenschaften absichtlich ignorieren.

Erst mit der Agrarrevolution kamen sie aus ihrer Reserve.

Einen Monat später gebar Yamina einen kleinen Knaben, das zehnte Kind und den sechsten Jungen der Familie. Noch einen Monat später schenkte Mounia einem Mädchen das Leben. Die Welt konnte Kriege führen, Staatsstreiche machen, zusammenbrechen, sie blieben ihrem Schicksal treu: Kinder in die Welt zu setzen. »Sie allein könnten die Erde nach einer Katastrophe wieder bevölkern«, sagte Leila zu sich und betrachtete sie mit einem zärtlichen Lächeln auf den Lippen. Und dann dachte sie, daß sie durch diese Gebärfreudigkeit letztlich auf ihre Weise Vergeltung an dieser Welt übten, die sie lebendig begrub. Eine ununterbrochene Folge von Schwangerschaften, die Jahr für Jahr die Tyrannei ihres Mannes zunichte machte. Zumindest waren sie, selbst in völliger Unbeweglichkeit, immer noch ein Quell des Lebens, wenn auch um den Preis ihres eigenen.

Dann wurden die knackigen und goldenen Datteln an den Palmen braun, weich und honigsüß, und die Schule begann wieder. Bahia kam auf das Gymnasium. Jetzt waren sie sechs Mädchen, die von Kénadsa abfuhren. Die vier anderen gingen auf das technische Gymnasium. Alle kamen sie aus dem alten *Ksar*, in weiße *Haiks* gehüllt. Sie legten ihn erst ab, nachdem der Bus das Dorf verlassen hatte. Sorgsam falteten sie ihn und verstauten ihn in ihrer Schultasche. Die Schultaschen dienten ihnen vor allem dazu, die *Haiks* zu transportieren. Abends, auf dem Rückweg, kamen die *Haiks* erneut zum Vorschein, um die Mädchen am Dorfeingang wieder zu verhüllen. Unter ihnen war ein Mädchen von fast überschäumendem Wesen, das nie um eine Antwort verlegen war:

»Ich könnte nicht über die Straße gehen, wenn man mir den

Schleier wegnähme. Ich hätte den Eindruck, nackt zu sein«, sagte sie eines Tages zu Leila.

Sie setzte hinzu:

»Weißt du, ein *Haik* ist sehr praktisch, er bedeutet Ruhe durch Anonymität. Ich lege den Schleier an und bin ungestört. Auf der Straße weiß man nicht, wer ich bin und wie ich bin. Wenn du dagegen vorbeigehst, ziehst du alle Blicke auf dich. Ohne *Haik* fällst du aus dem Rahmen, du überraschst also, du schockierst. Manche sagen sogar, daß die unverschleierten Mädchen die Männer erregen, sie provozieren, daß sie sich, wenn nicht der Gewalt, so doch der Respektlosigkeit aussetzen.«

Haik – Tarnkappe des Elends, *Haik* – Uniform der Nachlässigkeit, *Haik* – Tod der Koketterie. In deinem Schatten, ohne das liebkosende Licht im Blick der anderen, welken die Frauen rasch dahin, wie Blumen, denen die Luft fehlt. *Haik* – erstes Leichentuch der lebendig Begrabenen.

Während der ersten drei Jahre in der Oberschule hatte Leila als Arabischlehrer zwei Algerier, die lange vor dem Krieg nach Ägypten ausgewandert waren, um die Muttersprache zu studieren. Sie gewährten ihren Schülern, die Arabisch sprachen, ohne es zu schreiben, einen Einblick in diese Sprache. Und jene waren begeistert. Ein rasches, tiefes, schillerndes Entzücken, wie ein kurzer Sonnenblick an einem höchst bedrohlich verhangenen Himmel. Die anderen Klassen hatten leider nicht dieses Glück.

Die Abkommen über die Zusammenarbeit in der Unterrichtung der arabischen Sprache waren zum größten Teil mit Ägypten geschlossen worden. Das war für dieses Land eine unverhoffte Gelegenheit, eine ganze unersättliche Horde von Fundamentalisten loszuwerden. Von keiner der beiden Seiten war ein finanzieller Köder notwendig, daß diese Fanatiker nach Algerien eilten. Und dieses lang unterdrückte Volk war in der Tat eine schöne Beute. Es zitterte noch vor Hingabe, aber einer Hingabe, die nun ziellos war und daher unter dem widerlichen Gestank, den die Kolonisatoren ganz bewußt hinter sich gelassen hatten, äußerst anfällig, verdorben zu werden! Ein wahrer Ansturm von Kreuzrittern. In ihren Augen glomm es, die Bärte zuckten, die Ausdrucksweise war hermetisch, überladen von Dogmen – man hätte glauben können, eine maßlose und völlig neue göttliche Offenbarung wäre über sie gekommen und hätte sie erleuchtet, und die brachten sie nun zu jenen, die seit ihrer Kindheit zurückhaltend und still zu demselben Gott beteten. Wie jämmerlich waren doch die Staatsmänner, die unter dem Vorwand, eine Demokratie aufzubauen, so große Unfähigkeit bewiesen! Dieselben Leute, die für die Freiheit in den Untergrund gegangen waren und deren Uniformen noch ganz heiß vom Schlachtgetümmel waren, ließen zu, daß die Dämonen eines pervertierten Islams den Laizismus erstickten, zur Strecke brachten. Der Koran, der sich nur in der Andacht erschließt, überflutete alle Schulen und wurde von unschuldigen Kindermündern zerredet. Eine sprunghafte Bevölkerungszunahme trug dazu bei, dem zerstörerischen Feuer des Fundamentalismus ein unübersehbares Heer zuzuführen. Es war unverzeihlich, daß der Staat sich zurückhielt, nicht eingriff. Die Seuche war nun da, unwiderruflich!

Ende Oktober hatte der strahlende Himmel seine sommerliche Arroganz verloren. Er war jetzt sanft, klar und von unendlicher Tiefe. Manchmal strich sogar ein unberührtes Wölkchen in langsamem und anmutigem Flug über ihn. Man hob den Kopf, um es zu bewundern und seinen Zug zu gewogeneren Gefilden zu verfolgen. Und man war froh und konnte besser atmen, weil die Luft in den Bronchien kein Feuer mehr entzündete und weil der Duft der Datteln in ihr lag. Die reifen Früchte strömten ein paradiesisches Aroma aus. Es heftete sich in berauschenden Spiralen an die verzückten Nasen. Die Luft verdichtete sich zu süßen, wohltuenden Trauben.

Béchar bereitete sich auf die Feier des 1. Novembers vor: ein Feuerwerk und verschiedene Orchester waren für den 31. Oktober um Mitternacht vorgesehen. Es war ein Samstag. Die Familie von Kénadsa verbrachte das Wochenende bei Khellil und bei Saadia. Die Frauen der Sippe gingen ganz in ihrer Wiedersehensfreude auf und waren wegen der ungewöhnlichen Aussicht auf einen nächtlichen Ausgang in ausgelassener Stimmung. Sie schnatterten und bereiteten sich schon am Nachmittag darauf vor. Zunächst der *Hammam*, der Auftakt zu allen Festivitäten. Leila, die vorgab, bei ihr sei eine Grippe im Anzug, wollte sich von ihnen abkapseln.

»Komm mit uns. Gegen eine beginnende Grippe gibt es nichts Besseres als den *Hammam*. Du mußt dich nur warm anziehen, wenn du herauskommst. Danach mache ich dir eine gute *Harira*, die bringt dich sofort wieder auf die Beine«, sagte Saadia zu dem gleichgültigen jungen Mädchen, das seine Nase schon wieder in ein Buch gesteckt hatte.

Nach dem Abendessen machten sich alle zurecht, um das Feuerwerk anzuschauen. In Saadias Haus raschelte es von langen Kleidern, dröhnte es von Kindergeschrei. Die Frauen hatten sich sogar parfümiert. Ein starkes, fast erstickendes Parfüm, das gebieterisch die anderen Gerüche überdeckte. Alles war dicht, voll: der Boden von Müttern und Kindern, die Luft von schweren Gerüchen und die Herzen erfüllt von alledem. Sie machten sich schön, die Frauen. Schön, um sich unter ihrem Schleier zu verbergen.

Die Aufregung der gesamten Familie, die Leila aus ihrer friedvollen Einsamkeit riß, verursachte ihr Beklemmungen. Daß alle nun ausgehen würden, ließ sie daher aufatmen. Sie genoß im voraus die Vorstellung, allein in Saadias Haus zu bleiben. Sie sträubte sich, schob einen Haufen dringender Hausaufgaben vor ... Allein der Gedanke an ein Bad in der Menge ließ ihre zerschlagenen Glieder erschaudern.

»Komm doch mit uns, zumindest bei diesem Anlaß: dem Jahrestag des Kriegsausbruchs«, flehte ihre Großmutter.

Widerwillig gab Leila ihren Bitten nach. Khellil machte mehrere Fahrten mit dem alten Peugeot 203, um alle zum Fest zu bringen. Es sollte sich auf dem größten Platz der Stadt abspielen. Ein von Arkaden gesäumter, riesiger Platz, auf dem einst einer der Kamelmärkte des Südens war.

Alle Geschäfte waren geschlossen, außer das von Ghani, dem Photographen. Leila erkannte das an seinem beleuchteten Schaufenster. »Er macht sicher Bilder vom Feuerwerk«, dachte sie. Ghani kam aus Kénadsa. Er hatte von allen in der Familie, sogar von den Frauen, bei ihnen zu Hause die ersten Paßbilder gemacht. Er trug sein Stativ und seinen tragbaren Apparat überall mit sich herum und ging von Haus zu Haus. Weil er seinen Kopf unter dem Vorhang des lichtdichten Gehäuses verbarg, waren die Frauen und ihre Männer beruhigt. Es schien ihnen, daß er so die Ehefrau oder die

Mädchen nicht sah. So schwärzten sich die Frauen die Augen mit Khol und traten unter dem wachsamen Auge des Ehemanns an. Ghanis Kopf steckte bereits unter dem Vorhang. Er verschleierte sich gewissermaßen, um die Frauen ohne ihren *Haik* photographieren zu können. Sie setzten sich, richteten sich auf ihrem Stuhl auf, ließen ihr Tuch fallen und erstarrten feierlich und gemessen vor dem unpersönlichen, runden Auge des Apparates. Leila lächelte bei dieser Erinnerung, als sie von weitem das beleuchtete Schaufenster sah. Nach der Unabhängigkeit hatte Ghani ein Geschäft in Béchar eröffnet.

Auf dem Platz herrschte Gedränge. Die Kaskaden aus künstlichen Lichtern malten einen undurchsichtigen Schatten von *Serouals* und *Ganduras* auf der einen, von *Haiks* auf der anderen Seite. Selbst hier, selbst bei dieser würdevollen Gedenkfeier blieben die beiden Geschlechter getrennt. Nicht ohne Verblüffung wurde Leila bewußt, daß Bahia und sie die einzigen Mädchen ohne Schleier waren. Die wenigen Frauen und Mädchen, die tagsüber unverschleiert waren, um zur Arbeit oder zum Gymnasium zu gehen, hatten für den Abend wie ihre Schwestern den schützenden *Haik* angelegt. Leila erfüllte diese Besonderheit mit Stolz, sie hob den Kopf, und ihre Augen blitzten herausfordernd. Bahia trug eine rote Keilhose und einen langen, ebenfalls roten Pulli. Leila hatte ein Kostüm an: Jacke und gerader Rock in Strohgelb. Sie waren zwei strahlende Farbkleckse, zwei schillernde Glühwürmchen auf dem leuchtenden Schaumteppich der *Haiks*. Die dichte Masse von Schleiern bot ihnen keine Möglichkeit, der männlichen Nähe auszuweichen. Die Männer standen fünf oder sechs Meter entfernt, finster, gestikulierend und laut.

Es geschah noch nicht viel. Von Zeit zu Zeit ächzte auf dem Podium ein Lautsprecher, den eine Gruppe von jungen Leuten einzustellen versuchte. Nach einer Weile spürte Leila direkt hinter ihrem Nacken einen alkoholgetränkten Atem. Dieser Geruch, der sie so sehr an einen gewissen Onkel erinnerte, überraschte sie, sie drehte sich um und stand unverhofft einem jungen Mann von etwa zwanzig Jahren gegenüber. Er war nicht allein. Eine ganze Gruppe von Jungen zwischen sechzehn und zwanzig Jahren hatte sich unauffällig unter die Frauen gemischt und stand hinter den beiden unverschleierten Mädchen. Manche, unter ihnen auch derjenige, der hinter ihr klebte, hatten alkoholgeschwängerte, blutunterlaufene Augen und zeigten ein dummes Lächeln. Sie schienen völlig betrunken und überdreht zu sein. Leila zog Bahia am Arm, versuchte, etwas weiter in die Gruppe der Frauen hineinzugehen. Zwei Megären versperrten ihr den Weg.

»Nein! Hier kommt ihr nicht vorbei. Sonst folgen sie euch. Bleibt, wo ihr seid. Dort drüben sind nur ehrbare Frauen, die ihre Traditionen achten. Das ist ja unglaublich, zwei große Mädchen wie ihr, ohne Schleier! Eure Eltern sind verrückt oder leichtsinnig!« schimpfte eine von ihnen.

Saadia wollte ihr gerade eine scharfe Antwort geben, aber Yamina, die Skandale fürchtete, flehte sie an zu schweigen. Wenn ihre Gruppe den Männern auffiele, würde Tayeb ihr nicht mehr erlauben, an solchen Veranstaltungen teilzunehmen. Sie war bereits so leicht auszumachen mit ihren beiden Ältesten, die sich da wie zwei Fahnen aufgepflanzt hatten! Und alles in allem zog auch Leila es vor, sich hinter verächtlichem Schweigen zu verschanzen. Sie wußte, daß sie und ihre Schwester alle Blicke auf sich zogen. So zuckte sie die Schultern vor diesen zahllosen mißbilligenden Blicken, die an ihrer Unangepaßtheit hängenblieben. Ein paar Minuten später versuchte der Bursche, der hinter ihr stand, es noch einmal. Von ihrem Schweigen oder vom Aufstacheln seiner Gefährten mutig geworden, streckte er seine Hände vor und preßte sie ihr auf die Brust. Mit einem Ruck wehrte sie sie ab und drehte sich zu ihm um:

»Das reicht jetzt! Sonst rufe ich die Polizei!«

»Na los doch«, antwortete er.

Sein Kopf wackelte hin und her, und sein Körper schwankte in einem heiklen Gleichgewicht. Seine Umgebung brach in überhebliches Gelächter aus. Leila drehte sich um und versuchte, sich zu beruhigen. Sie bat einen ihrer kleinen Brüder, Khellil von der Seite der Männer zu holen. Sie wollte weder ein Schauspiel bieten noch die Angriffe dieses Schwachkopfs länger ertragen. Hinter ihr steigerten sich die Jungen immer mehr in ihre Erregung, machten obszöne Bemerkungen und versprachen ihr tausend grausame Vergewaltigungen. Unter dem Druck des wachsenden Lärms schwand Leilas Selbstsicherheit nach und nach. Sie machte noch einen Versuch, sich etwas zu entfernen, aber der Junge hinter ihr gab nicht auf. Er legte ihr erneut eine Hand auf die Brust, mit der anderen kniff er ihr in den Hintern. Sie drehte sich zu ihm um. Noch ehe er sich versah, haute sie ihm in einem Wutanfall kräftig zwei mal rechts und links eine runter und stieß ihm das Knie in den Unterleib. Er fiel in die Arme seiner Gefährten, die ihn packten und vor einem Sturz bewahrten. Schreie nach Blutrache tönten aus der Gruppe.

»*Cahba*! *Cahba*!«

Da Leila einen prompten Vergeltungsschlag fürchtete, nahm sie Bahia bei der Hand, löste sich aus der Gruppe der Frauen und stürmte über den Platz. Ein undeutliches Geschrei von Saadia durchschnitt ihre Panik. Hinter ihnen waren jetzt empörte und drohende Stimmen zu hören. Urplötzlich war der Platz so unermeßlich groß wie die Wüste.

»Haltet sie, laßt sie nicht fort. Ich will sie ficken, diese Nutte! Los, los, Jungs! Der werden wir zeigen, was wir können!«

Die Bande hatte die Verfolgung aufgenommen. Ein vom Lärm herbeigelockter Polizist kam eilends hinzu.

»Bitte, bitte, schützen Sie uns!« flehte Leila.

Aber die Wut war auf Zustimmung gestoßen, und der arme Polizist wurde behindert, geschlagen, zu Boden geworfen. Leila drehte sich im Laufen ständig um. Sie begriff jetzt, daß nichts diese Verrückten aufhalten konnte. Die anfänglich sechs oder sieben waren nun zu einer Menge angewachsen. Eine Meute der sexuellen Misere; sie sperrten ihre Frauen ein, und deren Abwesenheit hungerte sie so sehr aus, daß der Anblick eines einzigen unverschleierten jungen Mädchens eine ganze Horde brünstig machte. Sie litten unter den Entzugserscheinungen. Das unverspritzte alte Sperma, das in ihnen gärte, schäumte an ihren Mundwinkeln. Chauvinistisches, frauenverachtendes Geschrei voll Haß, verzerrte, verkrampfte Schnauzen, die von den fortwährenden Frustrationen so entstellt wurden, bis sie nur noch aus blutrünstiger Roheit bestanden!

In blankem Entsetzen hielt Leila die Hand ihrer Schwester umklammert und lief verzweifelt über den Platz. So feindlich war er wie eine Steppe, in der ein Rudel von Raubtieren sein Unwesen trieb, die einen langen Winter hindurch jedes Wild entbehren mußten. Die Menge hinter ihnen brüllte. Sie liefen und liefen. Ein Ziel, das es zu erreichen galt, der beleuchtete Laden, dort, am anderen Ende des Platzes. Vielleicht eine Insel, ein Hort der Sicherheit in dieser unmenschlichen und entfesselten Nacht. Das Männervolk drängte sich und lachte albern, als sie vorbeiliefen. Einer von ihnen stellte Leila ein Bein. Sie fiel der Länge nach mit dem Bauch auf die Straße und riß Bahia in ihrem Sturz mit. Sie hob den Kopf, um sich den Mann anzuschauen. Er war wohl über vierzig. Ein sadistisches Lächeln verzerrte seine Wolfsschnauze. Normalerweise, mit ruhigen, nicht von Bosheit und Verderbtheit entstellten Gesichtszügen war er vielleicht ein guter Familienvater. Vielleicht standen seine Frau und seine Töchter in einem Schleier der Gleichgültigkeit auf der anderen Seite des Platzes? Sie konnten kein Mitleid, keine Hilfe von diesen Männern erwarten, die anscheinend schon im voraus die Aussicht genossen, daß jemand gelyncht werden sollte. Sie würden dem sogar ein wenig nachhelfen! So wie es gerade der Mann mit dem Hyänenlachen getan hatte. Der Überlebensinstinkt riß sie wie ein Windstoß mit einem kräftigen Schub vom Boden hoch und trieb sie wieder nach vorn. Auf ihrer wilden Flucht hagelte es über ihnen und um sie Geschosse aller Art. Ein Stein traf Leila am Hintern. Er verursachte einen stechenden Schmerz. Das erhellte Schaufensterquadrat war nur noch wenige Meter entfernt. Leila lief weiter, auf das Licht zu.

»Leila, Leila! Schnell, schnell, hierher!«

Es war Ghani, der Photograph. Von weitem hatte er sie schon erkannt. Kaum hatten sie sein Geschäft erreicht, zog er sie schon hinein, ließ sofort die eisernen Rolläden hinunter und schloß den Laden hinter ihnen ab. Dennoch war die Schaufensterscheibe unter den Geschossen bereits in tausend Stücke zersprungen. Vom hinteren Teil des Geschäfts aus hatte Leila Zeit, ein paar kurze Sekunden lang die von Ghanis Verhalten verblüffte Menge zu beobachten. Ein Alptraum: eine Flut eher junger, fratzenhafter und grimmiger männlicher Gesichter, gefräßige und heulende Schakale. Es hagelte weiter Geschosse auf die eisernen Rolläden. Dann waren es Fußtritte. Ghani hing am Telephon und rief das Polizeirevier an. Aber durch das hysterische Geschrei hindurch drang bereits der Klang ferner Sirenen zu ihnen. Leila suchte Bahia mit den Augen; keine von ihnen hatte ein Wort gesagt. Ihre Schwester drückte sich an die Wand und zitterte am ganzen Leibe. Ihre angstgeweiteten runden Augen rollten in alle Richtungen. Ihr Entsetzen war ein weiteres Geschoß, das Leila direkt ins Herz traf. Bahia war fahl, eher aschgrau als weiß. Eine riesige Beule entstellte ihre Stirn, sie wuchs zusehends. Leila ging auf die Schwester zu, nahm sie in die Arme und streichelte ihren Kopf. Bahia schmiegte sich an sie, und ihr ganzer Körper wurde von trockenen, tränenlosen Schluchzern geschüttelt. Rauhe, ungehemmte Laute, die ihre Stimmbänder zu zerkratzen, zu zerreißen drohten. Es war ergreifend zu sehen und sehr schmerzhaft zu hören. Es zehrte an Leilas bereits angeschlagenen und verletzten Gefühlen.

Ghani, selbst vor Panik wie gelähmt, versuchte herauszufinden, was geschehen war. Aber die Mädchen blieben stumm. Polizisten kamen. Sie standen hinter den eisernen Rolläden, die sie vor den Angreifern schützten. Die Rolläden waren jetzt völlig eingedrückt und verbeult. Die Polizisten diskutierten durch sie hindurch mit Ghani. Sie warteten auf Verstärkung, um sie gefahrlos herauszubringen.

Einige Minuten später nahten weitere Sirenen, dann verstummten sie. Nach einem kurzen Augenblick forderten die Polizisten Ghani auf, seine Rolläden hochzuziehen. Er leistete dem Befehl Folge. Drei oder vier Polizisten betraten das Geschäft.

»Was habt ihr getan?« fragte einer von ihnen die Älteste.

»Nichts haben wir getan!«

»Nichts, nichts ... Und all diese wütenden Männer? Da muß doch etwas passiert sein!«

In diesem Augenblick trat der Polizist ein, der versucht hatte, sie zu verteidigen.

»Ich habe alles gesehen«, sagte er. »Laßt sie in Ruhe. Ich werde es euch erklären.«

Er zitterte vor Wut. Sein Gesicht und seine Arme waren von Wunden bedeckt. Er berichtete von der Szene und dem Aufruhr, während er auf und ab ging und zuweilen mit seiner Faust gegen die Wand hämmerte, das ganze unterstrichen von:

»Es sind Wilde! Wir sind immer noch Wilde! Hundert Männer wollen zwei Mädchen steinigen, deren einziges Verschulden es ist, daß sie sich nicht in den Hintern kneifen lassen! Ein schönes Land ist das! Und schöne Sitten! Eine schöne Art, des Ausbruchs der algerischen Revolution zu gedenken! Die Revolution, die richtige, die muß noch gemacht werden!«

Die anderen hörten ihm in mürrischem Schweigen zu. Dann sagte einer von ihnen in barschem Ton zu Leila gewandt:

»Warum habt ihr euch nicht verschleiert?«

»Ich trage nie einen Schleier! Meine Schwester auch nicht.«

»Na, da seht ihr, wie es denen ergeht, die keinen tragen und die Männer herausfordern wollen.«

»Ich werde niemals einen tragen!«

Der Polizist zuckte die Schultern und warf ihr einen geringschätzigen Blick zu. Leila und Bahia verließen den Laden, eingerahmt von den vier Polizisten. Vor der Tür waren Sicherheitsvorkehrungen getroffen worden. Ein Kastenwagen stand drei oder vier Meter entfernt. Von der Ladentür bis zum Fahrzeug bildeten die Polizisten auf beiden Seiten Schutzwälle. Leila und Bahia stürzten mit dem Polizisten, ihrem Zeugen, in den Kastenwagen. Während der Fahrt versuchte er sie aufzurichten. Dann ließ er schäumend seiner eigenen Wut freien Lauf. Leila blieb stumm. Wie betäubt begriff sie noch nicht recht, was ihnen zugestoßen war. Wem sie um Haaresbreite entgangen waren.

Sie kamen zum Polizeirevier. Man führte sie in ein kleines Zimmer. Hinter einem mit Papieren übersäten Schreibtisch durchbohrte sie ein beleibter Mann mit pechschwarzem, dichtem Schnäuzer, der über einem dreifachen Kinn saß, mit finsterem Blick:

»Also, ihr zwei, was habt ihr getan?« brüllte er und blickte die Ältere forschend an.

Leila fand die Sprache wieder und erzählte ihm die ganze Geschichte in wenigen Worten.

»Das scheint mir der Wahrheit zu entsprechen, Kommissar«, sagte einer der Polizisten. »Mahmoud war dabei. Er hat versucht einzugreifen, aber er wurde von der Menge überrannt.«

Der Kommissar stand auf und kam auf sie zu.

»Und das, was ist das?«

Er zeigte auf ihre blutenden Schürfwunden an den Knien und Ellbogen und die dicke Beule, die Bahia auf der Stirn hatte. Leila zuckte die Schultern. Sie wollte nur noch eines: weg von hier, nach

Kénadsa zurückkehren. Der Polizist Mahmoud trat ein und ergänzte ihren Bericht.

»Seid ihr sicher, daß ihr nichts weiter gemacht habt und euch nichts weiter geschehen ist?« fragte der Kommissar skeptisch.

Und ohne eine Antwort abzuwarten, setzte er hinzu:

»Rufen Sie einen Frauenarzt. Das muß nachgeprüft werden. Ich will keine Scherereien im nachhinein haben.«

Da platzte der verärgerten Leila der Kragen:

»Wenn Sie glauben, nachdem ich dieser Meute sexuell Gestörter ausgesetzt war, würde ich jetzt hierbleiben, um noch Ihre sarkastischen Äußerungen und Ihre abgeschmackten fixen Ideen einer mißtrauischen Kupplerin über mich ergehen zu lassen, dann haben Sie sich getäuscht! Ich verlange, daß man sofort meine Eltern ruft. Ich will sofort nach Hause. Ich will niemanden mehr sehen, weder Sie noch jemand anderen!«

Einen Augenblick lang schien der Kommissar zwischen Wut, Gewaltanwendung und Mißachtung zu schwanken. Er entschied sich für letzteres, wandte sich an den Polizisten und sagte:

»Ihre Eltern sind da, sie sollen sie mitnehmen! Diese frechen Dinger, die ganz allein die Welt verändern wollen, bekommen nur das, was sie verdienen.«

Tayeb und Khellil waren da. Sie hatten die Szene ohnmächtig mit angesehen. Khellil meinte mit verzweifelter Miene:

»Es war unser Fehler! Wenn man bedenkt, daß du nicht einmal Lust hattest auszugehen und wir dich dazu genötigt haben ...«

»Ich will zurück nach Kénadsa«, sagte Leila nur.

Tayeb schien wie vor den Kopf geschlagen.

»Morgen vormittag, zu früher Stunde«, stammelte er.

»Ich will jetzt zurück!«

»Aber, meine Tochter, es ist fast zwei Uhr morgens ...«

Er führte seinen Satz nicht zu Ende. Er schaute sie beide an, und seine Augen füllten sich mit Tränen. Er nahm jede in einen Arm, wandte sich ab, um seinen Schmerz zu verbergen, und ging auf das Auto zu.

»Also los. Wir fahren nur noch bei Saadia vorbei, um die Frauen zu beruhigen. Ich werden sie morgen holen.«

Als das Geschrei lauter geworden war, hatte Tayeb und Khellil bei dem grausigen Anblick der zwei jungen Mädchen, die über den Platz gehetzt wurden, ein eisiger Schreck durchfahren. Sie waren in dem Gedränge auf sie zugestürmt. Als sie sahen, wie Ghanis Eisenrolläden hinter ihnen heruntergelassen wurden, liefen sie zu den Frauen. Sie trafen Saadia im Mittelpunkt einer Schlägerei an. Mit ihrem Gürtel in der Hand peitschte sie die Männer, die um sie herum kreisten und sich ihr zu nähern versuchten. Sie brachten sie dort heraus. Yamina und Mounia hatten sich hinter die Arkaden geflüchtet und weinten. Khellil blieb bei ihnen, während Tayeb das Auto holte. Dann fuhren sie alle Frauen zu Saadia.

Tayeb hielt das Auto vor Saadias Haus. Er ließ den Motor laufen und stieg aus. Khellil blieb bei den beiden Mädchen. Sie waren nicht imstande, sich zu rühren. Leila hatte starke Schmerzen in der rechten Gesäßhälfte. Nach wenigen Augenblicken kam ihr Vater in Begleitung der zwei Frauen zurück. Beide wollten nicht bleiben. Saadia hütete alle Kinder. Yamina weinte still, so wie sie es manchmal tat. Tränen der Ohnmacht und Resignation. Zohra hatte ein düsteres und verschlossenes Gesicht.

Während der Fahrt, auf der geraden Straße, die sich am Ende der Scheinwerfer in der Nacht verlor, starb etwas in Leilas Innerstem. Die völlig niedergeschmetterte Bahia war immer noch in sich zusammengesackt, wie in einem Koma. Die Ältere hätte gern geweint, geschrien, aber ihr Schmerz versperrte sich und blieb unangetastet, stumm. Schreie und Tränen gruben sich in ihre Seele und überschwemmten die ausgedörrte Gegenwart mit ihrer tosenden und zerstörerischen Wut. Ein Geysir aus Haß brannte in ihr, überwältigte sie. Ein verzehrender, bis zur Mordlust gehender Haß ließ in ihrem Gedächtnis die Erinnerung an den knatternden, hustenden Geschoßhagel der Bazookas aufflackern. An diese Tiere aus Eisen, die in einem glühenden Zornesausbruch Flammen zu speien schienen. Ein Anfall tödlichen Wahnsinns, der die Düne bluten ließ und den Tod in ihre weiche Flanke grub. Wie gern hätte sie an diesem Abend eine Bazooka gehabt! Sie hätte sie an einer Ecke des Platzes aufgestellt und all diese Wilden, die ein Überschuß an ranzigem Sperma zum Rasen gebracht hatte, mit dem Tod durchsiebt. Doch sie hatte keine Waffe, deshalb tobte sie still. Und ihre Verzweiflung zerstörte nur sie selbst.

Khellil schäumte vor Wut: »Diese Schweinehunde! Diese Saukerle! Wir müssen gegen diese Verrückten Anzeige erstatten.«

Anzeige erstatten, doch gegen wen? Wer waren die sechs oder sieben Jugendlichen, die den Aufruhr ausgelöst hatten? Die Mädchen kannten sie nicht. Anzeige erstatten gegen die hundert Männer, die sie beinahe gelyncht hätten? Gegen eine Menschenmenge, gegen die verletzenden Äußerungen einiger Polizisten?

In Kénadsa legte Yamina Bahia zu Bett und verband ihr die Stirn. Bahia krümmte sich zusammen wie ein Fetus und rührte sich nicht mehr. Sie rollte nur noch ihre angstgeweiteten Augen, die über die Anwesenden und die Wände glitten, als fürchte sie, die entsetzliche Meute könnte wieder auftauchen. Leila war nicht imstande stillzusitzen und lief humpelnd durch das Zimmer. Ihre Mutter packte sie. Sie zwang sie stehenzubleiben und untersuchte ihre Wunde: ein dicker Bluterguß von der Größe einer Apfelsine und eine rote und geschwollene Gesäßhälfte. Beim Verbinden fing Yamina wieder an zu weinen. Das junge Mädchen schob sie sanft weg und lief wieder auf und ab. Weder Weinen noch Schimpfworte konnten sie aus diesem Schmerz, diesem Zorn reißen, der ihre Brust aufwühlte. Wut und Haß hatten ihr Netz gewebt, ihre Seele in der Falle der eigenen Foltern gefangen, zerstörerisch bis in die Stille der dunklen und schmerzgequälten Stunden. Ihr galoppierendes Herz stieß an ihre Rippen. Worauf wartete es, um sich hinauszustürzen, dieses zerrissene Herz? Zumindest der Tod sollte kommen, die einzig mögliche Flucht! Nichts, nichts von alledem kam! Nicht einmal der Schlaf. Sie blieb da, aufgedreht, verkrampft und erstickt.

Plötzlich erhob sich draußen ein gewaltiger Sandsturm. Er grollte in der Ferne, heulte auf halbem Wege und brach los, als er sich auf das Haus stürzte. Seine Sandwellen brandeten an Wände und Fenster, er drückte seine gelbrote Gischt, sein herbes und beißendes Geröchel unter den Türen durch. An diesem Abend führten der Sand und der Wind kein Zwiegespräch. Sie lieferten sich eine furchtbare Schlacht, einen gnadenlosen Kampf mit der Macht zweier Gottheiten, die sich an allen Ausschweifungen berauschten. Ihr Grimm drohte die Fensterläden abzureißen, die Palmen abzuknicken und das Dach abzuheben. Wie eine Springflut, wie ein Orkan richtete der Wind die Düne auf. Der Sand flutete über den Vollmond, verdunkelte nacheinander die Sterne, begrub den Himmel unter Dünen! Dieses tobende Sandmeer wurde zum Echo – die Stimme des inneren Sturms, der in Leila wütete. Ihr Blut pulsierte im Rhythmus des heulenden Windes, lauter, drängender noch an stummen Schreien. Der Wind draußen, der Sturm in ihrem Körper. Und der Zweikampf begann zwischen ihrem Körper und den zwei Elementen des Windes. Es peitschte das jagende Blut, wirbelten die Windböen. Es brannte das Blut in den Adern. Tobte der Sand, das Blut des Windes. Biß, zerfleischte der Bauch. Zuckte die Düne. Blutete das Herz. Ächzte der Wind, die Lunge der Düne. Beim Morgengrauen hatte dieses aufgewühlte und verwirrte Herz seinen Zorn abgelassen, bedeckte ihn mit einem Staub aus Erschöpfung. Es befreite Leila allmählich aus der aufgestauten Spannung von Angst und Wut. Draußen gelang es der Dämmerung nicht, die dichte Luft zu durchbrechen. Der Sandsturm bot eine Nacht am Tage. Eine von gellenden Tönen durchzuckte rote Nacht. Sand auf der Erde, in der Luft und am Himmel! In Leilas Augen, unter der Haut, in den Adern ... bis auf ihrem Herzen, lag das Gewicht der Dünen.

Am nächsten Morgen kam Saadia mit allen Kindern. Auch sie hatte einige blaue Flecke. Sie berichtete über die Gerüchte, die seit dem Vortag kursierten. Man erzählte sich, die Polizisten hätten die Ajalli-Mädchen, die, welche das Gymnasium besuchten, völlig betrunken und in einer eindeutigen Situation an einer Ecke des Platzes mit *Djounoud* auf Urlaub angetroffen. Nachdem man sie auf das Polizeirevier mitgenommen hatte, hätte die gynäkologische Untersuchung ergeben, daß sie keine Jungfrauen mehr seien ... Leila, die oft fasziniert beobachtet hatte, wie ein Gerücht funktionierte, sollte das ganze Gift seiner teuflischen Stiche zu spüren bekommen.

Am Sonntag blies der Wind weiter wie ein Sturm, mit einer Stärke, die für diese Jahreszeit völlig ungewöhnlich war. Er richtete beträchtliche Schäden an, hieß es. »Könnte er doch zu einem Orkan werden und die Stadt zerstören! Könnte er sie unter dem *Erg* begraben oder mich weit von hier wegbringen!« flehte Leila mit unhörbarer Stimme. Sie bewegte sich jetzt nicht einmal mehr. Ihre ganze rechte Gesäßhälfte und ihr rechter Oberschenkel waren eine einzige furchtbare blutunterlaufene Stelle. Bei der geringsten Bewegung hatte sie Schmerzen. Der Dorfarzt schaute auf Khellils Bitte hin bei ihr vorbei. Er zeigte sich erschüttert über die ganze Geschichte. Er erneuerte Bahias Verband und schnitt den großen Bluterguß der Älteren auf. Er stellte ihnen zwei höchst überflüssige ärztliche Atteste aus. Khellil und er sprachen darüber, eine Klage gegen Unbekannt zu erheben. Sie konnte die beiden Mädchen nur noch mehr brandmarken …

Sie tauchten aus dem Sturm auf, die blauen Menschen. Sie tauchten auf wie ein märchenhafter Traum an diesem turbulenten Tag. Und mit leichtem, ruhigem Schritt gingen sie über einen *Reg*, den die hustende Sandwüste versengt hatte. Oh Wunder, sie holten die Oktoberdatteln ab, die Zohra für sie aufbewahrte. Eine barmherzige Verheißung, die der Wind dem verletzten Kind der Dünen schenkte. Der mühsame Schaukeltritt der Kamele im Sturm, der wiegende Gang der indigofarbenen langen *Abayas* zeichneten eine frische und leuchtende Spur, das Orangerot eines Glühwürmchens im undurchdringlichen Dunkel der Verzweiflung.

»*Hanna*, *Hanna*, ich gehe mit ihnen. *Hanna*, ich will mit ihnen gehen!« schrie Leila in den Wind, in einem Aufschrei der Befreiung der Großmutter zu.

»Wir werden mit ihnen gehen, sobald du deine vor so langer Zeit begonnene einsame Wanderung beendet hast. Du wolltest *Tabib* werden … Du bist jetzt allein und weit fort. Du kannst nicht auf halbem Wege stehenbleiben. Vorsicht vor den trügerischen Rastplätzen, vor den ausweglosen Labyrinthen der Gewissensbisse. Bei einer Wanderung zählt nur die Ankunft. Hat man sich selbst und die Hindernisse erst einmal überwunden, ist das Wasser der Oase ein göttlicher Nektar … Dann erst werden wir mit ihnen gehen, auf der blauen Bahn des Friedens.«

Die Kamele ruhten aus, die Zelte blieben verstaut, alle drängten ins Haus und suchten Schutz vor dem Sturm. Gemessene Gesten, rassig-schwarze Blicke, feurige Phantome edlen Trachtens, welches der Städter verloren hatte.

»Ich will mit ihnen gehen, *Hanna*. Wie Bouhaloufa werde ich nur meine Bücher mitnehmen. Ich will mit ihnen gehen, *Hanna*, sonst sterbe ich an den unbeweglichen Menschen.«

»Nein, *Kebdi*, nein. Warte, bis du ihnen deine Medizin geben kannst … Denk doch an meine Geschichten, der Tod lauert ihnen öfter auf als den unbeweglichen Menschen. Und er ist der einzige Landsknecht, der niemandem gehorchen muß, selbst auf den gefährlichsten Wegen … Er triumphiert auf den endlos weiten Horizontalen ohne Zuflucht. Wenn du deine einsame Reise beendet hast, wirst du ihre Leiden heilen können, sie werden dich ihr Wissen über die Wüste lehren. Sie werden dich von deinen Sorgen kurieren, Schritt für Schritt, bis du deine Schmach vergißt.«

Dann wandte sich die Frau mit den dunklen Tätowierungen an die blauen Menschen und berichtete ihnen vom Drama des Vortags. Sie schüttelten traurig den Kopf und sagten: »Die Menschen in den Städten suhlen sich im Schmutz und versinken darin. Die Unabhängigkeit ist zunächst einmal eine Wanderung, bei der die Augen am Horizont und die Füße frei und rein sind.«

»Meine Enkelin wird *Tabib*. Doch zuvor muß sie noch einen langen Marsch hinter sich bringen … Eine fruchtbare Straße in der Dürre der Einsamkeit. Eine Verbindungsstraße zwischen zwei Wegen … Ich hoffe, ich kann sie an der Oase ihrer Ankunft erwarten. Dann werden wir beide uns euch anschließen. Aber meine Straße ist so schadhaft geworden, seit meine Füße sie nicht mehr begehen, seit meine Geschichten sie durchsuchen und aushöhlen, auf der Suche nach Schätzen unter dem Tod der verschütteten Tage … Daher versprecht, meine Freunde, dazusein, um *Kebdi* aufzunehmen, um ihr den Glauben an ihre Vorfahren wiederzugeben, falls ich vielleicht nicht mehr da sein sollte.«

»Deine Worte sind für uns ein Segen, *Cheikha*. Wir werden für sie den Tragsessel einer Königin bereiten. Wir werden wiederkommen und euch beide abholen«, antwortete Tani, der Älteste.

Zohra wandte sich an ihre Enkelin: »Du und ich auf derselben Straße, deine Bücher zusammen mit meinen Geschichten. Wenn nicht, dann du und deine Bücher bei ihnen, und ich wandere dann in deinen Geschichten mit Ahmed dem Weisen und Bouhaloufa, an Orten ohne Haß und Ketten.«

Draußen bekam das Tosen des Windes plötzlich Triller aus einer Vielzahl *Youyous*: Das Aufsteigen von Zugvögeln, das Lichtblicke in der gelben, herben Wut des Himmels öffnete.

Erzähle mir vom Land der Menschen

Es war ein Tag, da die Palmen gerade erst durch blitzartige, von einer strahlenden Sonne schnell verdrängte kleine Schauer von ihrem alten Staub reingewaschen worden waren und wieder glänzend, fast phosphoreszierend grün wurden. Um diese Gunst des Himmels zu feiern, um den Regen zu feiern, hatten sie ihre Datteln hervorgebracht, Trauben aus winzigen Jadeperlen an langen, goldenen Stielen, Paradeschmuck des Himmels. Während die Sonne in ihrer Arroganz nachließ, ihre restliche Glut in die Schranken wies und wohltuend warm wurde. Welch ein Betrug! Während die Düne ihr safrangelbes Kleid gegen einen orange schimmernden Samt eintauschte und das Funkeln ihrer ockerfarbenen und weißen Felsen mit einem gleißenden Glanz berauschte. Höchst verführerisch. Während die trockene und ausgedorrte Erde sich selbst übertraf. In wenigen Tagen tupfte sie hie und da über die versengt scheinenden Büschel übermütig ein wenig Grün, einen Klecks Weiß, einen Hauch Gelb. Phantastische Farben. Während die Luft die betäubenden Düfte der wenigen blühenden Kräuter verströmte. Kinder des Regens. Während die Erde, die Luft, die Palme und die Düne beschlossen hatten, sich in ungewohnt verschwenderischer Fülle einen kleinen Frühling zu leisten. Ein verbotenes Vergnügen. Während die Natur ein Fest feierte, entschlief Zohra sanft und lautlos. Ihre linke Hand in Leilas zitternden Händen, ihre Rechte in den flehenden des Sohnes, schaute sie die beiden lange und ernst an. Dann schloß sie würdevoll und ruhig die Augen, ohne etwas zu sagen. Die letzte Nomadin war soeben gestorben.

Am Vorabend, einem Samstag, war ihr Blick nur etwas müde gewesen. Sie ließ die anderen allein und sagte: »Ich werde mich hinlegen. Ich esse heute abend nichts.«

Am nächsten Morgen rief sie beim Erwachen ihre Schwiegertochter: »Yamina, meine Tochter, komm, setz dich dorthin und verzeih mir meine Übergriffe.«

Nachdem die Frau ihr mit vor Rührung versagender Stimme Vergebung gewährt hatte, setzte Zohra hinzu:

»Ich glaube, ich werde sterben. Mein einziger Schatz sind die etwa dreißig Louisdor, die in meinem Webgürtel versteckt sind. Die eine Hälfte soll Leila zufallen. Die andere ist für meine Tochter Fatna. Dir gebe ich meinen Segen. Er ist weit mehr wert als alles Vergängliche im Leben. Ruft Khellil an! Er soll schnell kommen! Aber ich glaube, er wird zu spät eintreffen. Sag ihm, daß ich auch ihn segne. Jetzt wecke Leila und Tayeb. Ich will sie sehen, bevor ich gehe.«

Als Leila, erschüttert von der Nachricht, herbeieilte, sprach Zohra schon nicht mehr. Leila hatte gerade noch Zeit, einen Fingerdruck, einen scharf aufblitzenden Blick und eine stumme Botschaft zu erhalten. Als hätte ihr letzter Atem nur darauf gewartet, hauchte Zohra ihn dann über ihrer letzten Ermahnung aus. Oh, dieses Schuldgefühl, sich seit langen Monaten in den Wirren einer aufsässigen und gequälten Jugend weit von ihr entfernt zu haben! Als Leila an jenem Tag sah, wie Zohras kleiner Körper, nur in ein weißes Tuch gehüllt, mit seinen unveränderlichen Tätowierungen als einziger Schminke zu diesem beängstigenden Unbekannten aufbrach, wurde ihr plötzlich klar, was sie verlor: eine Kindheit, geprägt von Zohras Geschichten und Erzählungen, die ihre Erinnerung entflammten und mit Träumen erfüllten, vor allem eine Frau, die Leila abgöttisch liebte. Wie eine Schlafwandlerin setzte sie sich noch einmal über Verbotenes hinweg und folgte ihrem Sarg. Die Frauen gingen nie zu den Beerdigungen. Außer zu ihrer eigenen natürlich. Während der Trauerzug voranschritt, wanderten ihre Gedanken. Sie ließen sie leer, wie seelenlos zurück und durchstöberten dieses nüchterne Grab. Wie konnte man eine Nomadin in ein so kleines Loch hineinlegen, unter ein paar Schaufeln Sand, mit einem weißen Laken als einzigem Schutz? Wie brachte man eine Beduinin mit dem unbezwingbaren Verlangen zu wandern dazu, sich nicht mehr zu bewegen? Wie konnte man die Erinnerung der Nomaden begraben? Wozu das mühselige Leben, sei es nun immerwährendes Wandern bis zur Besessenheit, bis zum Wahnsinn, bis zum Nichts, oder fatalistische Unbeweglichkeit bis zur Gedankenwüste? Wozu das zermürbende Leben, wenn sein Ziel nicht einmal eine Oase war, sondern ein ausgetrocknetes kleines Loch und das Kruzifix der Augen in den Klauen der Sandwüste?

Über Wochen hinweg saß Leila oft lange Zeit am Grab, das durch einen hellbraunen Stein der Barga gekennzeichnet war. Mit gepeinigter Seele und tränenüberströmtem Gesicht erzählte sie diesem kleinen Sandhaufen von dem schwarzen Abgrund, den der Weggang der Großmutter in ihre leere Einsamkeit grub. Dann, eines Morgens, wechselte sie den Platz und wählte den gegenüberliegenden Stein. So brauchte sie nicht einmal aufzublicken, dort war die Barga und bot den Gräbern, die schutzsuchend zu ihr hinaufstiegen, ihren mütterlichen Schoß. Sie bedeckte sie mit einer dünnen Sandschicht wie mit einem beschirmenden Flügel. Sie waren fortan ein Teil von ihr und ihrer wohlgesonnenen Ewigkeit ... Doch dort, im Sand, ein Schritt, zwei Schritte, führte eine feine und schwache Spur den Gipfel hinauf. Ein Schritt, zwei Schritte, war es nicht Zohra, die endlich aufgebrochen war, um wieder ihren Weg zu beschreiten: »und ich wandere dann in deinen Geschichten mit Ahmed dem Weisen und Bouhaloufa ...«? Über Leilas Gesicht huschte ein zärtliches und verlorenes Lächeln.

Auf dem Rückweg hatten die Datteln eine Honigfarbe angenommen, und ihre Stiele bogen sich unter der Last der schweren Trauben. Die ernüchterte Erde war nicht mehr im Rausch. Sie war nun ungeschminkt.

Das Gymnasium, ein lang erduldetes Martyrium. Das schmutzige und gierige Gerede war voll entflammt. Und wenn Leila den Rükken kehrte, durchsiebte sie der Schrothagel seiner Worte. Das Gymnasium – von allen Übeln befallene Einsamkeit ...

Die Arabisierung – um genauer zu sein, die Islamisierung – ging zügig voran. Der Regierungsbeschluß, die Grundschule völlig zu arabisieren, beschleunigte die Katastrophe noch. Welch bittere Unabhängigkeit, wo ganze Scharen von Kindern dem fundamentalistischen Fanatismus preisgegeben wurden. Laizismus? Gottloser Schmutz! Als Faschisten, die das religiöse Dogma bis zum Äußersten trieben, bedienten sich die Fundamentalisten des Korans, dieses Meisterwerks der Literatur, um die arabische Sprache schon in der Grundschule zu vernichten. Denn mochten die Schüler die Koranverse auch auswendig aufsagen, sie wußten nichts über ihre Sprache, die Schönheit arabischer Poesie, deren reiche Grammatik. Sie trugen bereits Scheuklappen. Diese Teufel schwenkten den toleranten Koran als Waffe ihrer Maßlosigkeit, die dem Geist jede Aufgeschlossenheit, jedes kämpferische Zweifeln, jedes sprühende Denken verbot. Sie legten ihn in die Ketten eines dumpfen Gehorsams ohne Fluchtmöglichkeit und Aussicht auf Gegenwehr. Diese Wahnsinnigen aus kleinen Moscheen ohne Format, zu eng für ihr besessenes Eifern, zogen jetzt einen ganzen Schwarm verblendeter kleiner Jungen hinter sich her. Ihre kleinen Verehrer hingen mit devotem Blick an ihnen. Die anderen dahinter, die leider viel weniger zahlreich, uneins und aufsässiger waren, mokierten sich über dieses groteske Verhalten. Manchmal gab es Schlägereien zwischen den Jungen, die der alles verschlingenden Sache ergeben waren, und denen, die über sie spotteten. Es war bereits das erste Knistern des zerstörerischen Feuers des Fundamentalismus.

Dieser lautstarke und rücksichtslose Wunsch nach »Rückkehr zu den Ursprüngen« war eine Entwicklung hin zur Abschottung, eine Seuche der Unbeweglichkeit, Leila gab sich da keiner Täuschung hin. Dieser übersteigerte und bedrohliche Islam stand dem festen, aber vernunftbestimmten und vor allem nicht fordernden Glauben der Ihren derart fern. Eine neue Kolonisation, die ebenso grauenhaft wie die vorhergehende und vielleicht durch trügerische Heuchelei und ihr harmloses Erscheinungsbild noch gefährlicher war, erfaßte das Land. Die Religion, der Vampir, der von allem Elend lebt, hatte Algerien am Ende des Krieges in seine Gewalt bekommen, noch bevor es sich von seinem langen französischen Fieber wieder erholt hatte.

Seit zwei Jahren war Leila Internatslehrerin. Die nächste Universität war in Oran, fast achthundert Kilometer von ihnen entfernt. Und der Mangel an qualifiziertem Personal in der Stadt hatte zur Folge, daß die Stellen von Hilfslehrkräften, die das neueröffnete Internat benötigte, an die Ober- und Unterprimaner vergeben wurden. Auch hier war Leila das einzige Mädchen unter etwa zehn Internatslehrern. Ihr Gehalt? Höher als das ihres Vaters, das viele

Kindergeld nicht mitgerechnet. Dieses Geld, das sie ihm fast vollständig aushändigte, verlieh ihr eine neue Macht, hob sie über die letzten Verbote ihres Vaters hinweg. Zudem war es auch für Khellil eine Erleichterung, denn er hatte jetzt eine große Familie. Die finanzielle Unabhängigkeit stärkte Leila nicht nur in der Durchsetzung ihrer Rechte, sondern gab ihr außerdem während dieser bitteren langen Jahre einen süßen Vorgeschmack auf die Freiheit. So kapitulierte Tayeb schließlich vor ihrem hartnäckigen Wunsch, im nächsten Sommer zu verreisen, und rang sich mürrisch zu einer Erlaubnis durch. Diese Stelle hatte nicht zuletzt noch einen weiteren, nicht unwesentlichen Vorteil: sie ersparte ihr die vier täglichen Fahrten und die bissigen Bemerkungen, die sie begleiteten …

Die Internatsjahre. Ruhige, aber von Langeweile zerfressene Jahre. So zählte sie mit bohrender Ungeduld die Frühlinge, das heißt die Sandstürme. Der Wind fegte über ihre Verzweiflung. Verzweiflung war in ihr und um sie herum. Auch die Wüste war Teil ihrer Verzweiflung geworden. Sie haßte sie, diese Hölle, wo der Frühling nichts als beißenden Staubgeruch hinterließ und nur als Sandsturm erblühte. Er kam von fern, der Wind, in roten und tosenden Spiralen. Ein Hochwasser aus Sand überschwemmte die Luft. Er bedeckte zornig den Himmel. Er biß knirschend in die Erde. Er kratzte und schabte grollend an der Düne. Er durchsiebte, zernagte, zerfraß wütend die kleinen Steine des *Reg*. Er scharrte über die *Hamadas*. Er setzte den gefährlich schwankenden Palmen zu. Er peitschte die Häuser, umschlang sie mit hysterischen langen Armen. Er zerrte am Schilfrohr, das wirr wie das Haar eines Besessenen war. So verkroch man sich und lauschte ihm. Man konnte nichts anderes tun. Man hatte den Kopf voll von diesem Wind und dem Toben des Sandes im Wind. Wüste, Brutofen eines entsetzlichen Wahnsinns, der bald vor Sonnenglut tobte, bald dem Wind sein undeutliches, heulendes Geröchel einhauchte, bald die schwere Presse der Stille bediente.

Nach einem kurzen Gastspiel in der Partei – eine kleine Handvoll Frauen von der Einstellung ihrer Mutter, die von einer erdrückenden männlichen Mehrheit am Gängelband geführt und mundtot gemacht wurden, wobei ihr Vater noch als eingefleischter Progressiver galt – wurde Leila klar, daß von solch einer in überholtem Traditionalismus erstarrten Kaste, welche die Unbeweglichkeit und ein sich selbst beweihräucherndes Maulheldentum verherrlichte, keinerlei Hilfe, kein Impuls ausgehen würde, um die Stellung der Frau zu verbessern.

Zwei oder drei Tage vor dem Eintritt in die Oberprima wurde Leila zum Direktor gerufen. Sie war schon so an seine Mahnungen, an die Zurechtweisungen gewöhnt, daß sie keinerlei Wirkung mehr auf sie ausübten.

»Leila, dies ist vielleicht Ihr letztes Jahr auf dem Gymnasium. Sie sind jetzt seit drei Jahren Hilfslehrerin. Anscheinend besitzen Sie Autorität. Beim Lernen waren Sie immer eine der Fleißigsten. Ich habe Sie auch oft dabei beobachtet, wie Sie den Schülern bei den Hausaufgaben geholfen haben. All das gereicht Ihnen zur Ehre. Aber wir vertrauen Ihnen auch Mädchen an. Von Ihrem Verhalten, von Ihrem Ruf am Gymnasium und außerhalb der Schule hängt der Ruf dieser Mädchen und unseres Instituts ab. Nun, in dieser Hinsicht lassen Sie einiges zu wünschen übrig. Und das ist noch milde ausgedrückt. Sie laufen überall in Hosen herum! Und dabei sollten Sie doch mit gutem Beispiel vorangehen. Schlimmer noch, Sie lassen sich regelmäßig mit Entwicklungshelfern sehen. Das schadet Ihnen ungemein. Es ist meine Pflicht, Sie zu warnen!«

Sie versuchte, ihm klarzumachen, daß diese Entwicklungshelfer ihre Lehrer waren. Es waren alles Pädagogen. Der algerische Staat erachtete sie als würdig genug, um ihnen die Erziehung und Ausbildung Tausender von Schülern anzuvertrauen. Sie sah nicht ein, warum sie sich schämen sollte, weil sie außerhalb der Schule mit ihnen Umgang pflegte. Sie tat nichts, was von »der Moral« verdammt werden könnte.

»Es sind sehr fähige und vertrauenswürdige Leute. Hier liegt nicht das Problem! Aber wenn Sie sich mit ihnen zeigen, heißt das, Sie machen sich ihre Lebensweise zu eigen. Wir sind nicht verpflichtet, weiterhin alles pauschal von ihnen zu übernehmen. Sie sind intelligent genug, um eine Auswahl zu treffen. Auf keinen Fall dürfen Sie den Eindruck erwecken, daß Sie die Regeln in den Wind schlagen, die uns der Islam, unsere Religion, für unser Leben auferlegt!«

Da war es wieder, immer die alte Leier, immer derselbe Deckmantel, unter dem sich die rückständigen Ideen verbargen! Was hätte sie darum gegeben, ihm antworten zu können, daß sie alle Formen der Unterdrückung und Knebelung verabscheute, gleichgültig, ob die Moral oder die Religion mit Argusaugen darüber wachte! Aber sie wußte, welche Konsequenzen eine solche Entgegnung für sie haben konnte. So entschied sie sich wie immer dafür zu schweigen und ließ ihm das Vergnügen, sie noch einmal abzukanzeln.

Das Klima im Internat und am Gymnasium allgemein verschlechterte sich: borniertes Verhalten, zwischenmenschliche Konflikte ... Die Feindseligkeit des Schuldirektors und des Aufsichtslehrers, die zu fanatischen Fundamentalisten geworden waren, zog ihre Schlinge noch enger um Leila. Zum Glück gab es ihre Lehrer und den Assistenten des Direktors, einen gemäßigten Mann, die sie verteidigten. Dieses Internat, das eine Zuflucht gewesen war, in die sie sich zurückgezogen hatte, verwandelte sich nun selbst in eine tägliche Hölle. So kümmerten sich die Lehrer noch ein wenig mehr um sie. »Nur ruhig Blut, brich jetzt bloß nicht zusammen. Du hast nur noch wenige Monate an diesem höllischen Ort zu leben!« redete man ihr zu. Seit zwei Jahren war da ein junger Lehrer, der sich oft mit ihr unterhielt und sie ermutigte. Er machte es sich sogar zur Gewohnheit, mit ihr im Gymnasium zu Mittag zu essen. Bald war seine Freundschaft ein Bollwerk gegen die ständigen Schikanen.

»Nur Mut, kleine Gazelle, bald hast du das Gymnasium hinter dir. Dann kannst du endlich auf und davon, bist frei und weit weg von diesem Sumpf«, sagte er zu ihr.

Er war schön. Seine Haare waren golden wie die Datteln im Juli, seine Augen glänzend wie die Palmwedel des stolzen Baumes nach dem Lack des Regens. Und diese männliche Zuneigung goß einen unbekannten Nektar auf ihre dürstende Einsamkeit. Eine Liebe war geboren. Sie war so groß, daß sie beiden unheimlich war. Sie hatten Angst vor ihr und gestanden sie sich nicht ein. Sie hatten auch Angst vor den anderen. Sie hatten Angst vor diesem Klima der Intoleranz, vor all dem Haß, der die Gesichter verschloß. Und diese so grenzenlose und so zerbrechliche, weil übergroße Liebe war von so vielen Beilen und Feuern bedroht, hatte so viele Feinde, die ihr auflauerten. Sie mußten sich klug und wachsam verhalten, damit Leila nicht das Rückgrat gebrochen wurde. In wenigen Monaten würde sie einen Passierschein besitzen, ihr Abitur. So mußte ihre Liebe trotz ihrer Leidenschaft Geduld und Weisheit üben, warten … Anderswo, weit weg, unerreichbar für die Intoleranz, sollte sie blühen … Sie aßen gemeinsam mittags im Gymnasium. Sie sahen sich manchmal im Kulturzentrum, dann brachte er sie ins Gymnasium zurück. Eines Tages verkündete er ihr überglücklich: »Ich muß dir etwas Wichtiges mitteilen! Ich hatte mich letzten Sommer um eine Stelle als Assistent an der naturwissenschaftlichen Fakultät von Oran beworben. Sie ist mir bewilligt worden, unter der Bedingung, daß mich die Schulbehörde von Béchar freistellt. Ich habe den Schulrat aufgesucht, einen sehr netten Mann, er hatte nichts dagegen. Er hat mich lediglich gebeten, zum Ende des Schuljahres einen schriftlichen Antrag bei ihm einzureichen. Du wirst sehen, wir werden frei und glücklich sein. Bis dahin müssen wir jeden unserer Schritte genau bedenken. Du hast schon jetzt genug Probleme. Ich will dir keine weiteren schaffen.«

Doch im Lauf der Tage und Monate verschlechterte sich die Lage. Leila erhielt im Gymnasium oft anonyme Droh- und Schmähbriefe. Sie hatte den Verdacht, daß eine böswillige Gruppe im Internat etwas damit zu tun hatte. Sie war sicher, daß der Aufsichtslehrer, der sie schikanierte und mit dem sie sich oft stritt, diese Flut obszöner Briefe förderte. Sie erfuhr nie, wie sie herausbekamen, daß Paul für das nächste Jahr eine Stelle an der Fakultät von Oran hatte. Es hieß, das tue er für sie, und so einfach ginge das nicht. So wurden wie immer die Verleumdungen größer und größer, schwerer und schwerer, und ihr Bannstrahl traf sie einen Monat vor dem Abitur. Paul wurde zum Oberschulrat gerufen, der ihm mitteilte, daß er von seiner Tätigkeit am Gymnasium von Béchar suspendiert sei. Leila mußte im Büro des Direktors einen seiner bemerkenswerten hysterischen Anfälle über sich ergehen lassen. Sie war ein Mädchen, »das des Vertrauens nicht würdig war«. Er versuchte, ihr in der Lehrerkonferenz einen Verweis wegen schlechter Führung zu erteilen. Die Lehrer, die den wahren Sachverhalt kannten, weigerten sich einstimmig. Das machte die Verwaltung noch wütender. Man ließ ihren Vater kommen, um ihn um Hilfe zu bitten. Man müsse sie »an die Kandare nehmen« … Leila fühlte, wie ihre Kraft durch dieses Unrecht, dem sie schon so lange ausgesetzt war, gebrochen wurde. Sie konnte den Druck, die belastende, manchmal ständige Ablehnung für Taten, die sie nicht einmal begangen hatte, nicht länger ertragen. Ihre Liebe verdorrte, noch bevor sie erblüht war. Paul kam, um sich von ihr zu verabschieden:

»Kommst du nächstes Jahr zu mir nach Frankreich nach?«

Sie wußte es nicht, wußte es nicht mehr! Sie war zusammengebrochen, ohne jeden Willen. Diese enttäuschte erste Liebe riß man ihr aus dem erst knospenden Herzen, um wieder die Verzweiflung auszusäen. Sie küßte ihn und lief fort. Sie flüchtete zu Saadia. Sie erzählte ihr alles. Saadia tröstete sie, kochte ihr Tee und sprach ihr lange sanft zu. Sie sagte ihr, sie solle es sich gut überlegen. Sie sei noch zu jung, um ins Ausland zu gehen. Das Leben in der westlichen Welt dürfte für eine Ausländerin nicht einfach sein, und »die Liebe ist eine große Nomadin«. Leila sei auf einem richtigen Weg, sie dürfe auf keinen Fall aufgeben. Ihr wichtigstes Ziel müsse sein, ihre Ausbildung zu beenden und sich eine Position zu schaffen, mit der sie sich in jeder Gesellschaft, hier oder anderswo, durchsetzen könne. Dann erst wäre sie frei zu gehen, wohin sie wolle, zu lieben, wen sie wolle. Und »die Liebe ist wie die Nomaden, sie kennt keine Grenzen«! Der Weg, die Wanderung … Saadias Stimme wurde zu der ihrer Großmutter. » … du bist allein und auf deinem eigenen Weg schon zu weit fortgeschritten. Du mußt deinen einsamen Marsch zu Ende bringen. Du mußt ankommen. Bei einer Wanderung zählt nur die Ankunft …« Der seit so langer Zeit ungenannte Name Vergne unterbrach auf einmal den Gang von Leilas Erinnerung, die zu ihrer Großmutter gewandert war. Saadia sprach zum ersten Mal über ihre Liebe zu ihm. Vergne, einziger Mann ihres Lebens, geopfert der Unabhängigkeit, der Achtung ihrer Familie und ihrer Volksgemeinschaft, der absurden und selbstsüchtigen »Moral«, die eine solche Entsagung nicht wert sei.

»Hätte ich deine Bildung besessen, wäre ich vielleicht fortgegangen. Aber ich bin Analphabetin. Hier war ich sein ganzer Stolz. Ich wollte dort nicht sein Schandfleck sein.«

Man hatte immer den Verdacht, die Vermutung gehegt, daß zwischen ihr und Vergne eine Gefühlsbindung bestand, die stärker als Freundschaft war. Aber es hatte darüber nie Gewißheit gegeben. Nur Estelle und vielleicht Zohra wußten es. Leila war durch diese Enthüllungen erschüttert. Sie erinnerte sich an den lange, lange Zeit schmerzlichen Blick der Frau. Jetzt war er nicht mehr da. Geblieben war nur eine herbe Falte in ihren Mundwinkeln. Saadia stand auf. Sie ging in ihr Schlafzimmer und kam mit einem verschlossenen Koffer zurück. Sie stellte ihn vor ihre Nichte hin und öffnete ihn. Wieviele sorgsam gebündelte Briefe lagen darin? Hundert? Mehr? Alle waren noch verschlossen. Keiner war geöffnet worden. Sie kamen alle aus Frankreich. Die junge Frau schaute ihre Tante mit verblüfften Augen an.

»Das sind seine Briefe. Sie kommen bei mir an, und ich bewahre sie hier auf. Ich habe nicht einen geöffnet. Mir ist es lieber, nichts zu wissen, um weniger zu leiden, um Vergessen zu finden. Ich habe ihm nur einen Brief geschickt: ich bat ihn, im Namen unserer Liebe und von allem, was uns verband, nie zu versuchen, mich wiederzusehen. Lange Zeit hatte ich Angst, er würde zurückkommen. Jetzt bin ich endlich zur Ruhe gekommen.«

»Aber hast du wirklich nie das Verlangen gehabt zu erfahren, was er dir sagen wollte?«

»Ich ahnte, was er mir sagen könnte. Mir war es lieber, nicht darüber nachzudenken. Wäre ich des Lesens mächtig, ich hätte vielleicht nicht widerstehen können. Aber du siehst, der Analphabetismus, der mich ins Unglück stürzte, half mir, an meinen ersten Entscheidungen festzuhalten.«

Das Mädchen schaute fasziniert auf die Kuverts. Einen Augenblick sann es über die Briefflut nach, die Saadias sturer Wille aufgehalten hatte. All diese Tauben, die weißen Boten, die mit ihren totgeborenen Sendungen in diesem Metallsarg eingesperrt waren …

Tayeb war hin- und hergerissen. Die Verzweiflung, die er zuweilen auf dem Gesicht seiner Tochter las, brachte ihn aus der Fassung. Er war jetzt vielleicht die Person, die ihr nach Saadia am nächsten stand. Um sich zu trösten, redete Tayeb sich ein, seine Tochter würde bei ihrer Intelligenz und Entschlossenheit eines Tages eine bedeutende, sehr bedeutende Position innehaben. Das wäre dann seine persönliche Rache für all die Gerüchte, die »seine Ehre befleckten« und die er zu verdrängen versuchte.

Abitur, Abgabe leerer Blätter, Amnesie der Gegenwart, die Sehnsucht nach der Zukunft verloren, der Kopf mit völliger Leere angefüllt, Gleichgültigkeit ins Herz gesenkt. Abitur, Prüfung ohne Bammel, aber völlig blamabel. Wut und Schmerz, so stark, betäubten, lähmten Leila. *Hanna, Hanna*, es gelang den unbeweglichen Menschen, sie mit den Ketten ihrer Rückständigkeit zu fesseln. *Hanna*, wie kann man auf einem verminten Pfad vorwärtskommen? *Hanna*, ihr Weg traf auf keine Oase, auf keine Menschen, die wandern. Er führte ins einsame und dürre Nichts.

Höllisches Jahr, völlig desillusionierendes Jahr. Düstere Tage, von der Moral gegeißelt, von fundamentalistischen Sermonen gepeinigt. Häßliches Jahr, Verhöre und Verurteilungen ohne Unterlaß. Ein Jahr, in dem selbst das Atmen nicht mehr als ein mühsames Japsen war, in dem sich jeder eingesogene Lufthauch als gleichsam gestohlen erwies und in der Nase einen ranzigen Geruch hinterließ.

Das bestandene Abitur im darauffolgenden Jahr ließ einen schalen Geschmack in ihrem Mund aufkommen. Und das Papier, das man ihr aushändigte, erfüllte sie mit Hohn: so viel Leid für ein noch größeres Gefängnis! Denn Illusionen machte sie sich keine mehr: dieses Papier da war nur ein Köder, ein Passierschein nach Nirgendwo, so sehr schien der Horizont verbaut zu sein.

Sie sah sie von sehr weit kommen, die blauen Menschen. Sie entdeckte sie, als sie noch nicht mehr als ein dunkler Fleck waren, der in einer Staubwolke trieb. Nach langer Abwesenheit kamen sie zur Wüste ihrer Augen zurück und rissen ihre Gedanken aus den abgrundtiefen Alpträumen. Waren sie real, oder waren sie nur ein Wachwerden, ein Aufblitzen ihrer Erinnerung? Die Worte Zohras, die auf der blauen Bahn der Ruhe wanderte? ... Seit Jahren waren sie ein Licht, das ab und zu am Horizont erschien, sie überstrahlten seine verkrustete Dürre und zogen schnell wieder weiter, als wollten sie der Gefahr entgehen, von Unbeweglichkeit angesteckt zu werden. Indigofarbene Linie, die als Gerade den geschlossenen Kreis ihres Lebens tangierte. Sie tauchten aus dem Azur der Träume auf, hielten ihr eine Fata Morgana vor die Augen und setzten ihre Bahn in die grenzenlose Weite fort, während sich die bohrende Verzweiflung unermeßlich tief in ihren Kopf grub.

Ihr Erscheinen ließ Zohras Abwesenheit wieder wach werden, die wie ein offenes Brandmal schmerzte, dort, wo die Großmutter ihr fehlte. Sie kamen. Sie hielten. Sie suchten sie mit den Augen. Sie war nicht mehr da. Sie würde nie mehr da sein. Nie mehr? Plötzlich wurde einem die Bedeutung der Worte bewußt. Die Bedeutung, die so wichtig für Zohra war und die sie genoß. Sie, die ihre Worte nicht zählte, sondern abtastete, befühlte. Ein Nie Mehr war hier furchtbar, entsetzlich. Ein Wort, das auf die sterbende Zeit blutete. Sie sagten nichts, die blauen Männer und Frauen. In Stille bauten sie eilig ihre Zelte auf. Dann gingen sie mit ihren flinken und festen Schritten auf den Friedhof zu. Leila lief an ihrer Spitze. Sie setzten sich stumm um ihr Grab. Sie schauten sich nicht an. Aber in ihren Blicken lag die Eindringlichkeit der Augen Zohras und dieses anderen Blicks, dem Blick im Licht, in dem jetzt auch Zohra wohnte. Und wenn an jenem Tage das Licht in Leilas Augen schmerzte, dann, weil eine quälende Erinnerung in ihr brannte.

Abends aßen sie alle gemeinsam *Couscous*. Dann sagten die blauen Menschen, sie wollten für die große *Cheikha* Zohra beten. Sie beteten lange. Sie sagten auch, daß sie wahrscheinlich sehr lange nicht mehr hier vorbeikommen würden. Wenn sie bis jetzt diesen großen Umweg gemacht hatten, dann, um Zohra ihr Wandern darzubringen. Jetzt reiste sie mit ihnen, in zärtlicher Erinnerung bewahrt. Ihre Märsche wurden wieder gefährlich. Verschiedene Regierungen vertrieben ihre Herden und behaupteten, in »ihrer Wüste« Grenzen ziehen zu können. Welch ein Unsinn! Der algerische Staat schrieb ihnen vor, ihre Kinder in die Schule zu schicken. »Wir brauchen die Schrift nicht. Wenn es für den Staat notwendig ist, dann soll er uns doch Lehrer schicken, die mit uns als Nomaden leben!«

»Kommst du dann sowohl für die Medizin als auch für die Schule?« fragte *Cheikh* Tani Leila.

Sie nickte lediglich mit zugeschnürter Kehle. Sie lächelten. Sie verlor sich in Gedanken.

Würde sie sich ihnen eines Tages anschließen? Bedeutete, sich ihnen anzuschließen, eine Wanderung oder eine Flucht? Gab es für sie nur eine Zukunft in Zohras Vergangenheit? Gab es für sie nur einen Weg auf den alten Spuren ihrer Vorfahren? Die Tatsache, daß man sich ihren Träumen ständig in den Weg stellte, die Erkenntnis, eine erstickte Zukunft zu haben, hatten zur Folge, daß sie sich in das Licht eines überlieferten Gedankengutes zurückzog. Allerdings nahmen bei ihrer Abstammung, auf die sie sich am stärksten berief, Bouhaloufa und Saadia einen bevorzugten Platz ein. Und die hatten keine Sehnsucht nach dem Nomadenleben, denn sie hatten aus den Wechselfällen ihres Lebens eine siegreiche und strahlende Wanderung gemacht. Zohra aber hatte nicht gewählt. Sie war Opfer einer Seuche: der Unbeweglichkeit. So waren ihre Erzählungen ihr Mittel zum Überleben. War auch ihr Körper gefangen, sie wanderte in den Worten, mit Worten, die ihre Vergangenheit und die Zukunft ihrer Enkeltochter verquickten. Sie symbolisierte das freie Sprechen und die Toleranz, Bouhaloufa und Saadia verkörperten es bis in ihr tiefstes Inneres. Leila hatte ihren eigenen Weg zu finden. Sie würde eine Einzelgängerin sein. Sie wußte es.

Sie standen auf, und nach einem kurzen »*Salem*« nahmen sie ihren Marsch wieder auf. Stumm, mit schmerzlichem Blick, schaute Leila ihnen nach, wie sie sich entfernten. Schon schienen die schlanken Körper unwirklich, verschwommen in ihrem Lichtkreis aus Staub. Und als die blauen *Abayas* am Horizont entschwanden, sollten in den indigofarbenen Fata Morganas auch die jugendlichen Fluchtpläne in Rauch aufgehen.

Aber sollen sie doch Gesetze und Schranken aufstellen, die unbeweglichen Menschen! Die blauen Menschen werden sie immer zu umgehen wissen und Wege einschlagen, die nur ihnen bekannt sind. Ihr Komplize, der Sandsturm, wird schnell jede Spur hinter ihnen auslöschen. Dann wird er ihnen fern vom Städter, von seinen Ketten und Prahlereien, den himmlischen Blick und die schwere Blume des Schweigens der Götter schenken.

Die Universität? Da wäre so viel zu erzählen, *Hanna*. So viele hübsche Geschichten und große Dramen und das Wüten der immer bösartigeren fundamentalistischen Seuche. Eine Geißel, ähnlich dieser Krankheit, der Unbeweglichkeit, die deine Nomaden dezimierte und dich ansteckte, *Hanna*, und dein Wandern in der Blüte des Sommers vor Kälte erstarren ließ. Die Universität? Eine Freiheit, die sich in der Umklammerung einer furchtbaren Zange wand, *Hanna*. Ein Campus, abgeriegelt von den Schergen des Parteigesindels … Eine heißblütige Jugend im Ringen mit dem engen Raster der Tage. Eine Jugend nach dem Bild deines Alters, *Hanna*, sie war nur frei im überwachten Sprechen und in gehetzten Hoffnungen.

Doch die Universität? Zumindest genoß Leila dort zu Beginn ein paar friedliche Momente. Frieden ja, nur Frieden, denn die Freiheit schien von dieser Erde verbannt zu sein. Diese Ruhe fand sie in den weitläufigen Grünanlagen, einer Art Niemandsland, das die Universität von den Außenbezirken, von der ausufernden Stadt abschnitt. Und zu sehen, wie das Grün um sie herum erwachte, war für ihren dürstenden Blick wie ein Regenschauer auf verbrannte Erde. Wie eine prächtige Seerose trieb es auf dem Wasser ihrer Augen, die eine kurze Zeit Ruhe fanden. Diese unerwartete Erholung genoß Leila mit gieriger Lust, mit wachen Sinnen, welche das Unheil und die Zensur so geschärft hatten, daß sie jedes kleine Glück, jede ungewisse Atempause mit dem süßen und zugleich ungestillten, kaum zu sättigenden Hunger und Empfinden der bitter Darbenden verschlangen.

Und ihr Leben, das sie in Gleichgültigkeit und Hohn gefangen glaubte, begann sich zu regen, schüttelte seine Starre ab, löste sich aus seiner Teilnahmslosigkeit und erfüllte sie mit einem heißen, pulsierenden neuen Blut. Und wie kann man es sich versagen zu hoffen, *Hanna*, wenn das Verlangen, sich noch ein einziges Mal gehenzulassen, blenden zu lassen, so groß ist? Noch ein Mal. Die Hoffnung ließ in ihr eine neue Liebe aufkeimen und gebar eine Leidenschaft, so stark wie ihre auszehrende Einsamkeit.

Eine Liebe? Gestern war es ein *Roumi*, *Hanna*, und man verlangte ihre Verdammung und drohte mit allen möglichen Verboten. Eine Liebe? Diesmal war es ein Kabyle, aber sie stieß auf dieselbe Mißbilligung, und ihr Weg war mit denselben Erniedrigungen gepflastert. Ein Kabyle und eine Araberin? Sie sagten »unmöglich«, *Hanna*! Eine Araberin, obendrein Studentin, die gefährlichste und verdorbenste Hure sozusagen …

Ein weiteres fahnengeschmücktes Ereignis trat plötzlich ein, ein »Rettungsanker«, an den sich die Hoffnung klammerte: die Agrarrevolution. Leila beteiligte sich aktiv daran, erstickte dabei ihre Sommer im Arbeitseifer. Und beflügelt von ihrem Enthusiasmus, blickte sie wie gebannt auf Boumedienne, den Mann, von dem vielleicht weitere Reformen ausgehen würden …

Doch leider entstanden gerade unter Boumedienne »die Brigaden der Sittenpolizei«. Horden von Männern, die nach ein paar grundlegenden Kriterien ausgewählt wurden: die Muskelmasse und wenn schon kein Analphabetentum, so doch zumindest nicht vorhandene Intelligenz, wuchernde Schnurrbärte, arrogant hochgezwirbelt, und schließlich gehässiges Reden und gewalttätiges Handeln. Sie wurden mit einer für die Entwicklung des Landes äußerst wichtigen Mission betraut: jedes Mädchen festzunehmen, das mit dem anderen Geschlecht gesetzeswidrigen Umgang pflegte und sich daher strafbar machte! Der Fundamentalismus war voll entbrannt und gewann die Oberhand, während er die Uniform anlegte, die ihm am besten stand, die der Polizei.

Die Städte und ihr Umland wimmelten von ihnen, sie verfolgten alle unverheirateten Paare. Die zahlreichen versteckten Absperrungen um die Siedlungen scherten sich nicht um die Einhaltung der Straßenverkehrsordnung, sie verlangten das Familienstammbuch als Passierschein. Selbst auf der Straße, kam man aus dem Kino oder einem Restaurant, und selbst wenn nichts im Verhalten darauf hinwies, daß es sich um Verliebte oder ein Liebespaar handelte, kam es nun häufig vor, daß Studentinnen, die mit Freunden in die Stadt gingen, von Polizisten verhaftet wurden.

Die Wege der Frauen endeten wie in einer Sackgasse. Alle Wege, *Hanna*. Besuchten sie alleine die Stadt, liefen sie Gefahr, überfallen zu werden. Wurden sie von Freunden begleitet, verhaftete sie die Polizei.

Sobald die Uniformierten eine Gruppe von Jungen und Mädchen entdeckten, wurde sie angehalten: »Die Familienstammbücher bitte!«

»Wie das, Familienstammbücher?«

»Sie stehen hier einfach so wild durcheinander, deshalb verlangen wir Ihre Familienstammbücher. Es würde uns stark wundern, wenn diese Mädchen Ihre Schwestern wären, oder nicht?« sagten sie, zu den Jungen gewandt, und warfen dabei verstohlen kurze, verächtliche Blicke auf die Mädchen.

»Das sind weder unsere Schwestern noch unsere Frauen, sondern Freundinnen!«

»Ah, Freundschaft, das ist ja reizend, die Maske des Lasters! Los, kommen Sie mit nach *Château-Neuf*!«

»Mit welchem Recht? Und warum?«

»Wir gehören zur Brigade der Sittenpolizei. Unsere Aufgabe ist es, die Gesellschaft von ihren eiternden Wunden zu säubern.«

»Aber was werfen Sie uns denn vor?«

Mit verächtlichem Blick ließen sie immer dieselbe Strafpredigt vom Stapel: »Mädchen haben nicht das Recht, um diese Zeit draußen zu sein, es sei denn, sie sind mit ihrem Bruder oder Ehemann zusammen. Ehrbare Mädchen bleiben zu Hause. Kommen Sie mit!«

Ein Mal, zwei Mal, drei Mal ... *Hanna*, wie viele Abende, die durch Uniformen ein jähes Ende fanden, wurden auf einem Polizeirevier, in Konfrontation und Unverständnis beschlossen! Das Nahen eines Kastenwagens, der für andere Schikanen ausgeschickt wurde, oder das Gedränge von Männern mit Handschellen auf den Fluren erlöste sie manchmal. So ließen sie sie wieder frei und sagten: »Nehmen Sie sich in acht, wenn wir Sie noch mal fassen, registrieren wir Sie als Huren!«

Sie faßten Leila sehr oft, *Hanna*.

Die Agrarrevolution war ein kläglicher Mißerfolg. Die Liebe war unmöglich, alle Straßen versperrt, der Frieden aufs neue in die Enge getrieben, *Hanna*. Die Fundamentalistenseuche hatte all jene befallen, die ohne Ideale lebten, an geistiger Unbeweglichkeit litten. Die Hausmeister warfen sich zu Polizeispitzeln auf, und die Hausbewohner wachten darüber, daß sie diese ganz besondere Pflicht nicht vernachlässigten. Bekam eine allein lebende Person Besuch vom anderen Geschlecht, wurde augenblicklich die Brigade der Sittenpolizei alarmiert. Ihre »Razzien« in den Wohnungen waren nicht mehr zu zählen, *Hanna*. Es gab wieder Ausgangssperre für die Frauen. Es war wieder die Zeit der gefleckten Männer und der Alpträume. Mit dem Eindringen der Religion unter dem Deckmantel der Polizeiuniform in einen unschuldigen Augenblick des Lebens brachen die Arroganz, die Gewalttätigkeit und die haßerfüllten Worte der Männer *Bigeards* ins Leben ein. Und befleckt war nun deine Religion, *Hanna*, denn sie mußte dieselbe Unterdrückung erleiden. Was war aus *el Houria* geworden, daß Spazierengehen oder sich Lieben von den fundamentalistischen Gerichten mit Strafe geahndet wurde? … Um fortan keinerlei Zugeständnisse mehr zu ermöglichen, wurde ein Regierungsdekret erlassen: es verbot für die folgenden Jahre jedes Zusammensein der beiden Geschlechter auf dem Campus. Man mußte nun an so vielen Fronten kämpfen, *Hanna*. Ein wirklich trauriges Jahr, in dem die Freiheit unter den Schlägen der Fanatiker in ihren letzten Rückzugsgebieten niedergemacht wurde. Selbst dieser Campus, ihre letzte Zuflucht, war nun bedroht.

Es gab keine Hoffnung mehr, und alle Liebe war unmöglich. Ständig und überall zu kämpfen, für die grundlegendsten Tätigkeiten, so viel Kraft allein für den prosaischsten Alltag einzusetzen, rieben einen völlig auf, *Hanna*. Noch lieben und träumen? Das wäre leichtsinnig gewesen, das verlangte so viel Energie. So wurde man eine Beute der Unbeweglichkeit, *Hanna* …

Gab es sie überhaupt, die Freiheit, die *Houria*, die Leilas Kindheit mit glühender Hoffnung erfüllt hatte? War sie nicht einfach eine der Mythen, die Zohra ihr hinterlassen hatte? Wahn des Wanderns. Suche nach dem Unerreichbaren. Forderte sie weitere Aufbrüche, weitere Verzichte, noch mehr Isolation?

»Bei einer Wanderung zählt nur die Ankunft.« Eine so lange Wanderung konnte nicht im Kerker enden. Die Gefangenschaft war keine Ankunft, sondern ein zu überwindendes Hindernis. Ihre Straße erwies sich als länger und holpriger, als sie es sich vorgestellt hatte. Wie Bouhaloufa, nur mit ihren wenigen Büchern, mußte sie fortgehen, die Oase des Lebens, den Zufluchtsort aller Hoffnung finden. Doch vor der Abreise noch einmal die Düne wiedersehen … Die Wiege ihrer unmöglichen Wege wiedersehen. Noch einmal den Sandsturm wiedersehen. Noch einmal das Schwelgen des Sandes im Wind, dem Frühlingsatem der Dünen. Sie haßte ihn nicht, diesen rauhen, launischen und heftigen Wind. Vielleicht liebte sie ihn sogar, diesen Wind. Er trug ihr Aufbegehren in sich. Er war der Geliebte ihrer Düne, der Gefährte der Menschen, die wandern. Er blies noch einmal in ihr und trieb sie zu anderen Horizonten.

Als Leila das Flugzeug bestieg, erwartete sie eine angenehme Überraschung, denn sie traf dort *Si* Azzouz, den Direktor der Firma, in der ihr Vater arbeitete. Sein Sohn Halim war auf dem Gymnasium einer ihrer besten und zuverlässigsten Schulkameraden gewesen. Halim war der einzige Junge, dem Tayeb erlaubte, Leila am Fuß der Düne zu besuchen. Wenn der junge Mann sich mit einer Schulaufgabe abmühte, suchte er Tayeb auf und sagte ihm:

»*Si* Tayeb, ich wüßte gern Leilas Meinung zu ...«

»Nur zu, mein Sohn, nur zu!« antwortete der ihm.

Er war nicht wenig stolz, daß die Tochter von ihm, dem ehemaligen Gärtner, dem Hausmeister, der auf der sozialen Leiter ganz unten stand, die Schulaufgaben vom Sohn seines Direktors korrigieren konnte. Und er hegte die heimliche Hoffnung, Halim und sie würden eines Tages heiraten.

Nach dem Abitur war Halim auf die Universität von Algier gegangen ... Azzouz freute sich sehr, das Mädchen zu treffen.

»Nun, Leila, dein Vater hat mir gesagt, du hättest bald dein Medizinstudium beendet?«

»Ich muß noch ein Jahr Praktikum machen.«

»Ja, aber dieses Jahr kannst du ganz gleich wo ableisten, nicht wahr? Hör zu, du bist das erste Kind des Dorfes, was sage ich, der Region, das Arzt wird! Das will schon was heißen. Der Vertrag des Arztes, des zur Zeit in Kénadsa tätigen Entwicklungshelfers, läuft in weniger als zwei Monaten aus. Wir wären alle glücklich, dein Vater an erster Stelle, wenn du ihn ablösen würdest! Besuche mich morgen in meinem Büro, ich werde dir ein hervorragendes Angebot unterbreiten.«

»Und wie geht es Halim, *Si* Azzouz?«

»Sehr gut, danke. Er hat sein Studium beendet und ist seit zwei Jahren in den USA, um sich weiterzubilden.«

»Sie sind aber hart zu mir, *Si* Azzouz. Halim schicken Sie in die USA, und von mir verlangen Sie, daß ich hierher zurückkehre?«

»Du bist ein Mädchen, mein Kind. Deine Familie, deine Pflicht und dein Dorf rufen dich. Wir brauchen dich alle …«

Sie hatte niemanden von diesem überraschenden Besuch unterrichtet und nahm gern *Si* Azzouz' Angebot an, dessen Chauffeur gekommen war. Sie begleiteten sie zu ihren Eltern, die das Haus an der Düne verlassen hatten und im Herzen des Dorfs wohnten. Als ihr Vater hörte, wie der Wagen vor dem Haus hielt, kam er heraus. Er küßte sie, dann begrüßte er seinen Direktor.

»*Si* Tayeb«, sagte der, »ich habe Leila gerade die Stelle des Arztes von Kénadsa angeboten. Es steht ihr rechtmäßig zu. Sie hat es sich mit ihrer Ausdauer und Willenskraft wirklich verdient.«

Leila ließ sie reden und trat ein, um ihre Mutter zu begrüßen. Einen Augenblick später kam ihr Vater zurück, sein Gesicht strahlte vor Freude: »Das kannst du nicht ablehnen, meine Tochter! Es ist die angesehenste Stelle. Außerdem haben wir dich dann endlich etwas bei uns!«

Er war so rührend und ergreifend, daß sie nicht den Mut hatte, ihm zu sagen, daß sie wegginge. Ihr Abgekämpftsein, der verschlossene Horizont, die drückende Beklemmung in ihrer Brust … hätte er es verstanden? Sie sagte ihm nur, daß es mit der Stelle in Kénadsa nicht eile, daß sie darüber nachdenken wolle. In diesem neuen Haus, das zwar geräumiger und moderner war, fühlte sie sich so weit weg von allem, von sich selbst, so fremd.

Ihre Mutter wirbelte glücklich um sie herum und erzählte ihr den letzten Dorfklatsch. Sie warf ihr ständig ihr Schweigen vor. Warum redete sie immer weniger? Was konnte das Mädchen ihr sagen? Ihr von ihrem Leben, ihren zerstörten Liebesbeziehungen, ihren Sorgen zu erzählen, hätte sie nur furchtbar entsetzt und unglücklich gemacht. Übermächtig wie nie war die Stille, unüberwindlich wie nie die Distanz, die sie trennte. Leila wurde davon schwindlig. Und doch – wie nah fühlte sie sich plötzlich der Mutter! Die bevorstehende Abreise. Nah und fern zugleich. Ein dumpfer Schmerz, ohne die Flügel der Worte.

Sie stand auf. Sie war wegen der Düne, wegen der Barga zurückgekehrt. Die Wiege wiedersehen, daraus den Mut schöpfen, um die Trennung zu ertragen.

So trat sie hinaus und lief auf sie zu.

Der seit langem vernachlässigte Garten war ausgetrocknet und verbrannt. Die Erde war hart geworden und wieder von orangefarbenem Sand bedeckt. Nicht eine Spur war vom Schilfrohr übriggeblieben, verschwunden, verkohlt. Nur die Gräben, mit denen es bewässert worden war, waren noch erhalten. Bald würden auch sie zugeschüttet und nicht mehr zu sehen sein. Der Sandsturm würde dafür sorgen. Ein paar Tamarisken leisteten noch beharrlich einen kümmerlichen Widerstand. In den Gewächshäusern trockneten sie in einem langsameren, aber unerbittlichen Todeskampf allmählich ein. Ihr Haus erschien ihr so klein, so trostlos, so sehr dem Ansturm der ockerfarbenen Sandgischt ausgeliefert. Sein vergilbter Verputz blätterte ab und löste sich in Placken, entblößte die im Licht blutenden Wunden des *Toub*. Vor der Eingangstür entstand eine Düne. Die Wüste setzte ihren Weg fort, hatte von Leilas Vergangenheit wieder Besitz ergriffen.

An den Palmen hingen braun und glänzend die prallen Datteln. An ihrem Fuß, um die Stämme, lagen und vertrockneten all die, welche reif und saftig hinunterfielen. Es gab keine naschhaften Kindermünder mehr, die sie begehrten.

Die Düne? Schöner, üppiger denn je, in dieser wiederhergestellten Beschaulichkeit. Mit dem verklärten Blick des Pilgers bewunderte Leila die goldbraunen Fluten. Wo ihr Weg sie auch hinführen mochte, ein großer Teil von ihr würde hierbleiben, in Stille umhegt und gewiegt vom hypnotisierenden Kräuseln des *Erg*. Das Kind Leila und die Erzählerin Zohra, ihren *Chèche* über das linke Auge gezogen und den Blick in die Ferne gerichtet, würden hierbleiben, in der Seele der Düne. Sie wußte es.

Portalès, der Werkstattleiter, ihr alter Freund, war im Ruhestand. Die Ajalli erhielten ab und zu eine Ansichtskarte aus Alicante, wohin er zurückgegangen war. Die Werkstatt und die Schmieden, die folglich seit drei oder vier Jahren geschlossen waren, verfielen. Das Gelände um sie herum war von verrostetem Schrott und zerfressenen Riemen übersät. Gerippe einer vergangenen Zeit, unter denen es von gelben und violetten Skorpionen wimmelte.

Yamina erzählte ihr, sie sähe recht häufig Zohra, Meryèmes Tochter, ihre Milchschwester ... So lange Jahre hatte sie Leila nicht mehr gesehen.

»Sie würde dich so gern wiedersehen ...«

Die beiden gingen am nächsten Morgen zusammen in den *Ksar*, wo sie wohnte. Zohra hatte schon fünf Kinder. Leila hätte sie nicht wiedererkannt. Von dem zierlichen und munteren schönen Mädchen aus ihrer Kindheit waren nur noch die herrlichen großen Augen übriggeblieben, die sie mit Khol schwarz umrahmt hatte. Die Aufgedunsenheit hatte ihr Aussehen völlig verändert, bis zu den Gesichtszügen. Unter den fünf Knirpsen, die sie umringten, war ein fünfjähriges Mädchen das genaue Ebenbild ihrer Mutter als Kind. Leila schaute sie nacheinander fasziniert an: Zohra mit fünf Jahren und zwanzig Jahre später! Ihr Herz schnürte sich zusammen.

»Sag Tante Leila guten Tag. Weißt du, sie kommt bald nach Kénadsa. Dann ist sie der Doktor von uns allen!«

»Ja, bald kommt meine Tochter hierher. Sie wird der *Tabib* sein und in dem großen, weißen Haus wohnen, dem schönsten des Dorfes. Sie wird ein eigenes Auto haben und jemanden für die Gartenarbeit. Erinnerst du dich noch, Zohra, wie Leila uns zusetzte, weil es in unserem Garten nur Gemüse und niemals Blumen gab? Manchmal weinte sie deswegen, stampfte mit dem Fuß auf und meinte, wir seien traurige Menschen, wir würden immer arm bleiben, weil uns die Liebe zu den Blumen fehlt!«

Sie brach in Gelächter aus, und als Zohra in ihre Erinnerungen einstimmte, wurde sie immer übermütiger und begann wieder:

»Blumen! Das war ein Luxus, den wir uns nicht erlauben konnten. Sie kann sich jetzt leisten, was sie will. Sie kann sich sogar diese nutzlosen Dinge leisten, die nur fürs Auge da sind. In ihrem Garten wird es wenig Gemüse geben, nur Tomaten und ein paar Kräuter: Minze, Koriander ... Ansonsten wird der große Garten meiner Tochter voller Blumen sein! Oje, oje! Da muß man gießen! Ich habe jetzt allmählich etwas mehr Zeit. Ich werde ihr jeden Tag das Essen kochen. Ich möchte nicht, daß jemand anders das an meiner Stelle macht, und ich weiß, wie gern sie allein ist. Bei uns zu Hause wird sie nicht essen wollen. Für den Haushalt und den Garten wird sie jemanden anstellen. Bei all der Arbeit, die sie dann hat … Ihr Vater sagt, wenn seine Tochter hier ist, wird er sich jeden Tag auf das Mäuerchen des Krankenhauses setzen. Dann zieht er seinen großen Rif-Hut über die Augen und spricht zu sich, während ihm die Freude im Gesicht geschrieben steht: ›Da drinnen ist meine Tochter der Chef!‹ Die vorbeikommenden Leute werden ihm sagen: ›Guten Tag, *Si* Tayeb, wir haben gerade deine Tochter, die Frau Doktor, wegen diesem oder jenem aufgesucht!‹ Und er wird mit dem Kopf nicken und so stolz sein in seinem Schweigen.«

Sie hielt einen Augenblick inne, um ihre Freude auszukosten und Luft zu holen. Dann fuhr sie stirnrunzelnd fort:

»Eine Sache bereitet mir allerdings Kummer. Wen kann meine Tochter noch heiraten? In meiner Vorstellung steht der Arzt über allen Berufen! Und der Mann muß unbedingt über seiner Frau stehen, damit die Ehe einen Sinn hat. Die Frau muß ihren Mann bewundern, sonst kann es nicht gutgehen! Also braucht sie einen großen Direktor oder einen Armeekommandanten.«

»Erbarmen!« sagte das Mädchen lachend, »keinen Militär!«

»Auf jeden Fall«, fuhr sie fort, »werden wir uns nicht lumpen lassen. Ganz Béchar und ganz Kénadsa wird tagelang zu Gast sein. Ihre Tanten und ich werden Berge von Gebäck machen, den *Couscous* rollen und Honig essen, um unsere Kehlen für die *Youyous* zu rüsten. Ja, heiße, süße und fröhliche *Youyous*! Ich habe drei Koffer voll Kleider für die Hochzeit.«

Das also war der größte Traum ihrer Eltern. Ein Traum, den sie wenige Monate später verbittert im Sand der Barga begraben sollten. Ihre Mutter, die ihr Leben lang Verzicht geübt und nie einen schönen Stoff getragen hatte, weil sie ihn lieber für die Hochzeit ihrer Töchter aufbewahren wollte, sollte ihre vollen Koffer wie einen unwiderlegbaren Beweis für den Verrat an einem ganzen Leben aus Entbehrungen, Liebe und Warten aufbewahren!

Wie konnte sie dieser Mutter sagen, sie müsse ihre Wanderung jetzt in schweren Ketten machen? Denn jene hatte die ihren schon immer getragen, einfach so, genau wie sie Armbänder und *Kholkhal* trug. Ihre Tochter, die den Gipfel erreicht hatte, sollte etwa nicht frei sein? So bohrten sich diese ungesagten Worte tief in ihre Brust, schwer, undurchdringlich und bitter. *Hanna*, das Gewicht der Worte! Vor allem der totgeborenen!

Jahre später, andere Lande, an fernem Orte. Und die ganze Zeit über ging ihr Zohras rauhe Stimme in der Erinnerung nach. Mit ihren unablässigen Höhen und Tiefen von Geschichten und Erzählungen, mit Wellen aus Licht brachte sie das schwarze Schiff des Vergessens zum Kentern:

»Vorsicht vor der Unbeweglichkeit! Nimm dich vor dem Leim der langen Marschpausen in acht, auch wenn es nur die der Erinnerung sind! Erzähle mir … Erzähle mir vom *Erg*, der sich in ewiger Lähmung wölbt. Erzähle mir vom Glitzern seines Goldstaubs auf deinen benommenen Lidern. Erzähle mir von den Palmen, deren Fuß sich tief in den trockenen Boden gräbt und deren jadefarbener *Chèche* sanft gewiegt wird von den Himmelsfluten, wie deine Träume. Erzähle mir von den stummen Rufen deiner Hoffnungen. Erzähle mir vom Strudel deiner Einsamkeit, die bald düster vor Gram, bald beschaulich oder von ihren schillernden Fähigkeiten entfacht ist. Erzähle mir von unseren Bräuchen, ohne sie zu verurteilen. Erzähle mir von den *Regs*, erstarrt durch den glühendsten Tod. Erzähle mir von deinen Enttäuschungen, ohne Bedauern. Erzähle mir von der Sense der Stille. Erzähle mir von den Leiden des Krieges, um deine Alpträume zu vertreiben. Erzähle mir von den *Youyous* mit funkelnden oder gestutzten Flügeln. Erzähle mir von den *Youyous* des Vergessens, doch Vorsicht! Gleich Zugvögeln tauchen sie immer wieder auf und hacken auf die Gegenwart ein. Erzähle mir auch von den resignierten *Youyous*. Möge deine Liebe sie auflesen, wenn sie geschunden und gebrochen sind! Mögen deine Geschichten sie wieder emporsteigen lassen zum Himmel! Erzähle mir von deinen Ängsten, um sie besser zu zertreten. Erzähle mir voll Freude von den herrlichen Arabesken unserer Abende. Erzähle mir, *Kebdi*, und wandere, denn die Wüsten sind weite Meere, an deren Küsten die Unbeweglichkeit Ketzerei ist.«

So hielt Leila atemlos unter dem Bann dieser hypnotischen Beschwörung inne. Sie griff zur Feder. Erzählen? Erzählen … Doch womit beginnen? Es gab so viel zu sagen! Sie brauchte nicht lange zu suchen. Ihre Feder begann fieberhaft zu schreiben, so als diktierte ihr die Großmutter, die in ihr zum Leben erwachte. Eine schöpferische Macht löste den Knoten in ihr und ließ endlich ihre Erinnerungen heraus. Sie hatte ihre Wanderung zu Bouhaloufa, zu Großmutter Zohra, zu Saadia, Frau Bensoussan, der Bernard wieder aufgenommen, zu den Wegweisern, die das Ufer des wogenden *Erg* für sie kennzeichneten.

Castelnau-le-Lez, Februar 1990.

GLOSSAR

Aacha: Totenwache, letztes Gebet am Abend, Abendessen

Abaya: (Gandura), Sommergewand aus leichtem Stoff

Abd, Abda, Abiden: Sklaven

Aid: religiöses Fest

Aid el Seghir: kleiner Aid, ein Fest zum Abschluß des Ramadan

Aissa: Jesus Christus

Alfa: Gras der Hochebene, wird zur Herstellung von Matten, Seilen, Couscoustöpfen usw. verwendet

Allah khéir ya zinna: Auf Wiedersehen, schöne Frau!

Allaoui: Tanz der Männer, die ihre Schritte mit Gewehrfeuer begleiten

Arbi(a): Araber

Arjounes: Trauben

Aurès: höchstes Massiv des Sahara-Atlas im Osten Algeriens

Baba: Vater

Baroud: Pulver, Gewehrschuß, Maschinenpistole

Bendir: traditionelles Tamburin

Bercoukès: eine Couscousart aus groben Körnern

Bigeard: französischer General im Algerienkrieg

Boulitique: Verballhornung des frz. »politique« (Politik)

Brasero: eisernes Becken mit Holzkohle, wird zum Kochen benutzt

Cahba: Hure

Canoun: Brasero, eisernes Becken mit Holzkohle, wird zum Kochen benutzt

Chahid: Märtyrer

Château-Neuf: Polizeirevier von Oran

Chcoumoune: Ausdruck der Algerienfranzosen, bedeutet Pech Mißgeschick, Unglück, Elend …

Chèche: langer Stoffschal, der als Turban dient

Cheikh(a): Stammesoberhaupt, Ehrentitel für eine weise und angesehene Person

Chibani(a): der Alte, die Alte, ein eher zärtlicher Ausdruck zur Bezeichnung der Eltern und anderer älterer Leute

Chorfa: Plural von Cherif; Familien, die vom Propheten abstammen

Chouhada: Plural von Chahid, Märtyrer

Couscous: nordafrikanisches Gericht aus Hirse oder Grieß mit Fleisch oder Gemüse gedämpft und mit einer scharfen Sauce gegessen

Darra: »Schmerz«. So bezeichnen Frauen die anderen Ehefrauen ihres Mannes

Dechra: ärmliches Haus, gewöhnlich aus ungebrannten Ziegelsteinen und mit einem Dach aus Palmzweigen und getrocknetem Schlamm

Derbouka: Trommel aus einem Tonkörper

Diaf Rabbi: von Gott Geladene. So kündigen sich die Personen an, die um die Hand eines Mädchens anhalten

Diffas: Feiern, festliche Veranstaltungen

Djebel: Berg

Djellaba: Übergewand aus Wollstoff mit langen Ärmeln und Kapuze

Djemaa: Freitag, heiliger Tag, Freitagsversammlung und im weiteren Sinne jede Versammlung oder jedes Treffen

Djenn(ia): Teufel, Teufelin

Djinn: guter oder böser, für den Menschen unsichtbarer Geist

Djoundi(a): Soldat(in)

Djounoud: Mehrzahl von Djoundi

Douar: Viertel, Dorf aus Zelten oder Häusern

El Askars: die Soldaten

El-Bayad: Guériville während der frz. Kolonisation, Dorf im alg. Hochland

El hamdoulillah:	Gott sei Dank!
Erg:	Sandwüste (mit oder ohne Dünen)
Fantasia:	arabisches Reiterspiel
Fell:	Abkürzung von Fellaga
Fellaga:	alg. Partisan im Unabhängigkeitskrieg gegen Frankreich
Feluke:	kleines Segelschiff der Mittelmeerküsten
fi amen Allah:	Gottes Friede sei mit dir/euch; auf Wiedersehen
FLN:	Nationale Befreiungsfront
Fouta:	farbiges Stofftuch, das die Berberfrauen um ihre Röcke binden und an ihrem Gürtel befestigen, Handtuch
Gandura:	ärmellose Tunika, die unter dem Burnus getragen wird
Gardenal:	starkes frz. Schlafmittel
Gazouz:	Limonade
Gégène:	vom frz. »groupe électrogène«, im Algerienkrieg entstandenes Wortspiel mit dem Vornamen Eugène: Folter mit Elektroschocks
Genenar:	Verballhornung von »General«
Gerba:	Wassersack aus einem Ziegenbalg
Ghassoule:	Ton zum Entfetten von Haaren und Wolle
G.M.C.:	General Motors Coporation. Bezeichnung für die Lastwagen, die die französische Armee von den amerikanischen Truppen gekauft hatte
Griouèches:	Blätterteigkringel, in Öl ausgebacken, in Honig getaucht und mit Sesamsamen bestreut
Guessaa:	große Platte, traditionell aus Holz, auf der man den Couscous rollt und serviert
Hadith:	Auslegung des Koran
Hadj Pilger:	Ehrentitel aller, die die Wallfahrt nach Mekka unternommen haben
Hadra:	Zusammenkunft von Frauen zum Singen religiöser Lieder
Haik:	weißer Schleier der nordafrikanischen Frauen
Hallal:	gesetzlich Erlaubtes, wird in der Scharia geregelt

Halouf:	Schwein
Hamada:	ebene Steinwüste aus großen Felsplatten (im Gegensatz zum Reg)
Hammam:	orientalisches Badehaus. Für die traditionell lebenden islamischen Frauen war der regelmäßige wöchentliche Hammambesuch eine der wenigen Möglichkeiten, aus ihrem Haus herauszukommen
Hanna:	Großmutter
Haram:	Verbotenes; nach dem Islam eine Handlung, deren Tun bestraft, deren Unterlassen belohnt werden wird
Harira:	Suppe
H'chouma:	Schande
Horra:	rein, frei, bezeichnet im Text eine kurzhaarige rötlich oder beige gefärbte Ziegenrasse
Houria:	Freiheit
Ihoudi(a):	Jude, Jüdin
inch'Allah:	so Gott will
Istiklal:	Unabhängigkeit
Jaha:	schelmische Sagengestalt
Kabylei:	nördlicher Teil des Tellatlas
Kadi:	muslimischer Richter, zuständig für Fragen der Religion
Kaftan:	langes Gewand, gewöhnlich aus gold- oder silberbesticktem Samt
Kaid:	islam. Beamter, ist zugleich Richter, Oberhaupt der Verwaltung und Polizeichef
Kahlouch(a):	Dunkelhäutige(r), Dunkelhaarige(r)
Kasma:	Verband
Kassamen:	die algerische Nationalhymne
Kebdi:	»meine Leber«, Kosewort für Kinder, daneben Kalbi, »mein Herz«
Kemia:	Sammelbegriff für kleine Gerichte, die zum Aperitiv gereicht werden
Khaidou:	Umhang aus gefärbter Wolle
Khalti:	meine Tante
Khassa:	Fontäne, Springbrunnen

Kheima:	Nomadenzelt, meist aus Wolle und Kamelhaar
Khlii:	gewürztes, getrocknetes Hammelfleisch
Kholkhal:	silberner Fußreif
Ksar:	befestigtes Dorf in den Oasen der Sahara
labesse:	wie geht's
Maalma:	Weise, Hüterin der mündlichen Traditionen
Magroun:	eine Art Umhang aus durchsichtigem feinem Stoff
Makrout:	rautenförmige Küchlein, mit gestoßenen Datteln oder geriebenen Mandeln gefüllt, in Honig getaucht oder Zucker gewälzt und dann gebacken
Marabut:	kleines Mausoleum; der darin beerdigte Heilige
Marhaba:	Willkommen
Massu:	franz. General
Mechoui:	am Spieß oder im Erdofen gebratener Hammel, der in seiner ganzen Größe auf den Tisch kommt
Mechta:	Weiler
Medersa:	Hochschule
Medina:	Altstadt in den arabischen Städten
Meida:	niedriger Tisch
Mektoub:	»was geschrieben steht«, Schicksal
Melek:	Engel
Merbouh(a):	jemand, der Glück bringt oder Glück hat
Min jiballina:	»von unseren Bergen«, patriotisches algerisches Lied
Moudjahid(in):	Partisan(en)
Moukère:	abgeleitet von span. »mujer«, Frau, im allgemeinen abfällige Bezeichnung der Algerienfranzosen für algerische Frauen
Moulette:	Besitzerin
M'semen:	in Öl gebackene Blätterteigstückchen
Oranais:	neben dem Algérois und dem Constantinois einer der drei Verwaltungsbezirke Algeriens zur Zeit der französischen Herrschaft
Organisation Armée Secrète:	(O.A.S.) »Organisation der Geheimarmee«, Geheimorganisation nationalistischer Algerien-

franzosen, die durch Terror die Entkolonisation Algeriens zu verhindern versuchte

Oualadi: mein Sohn

Ou Allah: Bei Gott, ich schwöre es

Oumi: Mutter

Rabbi: Gott

Rai: volkstümlicher Gesang aus dem Oranais, Klagelied

Reg: Geröllwüste

Robini: Verballhornung des frz. »robinet« (Wasserhahn)

Roumi/-ia: Römer/-in und im weiteren Sinne Christen/Christinnen

Salan: frz. General, 1956 Oberbefehlshaber in Algerien, nahm am Putschversuch von Algier 1961 teil und leitete danach die O.A.S.

Salem: Friede, Begrüßungsformel. Abkürzung von »bleibet in Frieden« (auf Wiedersehen) oder »Friede sei mit euch!« (guten Tag).

S'Baa: Löwe

Scharia: gleichermaßen religiöses und ziviles Gesetz, wird auf den Koran und das Tun und Lassen des Propheten zurückgeführt

Sebkha: Salzsumpf, zeitweilig ausgetrocknet

Seroual: Hose

Sétif: alg. Stadt im östlichen Tellatlas. Am 8. Mai 1945 Schauplatz einer blutig niedergeschlagenen antikolonialistischen Demonstration

Si: Herr, Anrede

Souk: Basar

Spahi: Soldat der Reiterregimenter, die die Franzosen in Nordafrika aus Eingeborenen aufstellten

Tabib: Arzt

Tajine: Kochgerät aus Terrakotta, im weiteren Sinne die darin gekochten Gerichte, meistens Ragouts

Taleb: Lehrer an einer Koranschule

Tell: Bezeichnung der küstennahen Feuchtregionen

Touat: Oasenlandschaft in der algerischen Sahara

Toub:	ungebrannte Ziegelsteine
T.S.F.:	»drahtlose Telegraphie«, veralteter frz. Ausdruck für Rundfunk
Wadi:	Wüstenfluß in Nordafrika und Arabien, der meist trockenliegt
Weiße Väter:	Missionskongregation für Afrika. Bei Algier gegründet mit dem Ziel der Förderung eingeborener kirchlicher Führungskräfte
Wilaya:	Präfektur
Ya benti:	meine Tochter
Ya oumi laziza:	geliebte Mama
Ya sidi:	mein Herr
Youyous:	Jubelrufe der Frauen
Zaouia:	religiöser Komplex (Oratorium, Schule) mit Unterkünften für die Pilger, der um ein verehrtes Grabmal errichtet wurde
Zerghertou:	»stoßt Youyous aus«
Zlabia:	in Honig getauchtes, knuspriges Gebäck
Zriba:	Laube

Assia Djebar im Unionsverlag

Durst
Der erste Roman der Friedenspreisträgerin wurde über Nacht zur Sensation und steht am Anfang ihres literarischen Wegs.

Fantasia
Ein Roman wie ein Film, eine Autobiographie wie ein Geschichtsbuch. Berichte von der Eroberung Algeriens im 19. Jahrhundert vermischen sich mit Erinnerungen an eine Kindheit in der verschlossenen Welt der Frauen.

Fern von Medina
Aus alten Chroniken erweckt Assia Djebar siebzehn Frauengestalten aus der Zeit des Propheten Mohammed zum Leben.

Frau ohne Begräbnis
Zoulikha, eine Frau von sprühender Lebenskraft, wohnte einst Wand an Wand mit Assia Djebars Familie in Cherchell. In aller Stille knüpfte sie ein Netz des Widerstands gegen die französische Herrschaft.

Die Frauen von Algier
Nach dem Besuch in einem Harem malt Delacroix 1832 sein Meisterwerk »Frauen von Algier in ihrem Gemach«, das einen Blick in eine verbotene Welt wirft.

Nächte in Straßburg
»Diese wunderbaren Zeugnisse der Sinnlichkeit, die ihresgleichen in der zeitgenössischen Literatur suchen, schreibt Assia Djebar mit leichter Hand.«
Christiane Falksohn, Saarländischer Rundfunk

Oran – Algerische Nacht
Frauen berichten von der alltägliche Gewalt im Algerien der Gegenwart, aber auch von den Brücken, die durch die Lebensgeschichten zwischen Europa und Nordafrika geschlagen werden.

Die Schattenkönigin
Isma und Hajila – zwei gegensätzliche Frauen des gleichen Mannes. Die eine, lange schweigsam und passiv, entschließt sich zur Flucht. Die andere verharrt in den Erinnerungen an die gemeinsamen Nächte voller Liebe und Lust.

Weit ist mein Gefängnis
Dieser Roman wächst aus dem Raunen der Frauen und dringt in vergangene Epochen vor. Jede Welt öffnet eine Tür, und dahinter liegt eine noch ältere verborgen.

Im eFeF-Verlag ist erschienen

Malika Mokeddem
Zersplitterte Träume
Roman. Aus dem Französischen von Barbara Rösner-Brauch
€ [D] 19.39/sFr. 36.–
ISBN 9-905561-04-2

Kenza wird 1962 geboren, im Jahr der Unabhängigkeit Algeriens. Daß Algerien damit aber kein wirklich freies Land geworden ist, muß schon ihre Mutter schmerzhaft erfahren, die weggeht, nachdem sich ihr Mann eine zweite Frau genommen hat. Kenza wächst bei ihrem Vater auf, ihre Kindheit ist geprägt durch die Abwesenheit der Mutter und die sexuellen Ausschweifungen des Vaters. Kenza zieht sich in eine Welt der Bücher und Träume zurück. Nur langsam findet sie das Vertrauen in ihre Umwelt. Sie verliebt sich in ihren Mitstudenten Yacef, der einer sehr traditionellen Familie entstammt. Im Kreis von jungen Intellektuellen, der nun Kenzas Heimat darstellt, wirkt der Gedanke, Yacef könnte sich je dem Willen der Eltern fügen, eine für ihn zur Braut ausersehene Kusine zu heiraten, absurd. Und doch verrät er Kenza und damit die gemeinsame Idee eines freien und aufgeschlossenen Algerien. Für Kenza, die gebildete, begabte und selbständige Frau, scheint es im heutigen Algerien keinen Platz zu geben. Aber auch Frankreich, wohin sie zunächst fährt, um nach den Spuren ihrer früh verstorbenen Mutter zu suchen, erweist sich als trügerische Alternative, zu nah liegt es der Heimat, dem Land ihrer zersplitterten Träume.
Malika Mokeddem schreibt über die Situation junger intellektueller Frauen und Männer im heutigen Algerien, deren freiheitlicher Lebensstil immer mehr in Frage gestellt ist. Trotz seines politischen Anspruchs ist *Zersplitterte Träume* ein ausgesprochen poetisches Buch. Es macht die Wehmut der Autorin spürbar, sich einem geliebten Land entfremden zu müssen.

---

eFeF-Verlag, Klosterparkgässli 8, CH-5430 Wettingen